Zu diesem Buch

Kurt Tucholsky war einer der wachsten und empfindlichsten Literaturkritiker seiner Zeit. Nicht nur Bänkelsänger und Militärhasser, nicht nur bissiger Verfolger einer blinden Justitia oder emphatischer Ausrufer sozialer Gerechtigkeit – der Mann mit den 5 PS, so zeigt sich bei der Lektüre der hier zusammengestellten Aufsätze und Kritiken, war ein Büchermensch, ein Kenner, ein Schriftsteller, der «laut denkt».

Das Besondere aber dieser Texte eines nicht-amtlichen «Kunstrichters» liegt darin, daß man in seinen Vorlieben und Ungerechtigkeiten, seinen Entdeckungen wie Fehlurteilen – mal heiter zwinkernd, mal streng und aggressiv, mal nachdenklich, gar melancholisch – immer jemanden gespiegelt sieht, der nicht Rezensent ist, sondern ein Autor von Delikatesse und Reizbarkeit: den Schriftsteller Kurt Tucholsky.

Der am 9. Januar 1890 in Berlin geborene Kurt Tucholsky war einer der bedeutendsten deutschen Gesellschaftskritiker und Satiriker im ersten Drittel unseres Jahrhunderts. Nach dem Sturz Deutschlands in die Barbarei, vor der er unermüdlich prophetisch gewarnt hatte, schied er am 21. Dezember 1935 in Hindås/Schweden freiwillig aus dem Leben. Tucholsky war unter den Pseudonymen Peter Panter, Theobald Tiger, Ignaz Wrobel und Kaspar Hauser Mitarbeiter der «Schaubühne» und späteren «Weltbühne», einer Wochenschrift, die er mit dem späteren Friedens-Nobelpreisträger Carl von Ossietzky zu einem der aggressivsten und wirksamsten publizistischen Instrumente der Weimarer Republik machte. Folgende Werke liegen vor: Als rororo-Taschenbücher «Schloß Gripsholm» (Nr. 4), «Rheinsberg» (Nr. 261), «Ein Pyrenäenbuch» (Nr. 474) und die Auswahlbände «Zwischen Gestern und Morgen» (Nr. 50), «Panter, Tiger & Co.» (Nr. 131), «Politische Briefe» (Nr. 1183), «Politische Justiz» (Nr. 1336) und «Politische Texte» (Nr. 1444). Außerdem erschien eine Faksimile-Ausgabe von «Deutschland, Deutschland über alles». Neben einer dreibändigen, chronologisch angeordneten Gesamtausgabe, einem Band «Ausgewählte Briefe 1913–1935» und «Briefe an eine Katholikin 1929–1931» erschien in der Reihe «Die Bücher der Neunzehn» eine zweibändige Ausgabe «Ausgewählte Werke», mit der das ideale Tucholsky-Lesebuch vorliegt; als Rowohlt-Nachttisch-Büchlein erschienen «Schloß Gripsholm», «Wenn die Igel in der Abendstunde» und «Rheinsberg».

Literatur: Hans Prescher: Dr. Kurt Tucholskys publizistischer Kampf in den Jahren 1919–1932. Diss. München 1956; Heinrich Schröder: Kurt Tucholsky. Polemik und Satire im Kampf um eine Weltanschauung. Diss. Wien 1958; Fritz J. Raddatz: Kurt Tucholsky. Eine Bildbiographie. München 1961; Horst Guenther Weise: Kurt Tucholsky als Literaturkritiker. Diss. Harvard University, Cambridge (Mass.) 1962; Harold Lloyd Poor: Kurt Tucholsky – a leftist intellectual views the Weimar Republic. Diss. Columbia University (N. Y.) 1965; Ulrich Walberer: Kurt Tucholsky als Theaterkritiker. Von der ästhetischen zur ethischen Theaterkritik. Diss. Wien 1968; Anton Häfliger: Kurt Tucholsky als Kulturkritiker. Diss. Freiburg/Schweiz 1969; Joanna Nittenberg: Die publizistische Auseinandersetzung mit der Weimarer Republik in der kultur-kritischen und politischen Zeitschrift «Die Weltbühne» unter besonderer Berücksichtigung der Leistung Kurt Tucholskys. Diss. Wien 1970; Matilde Fracassi Hassler: La vita e le opere di Kurt Tucholsky. Diss. Neapel 1971.

In der Reihe «rowohlts monographien» erschien als Band 31 eine Darstellung des Dichters in Selbstzeugnissen und 70 Bilddokumenten von Klaus-Peter Schulz, die eine ausführliche Bibliographie enthält.

Gesamtauflage der Werke von Kurt Tucholsky in den rororo-Taschenbüchern: 2 Millionen Exemplare.

KURT TUCHOLSKY

LITERATURKRITIK

Mit einer Vorbemerkung
von
Fritz J. Raddatz

rororo

ROWOHLT

Die Texte der vorliegenden Ausgabe wurden den im Rowohlt Verlag, Reinbek bei Hamburg, erschienenen Bänden Kurt Tucholsky «Gesammelte Werke 1–3» entnommen
Zusammengestellt von Fritz J. Raddatz
Umschlagentwurf Werner Rebhuhn

Veröffentlicht im Rowohlt Taschenbuch Verlag GmbH, Reinbek bei Hamburg, Oktober 1972

Gesamtherstellung Clausen & Bosse, Leck/Schleswig
Printed in Germany
ISBN 3 499 11539 5

INHALT

Mancher lernt's nie

VORBEMERKUNG

Lesen – das heißt bei Kurt Tucholsky immer: Versuch, sich selber zu finden. Seine über 500 Buchkritiken sind nicht Ergebnis einer Rezensentenarbeit, sind vielmehr eigenartiges Amalgam aus Begegnung mit fremder Artikulation und der Frage: was antwortet hier bei dir. Das Bild des Bänkelsängers oder Militärhassers Kurt Tucholsky hat sich so in den Vordergrund geschoben, daß nahezu unbemerkt blieb, daß Tucholsky einer der wichtigsten, intelligentesten Literaturkritiker seiner Zeit war. Nur unterscheidet der Ton seiner Kritiken sich wesentlich von dem der «professionellen» Kritik; es spricht kein «Kunstrichter», der dem anderen Regeln gibt oder Regelverstöße vorhält – es spricht ein Schriftsteller, der gleichsam «laut denkt»: die Produktionsweise interessiert ihn, der schöpferische Vorgang. Tucholsky «schmeckt ab», wenn er Worte, Sätze, Bücher liest, er tastet und horcht – ein Bildhauer, der das Material, den Guß, die Polierqualität einer fremden Plastik berührt; ein Maler, der dem Pinseldruck eines Bildes mit Auge und Finger folgt. Ganz deutlich bei Ansätzen zu Chanson oder Lyrik – die Einwände zu Kästner oder Mehring kommen nicht von einem Besserwisser, sondern von einem Besserkönner. Das feinste Wahrnehmen einer schmalen Grenzüberschreitung ist typisch für diese mit nahezu musikalischer Delikatesse wägende Kritik an fremder Wortsetzerkunst – ob es die Feststellung des prinzipiellen Konstruktionsfehlers in Arnold Zweigs «Grischa»-Roman ist oder das Abweisen eines einzigen Wortes in einer Brecht-Ballade.

Das ist das Handwerkliche sozusagen.

Aber da ist eben noch ein Element in Tucholskys Beschäftigung mit Literatur verborgen, schwer zu definieren. Er horcht nicht nur auf die fremden Töne – er horcht in sich hinein. Er «antwortet» auf bestimmte Herztöne, auf Frequenzen, die Sender und Empfänger gemeinsam sind. Ein winziges Wort zur Charakterisierung der eigenen schriftstellerischen Arbeit – es klingt wie «entschlüpft» in einem Brief an Walter Hasenclever – bezeichnet, was gemeint ist: Güte. Die degeneriert in manchen seiner Arbeiten zu Sentimentalität, in mancher politischen Betrachtung zu Schwäche, in mancherlei privatem Lebensdetail zu Hilflosigkeit – sie ist aber innerster Kern von Tucholskys Begriff vom «Worte machen». Es mag hier das Geheimnis von Tucholskys enormem Erfolg liegen; jedenfalls liegt hier der Schlüssel zu seinem ganz und gar unorthodoxen, ja privatistischen Literaturkonzept; denn neben seinen «großen» Entdekkungen – weit der Zeit voraus – Kafka, Joyce, Brecht gibt es eine Art Tucholskysche «Privatliteratur»: den Bauerndichter Christian Wagner, Hamsun natürlich, Wilhelm Schäfer: «Hier bei Schäfer, sind wir, ist unser Blut, unsre Wärme.

Es ist nichts weiter, als daß ein junger Mensch seine Rheinfahrt – ein Durchbrennerstückchen – unterbricht, einer wildfremden Frau zuliebe, und in ein fremdes Nest kommt und diese Frau wirklich in Besitz nimmt. Eine Nacht. Dann entschwindet sie ihm. Und das ist gemischt mit Abenteuern, mit wilden Zufällen, mit Geschehnissen, die keiner früher übersieht, als bis sie ihm über den Kopf gewachsen sind. ...

Er hat ein völlig neues Thema daraus gemacht. Er hat soviel eingefangen: den Wind über einem verlassenen Vorplatz der Gasthäuser und ein Haustor, das fremd und unheimlich sich neben uns öffnet, die Sterne und den Himmel einer andern Stadt – und alles so natürlich, so einfach, daß die Seltsamkeiten der Romantik doppelt scharf ins Auge springen. Man hat Schäfer gescholten, er sei bürgerlich – hier hat es seinen Nutzen; weil alles Bunte, alles ‹andre› herausfällt aus dem gewohnten Trott des Bürgers.

Da ist ein Vergleich einer impotenten Gewohnheit mit den alten dicken Winterfliegen (auf Seite 56), den man lesen muß; und immer hat er eine sorgfältige Ausmalung aller Einzelheiten und menschlichen Beziehungen angewandt, die schon seit Hebel am Rhein zu Hause sein mag. Mehr als das. Da steht etwas von den Frauen – das hört an: ‹Gerade, daß sie ihm so fremd war, daß sie, durch alle Dinge der sogenannten Bildung von ihm getrennt, seine Fragen kaum verstand und also mehr ein gezähmtes Tier als einen Menschen für ihn vorstellte, das löste ihm die Sprache: wie das überhaupt von allen Geheimnissen der Frau das tiefste und für den Mann erlösende ist, ihn auf den Sinnengrund des Lebens zurückzuführen oder – wie Johannes es später in Worte brachte – aus einem denkenden Menschen für Minuten seliger Vergessenheit ein fühlendes Tier zu machen ...›

Ein fühlendes Tier – kann man das besser sagen? Und was ersehnen wir denn weiter als dieses? Nur noch diesen Schuß Abenteuerlichkeit, der in dem Buch enthalten ist. Erotik und Reisen weisen Zusammenhänge auf, die wir nur noch nicht kennen.

Da hatte ich einen Freund, einen dicken Jungen, der fuhr eines Tages nach Brünn. Und als er da so durch die Gassen ging, begegnete er einem Mädchen, das zog ihn, als sie sich zugenickt hatten, ins Haus.

Er weiß heute noch nicht ihren Namen, weiß nichts von ihr, als daß sie einen süßen Leib hatte, und hat sie nie wieder gesehen. Wenn ich den Dicken um nichts beneide – hierum beneide ich ihn.

Und dies Abenteuer, das wir alle gern erleben möchten, als Jünglinge, als Männer, und wenn wir alt geworden, ist: daß eine kommt und uns küßt und nicht spricht, sondern nur lächelt – das steht in der ‹Unterbrochenen Rheinfahrt›.»

Der ganze Tucholsky. Das liest sich wie ein Auszirkeln seines magischen Dreiecks: Suche nach Wärme und Bindung; Erotik als Begegnung mit etwas Fremdem, Unbekanntem, fast Feindlichem – die Frau jedenfalls als so «unten», daß gelegentlich der Ton ins Kasinohafte schnippt; Abenteuer und Reise als Flucht, deren Ausweglosigkeit bereits erkannt ist.

Privatistisch auch dies: der Kritiker Tucholsky sieht sich in keinerlei Diskussionszusammenhang, er schreibt seine literarischen Aufsätze, als habe niemand anders diese Bücher beurteilt, gar verurteilt. An der großen Debatte über Arnold Zweigs «Grischa» nimmt er nicht teil; daß auch Kisch sich zu Max Hölz'. «Vom weißen Kreuz zur roten Fahne» äußerte, ist scheinbar unbekannt; die Fehden zwischen Karl Kraus und seinen erbitterten Gegnern – ob Hofmannsthal, Kisch oder Harden – werden nicht zur Kenntnis genommen; seine Kritik über Ernst Ottwalts Justizroman «Denn sie wissen, was sie tun» erscheint zwar zwei Monate vor Lukács' aggressivem Essay zu dem Buch in der «Linkskurve» – aber ein Echo darauf findet sich nirgends bei Tucholsky; Namen wie Lukács, Benjamin, Bloch tauchen bei ihm schlechterdings nicht auf. Tucholsky sah sich offenbar nicht im Chorus einer Disziplin, gar einer entstehenden materialistischen Literaturtradition. Er war – urteilssicherer – Einzelgänger, auch hier.

Kennzeichnend ist dies: die meisten Kritiken, die den heimlichen Idylliker Kurt Tucholsky zeigen, stammen aus sehr frühen Jahren. Seine Bewunderung einer «heilen» Literatur – Morgenstern, Raabe, Fontane – ist deutlich vermittelter Ausdruck einer Sehnsucht nach einer heilen Welt. In seinem Artikel über Morgenstern aus dem Jahre 1919 heißt es:

«Es ist bezeichnend, wie stark die positive Seite dieses tiefen Spaßmachers gewesen ist, die positive Seite, ohne die nun einmal keine Satire, kein Scherz, kein Ulk denkbar ist . . . Die Satire ist nur die Konkav-Ansicht eines Gemüts; wenn es nach hinten nicht bukkelt, klafft vorn keine Höhlung, und das Ganze bleibt platt.»

Bald entsteht aus dieser enttäuschten Liebe jener «Haß aus Liebe», der zum Motor von Tucholskys Satire wird. Bezeichnend noch der ein Jahr später zu Heinrich Mann formulierte Satz «Nun kann nur nein sagen, wer das ja tief in sich fühlt, und dieser weiß, was das ist: Demokratie». Die Demokratie also als Harmonieersatz einer heillos gewordenen bürgerlichen Welt – Tucholskys politisches Konzept hängt ursächlich mit seinem literarischen zusammen und vice versa.

Sehr früh allerdings beginnt der Verzerrungsprozeß, der Tucholskys Leben schließlich zerstörte; was Resignation im politischen Kampf, Sichaufgeben im persönlichen Leben genannt werden kann, heißt Melancholie im Rezipieren von Literatur und Philosophie. Schopenhauers Agnostizismus spielt beim reifen Tucholsky eine große Rolle. Jene «Antwort», aus der seine Beschäftigung mit Literatur besteht, sucht sich nun einen spezifischen Resonanzboden.

Hamburg, März 1972 F. J. Raddatz

DER PROZESS

> Es war ein lächelnder Gerichtshof, vor dem er dringend sich seinen Freispruch verbat. Ludwig Hardt

Wenn ich das unheimlichste und stärkste Buch der letzten Jahre: Franz Kafkas ‹*Prozeß*› (im Verlag Die Schmiede zu Berlin) aus der Hand lege, so kann ich mir nur schwer über die Ursachen meiner Erschütterung Rechenschaft ablegen. Wer spricht? Was ist das?

«Erstes Kapitel. Verhaftung. Gespräch mit Frau Grubach. Dann Fräulein Bürstner. Jemand mußte Josef K. verleumdet haben, denn ohne daß er etwas Böses getan hätte, wurde er eines Morgens verhaftet.» So fängt es an. Es ist ein Bankbeamter, um den es sich handelt — und die zwei Gerichtsboten, die da morgens in sein möbliertes Zimmer kommen, wollen ihn verhaften. Aber sie verhaften gar nicht — der ‹Aufseher› stellt an einem Nachttischchen ein Verhör mit ihm an, dann darf er in die Bank gehen. Er ist frei. Bitte, Sie sind frei ... Der Prozeß schwebt.

Wir alle, die wir ein Buch zu lesen beginnen, wissen doch nach zwanzig oder dreißig Seiten, wohin wir den Dichter zu tun haben; was das ist; wie es läuft; obs ernst gemeint ist oder nicht; wohin man im groben so ein Buch zu rangieren hat. Hier weißt du gar nichts. Du tappst im Dunkel. Was ist das? Wer spricht?

Der Prozeß schwebt, aber es wird nicht gesagt, was für ein Prozeß. Der Mann ist offenbar eines Vergehens angeklagt, aber es wird nie gesagt, welches Vergehens. Die irdische Gerichtsbarkeit ist es nicht — also welche sonst? Eine, um Gottes willen, allegorische? Der Autor erzählt, erzählt mit unerschütterlicher Ruhe — bald merke ich, daß es nichts Allegorisches wird — deute nur, du deutest nie aus. Nein, ich deute nie aus.

Josef K. wird zum Verhör geladen — er geht. Das Verhör findet unter seltsamen Umständen im fünften Stockwerk eines Außenviertels statt — man liest, weiß nicht ...

Und ganz unmerklich hat sich die Idee festgehakt, sie greift über, und nun gibt es nichts zu freudianern, und keine gebildeten, geschwollenen Fremdwörter helfen hier weiter.

Es ergibt sich, das Josef K. in eine riesenhafte Maschinerie geraten ist, in eine bestehende, arbeitende, geölt laufende Maschine des Gerichts. Er vernachlässigt seine Stellung in der Bank, er berät mit Advokaten, er geht zu den Verhören, obgleich er sich geschworen hat, nicht hinzugehen, er beschwert sich über das Betragen der Gerichtsdiener in seiner Wohnung – es sickert auch langsam durch, daß er einen ‹Prozeß› hat, es scheint, daß alle Leute davon wissen, oder doch viele, es ist wohl etwas Legitimes. Bis es ihn in der Bank selbst erwischt.

«Als K. an einem der nächsten Abende den Korridor passierte, der sein Büro von der Haupttreppe trennte – er ging diesmal fast als der Letzte nach Hause, nur in der Expedition arbeiteten noch zwei Diener im kleinen Lichtfeld einer Glühlampe –, hörte er hinter einer Tür, hinter der er immer nur eine Rumpelkammer vermutet hatte, ohne sie jemals selbst gesehen zu haben, Seufzer ausstoßen.» Er öffnet. Da steht ein Mann in dunkler Lederkleidung und vor ihm die beiden Gerichtsdiener. «Was tut ihr hier?» fragt er sie. «Herr! Wir sollen geprügelt werden, weil du dich beim Untersuchungsrichter über uns beklagt hast.» In der Bank? In dieser so realen Bank? K. unterhandelt mit ihnen, versucht, den Prügler zu besänftigen – so hart habe er seine Beschwerde nicht gemeint . . . Aber sie müssen sich ausziehen, die Gerichtsdiener, schon sind die Oberkörper nackt, die Rute tanzt . . . Da schlägt K. die Tür zu. Der Schrei der Geprügelten wird jäh abgeklemmt.

Am nächsten Tag geht er scheu an der Tür vorbei, die sein Geheimnis vor der Bank verbirgt. Er öffnet, aus Gewohnheit . . . «Vor dem, was er statt des erwarteten Dunkels erblickte, wußte er sich nicht zu fassen. Alles war unverändert so, wie er es am Abend vorher beim Öffnen der Tür gefunden hatte. Die Drucksorten und Tintenflaschen gleich hinter der Schwelle, der Prügler mit der Rute, die noch vollständig angezogenen Wärter, die Kerze auf dem Regal und die Wächter begannen zu klagen und riefen: Herr! Sofort warf K. die Tür zu . . .»

Ich gebe diese Probe, um die grausame Mischung von schärfster Realität und Unirdischem zu zeigen – wie neben den Büroboten der lederschwarze Prügler, aus einer Masochisten-Fotografie geschnitten, die Rute schwingt . . . Und K. wirft die Tür zu – nein: «er schlug noch mit den Fäusten gegen sie, als sei sie dann fester verschlossen». Der Prozeß schwebt.

Der Prozeß braucht einen Advokaten. K. findet ihn, aber hier hat das Buch nun schon beinah ganz die Erde verlassen – wie eine schwarze Kugel schwebt es durch den Raum. Beim Advokaten ist ein Leidensgefährte, ein jämmerlicher zerprügelter kleiner Mensch – und es gibt untere und obere Advokaten, und das Schrecklichste ist, daß niemand die Spitze dieser Pyramide absehen kann, niemand dringt jemals in diese Höhen, scheint es . . .

Also eine Justizsatire? Nichts davon.

So wenig, wie die ‹*Strafkolonie*› eine Militärsatire ist oder die ‹*Verwandlung*› eine Bourgeois-Satire – es sind selbständige Gebilde, die niemals auszudeuten sind.

Der treuste Freund Max Brod, der dem Buch ein wunderschönes Nachwort geschrieben hat, und dessen unermüdlichen Anstrengungen wir erst die Drucklegung dieses Schatzes und fast aller andern Bücher Kafkas verdanken – Brod erzählt uns, das Buch sei ein Fragment geblieben. Man merkt das auch; ich fühle in diesem Punkt ein klein wenig anders als Brod. So erscheint mir bei diesem herrlichen Prosaiker zum ersten Mal dies und jenes nicht ganz ausgeglichen – auch steht für mein Empfinden das grandiose Schlußkapitel etwas unvermittelt an dem vorletzten Abschnitt, der übrigens eine Meisterleistung für sich ist. Auf meine Bitte war Max Brod so freundlich, mir seine Ansicht über den ‹Prozeß› mitzuteilen; hier ist sie:

«Der Prozeß, der da geführt wird, ist der ewige Prozeß, den ein zart empfindender Mensch mit seinem Gewissen auszufechten hat. Held K. steht vor seinen innern Richtern. Das gespenstische Verfahren vollzieht sich an den unscheinbarsten Schauplätzen und so, daß scheinbar K. immer recht hat. Ganz ebenso sind wir rechthaberisch gegen unser Gewissen und versuchen, es zu bagatellisieren. Das Besondere ist nur die fatale Feinfühligkeit gegen die innere Stimme, die auf Schritt und Tritt immer lebendiger wird.

Mit Kafka selbst konnte man natürlich nie über Deutungen sprechen, auch bei der größten Intimität nicht. Er selbst deutete so, daß die Deutungen neuer Deutungen bedürftig wären. So wie ja auch sein Prozeß nie recht entschieden werden kann.»

Dieser Prozeß ist selbstverständlich, wie auch aus Brods Darlegungen im Nachwort hervorgeht, niemals eine Allegorie gewesen. Er ist sofort als Symbol konzipiert, tatsächlich hat sich das Symbol selbständig gemacht, es lebt sein eignes Leben. Und was für ein Leben . . .

Da ist eine Szene bei einem etwas verkommenen Maler, von dem man dem Angeklagten K. gesagt hat, er könne ihm im Prozeß durch Fürsprache bei den obern Richtern nützlich sein. Zu dem geht er. Der Mensch wohnt oben im Haus, in einer kleinen, unaufgeräumten Stube. Zum Schluß der Unterredung bittet der Maler, ihm doch ein Bild abzukaufen, vielleicht mehrere Bilder . . . Und holt nun immer dieselbe Heidelandschaft unter seinem Bett hervor, immer dieselbe . . . Und dann geleitet er den Hilfesuchenden zur Tür hinaus, und K. ist wieder in den gefürchteten Gerichtskorridoren. «Woher staunen Sie?» fragt der Maler. «Es sind die Gerichtskanzleien. Wußten Sie nicht, daß hier Gerichtskanzleien sind? Gerichtskanzleien sind doch fast auf jedem Dachboden, warum sollten sie grade hier fehlen?»

Also ein Traum? Nichts ist für mein Gefühl verkehrter, als mit diesem verblasenen Wort Kafka fangen zu wollen. Dies ist viel mehr als ein Traum. Das ist ein Tagtraum.

Etwas Ähnliches an Zügellosigkeit gibt es nur noch in geschlechtlichen Kindheitsphantasien, wo Schule, Haus, die Stadt und die Welt einer, einer einzigen Idee untergeordnet sind – wo die Menschen Glaskleider tragen oder halt! noch besser: vorn kleine Glasluken, damit man sie besser sehen kann . . . Das Buch ist nicht wahnsinnig – es ist vollkommen vernünftig, es ist in seiner Idee so vernünftig, wie manche Irre vernünftig sind, logisch, mathematisch in Ordnung: es fehlt eben jene leise Dosis von Irrationalem, die erst dem vernünftigen Menschen den innern Halt gibt. Nichts schrecklicher als ein reiner Mathematiker des Verstandes — nichts unheimlicher.

Nun ist aber Kafka ein Dichter seltenen Formats, und diese ultralogische Grundidee ist berankt mit realen Phantasiegebilden. Es gibt gar keine Frage mehr, ob es das alles gibt — das gibt es, das ist so wahr, wie in der Strafkolonie eine Tötemaschine steht, so wahr, wie sich der Geschäftsreisende damals in einen Käfer verwandelte . . . das ist so.

Das vorletzte Kapitel enthält die theologische Ausdeutung einer kleinen Geschichte Kafkas, die sich in dem Band *‹Ein Landarzt›* findet, sie heißt: *‹Vor dem Gesetz›*, ein Muster reiner Prosa. Hier im Buch schwillt die Geschichte auf, wird, nach des Autors eignen Worten, unförmlich; ein Gefängniskaplan im Dom erklärt sie dem lauschenden und disputierenden Josef K., verstrickt ist er, nichts kann ihn retten.

Wie er stirbt, mag man selber nachlesen. Die letzte Minute ist eine Vision von einer nie gehörten Stärke. «Seine Blicke fielen auf das letzte Stockwerk des an den Steinbruch grenzenden Hauses. Wie ein Licht aufzuckt, so fuhren die Fensterflügel eines Fensters dort auseinander, ein Mensch, schwach und dünn in der Ferne und Höhe, beugte sich mit einem Ruck weit vor und streckte die Arme noch weiter aus. Wer war es? Ein Freund? Ein guter Mensch? Einer, der teilnahm? Einer, der helfen wollte? War es ein Einzelner? Waren es alle? War noch Hilfe? Gab es Einwände, die man vergessen hatte?»

Das Buch schließt mit einem optischen Bild, das ich hier nicht aus dem Zusammenhang reißen möchte, einer alten Fotografie von unvergeßlicher Grausigkeit.

Seit Oskar Panizza ist so etwas an eindringlicher Kraft der Phantasie nicht wieder gesehen worden. Das Deutsch ist schwer, rein, bis auf wenige Stellen wundervoll durchgearbeitet. Wer spricht?

Franz Kafka wird in den Jahren, die nun seinem Tode folgen, wachsen. Man braucht niemand zu ihm zu überreden; er zwingt. Wände beleben sich, die Schränke und Kommoden fangen an zu flüstern, die Menschen erstarren, Gruppen lösen sich auf und bleiben wieder wie angebleit stehen, nur der Wille zittert noch leise in ihnen. Man sagt von Tamerlan, er habe einmal seine Gefangenen mit Mörtel zu einer Mauer zusammenmauern lassen, zu einer brüllenden Mauer, die langsam verzuckte. So etwas ist es. Ein Gott formt eine Welt um, setzt sie neu zusammen, ein Herz steht am Himmel und scheint nicht, sondern klopft; ein Fetisch wandelt, eine Apparatur wird lebendig, nur, weil sie da ist, die Frage Warum? ist so töricht, beinah so töricht wie in der realen Welt.

Deren Teile sind da — aber sie sind so gesehen, wie der Patient kurz vor der Operation die Instrumente des Arztes sieht: ganz scharf, überdeutlich, durchaus materiell — aber hinter den blitzenden Stücken ist noch etwas andres, die Angst brüllt der Materie in alle Poren, erbarmungslos steht das Operationsbett, hab doch Mitleid! sagt der Kranke, auch du! Das Bett ist so fremd, aber es ist doch im Bunde.

Ein solcher Wille begründet Sekten und Religionen – Kafka hat Bücher geschrieben, einige wenige, unerreichbare, niemals auszulesende Bücher. Hätte sich der Schöpfer anders besonnen, und wäre dieser in Asien geboren: Millionen klammerten sich an seine Worte und grübelten über sie, ihr Leben lang.

Wir dürfen lesen, staunen, danken. 1926

IN DER STRAFKOLONIE

Das ist nicht wahr, wenn die Leute behaupten, Träume seien verschwommen. «Jeder ist, während er träumt, ein Shakespeare», sagt der Weise, und noch im unsinnigsten Phantasma der Nacht stehen Konturen und Farben unverrückbar fest. Bäume zum Greifen und saftig grün, und in den Gesichtern der Geträumten kann man die Fältchen mit den Fingern antasten. Klar und scharf ist alles im Traum.

So unerbittlich hart, so grausam objektiv und kristallklar ist dieser Traum von Franz Kafka: ‹*In der Strafkolonie*› (bei Kurt Wolff in München erschienen). Dieses schmale Buch, ein wundervoller Drugulin-Druck, ist eine Meisterleistung.

Seit dem ‹*Michael Kohlhaas*› ist keine deutsche Novelle geschrieben worden, die mit so bewußter Kraft jede innere Anteilnahme anscheinend unterdrückt, und die doch so durchblutet ist von ihrem Autor. Die Geschichte ist einfach die, daß in der Strafkolonie ein aufsässiger Soldat auf einen irren Apparat geschnallt wird, und dort foltert man ihn. Dort wird ihm seine Strafe, die These: «Ehre deinen Vorgesetzten», auf den nackten Leib geschrieben. Nadeln besorgen das.

Seit dem parfümierten Salonsadisten Ewers sind diese Dinge ein wenig in Verruf geraten, und man muß heute schon immer hinzusetzen, daß es sich bei einem solchen Buch nicht um die Bereicherung der Handbibliothek schwammiger Konfektionäre handelt. (Zu beschlagnahmen ist hier auch nichts, Herr Staatsanwalt!) Als ich so weit gelesen hatte, bis da der nackte Mann unter der Maschine liegt, in seinen Mund wird ihm von unten her ein Filzstück geschoben, damit er nicht schreien kann, seit Jahren hat man diesen Filzstumpf nicht gewechselt, und nun setzt sich diese komplizierte Maschinerie langsam in Bewegung, die Nadeln schreiben, und aus kleinen Kanülen spritzt Wasser das Blut fort – als ich so weit gelesen hatte, schluckte ich einen faden Blutgeschmack herunter und suchte nach einer Entschuldigung und dachte: Allegorie . . . Die Militärgerichtsbarkeit . . .

Aber dieses Kunstwerk ist so groß, daß es keiner Entschuldigung bedarf, und eine Allegorie ist erst recht nicht vonnöten. Es ist ganz etwas andres. Der leitende Offizier erklärt dem fremden Reisenden genau die Konstruktion der Maschine und begleitet jede Zuckung des Gefolterten mit sachverständigen Bemerkungen. Aber er ist nicht roh oder grausam, er ist etwas viel Schlimmeres. Er ist amoralisch. Die Angelegenheit hat mit Christentum überhaupt nichts zu tun, dieser Offizier quält nicht, er ist beileibe kein Sadist. Und wenn er nach der sechsten Stunde der Folterung die Leidenszüge des nun immer schwächer werdenden Mannes in sich hineinschlürft, so ist das nur eine grenzenlose und sklavische Verneigung vor der Maschine dessen, was er Gerechtigkeit nennt, in Wahrheit: vor der Macht. Und diese Macht hat hier keine Schranken.

Einmal schrankenlos herrschen können . . . Besinnt ihr euch noch: wie wir kleine Jungens gewesen sind und in mancherlei wirren Sexualnöten steckten, erträumten wir uns wohl eine Stadt oder ein Land, darin gingen die Leute alle nackt oder sie hatten Glaskleider an, Männer und Frauen. Und in diesem Lande wurde ausschließlich und schrankenlos und ohne die leiseste Seelenemotion coitiert. Das hatte mit Liebe gar nichts zu tun, es war das ein Schwelgen in der Möglichkeit rein manuellen Geschehens, ohne daß störend Lehrer oder Vater oder Mutter hinzukamen. (Eine Art der Sinnlichkeit, wie sie normale Erwachsene nie mehr empfinden können.) Was die Phantasie des Knaben reizte, war nicht nur das sexuelle Motiv, sondern vor allem die Schrankenlosigkeit. Das Indianerspiel war die Vorstufe dazu. Einmal schrankenlos herrschen können . . .

Diese Schrankenlosigkeit – hier bei Kafka ist sie geträumt und gestaltet. Und die Hindernisse, die sich einer reglementmäßigen Folterung in den Weg stellen, sind gleichfalls traumhaft. Nicht daran scheitert die Qual, daß etwa eine ganze Gesellschaft, die Ordnung, der Staat empört aufstünden, sie zu hindern – nein, die Ersatzteile der Maschine sind nicht in Ordnung, und der neue Kommandant der Strafkolonie ist, im Gegensatz zum alten, ein Modernist und unterstützt den Maschinenoffizier und sein Folterwerk nicht so recht, aber er duldet es doch auch . . . Und all das ist so maßlos kühl und unbeteiligt erzählt. Der Dichter hat noch Zeit, ganz, ganz kleine Einzelheiten auszupinseln, so wie man ja manchmal im Leben und im Traum bei katastrophalen Geschehnissen einen eingerissenen Fingernagel oder ein Blumenblatt auf dem Teppich als das Charakteristikum dieses Geschehnisses vor allem im Gedächtnis behält. Und so arbeitet denn vor den Augen des erregten Reisenden die Maschine, und die Nadeln schreiben und schreiben.

Und dann verschiebt sich das Bild, und in einem Kausalnexus, der nur durch die Tatsache des Traums verständlich wird, läßt der Offizier den Verurteilten frei, und weil seine Maschine nicht leer stehen kann, legt er sich selbst darunter und läßt sich rasch zu Tode peinigen. Nur deshalb: weil die Maschine nicht leer stehen kann. Und traumhaft wirr steigen die Räder aus diesem entsetzlichen Instrument, das ein gemeinsames Kind von Peter Behrens und Lyonel Feininger konstruiert haben könnte, die runden Räder steigen und fallen, und da spießt die Egge den Leib des Offiziers auf, und der Ausleger der Maschine hebt den Kadaver entsetzlich langsam nach außen und läßt ihn in jene Grube klatschen . . .

Der Reisende und der bisherige Verurteilte und der Posten haben machtlos zugesehen. Und dann gehen sie noch in der Stadt umher, und dann steigt der Reisende auf ein Boot und fährt fort. Und auf einmal ist das Buch aus.

Ihr müßt nicht fragen, was das soll. Das soll gar nichts. Das bedeutet gar nichts. Vielleicht gehört das Buch auch gar nicht in diese Zeit, und es bringt uns sicherlich nicht weiter. Es hat keine Probleme und weiß von keinen Zweifeln und Fragen. Es ist ganz unbedenklich. Unbedenklich wie Kleist.

1920

ULYSSES

Und falls dieses Buch eine neue Odyssee ist —: ich will mich lieber vor der Odyssee blamieren, als, getreu nach Vaihinger, so tun, als ob . . . Los.

Wenn 1585 Seiten auf einen heruntergedonnert kommen, dann darf man wohl zunächst eine Weile verdutzt schweigen. Mit ‹fabelhaft› und ‹Bluff› ist es nicht getan — der verdienstvolle Rhein-Verlag in Basel, der das Werk von James Joyce *‹Ulysses›* als Privatdruck herausgebracht hat, stimmt seinen Einführungsprospekt allerdings auf den Ton: aut-aut ab. «Valéry Larbaud, ein französischer Kritiker, begrüßt den *‹Ulysses›* mit der gleichen Ehrfurcht, wie Boccaccio die *‹Divina Comedia›* begrüßte. Er veranstaltete in Paris Diskussionsabende über *‹Ulysses›* und suchte den Schlüssel in Homers unsterblichem Werk.» In England sind Exemplare, die sie zu fassen bekommen hatten, verbrannt worden — wie ja überhaupt die geistige Freiheit der verantwortlichen Engländer mitunter enge Grenzen hat; in Amerika haben sie die *‹Little Review›*, die Kapitel aus dem *‹Ulysses›* abgedruckt hat, beschlagnahmt und den Verantwortlichen angeklagt und verurteilt. Das Buch mußte, im englischen Text, in Paris gedruckt werden; eine tapfere Engländerin hat das ermöglicht. Stimmen erheben sich.

> «Ich möchte die jungen Leute zu Klubs organisieren mit dem Zweck, den *‹Ulysses›* zu lesen, damit sie die Frage erörtern können: Sind wir so? und wenn die Abstimmung ein Ja ergibt, zu der weitern Frage fortschreiten: Wollen wir so bleiben?, die, wie ich hoffe, verneinend beantwortet würde.»

Ein protestantischer Superintendent? Ein Pastor der anglikanischen Hochkirche? Der Dean von St. Pauls? Nein — Bernard Shaw.

Der erste Eindruck ist so:

Unmöglich, alles hintereinander zu lesen. Die Personen verwirren sich; wenn eine Handlung darin ist, habe ich sie nicht verstanden – ich weiß nicht immer, was real, gedacht, geträumt oder beabsichtigt ist. Aus einer Inhaltsangabe des Verlages ergibt sich, was an diesem einen Tage, der dem Buch zugrunde liegt, vorgeht –: ich habe das nicht gemerkt. Zwei gewaltige Ausnahmen: eine Walpurgisnacht und ein riesiger innerer Monolog, beide im dritten Band. Bis dahin wogt der Nebel.

Hier ist nun, da wir es nicht mit einem Originaltext, sondern mit einer Übersetzung zu tun haben, sogleich zu untersuchen, ob dieser Eindruck an der Übersetzung liegen kann.

Ich habe noch keinen Mann gesehen, der den englischen Text von ‹*Ulysses*› gelesen und verstanden hat; ich kenne zwar merkwürdige Ruhmesfanfaren von Literaten, die ihn nachweislich nicht gelesen hatten – und ich erinnere mich, daß der englische Lektor der École Normale in Paris, ein Ire aus Dublin, mir einmal sagte, er vermöge das Buch nicht zu bewältigen. Das kann an ihm gelegen haben. Mögen Anglisten entscheiden, wie der Übersetzer Georg Goyert seine Riesenaufgabe bewältigt hat, bei der ihn übrigens der deutsch verstehende Verfasser unterstützte. Es handelt sich hier auch gewiß nicht darum, dem Übersetzer, der jahrelang gearbeitet haben mag, Fehlerchen anzukreiden. Das kann ich nicht.

Wohl aber kann ich nach Hunderten von Stichproben bei der ersten Lektüre eines sagen:

In welchem Stil dieses Buch abgefaßt ist, steht dahin. Dichterisches Deutsch ist es bestimmt nicht.

Ich will gar nicht von den Unreinheiten sprechen. «Ich erinnere noch die Hungersnot» ist einfach ein grammatischer Fehler, eine französierende Konstruktion, die vielleicht angewendet werden darf, wenn damit die Sprechweise eines gezierten Menschen oder ein Provinzialismus gekennzeichnet werden soll. Das ist aber nicht die Absicht. «Der siebte» ist ein infamer Lapsus, den Schopenhauer zu seinem Glück nicht mehr zu erleben brauchte. Es sind nicht diese Unreinheiten; nicht das fatale Modewort «irgendwie»; es ist auch nicht die Unmöglichkeit, alles in einem solchen Werk zu übertragen – es ist etwas andres.

Ich nehme eine Stelle des glatt laufenden Textes.

> «Als er an Blooms zahnärztlichen Fenstern vorbeischritt, bürstete sein wehender Staubmantel einen dünnen, tastenden Stock aus seiner Richtung, fegte weiter und traf dann einen schwachen Körper. Der blinde Jüngling wandte sein krankes Gesicht hinter der davonschreitenden Gestalt her.»

Das ist nichts. Das ist tot. Das hat keine Musik, tönt nicht, die Worte sind, wie Jacobsen das einmal ausgedrückt hat, «aus dem Wörterbuch» genommen; sie sind richtig, ja ja – aber es schwingt nichts unterhalb der Prosa, die Sprachmelodie fehlt. So geht das durch das ganze Buch. Seine Sprache ist stumpf.

Nun wird mir Goyert sagen: «Du kennst das Original nicht. Das ist ja grade das Feine daran, daß es eben nicht das ist, was du dichterisch nennst — Joyce will das gewöhnliche zeigen, er will die Sprache dem Alltag nähern. Er will nur wie ein Grammophon wiedergeben, wenn ihm das paßt.» Und das lasse ich mir nun nicht erzählen. Wenn er das wirklich will, und wenn das hier gut übersetzt ist —: dann hat er das nicht gekonnt.

Wir haben in Deutschland viel zu wenig Bücher, die Sprachmelodien exakt wiedergeben, und ich wüßte nichts, was amüsanter (und was schwerer) wäre. Es gibt da eine innere Wahrhaftigkeit, eine Echtheit, die man nicht philologisch beweisen kann — jeder unterscheidet sofort die echten und die falschen Töne. Lasse ich einen Berliner etwa sagen:

«Ick komm da rieba und hol mir 'n Ssiehjarn — indem wird er ausholn und haut Emmyn direkt mit die Fauste unter de Auhrn. Sie is jleich nachn Wasserkran jejangen —» so gibt es keinen Mann von der Panke, der nicht sofort unterbricht und das Wort ‹Wasserkran›, das theoretisch richtig angewendet ist, beanstandet. Das sagt eben ein Berliner nicht. Von solchen Wasserkränen wimmelt es im Buch.

Schlußurteil über die Übersetzung:

Hier ist entweder ein Mord geschehen oder eine Leiche fotografiert.

Der Gong klingt nur an wenigen Stellen. Aus welchem Metall ist er gemacht —?

Fortschrittliche Professoren haben für den *‹Ulysses›* eine Vorliebe gefaßt, und es ist nicht nur das, was mich mißtrauisch macht. Ich habe 1585 Seiten bekommen — aber eben mit Ausnahme jener zwei grandiosen Stücke ist da nichts auf meinem Teller; bis jetzt kann ich das nicht essen — es ist irgend etwas Künstliches an der Sache, etwas Konstruiertes, und, nun will ich mich getrost steinigen lassen: etwas Phantasieloses.

‹Zu Ende› schreiben bedeutet ja noch gar nichts. Das ist Geduldssache des Fleißes, vielleicht sogar der Graphomanie oder andrer Veranlagung. Es wird mir kein Mensch einreden, daß etwa die *‹Blechschmiede›* von Arno Holz ein geniales Kunstwerk sei — man ertrinkt in Staub, weil alles zu Ende gesagt ist. Ganze Partien des *‹Ulysses›* sind schlicht langweilig.

Wenn er von seinen Figuren oder von seinen Straßen spricht; von Hunden oder Kupplerinnen; von Meeresbuchten oder von Kneipen, so habe ich immer den Eindruck, als sei das alles nur fingiert: wie die Säcke Hafer in Rechenaufgaben oder wie die paar anständigen Seiten in einer Pornographie. Ist in den *‹Memoiren einer Sängerin›* von einem Salon die Rede oder steht da: «Sie begab sich hinaus, um dem Diener einige Befehle zu erteilen ...» so ist der Diener nicht da, und der Salon nicht und gar nichts. Das ist nur gesagt. Was ich vom ersten Band des *‹Ulysses›* verstanden habe, scheint mir gesagt. Der Autor teilt mir etwas mit — aber ich glaube es ihm nicht.

Worauf es James Joyce angekommen ist, weiß ich nicht; das Buch besteht zu seinem Hauptteil aus etwas, worauf es ihm scheinbar nicht angekommen ist, aus Nebensächlichkeiten; darauf zu achten, ist so, wie wenn man sich in der Physikstunde freut, daß das Versuchspräparat des Lehrers so schön rubinrot ist. Darauf kommt es aber nicht an. Hier ist ein Versuch gemacht. Was soll bewiesen werden? Was ist das für ein Versuch —?

Das zeigt sich sehr klar im dritten Band. *‹Mabbot-Straße. Eingang in die Nachtstadt›*. Das ist, für den ersten Eindruck, eine großartige Vision.

Wie da Gestalten aus dem Dunkel auftauchen und verschwinden; wie die Figuren aufgerissen werden, daß Blut, Eingeweide, Mordgedanken und die letzten Wünsche aus ihnen herausquillen; wie Träume, Heniden, Affekte und die ganze türkische Musik Freuds lebendig werden —: dazu ist Ja zu sagen. Und tiefer geht es, in unterirdische Stromgebiete — dergleichen kenne ich bei den Dahingegangenen nur von dem großen Panizza. Wahrscheinlich ist das mehr als Literatur — auf alle Fälle ist es die allerbeste. Die Schlußvision ist zum Greifen nahe.

> «Auf der dunkeln Mauer erscheint langsam eine Gestalt, ein schöner elfjähriger Knabe, ein Wechselbalg, gestohlen, in der Tracht der Etonboys, mit Glasschuhen und kleinem Bronzehelm; er hält ein Buch in der Hand. Er liest leise, von rechts nach links, lächelt, küßt die Seite.
>
> Bloom (ergriffen, ruft kaum hörbar): Rudy!
>
> Rudy sieht, ohne zu sehen, in Blooms Augen und liest weiter, küßt und lächelt. Er hat ein zartes, malvenfarbiges Gesicht. An seinem Anzug hat er diamantene und Rubinknöpfe. In der freien linken Hand hält er einen dünnen Elfenbeinstock mit violetter Schleife. Ein weißes Lämmchen guckt ihm aus der Tasche.»

Allerdings geht auch hier die Sprache nicht mit, folgt nicht, bleibt stecken. Die Derbheiten der Huren, die Roheiten der Straße sind in einem erfundenen Dialekt geschrieben. Wobei zu fragen ist, warum sich in aller Welt alle deutschen Übersetzer, die englische Werke bearbeiten, einbilden, sie müßten Cockney-Englisch in einem völlig idiotischen Dialekt wiedergeben. Die Cockney-Leute sprechen in deutschen Übersetzungen meistens so, wie ‹Dör Zwickauer› im seligen *‹Kladderadatsch›* gesprochen hat — mit verkrempelten, getrübten Vokalen: etwas ganz und gar Unsinniges, das nie ein lebendiger Mensch über die Zunge gebracht hat. (So ist zum Beispiel die schön ausgestattete Kipling-Gesamtausgabe im Listschen Verlag dadurch halb entwertet: Kiplings drei Soldaten reden einen Phantasie-Dialekt, der wie übergegangene Milch schmeckt.) Doch stellen diese Visionen im *‹Ulysses›* vielleicht Anforderungen an den Übersetzer, denen grade noch der allergrößte Sprachkünstler gewachsen wäre. Und der übersetzt nicht, sondern schreibts selber.

Der dubliner Tag nähert sich seinem Ende. Und ganz zum Schluß des Buches beginnt jenes eigentümliche Verhör, eine Art Examen, mit

Frage und Antwort.

«Welche Parallelwege gingen Bloom und Stephan, als sie zurückkehrten? — In normalem Spazierschritt verließen beide den Beresford Place und gingen dann der Reihe nach ...» Und: «Wurde diese Behauptung von Bloom angenommen? — Nicht wörtlich. Substantiell.» So fragt sich Joyce ab. Bis Bloom nach Hause kommt, sich — immer noch in Frage und Antwort dargestellt — auskleidet, sich neben seine Frau legt, die schon liegt ... «In welcher Stellung? — Zuhörerin: halb auf der linken Seite liegend, die linke Hand unter dem Kopf, das rechte Bein gradeaus gestreckt, es ruhte auf dem linken gebogenen in der Haltung der Gea-Tellus ...» Und da fahren sie. Wohin?

Und hier setzt nun der ‹innere Monolog› ein, der so viel Aufsehen gemacht hat, über hundert Seiten erstreckt er sich, und es muß gesagt werden, daß dies der stärkste Eindruck von allem ist. Er läuft ohne Interpunktion vorüber.

> «Ja weil er so was noch nie verlangt hatte nämlich ihm sein Frühstück ans Bett zu bringen mit ein paar Eiern seit dem City Arms Hotel wo er öfters liegen blieb und behauptete er wäre erkältet und spielte dann den Vornehmen um sich bei der alten Ziege der Frau Riordan interessant zu machen von der er was zu erben dachte und sie vererbte uns keinen Heller alles für Messen für sich selbst und ihre Seele war der größte Geizhals der je lebte hatte wirklich Angst 4 d für ihren denaturierten Spiritus auszugeben erzählte mir all ihre Krankheiten —»

Man schmeckt schon aus der kleinen Teelöffelprobe das Gericht: das leise Asthma, das einen dabei beschleicht, die tiefe Echtheit; das Springen der Gedanken; die Übersetzung, über die man stolpert — aber dieser innere Monolog ist eine Leistung, eine bewundernswerte Leistung an Könnerschaft, künstlerischem Mut, Seelenkenntnis.

Mit den winzigen Versuchen Arthur Schnitzlers und Carl Spittelers hat diese Orgelsymphonie der Gedanken nichts zu tun. Hier ist tatsächlich alles, aber auch alles gesagt. Mit viel größerer Kraft als etwa bei dem unappetitlichen Harris, dessen Unterhosenanekdoten mir peinlich erscheinen und von denen ich nichts wissen möchte. Hier rollt und gluckert es; blitzschnell springen die Ideenflöhe hin und her, klammern sich an Wortähnlichkeiten; wundervoll, wenn zum Zeichen des Tadels etwas zweimal gedacht wird (Berlinisch: «Er will einen Bruchbandschlüssel haben — P! Bruchbandschlüssel!») — ganz ersten Ranges, wenn die Sprache sinnlos tönt, ein dummes Echo. (So hallt die Gehirnschlucht, als vom Wort ‹Vagina› die Rede ist, mit ‹Cochinchina› wieder.) Denkt man nun so —?

Ich glaube, daß überhaupt nicht wiedergegeben werden kann, wie einer denkt. Man denkt grammatisch nicht folgerichtig; darüber kann es keine Diskussion geben. Schon komplizierte Nebensätze kommen nicht vor — von Bildern, hingewischten Fetzen und Heniden ganz zu schweigen. Wie unrichtig diese Technik da ist (die vorläufig die einzige ist, die uns bleibt), zeigen die derben Stellen. Ihretwegen ist das Buch wohl verfolgt worden.

Natürlich denkt eine Frau, die nicht einschlafen kann, auch an sexuelle Dinge. Ich glaube aber nicht, daß einer von uns dergleichen im Halbschlaf mit groben Worten zu Ende denkt – meist sieht er vielmehr, was er denkt, oder er denkt Begriffe, und die haben in uns keine Namen. Erst war das Ding, dann der Name. Joyce hat hier bewußt die ordinärsten Gassenworte gesetzt, und man hat ihm zu danken, daß er den Mut aufgebracht hat, es zu tun. Die Tagträume der halben Wünsche; der rüde Kitzel; der ins psychische versetzte physiologische Vorgang (Blutandrang, schwerer Magen, unruhiges Herz) – das ist ganz einzig getroffen. Ein Arzt, der Joyce einmal war, müßte die jeweilige Pulszahl an den Rand schreiben können. Die narzistische Eigenliebe, mit der der Körper behandelt ist, das Kreiseln um einen Gedanken, der Unflat, der da nachts ausbricht – ecce homo. Am besten die kleinen Seitenlämpchen, die am Wege blitzen.

> «Wenn ich dran denke wie er morgens die Treppe rauffällt die Tassen rasseln auf dem Brett und dann mit der Katze spielen sie reibt sich an einem weils ihr Spaß macht ob die wohl Flöhe hat ist genauso schlecht wie eine Frau immer sind sie am lecken aber ich hasse ihre Krallen ob die wohl was sehen was wir nicht sehen gucken immer so starr wenn sie oben so lange auf der Treppe sitzt und horcht –.»

Diese letzten Zeilen sind eine einzige Kostbarkeit: das sind wirklich Nachtgedanken, und gute dazu, worauf es ja zunächst nicht ankommt. Aber so ähnlich denkt man.

James Joyce hat eine Tür aufgestoßen; ich glaube, daß sie nach Freud nur noch angelehnt war. Auch dem Können dieses Iren sind natürliche Grenzen gesetzt: solche des menschlichen Gehirns und solche des Buchdrucks: man denkt ungeheuerlich schnell, man denkt auch manchmal polyphon – während ein schwerer Gedanke wie ein Glockenton in der Tiefe brummt, hüpfen oben die Affen der Assoziation auf und ab. Das kann man nicht aufschreiben. Was gemacht werden konnte, hat Joyce gemacht. Denn so sieht es in einem menschlichen Gehirn aus.

Was Vater Shaw da gepredigt hat, ist falsch. Man kann nicht anders ‹werden› – weil man nun einmal so ist.

So:

Zersplittert und hundsgemein böse und geil und niederträchtig und gut und gutmütig und rachsüchtig und ohnmächtig-feige und schmutzig und klein und erhaben und lächerlich, o so lächerlich! Nachts kommt das alles herausgekrochen, schlängelt sich in die Schwärze um das Bett, vergiftend und vergiftet, durch alle Poren kommt es heraus. Töte ihn! fressen! ich will ihn haben – er müßte mich ... gibt auch zu viel Geld aus – mein dicker Oberschenkel! müßte mal wieder zum Friseur gehen – und ...

«Ja und wie er mich unter der maurischen Mauer küßte und da dachte ich er so gut wie ein andrer und dann sah ich ihn an mit meinen Augen mich wieder zu fragen ja und dann fragte er mich ob ich wollte ja sagen meine Gebirgsblume und dann umschlangen ihn meine Arme ja ich zog ihn herab zu mir und er konnte meinen duftenden Brüste fühlen ja und ganz wild schlug ihm das Herz und ja ich sagte ja ich will. Ja.»

So schließt dieses außergewöhnliche und merkwürdige Buch.

Liebigs Fleischextrakt. Man kann es nicht essen. Aber es werden noch viele Suppen damit zubereitet werden. 1927

BERT BRECHTS HAUSPOSTILLE

Eine gute Eigenschaft Berlins: man kann die Stadt nicht jahrelang bluffen. Eine bessere Eigenschaft Berlins: ‹Beziehungen› in der Literatur nützen weniger als man glaubt; Besuche bei Kritikern wären lächerlich (sind in Paris gang und gäbe) –, in Berlin setzt sich die starke Kraft sehr oft allein durch. Eine schlechte Eigenschaft Berlins: seine grenzenlose Undankbarkeit. Es kann einer fünfundzwanzig Jahre hindurch die beste künstlerische Arbeit geleistet haben; wenn er im sechsundzwanzigsten aus irgend einem Grunde nachläßt oder seiner Zeit nicht mehr zu folgen vermag oder krank wird –: dann ist er vergessen und begraben und wird höhnisch abgetan. «Gott! (mit drei t) – der Mann ist doch passé!» Berliner Anilinruhm ist nicht ungefährlich.

Bert Brecht wird das eines Tages merken. Um wie viel er heute überschätzt wird, um so viel wird er eines Tages unterschätzt werden, und beides sehr zu unrecht. Dieser Mann ist auf dem Theater ein sehr beachtliches Talent, und in der Lyrik mehr als das. Da ist vor einiger Zeit seine ‹*Hauspostille*› (im Propyläen Verlag zu Berlin) erschienen, und ich habe absichtlich gewartet, um zu sehen, wie diese Gedichte aussehen werden, wenn sie eine Weile lagern. So sehen sie aus:

Sie vermitteln den stärksten Eindruck, den unsereiner in der letzten Zeit in deutscher Lyrik gefunden hat. Es mag sich nun jeder seine Lieblingsstücke heraussuchen und auswendig lernen. Wenn ich die meinen zu analysieren versuche, so bedeutet das keine abfällige Kritik an allen andern – mit Ausnahme einer Gattung. Das sind die wildromantischen ‹songs›. An die glaube ich nicht.

Was das Land ‹Mahagonny› angeht, so ist es ein gut bürgerliches Land, es blüht daselbst der Nußbaum und die gute Eiche, aus der man die Bücherregale macht. Die ‹*Drei Soldaten*› heißen George, Freddy und John und mit Nachnamen Kipling; und es ist ein großer Unterschied, ob ein Angelsachse solch ein Leben der Soldaten mitlebt oder ob ein Bayer, der seine Dumpfheit niemals ganz los wird, sie nachlebt. Es gibt da eine innere Wahrhaftigkeit, über die keiner hinwegtäuschen kann.

Der Rest dieser Gattung ist – mit Ausnahme der wunderschönen Ballade von des Cortez' Leuten –: Freiligrath. Ich habe diesen Dichter, in dessen Werk sich große Gaben und Lächerliches absonderlich mischen, nun noch einmal nachgelesen – die Ähnlichkeit ist überraschend. Wie da die Liebe zum fremden Land erst ursprünglich war, dann immer mehr benutzt wird, wenn das Eigene nicht reicht – wie da die fremden Namen auf den verblüfften Leser herunterdonnern: Na? Siehst du? so exotisch geht es bei uns zu . . ., wie da dem fremden Kontinent alles, alles zugemutet wird, nur keine Spießer, während doch grade die bei den Cowboys genau so wild wachsen wie bei den Skatindianern, nur eben in andern Formen –: diese bunten Lieder Brechts sind bester Freiligrath und schwächster Brecht. Dies vorweggenommen, hat man freilich den Hut abzunehmen.

Durch ‹*Apfelböck*› schon zieht ein Ton, der weit über Wedekind hinausgeht, und das will etwas besagen. Man durchblättere heute noch einmal die Gedichte Wedekinds, sie sind lange nicht so verstaubt wie seine meisten Dramen. Nun aber:

S. 24. ‹*Morgendliche Rede an den Baum Green*›. Das ist ein ganz neuer Ton, den wir noch nie gehört haben. Dieser Zusammenklang aus Keßheit, Scham, Kameradschaft, großer Stadt und ganz simpler Natur, der unwägbare Rhythmus, der durchgeht, das ist echte Kraft, hier wird nicht geprotzt, hier spricht ein Meister. Da öffnet sich die Faust eines Boxers und streichelt; die Liebkosung ist etwas hornig, aber wenn du genau hinfühlst, ist sie viel zarter als die einer Frau.

S. 27. ‹*Bericht vom Zeck*›. Das ist wie ein altes bayerisches Glasbild. Wunderschön, wie die Farbe Violett, die Baudelaire entzückt hat, auf diesen in den Knochen groben, im Leiden feinen B. B. wirkt. Violett – das will er nicht, das ist Fieber und Gift und Malaria und etwas, was zwischen den Farben ist. Hier übrigens wie in sehr vielen andern Gedichten sitzt jedes Wort wie mit Stahl genietet – unmöglich, auch nur eines herauszunehmen, der ganze Bau stürzte zusammen.

S. 33. ‹*Vom Mitmensch*›. Höhepunkt und Vorspiel zu der noch schönern ‹*Ballade von den Geheimnissen jedweden Mannes*› (S. 57). Die kindlich törichte Einteilung «Wir und die andern», die auch jenes «O-Mensch!»-Geschrei nicht hat durchbrechen können, ist hier völlig aufgelöst.

Ihr, die ihr ihn werft in die schmutziggelben Meere
Ihr, die ihr in schwarze Erde ihn grabt:
In dem Sack schwimmt mehr, als ihr wißt, zu den Fischen
Und im Boden fault mehr, als ihr eingescharrt habt.

«Weil er niemals», heißt es in dem Refrain, «weil er niemals den ihr kanntet, war. Und der Täter nicht nur seiner Tat.» Was an diesen Versen besonders merkwürdig berührt, ist, daß sie nicht gütig sind. Brecht hat überhaupt nichts Gütiges – es ist etwas Jugendlich-Grimmiges darin und Verzweiflung, Güte nicht. Gäbe es auch nur hundert deutsche Richter, die diese Gedichte verständen —: es stünde besser um unsre Justiz.

An reiner Lyrik scheint mir das Schönste — neben dem Baum Green — dies Doppelbildnis zu sein *‹Vom Klettern in Bäumen›* und *‹Vom Schwimmen in Seen und Flüssen›*. Hier ist das erreicht, was die Mahagonny-Männer mit viel Geschrei und deutschem Whisky niemals erreichen —: hier löst sich das Gedicht in Landschaft, der Mensch in Natur auf. Gegen einen bleichen, unbeteiligten Himmel steht schwarz der Wald, diese Natur ist weder Folie für einen exorbitanten Kerl noch Kulisse noch Altar — sie ist; weiter nichts. Ich hätte es niemals für möglich gehalten, daß es im Zeitalter der Kollektivität noch einmal etwas so grenzenlos Einsames, so Losgelöstes geben könnte. Dieser Mensch, der da klettert und schwimmt, ist ganz allein. Während man bei der zünftigen Lyrik nie, niemals das Gefühl los wird: «Ja — aber mit Rente! und was wird, wenn du die nicht hast, alter Parkschlenderer?» — ist hier einer mit sich und neben seinem Gott ganz allein. Dieser Gott schwimmt abends wirklich in den Flüssen, und es ist alles wahr, was in diesem Gedicht steht. Kleines Merkzeichen für sehr große Lyrik: sie will nicht komponiert werden.

Über S. 125 brauche ich in der *‹Weltbühne›* nichts zu sagen; da steht die *‹Legende vom toten Soldaten›*. Wer die nicht kennt, sollte schon um ihretwillen das Buch in die Hand nehmen. Den Preußen hats ja mancher besorgt — so gegeben hats ihnen noch keiner. Sie graben den toten Soldaten aus, wie ihr euch erinnert, eine ganze

militär-
ische ärztliche Kommission

und nehmen ihn mit . . .

Und sie nahmen sogleich den Soldaten mit.
Die Nacht war blau und schön.
Man konnte, wenn man keinen Helm aufhatte
Die Sterne der Heimat sehn.

Und sie schütten ihm Schnaps ein, geben ihm 2 Stück Krankenschwestern zum Geleit und 1 Stück Feldgeistlichen und

Voran die Musik mit Tschindrara
Spielt einen flotten Marsch.
Und der Soldat, so wie ers gelernt
Schmeißt seine Beine vom Arsch.

Und so ziehen sie denn dahin, Sanitäter und noch ein Mann im Frack, alle Dörfer, durch die sie kommen, geraten in Aufruhr . . .

Die Katzen und die Hunde schrein
Die Ratzen im Feld pfeifen wüst:
Sie wollen nicht französisch sein
Weil das eine Schande ist.

Und so zieht er denn zum zweiten Mal in den ff. Heldentod.

Das ist eine lyrische Leistung großen Stils, und wie man mir erzählt hat, soll das Lied in den Kreisen junger Kommunisten beginnen, populär zu werden. Was zu hoffen steht.

Im Abgesang ‹*Vom armen B. B.*› ist noch einmal alles enthalten, was dieses Buch uns wert macht und auch das, was drum herumhängt: Pose, Verzweiflung, echter Schmerz, eine gemachte Kälte, die Wärme zu sein vorgibt, wo echte Kälte ist, und eine herrliche lyrische Diktion. Nur noch die Jugendgedichte von George Grosz haben diesen Ton — sonst wohl nichts.

Brecht ist ein Gehauter — und ich habe fast Furcht, mich an ihn zu verlieren. Er zwinkert — hat er uns hineingelegt? Ich glaube, er hat es ein paar Mal versucht, er ist wohl böse von Natur und ein bißchen tücksch und kann es nicht lassen. Aber mag er böse sein. Er kann nicht nur viel, er ist nicht nur ein Sprachmeister; er hat, um einen berliner Ausdruck zu gebrauchen, ‹er hat was drin›.

Er und Gottfried Benn scheinen mir die größten lyrischen Begabungen zu sein, die heute in Deutschland leben. 1928

WELTGERICHT

S. J. hat hier so oft auseinandergesetzt, wer und was Karl Kraus ist, daß mir zu tun fast nichts mehr übrig bleibt. Kraus hat nun (im Verlag der Schriften von Karl Kraus, München, Luisenstraße 31) zwei Bände erscheinen lassen: ‹*Weltgericht*› — dieselben, die in Nummer 17 Eduard Saenger besungen hat. Er wird mich keineswegs hindern, es auch zu tun. Hier ist das gesammelt, was Kraus in der großen Zeit und zu der großen Zeit zu sagen hatte. Das war wie ein Schrei aus einer andern Welt, als er im Jahre 1914 — und so begann es — zu sprechen anhub: «In dieser großen Zeit, die ich noch gekannt habe, wie sie so klein war; die wieder klein werden wird, wenn ihr dazu noch Zeit bleibt . . .» Das waren die ersten Worte eines, der vom August bis zum November 1914 vor Schreck jäh verstummt war (die andern hatten längst ihre Sprache, und was für eine, wiedergefunden). Die dramatis personae dieses Weltgerichts sind tot oder werden es bald sein. Ihr schlechter Atem wird leben. Noch lebt er. Karl Kraus hat ein Geheimnis: er zitiert wörtlich die Zeit, und in seiner Luft, auf seinem Papier enthüllt sie all ihre Widerlichkeiten. Man hat gesagt, er habe nicht gewagt, diesen oder jenen Mächtigen anzugreifen. Was war ihm dieser und jener! Er tat nichts weiter, als die Welt, so wie sie da war, mit den Forderungen Jesu zu vergleichen, und der Höhenabstand war schwindelerregend. Und er hat weniger Wilhelm angegriffen, weil der nur ein Symptom war — er griff alle an, weil er verstanden hatte, daß alle schuld waren.

In diesen beiden Bänden findet sich schon ein Teil des Rohmaterials, aus dem die ungeheure Tragödie der ‹*Letzten Tage der Menschheit*› gebaut worden ist: da tanzen die Schmöcke als Polichinells einen blutigen Reigen, da dichten die Dichter, da fotografieren die Fotografen, und alle sind sich darüber einig, daß man mit Speck, Lederlieferung, Poesie und Presselügen durchhalten müsse. Und sie haben durchgehalten. Wir spürens heute noch.

Was aber wie ein roter Faden durch das Buch geht, ist ein Gedanke, so schauerlich und so groß, wie ihn nur wenige gefaßt haben: die Entdeckung des alten Ornaments, das auf die neue Zeit aufgeklebt ist. Daß es einen Kaiser gab und zugleich Eisenbahnen . . . daß einer das Schwert zog und einen Gas-Angriff befahl, und daß man Schlacht sagte, wo Schlachten gemeint war, Schlachtungen durch Maschinen, und daß die Technik die Verantwortung tötete, die die Kollektivität ohnehin schon eingeschläfert hatte. Böse Wahrheiten? Aber Wahrheiten. Es stehen beklemmende Sätze in dem Buch: «Es war bis zur Stunde, da der Wiener doch unterging, mir immer das unheimliche Wunder unsrer Existenz, daß dieses ganze Zubehör von Menschen und Maschinenbestandteilen nicht plötzlich mit einem ‹Ah woos› sich hinlegte und seine Selbstauflösung den mühevollen Gesten eines unmöglichen Betriebs einfach vorzog.» Und diese paar Worte da, in ihnen eingefangen das Elend von achtzig Millionen: « . . . daß der Marschallstab der oberste Traum eines jeden Soldaten sei. Und ich war zu neugierig, ob er in einem dieser Erdäpfeltornister Platz hätte, an die angebunden solch ein armes, verschmutztes, verquältes Stück Mensch die große Zeit durchkeucht.» Kraus hat erkannt, wer gesündigt hat. Keine Herren. Beileibe nicht. «Sie waren nur Mörder aus Mangel an Phantasie, nicht weils die Sache wollte. Und Herzen mußten zu schlagen aufhören weils ihnen bei der Sorte an Protektion gefehlt hat. Nicht zum Zweck, nicht als Opfer der Natur, nicht in despotischer Verantwortung, die vor der Sünde seelisch sich behauptet, nein, durch vergnügte Spießbürger, die nicht wußten, obs die Schweinsjagd war oder nur die Menschenjagd, ist alles das vollbracht worden. Harmlose Mordskerle waren es, gemütliche Kanaillen, Folterknechte aus Hetz.» Und er prägt das Wort von dem ‹Sklavenaufstand›, und da steht: «Im Angesicht sterbender Männer wird ein Wesen, das mit dem Lorgnon zuschaut, für Tapferkeit dekoriert; Finanzgauner, deren Sprache kaum zur Verständigung über die notwendigsten Berufspraktiken reicht, tragen das Kleid vorzeitlicher Ehre; Cafétiers nehmen mit Veteranen den Appell ab; Judenbuben sind die Dichter der Nation, der sie nicht angehören; und in der Plankengasse habe ich zugeschaut, wie ein Straßenkehrer einen Unterstraßenkehrer wegen vorschriftswidrigen Grußes gestellt hat. Ist nicht, was uns rings umgibt, die aufgewärmte Rache von Vorgesetzten, die Untergebene waren? Von Kellnern, die dem Piccolo heimzahlen, was sie auszustehen hatten? Von einst selbst geschundenen Abrichtern? Dem letzten Knecht ist noch ein Untertan das Pferd.» (Heinrich Mann: «Wie Diederich in der Furcht seines Herren, hatte Guste in der Furcht des ihren zu leben. Beim Eintritt ins Zimmer war es ihr bewußt, daß dem Gatten der Vortritt gebühre. Die Kinder wieder mußten ihr selbst die Ehre erweisen, und der Teckel Männe hatte alle zu Vorgesetzten.») Und was Karl Kraus in einem seitenlangen Satz über den berüchtigten Einwand, man dürfe nicht generalisieren, sagt, müßte allen Generalen in die Ohren geschrien werden.

Österreich? Preußen. Deutschland. Und die ganze Welt, soweit sie militaristisch durchseucht ist. Ehre dem Tapfern, ders gesagt hat und wieder gesagt und wieder gesagt. Sie hatten aber keine Ohren, zu hören, sondern nur zwei linke Hände, die nicht wußten, was recht ist, und zwei Füße, mit denen sie gingen, es sich zu richten. Dann aber schritten sie stolz, und ohne auf das Gekläff eines Literaten zu horchen, dahin, wohin sie gehörten: in den Abgrund. 1920

SCHREI NACH LICHTENBERG

Ehret eure deutschen Meister!

Im vorigen Frieden – als ich noch ein kleiner Junge war und sehr verliebt –: da ging mir eines Tages das Geld aus. Das kann vorkommen. Und Kitty brauchte eine goldne Armbanduhr. Und da ging ich hin ... ich schäme mich ja furchtbar, aber es ist doch wahr ... und verkaufte einen Arm voller Bücher. Und kaufte ihr die Uhr und bekam einen dicken Kuß, und es war alles sehr schön.

Unter den Büchern war auch eine alte, zwölfbändige Ausgabe von Georg Christoph Lichtenbergs gesammelten Werken. («Lichtenberg? Von dem habe ich doch mal Aphorismen ...») Ganz recht, der.

Und jetzt möchte ich mir die gesammelten Werke wieder kaufen, und dabei stellt sich heraus, daß es im gesamten deutschen Verlagsbuchhandel keine gute Neuausgabe seiner Werke gibt. Keine. Ehret eure deutschen Meister!

Es gibt:

‹Lichtenbergs Aphorismen›. Ausgewählt von Alexander von Gleichen-Rußwurm (erschienen bei der Deutschen Bibliothek in Berlin). – *‹Aphorismen›*, herausgegeben von Josef Schirmer (erschienen im Hyperion-Verlag in München). Es gibt (wenn sie nicht inzwischen vergriffen sind): *‹Aphorismen›* nach den Handschriften, herausgegeben von Albert

Leitzmann (erschienen in Behrs Verlag, Berlin). Diese letzte Ausgabe umfaßt drei Bände – das ist die beste. Der Rest ist sanfte Auswahl für den Hausgebrauch.

Bei Eugen Diederichs in Jena hat es eine von Wilhelm Herzog besorgte Auswahl aus den Werken Lichtenbergs gegeben; die ist vergriffen und nicht wieder aufgelegt. Dafür drucken sie Diotimas *‹Schule der Liebe›* ... schweig still, mein Herz, sonst müssen sie hier eine Unterhaltungsbeilage anbauen ... aber den Lichtenberg legen sie nicht neu auf. Gott segne die Verleger!

Dieses aber ist eine Affenschande.

Was! Einen Kerl nicht wieder neu zu drucken, der einen Verstand gehabt hat wie ein scharf geschliffenes Rasiermesser, ein Herz wie ein Blumengarten, ein Maulwerk wie ein Dreschflegel, einen Geist wie ein Florett ... das muß man sich bei den Antiquaren mühsam zusammensuchen? Diesen herrlichen Mann, der einen Buckel voll Witz, Sentimentalität, Klugheit, guter Laune, Lust, aus Schmerz geboren, mit sich herumzutragen hatte – das liegt brach? Es ist vielleicht kein ‹Geschäft› ... ich weiß das nicht; ich bin kein Kaufmann. Aber wer Lichtenberg ist, das weiß ich.

Ein Uhu, der Sekt gesoffen hat, nun nachts durch den Wald flattert und «Schuhu!» macht, die Mäuse erschreckt, sie fängt und mit dem Ruf «Nicht fett genug ...!» wieder wegwirft – es ist etwas ganz Einzigartiges. Morgenstern plus Hebbels Tagebüchern plus französischer Klarheit plus englischer Groteske plus deutschem Herzen – das soll man sich noch einmal suchen. Sein Witz war grob und fein, wie er es wollte. «Graf Kettler», notiert er einmal: «seine Aussprache war so wie des Demosthenes seine, wenn er das Maul voller Kieselsteine hatte.» Oder: «Ihr Unterrock war rot und blau, sehr breit gestreift und sah aus, als wenn er aus einem Theatervorhang gemacht wäre. Ich hätte für den ersten Platz viel gegeben, aber es wurde nicht gespielt.» Dazwischen ganz und gar morgensternsche Bemerkungen, die man nur nachschmecken, deren Reiz man nicht erklären kann. «Ich habe noch niemanden gefunden, der nicht gesagt hätte: es wäre eine angenehme Empfindung, Stanniol mit einer Schere zu schneiden.»

Wer die Gewohnheit hat, in Büchern etwas anzustreichen, der wird seine Freude haben, wie sein Lichtenberg nach der Lektüre aussieht. Das beste ist: er macht gleich einen einzigen dicken Strich, denn mit Ausnahme der physikalischen und lokalen Eintragungen ist das alles springlebendig wie am ersten Tag. Nur ein wirklich frommer Mensch darf so gute Witze über die Religion machen wie dieser hier. «Die Allmacht Gottes im Donnerwetter wird nur bewundert entweder zur Zeit, da keines ist, oder hintendrein beim Abzuge.»

Das strahlt in allen Regenbogenfarben ernsthaften Witzes. Manchmal reißt er ganze Bände der Entwicklungsgeschichte in einen einzigen Aphorismus zusammen. «Es ist ein großer Unterschied zwischen etwas noch glauben und es wieder glauben. Noch glauben, daß der Mond auf die Pflanzen wirke, verrät Dummheit und Aberglaube, aber es wieder glauben, zeugt von Philosophie und Nachdenken.»

Und der Herr Universitätsprofessor in Göttingen, der Gottfried Bürger begraben geholfen hat, war zu allem andern ein Stück verschütteter Dichter. «So traurig stund er da wie das Trinckschälgen eines crepierten Vogels.» Und so hundertmal.

Von dem, was in diesen «Sudelbüchern», wie er das genannt hat, an Witz heute verschüttet liegt, leben andre Leute ihr ganzes Leben. «Er hatte ein paar Stückchen auf der Metaphysik spielen gelernt.» Und: «Er trieb einen kleinen Finsternis-Handel.» Und so in infinitum.

Nein, die Welt ändert sich nicht, und dies ist ein sehr aktueller Schriftsteller; er ist niemals etwas andres gewesen. Die Leute zitieren immer seine Beschreibungen zu Hogarths Bildern, die recht gut sind, und seine Schilderung des Garrickschen Hamlets, die besser ist — aber das Wesentliche dieses einzigartigen Geistes liegt in seinen Aphorismen. Und in seinen Briefen. Der Brief zum Beispiel, den er geschrieben, als ihm sein kleines Blumenmädchen, mit dem er zusammen lebte, starb, reicht an jenen Lessings heran, den der nach dem Tode seiner Frau schrieb. Lichtenberg hatte ein heißes Herz und einen kalten Verstand.

Und fand dann solche Schlußformeln wie diese, die einem Wappenspruch gleicht und einer Grabschrift und einem Satz, den man seinem Kinde mit auf den Lebensweg geben kann:

Der Weisheit erster Schritt ist: Alles anzuklagen.
Der Letzte: sich mit allem zu vertragen.

In Deutschland erscheinen alljährlich dreißigtausend neue Bücher. Wo ist Lichtenberg —? Wo ist Lichtenberg —? Wo ist Lichtenberg —?

1931

CHRISTIAN WAGNER

Der Dreiundachtzigjährige ist im vorigen Jahre gestorben; und wenn Hermann Hesse nicht seine Gedichte (bei Georg Müller) herausgegeben hätte, wüßten wir gar nichts von ihm. So aber wissen wir alles. Nur: die Deutschen lesen solche deutschen Gedichte nicht.

Kurt Hiller hat einmal von der Lyrik gesagt, es sei unausstehlich, wenn ein Mann, der Husserl studiere, sich in seinen Gedichten künstlich zurückschraube und den naiven Toren spiele. Das ist ganz richtig. Aber wie, wenn ein Mann, der nie Husserl gelesen hat, intuitiv weit über Forschungsergebnisse hinausgeht und tastend und ahnend das berührt, was der Psychologe — der schon gar nicht — niemals erreicht? Denn das scheint mir das Wesen der Lyrik zu sein: nicht Erkenntnisse zu vermitteln, überhaupt nicht in der zufällig gewählten Form eines

Gedichts ein Resultat zu liefern, das man ebenso gut oder noch besser in einem Essay hätte niederlegen können — sondern eben in dieser einzig möglichen Form etwas zu geben, das keine andre Form und keine andre Wortfolge zu geben vermag: Erkenntnis und, fußend auf dieser Erkenntnis, die Schwankungen der Seele, die man Gefühle nennt.

Das hat Christian Wagner getan. Aus seinen Büchern, die höchst ungleich sind — das Große steht unmittelbar neben dem fast Dilettantischen —, hat Hesse die schönsten Gedichte herausgesucht. Es fehlt wohl keines. Gleich, wenn man das Buch aufschlägt, hallen wie drei tiefe Töne machtvoll die ersten Versfolgen auf einen ein: *‹Spätes Erwachen›*, *‹Freudenglaube›* und *‹Im Walde›*. Das sind keine Töne, die wir zu hören gewohnt sind. Es handelt sich natürlich nicht in einem Gedichtband um die Verschen — jeder kann das mehr oder weniger, und außerdem ist damit gar nichts getan —, aber: Was weiß dieser Mann? Was fühlte er?

Er fühlte: das All. Nicht diesen verschwommenen Pantheismus, von dem schon Schopenhauer gesagt hat, daß er gar nichts sei, denn ob ich Gott leugne oder in jedem Lokalanzeigerblatt finde, kommt auf dieselbe Trivialität heraus — er fühlte die tiefe Zusammengehörigkeit zwischen Tier, Mensch und Pflanze, Stein und Stern. Und er liebte das alles. Aber wiederum nicht mit dieser verzückten Krampfigkeit, die man uns aus Prag her zu importieren versucht hat, und die zu nichts verpflichtet, sondern er liebte das alles ernst und nicht unterschiedslos und im Einzelnen das Ganze, er ahnte, daß die Erscheinung nicht das Ding ist, und daß nie und nimmer der Mensch etwa im Mittelpunkt dieses Treibens stehen könnte. Er war — dogmenlos — fromm.

Und weil er ein Deutscher war und die ewige Musik in sich hatte, sind ihm herrliche Verse geglückt — das ist ja erst ein Zweites —, und wenn sich Erkenntnis und Form vereinigten, dann entstand ein Kostbarkeit, die, hebbelsch grübelnd und voller Liebe die Welt umfassend, uns jäh erschüttert wie *‹Die Geschlechter›*:

Ist dies nicht ein frevles Schicksalswalten,
Menschtum in zwei Teile zu zerspalten?

In zwei blutige Hälften zu zerreißen,
Eine Mann, die andre Weib zu heißen?

Beide voll von heißem Sehnsuchtsdrange,
Sich zu finden auf des Lebens Gange,

Ich dem Ich zur Opfergab zu bringen?
Ach wie wenigen, wenigen mags gelingen,

Ohne Losung, Fährten oder Spuren
Sich zu finden auf des Lebens Fluren!

Selige Kindheit, die nicht kennt die Wirren,
Nicht der Liebe grausam töricht Irren!

Selige Blume, die nichts weiß vom Fluche
Lebenslanger und vergebner Suche!

Er erkannte den tiefen Riß, der durch die Menschheit geht, er erkannte den Schmerz dieser Amphibien, die keine Tiere mehr und noch keine Götter sind – und er liebte es doch, immer wiederzukehren. Denn unerschütterlich war sein Glaube an die Wiedergeburt. Man mag das nun für belanglos halten oder nicht: dichterisch schön ist jeder tiefe Glaube, wenn er fest im Manne wurzelt, und wenn der so tief glaubt, daß man – um diesen Glauben auszurotten – ihn töten müßte. Er hat eine ‹*Totenfeier*› gedichtet, in der die Kinder durch Willenskonzentration den Geist der abgeschiedenen Mutter beschwören, der sich noch einmal an ihren Tisch setzt und von ihrem Weine nippt – der schönste Ausdruck einer herzlichen Liebe über den Leib hinaus. Er hat eine ‹*Geburtsweihe*› gedichtet, den kleinen Sohn zu begrüßen, der wiederkommt «nach der frommen, süßen Rast» – so fest wurzelt in ihm der Glaube, daß es nur ein Aufenthalt ist, den das Kind hienieden nimmt. Und diese Verse sind so schlicht und doch sicher und tönend wie ein Lied. «Herbstwiese meiner Seele» fängt ein Gedicht an. Der Strauß, der neben dem Krankenbett steht, ist ein Symbol von Lebensfreude und Lebenskraft. Es strotzt von Leben. Er war kein Mönch.

Viele Gedichte sind in langen, seltsamen Zweizeilern gereimt, kaum sind die Nähte zu sehen, und wenn ein Gedicht geglückt ist, ist es ganz geglückt.

Ich habe aber bis zum Schluß dieses Gedenkens nicht sagen wollen, daß der Dichter ein Bauer war, weil falsche Assoziationen entstehen könnten. Er war allerdings ein Landmann; er hat die Natur gekannt, aber das Hälmchen war ihm kein Anlaß, «Duliöh!» zu schreien oder ein knallig angestrichenes Gemüt leuchten zu lassen. Er war ein in sich gekehrter Künstler und wohl wert, daß wir ihn alle läsen und verehrten.

1919

DIE UNTERBROCHENE RHEINFAHRT

Wilhelm Schäfer hat es in Norddeutschland nicht leicht. Der hysterische Haß, womit ihn Literaten verfolgen, reicht nicht bis zum Rhein, wo ein ruhiger Mann eine schöne Zeitschrift herausgibt – ‹*Deutsche Monatshefte*› – und uns ein gutes Buch nach dem andern beschert. In den dreiunddreißig Anekdoten waren schon Meisterstücke (wie ‹*Das fremde Fräulein›*), und *‹Die Mißgeschickten›* erreichten eine hohe Stufe sprachlicher Kunst. Man packt Schäfer nämlich immer an der Sprache, die ja manchmal ein bißchen altertümelnd sein mag, wo wir den modernen, ebenso guten Ausdruck vorziehen. Man vergißt, daß er doch viel mehr ist als ein sauberer Schreiber. Dieses starke Lebensgefühl, das durchaus nicht einem philiströsen Optimismus entsprungen ist, bejaht die Welt – und das ist hier an der Spree allerdings ein Vorwurf. Gott, man kann nicht immer alle Vorbehalte machen, wenn man sich am Sonnenschein freut. Aber manchmal macht auch Schäfer sie, und dann entstehen so wundervolle Sachen wie eben *‹Das fremde Fräulein›*: dunkel, schwer, golden.

Diesmal – in dem neuen Buch *‹Die unterbrochene Rheinfahrt›*, das bei Georg Müller erschien – ist es nun etwas geworden, das Hofmannsthal für mein Gefühl im *‹Märchen der Sechshundertzweiundsiebzigsten Nacht›* versucht und nicht erreicht hat. Dort ist die Romantik ein bißchen gekünstelt, und man vermag nicht ohne weiteres von diesen ein wenig arrangierten Wunderlichkeiten auf unsre Zeit, unser Haustor, unsre Frauen zu schließen. Hier, bei Schäfer, sind wir, ist unser Blut, unsre Wärme.

Es ist nichts weiter, als daß ein junger Mensch seine Rheinfahrt – ein Durchbrennerstückchen – unterbricht, einer wildfremden Frau zuliebe, und in ein fremdes Nest kommt und diese Frau wirklich in Besitz nimmt. Eine Nacht. Dann entschwindet sie ihm. Und das ist gemischt mit Abenteuern, mit wilden Zufällen, mit Geschehnissen, die keiner früher übersieht, als bis sie ihm über den Kopf gewachsen sind.

Dieser junge Mann, der eine Frau erobert, ist schon so oft dagewesen, daß man auf den ersten Seiten des Buches ängstlich ist, ob es dem Autor gelingen wird, dies alte Thema auf eine neue Weise durchzuspielen.

Er hat ein völlig neues Thema daraus gemacht. Er hat soviel eingefangen: den Wind über einem verlassenen Vorplatz der Gasthäuser und ein Haustor, das fremd und unheimlich sich neben uns öffnet, die Sterne und den Himmel einer andern Stadt – und alles so natürlich, so einfach, daß die Seltsamkeiten der Romantik doppelt scharf ins Auge springen. Man hat Schäfer gescholten, er sei bürgerlich – hier hat es seinen Nutzen; weil alles Bunte, alles ‹andre› herausfällt aus dem gewohnten Trott des Bürgers.

Da ist ein Vergleich einer impotenten Gewohnheit mit den alten dicken Winterfliegen (auf Seite 56), den man lesen muß; und immer hat er eine sorgfältige Ausmalung aller Einzelheiten und menschlichen Beziehungen angewandt, die schon seit Hebel am Rhein zu Hause sein mag. Mehr als das. Da steht etwas von den Frauen – das hört an: «Gerade, daß sie ihm so fremd war, daß sie, durch alle Dinge der sogenannten Bildung von ihm getrennt, seine Fragen kaum verstand und also mehr ein gezähmtes Tier als einen Menschen für ihn vorstellte, das löste ihm die Sprache: wie das überhaupt von allen Geheimnissen der Frau das tiefste und für den Mann erlösende ist, ihn auf den Sinnengrund des Lebens zurückzuführen, oder — wie Johannes es später in Worte brachte — aus einem denkenden Menschen für Minuten seliger Vergessenheit ein fühlendes Tier zu machen ...»

Ein fühlendes Tier — kann man das besser sagen?

Und was ersehnen wir denn weiter als dieses? Nur noch diesen Schuß Abenteuerlichkeit, der in dem Buch enthalten ist. Erotik und Reisen weisen Zusammenhänge auf, die wir nur noch nicht kennen.

Da hatte ich einen Freund, einen dicken Jungen, der fuhr eines Tages nach Brünn. Und als er da so durch die Gassen ging, begegnete er einem Mädchen, das zog ihn, als sie sich zugenickt hatten, ins Haus.

Er weiß heute noch nicht ihren Namen, weiß nichts von ihr, als daß sie einen süßen Leib hatte, und hat sie nie wieder gesehen. Wenn ich den Dicken um nichts beneide — hierum beneide ich ihn.

Und dies Abenteuer, das wir alle gern erleben möchten, als Jünglinge, als Männer und wenn wir alt geworden, ist: daß eine kommt und uns küßt und nicht spricht, sondern nur lächelt — das steht in der ‹*Unterbrochenen Rheinfahrt*›. 1914

SPRECHSTUNDE AM KREUZ

Unter den vielen Biographien, die zur Zeit auf uns herunterprasseln, scheint es mir eine zu geben, die nicht zu schreiben ist: das Leben Jesu. Der Mann ist nicht ‹interessant› gewesen, und es ist sehr bezeichnend, daß die guten Bücher, die über ihn handeln, ganz etwas andres zum Thema haben als ihn und seine höchst verschwommen überlieferte Legende — sie befassen sich nämlich alle mit dem, was aus seiner Lehre geworden ist, und nicht nur mit dem, der sie in die Welt gesetzt hat.

Eine Zeitlang fielen die Oberlehrer über die Historie her, vorher waren es die Priester gewesen, die einen und andern examinierten die armen Helden ja nicht schlecht: wie hältst dus mit der Religion? und es gibt ganze Gebiete, wie zum Beispiel die deutsche Literatur, die nur von den transpirationsduftenden Lehrern mit den erhobenen Zeigefingern überliefert wurde. Daß Hölderlin oder Goethe den Deutschen durch Herrn Eduard Engel vermittelt wird, ist bitter. Goethe hat es vorausgewußt.

Nach den Paukern kamen die Ärzte, und im Nu verwandelte sich der Olymp in eine kassenärztliche Sprechstunde. Mohammed: ein Epileptiker; Buddha: ein schizophrener Irrer, kaltes Sitzbad, raus; Napoleon: ein wildgewordener Psychopath d. u. — und so fort und so fort. Nach den Ärzten kamen die Soziologen, die das Einkommen Robespierres prüfen, und da halten wir heute noch. So schafft sich jede Zeit die alten Helden zu neuen Männern, nach Maß, wie sie sie grade braucht.

Unter den ärztlichen Geschichtsdeutern, deren darwinistischer Größenwahn ebenso unerträglich ist wie ihre spießige Kleinheit, die da glaubt, mit einem Fachausdruck ein Leben zu erklären, hebt sich ein seltsamer, heute fast vergessener und bewußt in der Vergessenheit gehaltener Fall hervor. Das ist Oskar Panizza.

Vor mir liegt die Nummer 5 der ‹*Zürcher Diskussionen*›: ‹*Christus in psicho-patologischer Beleuchtung*› – der Doktor Panizza, der an einer Paranoia zugrunde gegangen ist, liebte eine private Rechtschreibung, die im folgenden ausgemerzt sein soll. Die kleine Schrift ist ein Unikum, und weil ihr vollendeter Unglaube, hinter dem fast unhörbar ein böses Gewissen klopft, nicht alltäglich ist, scheint sie mir ein gutes Beispiel für Geschichtsbetrachtungen durch einen Spezialisten, denn: «Was», hat einer der Beteiligten gesagt, «was ist Wahrheit!»

> «Welcher Leute Kind er gewesen, scheint schwer zu ermitteln. Die Mutter war jedenfalls eine ganz einfache Frau, der das exaltierte Wesen ihres Sohnes, wie das sich gemeiniglich findet, höchst zuwider war, und die alles tat, ihn einem sogenannten bürgerlichen Lebensberuf zuzuweisen.»

«Ich bin in der Schule gelernt worn ...» sagt Datterich, und was bei solchen Sätzen zusammenzuckt, ist das Schulkind, dem sie das Gehirn massiert haben. Es gibt ein Sakrileg auf der Welt: es besteht darin, den Helden einer Kategorie mit den Maßstäben einer andern zu messen, was meistens zu Lächerlichkeiten, Karikaturen, Bosheiten führt. Manchmal zur Wahrheit.

Panizza ordnet die Figur Jesu medizinisch ein; er kommt dabei für kirchliche Begriffe zu bösen Resultaten, zu guten Ergebnissen aber für Leute, die kühl genug sind, in scharfer Beobachtungsgabe noch keinen Mangel an verecundia zu sehn. Es ist nur ein ärztliches Gutachten – nur: denn das, was aus dieser Figur geworden ist, läßt sich auf solche Weise nicht einfangen. Aber es ist wenigstens ein wertvolles Gutachten, mindestens so visionär wie das Objekt des Referats, und da Panizza kein Gerichtsarzt, sondern ein Kenner gewesen ist, so läßt es sich hören.

Die Legende der Zeugung wird ‹obszön› genannt; der Verfasser ist nicht gegen seinen Patienten eingenommen – er liebt ihn, auf seine Weise; es ist da etwas, was er nicht mit seinem Latein auflösen kann, er will es auch gar nicht, und diesen Rest liebt er.

Zunächst der Arzt:

> «Wir haben hier eines jener psychischen Ur-Phänomene vor uns, wie sie zwar nicht selten sind, aber doch selten in so befruchtender Weise in die Geistesgeschichte von Völkern eingreifen und deren Gemütslage bestimmen. Dieses Identifizieren der eigenen, heftigen und nicht zu bewältigenden Gefühle mit ‹Gott›, oder irgendeinem hochklingenden Symbol – hier, wenn den Evangelien zu glauben, ‹der liebe Vater im Himmel› – ist das Urbild eines geistigen Prozesses, die psychische Zwangslage eines nach Gründen suchen-

den, innerlich heftig bewegten Menschen, der Satz des zureichenden Grundes nach innen gekehrt und anthropomorphisiert, wie wir ihn heute mit fast experimenteller Sicherheit erweisen können.»

Der Visionär:

«Wie er aber dann das Resultat seines jünglinghaften Empfindens und Denkens, die Frucht jahrelanger Isoliertheit und melancholischer Anwandlungen, die Stimmung einer ganz reinen, von sinnlichen Regungen freien, fast homosexual gearteten, dabei glücklich und heiter veranlagten Seele in seinen lehrhaften Gesängen und Preisungen einer menschenumfassenden, selbstlosen Nächstenliebe aushauchte und ausströmte, das war von einer Innigkeit, Süßigkeit und von einer Neuheit, daß man glaubte, die Nachtigall schlagen zu hören; hier lag der Punkt in seiner Psyche, wo er nicht zu überwältigen war —»

das klingt nun gar nicht nach den überheblich dekretierten Krankenberichten monistisch verbildeter Ärzte, die mechanistisch und sonst gar nicht zu denken vermögen.

Sicherlich ist manches in Panizzas hervorragendem Bericht bestreitbar. War Martin Luther wirklich ein Paranoiker? Ich glaube das nicht; vielleicht aber ist meine Anschauung durch Thomas Münzer und die soziale Betrachtungsweise unsrer Zeit so beeinträchtigt, daß ich vor Abneigung und Verachtung das sanft lebende Fleisch zu Wittenberg nicht richtig sehen kann.

Was da bei Panizza aufsteigt, ist ein Bild von großer Wahrscheinlichkeit.

«Überall, wo grade Gelegenheit ist, beim Fischfang, auf der Hochzeit, bei Leichenbegängnissen, an der Zöllner-Schranke, während der Sabbat-Ruhe greift er ein, knüpft an die kleinen Tages-Ereignisse an und wirft, wie Sokrates, den harmlos Dahinwandelnden seine scharfen Antithesen in den Weg. Auch die Tricks damaliger Wundertäter — die unvermeidliche Zugabe, um sich das Air eines Übermenschen, eines Geistesgewaltigen, eines Zauberers zu geben — hat er sich alle zu eigen gemacht und beherrscht sie mit großer Bravour und Eleganz. Gar aber, wenn er eine glückliche Korona junger Landmädchen, erschöpfter Arbeitsfrauen, gutmütiger Prostituierten und naiver Taglöhner um sich versammelt hat, und darf sie die ganze zauberische Wirkung seiner innersten Herzensregungen mit einem ‹Selig sind die Friedfertigen! Selig sind die Armen! Selig sind, die reines Herzens sind!› spüren lassen, und nimmt von diesen geplagten Proletarier-Naturen die Angst und den Schimpf ihres Daseins, und öffnet ihnen den Himmel, der eigens für sie, mit Ausschluß der Reichen, bereit ist — dann hat er sie alle.»

Es ist das Urchristentum, das so gepriesen wird, und hier ist nichts von jener faden Bonhommie, die uns dartun will, Rousseau und Luther und Nero und Philipp von Spanien seien ebenso klein gewesen wie die Leute in einem wiener Caféhaus. Es hat Größe gegeben — auch wenn man ihre falsche Romantik abzieht, hat es welche gegeben, und es wird immer Größe geben.

Die Erzählung des Prozesses ist von schärfster Prägnanz; die bekannten Zusammenhänge zwischen den jüdischen Orthodoxen und den Römern ... das ist brillant dargestellt. Nach dem ‹Marsch auf Jerusalem›:

> «Die römische Behörde mit ihrer kolonisatorischen Schulung und ihrem großartigen Blick für Parität vermied es ängstlich, sich in die religiösen Streitigkeiten dieser Duodez-Völkchen zu mischen, auch wenn ihr der örtliche Kult – der nicht einmal eine Ausbeute nach der sinnlichen Seite für Rom erlaubte – weniger widerwärtig gewesen wäre. Und die jüdische Kult-Behörde andererseits hielt streng auf die Selbständigkeit und die Unverletzlichkeit ihrer Anordnungen im Hinblick auf die Pastorisierung des Volkes, die einzige Freiheit, die ihr geblieben war.»

Das autistische Denken der Christus-Beschreiber, ihre fast immer affektbetonten Untersuchungen über das Christentum spalten die Betrachtenden: in Indifferente, die da glauben, zwei Pfund Rindfleisch gäben eine gute Bouillon; in Juden, die dem Christentum mit jener Ängstlichkeit gegenüberstehn, die gar nichts mit Religion, aber sehr viel mit Rassenkämpfen zu tun hat, und die jene ewige Frage «Ist das gut für die Juden?» auch hier nicht unterdrücken können; in Christen, die es nicht sind, die aber, wenn sie sich das ‹schwarze Babykostüm› des Richters anziehen, glauben, der Staat müsse auch noch in der Metaphysik geschützt werden – und in Christen, die es sind. Die kann eine solche Untersuchung, ihre Terminologie, ihr Blickwinkel, ihre soziologische Betrachtung überhaupt nicht berühren.

Das psychiatrische Element der Arbeit Panizzas ist höchst beachtlich; weil es nicht vorherrscht. Er sieht nicht nur den Patienten; er sieht den Aufwiegler. Der unterlag – warum?

> «Aber in Jerusalem stand die Reaktion bevor, und die Behörden hatten nach der ersten Überraschung sich rasch alliiert. Wie hier Verstärkung der Energie, so war auf der andern Seite, bei Jesus, Erschlaffung nach einer furchtbaren geistigen Leistung eingetreten. Und wenn eine Sache nicht vorwärts geht, dann geht sie immer zurück. Was konnte der unvergleichliche Jüngling, der mit dem Frühlingssturm seines Gefühles alles vor sich her niedergeworfen und begeistert hatte, in dieser weit ausgedehnten Stadt an Staatseinrichtungen schaffen, an praktischer Theokratie leisten? Mit was wollte er den trocknen bürokratischen Apparat, der hier das tägliche Leben in Ordnung hielt, und der doch nicht in seinen Händen war, ersetzen, er, der nur Seligpreisungen hauchen, oder, im günstigsten Fall, harangieren und fanatisieren konnte? Bei der französischen Kommune handelte es sich um Leute, die an Ort und Stelle gelebt hatten, den Gang der Geschäfte kannten, und ihn, tant bien que mal, wenigstens aufrecht erhalten konnten. Aber hier handelte

es sich um Fischer — wie in Portici bei Masaniello — um Fischer, um Handwerker, um einen Haufen zusammengelaufenen, gutmütigen, aber gänzlich unfähigen Volks. In solchen Fällen ist die Niederschlagung des Putsches immer mit Sicherheit zu erwarten.»

Er wurde niedergeschlagen.

Es scheint aber so, als ob die Menschheit auf dem Wege der reinen Erkenntnis überhaupt nichts erreichen kann — sie muß etwas wollen, um zu erkennen; nur von da kommen die Flamme der Energie, der Sieg, aber auch die ungeheuerlichste Unduldsamkeit, die die Wahrheit mit Polizeiknüppeln, mit Handgranaten, mit dem dritten Grad und dem elektrischen Stuhl aus den Wahrheitssuchenden hinaustreiben will. Es gibt wohl keine Wahrheit ohne vergossenes Blut.

Es gibt aber auch keine Lüge ohne vergossenes Blut, das diese Lüge nie zur Wahrheit machen kann; das nie verhindern kann, daß sich immer Leute finden, die der jeweiligen Gehirnepidemie nicht untertan sind und die immunisiert die Wahrheit wenigstens suchen. Hieß es früher ‹cuius regio — eius religio› — so dominiert heute über Städte und Wälder das ‹Vaterland›, ein lächerlicher Popanz, hinter dem sich ein Schweinekoben voll Gestank, Geilheit, Gemeinheit und Geldgier auftut. Wie eine weiße Stichflamme hat hier die Erkenntnis hindurchzuzischen — Talare sind kein Argument, Revolver sind kein Argument, Fahnen sind kein Argument. Dumpfer Trieb und Gewalt werden ewig da sein; es fragt sich nur, wem sie dienen. Worauf zu antworten: sie dienen gar nicht. Sie herrschen und machen sich eine Metaphysik zurecht, wie sie sie brauchen.

Aus diesem Sumpf leuchtet wie eine Sonne die Reinheit des ersten christlichen Empörers, aus dem sie auch einen Superintendenten und einen Kardinal gemacht haben, und wohl nur aus Zufall nicht einen Feldrabbiner.

Er war rein — er war mehr als das. Er hatte Charakter. Er hätte sich retten können — er hat es nicht getan.

«Die Evangelienschreiber haben den Prozeß der Legendisierung an diesem wunderbaren Anarchisten bis zur Übersüßung und Rührseligkeit vollzogen. Und das meiste an diesem herrlichen Charakterbild ist verschwommen und unsicher. Aber eines scheint sicher zu sein: Das allmähliche und ruhige Aufwachsen und Keimen des eigentümlichen Ideengehalts bei ihm, das echt paranoische, primär durch die Vererbung gegebene und dann mit konsequenter Sicherheit bis zur Felsenhärte fortschreitende Anwachsen jener Ideen, jenes Wahns, jenes geistigen Fixums, das sich die Welt unterwerfen wird — und dann das Nunquam retrorsum! das Niemals zurück! auf dem einmal eingeschlagenen Pfade geistiger Entwicklung, das Aushalten bis zum letzten Moment ... ‹Du sagst es!› —

Und dies muß ihm selbst der Atheist, der Psychologe lassen. Daß er in Jerusalem vor dieser erbärmlichen Sorte von Advokaten, Winkelschreibern, Polizisten, Staatsbeamten, Doktoren, Geheimspitzeln und Bürokraten, von denen jeder auf einen Wink des Kaisers für eine Gunstbezeugung, einen Orden, eine Gehaltserhöhung, alles, aber auch alles getan hätte, nicht zurückhufte, keine Konzessionen machte, nie um Gnade bat, sondern als einzige Verteidigung diesen Kasuisten das blanke Ehrenschild seiner reinen Absicht und seiner rührenden Herzensgüte entgegenhielt, das wird ihm zum unauslöschlichen Ruhmestitel gereichen, wenn längst der letzte leipziger Orthodoxenschädel im Grabe vermodert sein wird.»

So schließt die Schrift Oskar Panizzas.

Christus aber dient auch weiterhin einem ungeheuren Verein als Firmenschild, Plakat und Reklamezeichen – und was wird nicht alles unter dieser Marke verkauft! Christentum? Vielleicht; trotz Jesus. Die Wahrheit? die von Trieben ungerührte Erkenntnis? Pilatus hat hierzu das Schlußwort gesprochen, und wer heute etwas will, das er deshalb für das Gute hält, weil seine Anlagen ihm nicht gestatten, etwas andres zu wollen, der nehme sich seine Lehren nicht aus dem Neuen Testament, aber ihren Schöpfer als Vorbild an Mut und Reinheit des Charakters.

Die Schriften Oskar Panizzas können nicht wiederaufgelegt, die unveröffentlichten nicht herausgegeben werden, weil die Familie sich dem widersetzt, brave Bürgersleute in Hamburg.

Ein Mann, weit stärker als Wedekind, ist mundtot gemacht.

Das sind die Folgen eines wahnwitzigen Urheberrechts, das die Produkte des Geistes wie einen Käseladen vererbt. 1928

PANIZZA

Die Zensur ist fort. Es ist nicht zu merken: die Zeitungen erscheinen in derselben Tonart wie vor ihrem Fall, das Einerseits-Andrerseits, das Erwägen nach beiden Seiten, das zage Streicheln ist geblieben. Man hätte meinen sollen, daß nach dem Sturz des Zensors die Luft im Kessel mit einem Knall durch die Ventile puffen würde – aber es war offenbar keine drin.

Dem Bürger ist noch nicht wohl in der Freiheit. Er wackelt hin, er wackelt her, als wie ein alter Zottelbär. Und seine Theater?

Ja, da bringen sie nun *‹Die Büchse der Pandora›* und eine bisher verbotene Groteske und den *‹Sohn›* und *‹Hans im Schnakenloch›* – aber wie das so mit dem exorzierten Teufel ist: fein sauber gebügelt, im Frack und im hellen Licht der Lüster ist er längst nicht so pompös graulig wie damals im Flackerschein der Kellerlampen. Und eine leise Enttäuschung wird wach: Das ist alles? Die Zensur hat eine wunderschöne Reklame gemacht und ein unnützes Aufsehen dazu. Denn das

Gehirn der Zensoren, soweit von einem solchen die Rede sein kann, ist nicht ganz das unsre.

Weil wir denn aber einmal bei den verbotenen Stücken sind: wie wäre es, ihr führtet nun doch einmal das *‹Liebeskonzil›* von Oskar Panizza auf? Dramatis personae sind der liebe Gott, als welchen Pallenberg zu spielen hätte, und sein Sohn und die Mutter Maria, und dazu der Teufel und seine Erfindung: die Syphilis. Nun ist dieses heitere Schäferspiel nicht jedermanns Sache, und man soll gewiß die Gefühle, und zumal die religiösen, seiner Mitbürger schonen. Aber es wäre eine Anmaßung der Mitbürger, zu verlangen, wir sollten im selben Tempo fühlen wie sie und im selben Rhythmus leben wie sie. Ihr Lachen ist nicht unser Lachen, und ihr Schmalzpathos ist uns keines.

Aber das *‹Liebeskonzil›*? Panizza wurde wegen seines grandiosen Dramas zu anderthalb Jahren Gefängnis verdonnert, die er abgesessen hat. Das Stück ist etwas sehr Seltenes: nämlich eine wirkliche Gotteslästerung. Er hat Gott gelästert, aber aus einer tiefen Liebe zu jenem andern Ding heraus, das die Besten aller Zeiten im Herzen trugen, und das keinen Namen hat. Die Buchausgabe des Dramas ist heute selten genug, es gibt nur die alte verbotene Originalausgabe und einen Privatdruck mit Bildern von Kubin; sonst verkümmert das Stück wie fast alles andere, was Panizza geschrieben hat, unter dem Urheberunrecht, das in diesem Falle einer alten bigotten Verwandten gestattet, diese Feuerströme in der Lavendelkommode zu halten. Das Drama behandelt also die Erfindung der Syphilis durch den Teufel auf Wunsch des lieben Gottes, der die Menschen ad suam maiorem gloriam ihre Abhängigkeit fühlen lassen will. Es gibt Stellen in dem Stück, gegen die Wedekind wie eine brave *‹Gartenlaube›* wirkt.

Traut sich keiner der Herren Theaterdirektoren? Es müßte ein Abend sein, bei dem der selige Wedekind Pate stünde, der Wedekind von anno 1890, der alte, schweflige, lachende.

Und damit sich keiner beleidigt fühle: druckt eine kurze Einführung zu dem Stück und macht eine geschlossene Vorstellung! Es ist ja auch nichts für Kinder und Kappsteine. Denn wir wollen diese ruchlose Satire nicht hinterher ästhetisch beschönigt haben: der Dichter habe es nicht so schlimm gemeint, in Wirklichkeit sei er Ehrenmitglied der Gesellschaft zur Bekämpfung der Geschlechtskrankheiten ... Gott bewahre! Panizza hats gewagt. Wer wagts noch?

Wir wollen wieder einmal aus dem Theater gehen: im Innersten geschüttelt, zwischen Grauen und Komik hin und her geschleudert und zutiefst von dem Bewußtsein erfüllt, daß es eine pathetische Affenkomödie ist hienieden.

Was übrigens diesen Oskar Panizza angeht, so hat er dem Münchner Dichterkreise angehört, dessen damaliger Mittelpunkt, Michael Georg Conrad, heute ein alter Mann ist, der nicht mehr ahnen läßt, was da einst unter seiner Obhut gärte. Der politische Wille dieser Münchner war – wie hätte es in dem wilhelminischen Deutschland auch anders sein können! – viel zu eingeengt, und eine Verbindung mit der praktisch arbeitenden Sozialdemokratie, die die Literaten wieder geistig hätte befruchten können, war kaum vorhanden. So blieb alles ästhetische Geste, was doch befeuernde politische Kraft hätte sein müssen, um wirken zu können, und verebbte schließlich in Bürgerbohème. Ähnlich wie in Friedrichshagen. Aber wie in Friedrichshagen Gerhart Hauptmann Kreis Kreis sein ließ und selber einer wurde, so ragte über die Münchner der unglückliche Oskar Panizza weit hervor.

Er hat noch hassen können, wie heute nur Heinrich Mann haßt. Er hat sein Land geliebt und *die* verabscheut, die es zu einem Kasernenhof und zu einer Tretmühle gemacht haben, derweil sie selbst nicht mitzutun brauchten: denn für sie galten keine Gesetze. Vorschriften gelten nie für *die*, die sie gemacht haben.

Aus einem Versbüchlein Panizzas, ‹*Parisiana*› geheißen, pflücke ich einige bunte Blüten, die heut noch nicht verwelkt sind, und die der lieben Mama Germania ins schwarz-weiß-rote Glas zu stellen mir eine besondere Freude ist.

Es sind erstaunlich prophetische Verse in dem Buch. So dieser:

Denn Blut wird fließen, Blut soll fließen –
mit Worten werdet Ihr nicht quitt –
soll neu Gedankensaat euch sprießen,
wills Einen, der am Kreuze litt,
und wollt Ihr neue Bünde schließen,
bedarfs des Bluts dazu als Kitt.

Aber der Prophet kehrte sein Gesicht nicht nur in die Zukunft, sondern sah auch in die Gegenwart, und sein Blick von Paris nach Berlin herüber war schärfer als der mancher Braven im Lande. Prallen Romanen und von ihnen beeinflußte Geister mit den schlechten Seiten des Deutschtums zusammen, so gibt es immer denselben Klang; und wenn er den Deutschen nicht lieblich in den Ohren klingt, wessen Schuld mag das sein? Heinrich Mann haben wir hier neulich betrachtet; in einem sonst mäßigen Tendenzwerk von Maurice Barrès: ‹*In deutschen Heeresdiensten*› steht: «Ein deutscher Soldat sieht immer wie ein geprügelter Hund aus», und: «In dem dritten Saale bemerkten wir den großen Tisch, wo sich allabendlich die Offiziere einfanden. Meine Kameraden waren überzeugt, daß ein Lokal, welches Hauptleute und Leutnants besuchten, dadurch ein vornehmer Ort wurde; wenn sie ihre Vorgesetzten auch nur aus der Ferne betrachteten, schien ihre Kleinheit einen Anteil an dieser Größe zu haben.» So Panizza in Versen.

Sein Haß schäumt wie jeder gute Haß weit über die Ufer; es ist die maßlose Verbitterung eines Mannes, der in der Welt gesehen hat, daß eine solche Unterdrückung wie die der Deutschen nirgends sonst möglich wäre, und das nicht etwa, weil die Unterdrücker fehlten, sondern weil es keinen gibt, der sie sich gefallen ließe. Es heißt einmal: «Ein Volk, das im Lakaientume sich wohl fühlt als geborner Knecht.»

Das hat ihn so maßlos gewurmt und bohrend und quälend an ihm gefressen, daß das Volk seiner Fürsten wert war, und er sah mit haßgeschärftem Blick die groteske Außenseite und das Herz. Die Außenseite:

Der Männerchor — o wie phantastisch
der schwarzgefrackte Männerbauch,
wie glasig-schön und wie bombastisch
das aufgeschlag'ne Männeraug',
vielleicht ein bißchen päderastisch
der weiblichen Tenöre Hauch ...
So singt denn, wie die Redwitz sangen,
und zeigt, was Ihr vielstimmig wert,
mit Flöten zähmt man wilde Schlangen,
zähmt Ihr mit Singen euer Pferd.
Denn eigentlich, bei Licht betrachtet,
was Deutsche, ist denn eure Lust?
Materie habt Ihr stets verachtet,
Ihr schwärmt nur, wenn in eurer Brust
ein riesiges Empfinden nachtet,
das zu Musik wird unbewußt.
Ließt Ihr euch nicht absichtlich treten
von euern Fürsten Tag und Nacht,
und habt aus euern Schmerzensnöten
dann einen Männerchor gemacht?

Das Herz:

Ihr meint: von Siebzig, Einundsiebzig
wär das 'ne heitere Vision —
das Siegen, das vererbt sich, gibt sich,
so weg vom Vater auf den Sohn,
und auch das Einkassieren übt sich
von Gold Milliarde und Million?
Nun, übt euch fleißig nur im Hoffen,
doch sagt es hier nicht allzulaut!
Was mich betrifft, so wünscht' ich offen,
Ihr würdet ordentlich gehaut,
gleichviel von wem, von welchem Feinde.
Eu'r Untergehn ist unser Sieg —
die große, geistige Gemeinde,
sie kennt nur einen einz'gen Krieg ...

Der Haß Panizzas gegen das Haupt des deutschen Unheils war so groß wie die Liebe zu seinem Volk, und was ihm damals den Scheiterhaufen eingetragen hätte, ist heute kaum mehr wert als ein bejahendes Achselzucken:

Wo bist Du, Deutschland? O, in deinen Tannen
der dunkle und geheime Flüsterwind,
in dem du deine Seele auszuspannen
gewohnt, und der so freundlich und so lind,
er rauscht nicht mehr — die Geister all entrannen
vor einem Nordwind eisig und geschwind ...
Du Büffelherde, trotzig-ungelenke,
die durch die Wälder raset mit Gestank,
folgst heute einem einz'gen Stier zur Tränke,
und dieser eine Stier ist geisteskrank.

Und als Mahnung und Aufschrei klingt durch die ungestüm polternden und holpernden Verse (wie schön hat diese Ottave rime Liliencron gehandhabt!) die Aufforderung an seine Deutschen: Tut etwas! Seid aktiv und tut etwas! Er glaubt nicht recht daran; er sagt, die Marseillaise würde in Deutschland erst ertönen, die Gendarmen würden erst präsentieren und Volk und Heer befreit sein:

Wenn einmal auf die Schlösser springen
und in der Spree fließt roter Wein,
dann wird man solche Lieder singen,
dann hört man solche Melodeien!

Und sein Traum ist, die Deutschen würden eines Tages so viel Verstand bekommen, die Bataillone nicht nur zu Schirm und Schutz vor die Fürsten aufzupflanzen, sondern zu ganz etwas anderm:

Herr Moltke brauchte einst die Phrase:
«Das Heer ist gegen Deutsche da,
man säubert damit von der Straße
die Menschen, die dem Schloß zu nah'
gewagt sich» — beim Champagnerglase
fand seine Rede viel Hurrah!
Doch irrt euch nicht, Ihr lieben Kinder
der Gasse, denn kommt einst die Uhr,
macht gegen Kronen und Cylinder
Ihr Front, und sagt: Choc en retour!

Und weil wir heute nicht mehr und noch nicht wieder — denn wir kennen unsre Pappenheimer — zensurpflichtig sind, deshalb sollten diese Klänge hier ertönen, aus denen noch einmal aufsteigt, was sich dieses Volk Jahrzehnte lang hat bieten lassen. Die Revolution vom neunten November war keine: um eine etwas erregt verlaufene Statutenänderung wird heute etwas reichlich viel Spektakel gemacht. Eingeschlagene Fenster und eingeschlagene Köpfe besagen gar nichts für einen Umsturz: aber es besagt wohl etwas, den Mut zu haben, das Alte herunterzureißen, daß es kracht und dann – dann erst! – etwas Neues aufzubauen.

Manches, was 1899 frisch klang, ist heute ein wenig veraltet, jung aber wie je sei unser Haß gegen die Pickelhauben und ihre Schützer, deren Väter und deren Söhne.

Wir gedenken des tapfern Oskar Panizza und grüßen die gefallenen Helden der deutschen November-Unruhen! Wird sich der Traum eines glücklich erwachten Deutschland einmal verwirklichen? 1919

BAUERN, BONZEN UND BOMBEN

> Wer, um sich oder einem Dritten einen rechtswidrigen Vermögensvorteil zu verschaffen, einen andern durch Gewalt oder Drohung zu einer Handlung, Duldung oder Unterlassung nötigt ...
>
> § 253 StGB

Ein politisches Lehrbuch der Fauna Germanica, wie man es sich nicht besser wünschen kann:

‹Bauern, Bonzen und Bomben› von Hans Fallada (erschienen bei Ernst Rowohlt in Berlin). Bevor wir ins Thema steigen: das Buch hat ein gotteslästerlich schlechtes Satzbild. Wie sieht denn nur die Seite aus? Ich habe immer gelernt, der weiße Rand müsse sich nach der Innenseite des Buches hin verbreitern – dies Satzbild ist aber gar nicht schön. Rowohlt, Sie sind doch sonst nicht so? Jetzt gehts los.

Falladas Buch ist die beste Schilderung der deutschen Kleinstadt, die mir in den letzten Jahren bekannt geworden ist. Der Verfasser hat einen Bauernroman schreiben wollen – wohl anknüpfend an die Vorgänge in Neumünster in Holstein, wo Bauernführer im Sinne Klaus Heims, und, unabhängig von ihm, die Nationalsozialisten die vorhandene Unzufriedenheit der Bauern benutzten, um gegen das, was sie die Republik nennen, vorzugehen. «Die Gestalten des Romans», steht im Vorwort, «sind keine Fotografien, sie sind Versuche, Menschengesichter unter Verzicht auf billige Ähnlichkeit sichtbar zu machen. Bei der Wiedergabe der Atmosphäre, des Parteihaders, des Kampfes aller gegen alle ist höchste Naturtreue erstrebt. Meine kleine Stadt steht für tausend andere und für jede große auch.»

Die Bauern nun sind in diesem Roman eine dunkle, anonyme Masse – die paar Typen, die herausgegriffen werden, sind viel blasser als die Bewohner der kleinen Stadt Altholm; und von den wirtschaftlichen Gründen bäurischer Notlage wird so gut wie nichts gesagt. Einmal ist das heikle Thema, daß die Bauern vielleicht intensiver wirtschaften sollten, um sich gegen die ausländische Konkurrenz anders als mit Schutzzöllen zu behaupten, leise angeschlagen; kein Wort davon, daß die Verdienste, die der Bauernschaft durch die Inflation in den Schoß gefallen sind, sie damals für lange Zeit hätten schuldenfrei machen können, es war jene Zeit, wo die Ledersessel und die Klaviere in die Bauernhäuser transportiert wurden. Und wo stehn die Bauern heute ... also davon ist in dem Buch wenig zu spüren. Den Bauern gehts eben schlecht – und nun revoltieren sie.

Das tun sie auf eine recht merkwürdige Weise.

Die dem Altdeutschen entlehnten romantischen Formen des armen Konrad wirken wie aufgeklebt. «Bauern Pommerns, habt ihr darüber hinaus schuldig gefunden die ganze Stadt Altholm mit allem, was darin lebt, so sprecht: sie ist schuldig! – Ankläger, welche Strafe beantragst du gegen die Stadt Altholm?» Das ist tragische Oper, Film und neuruppiner Bilderbogen. Sicherlich wird auf diesen Things so gesprochen; es ist die gehobene Sprache von Ackerbürgern, die das Feierliche solcher Handlungen durch einen Stil bekunden, der leise Erinnerungen an die Bibel und an alte verschollene Zeiten aufweist, da der Bauer einmal wirklich revolutionär gewesen ist. Aber warum, warum das alles so ist – davon bekommen wir in diesem Buch wenig zu hören. Gut gesehn und gut geschildert ist das Dumpfe am Bauern, seine Schlauheit, seine ungeheure Aktivität im passiven Erdulden, woran sich jeder Gegner mit der Zeit totläuft ... aber der Bauer: der ist nicht in diesem Buch. Das hat kein Bauer geschrieben. Dieser Autor hat die Bauernbewegung schildern wollen, und unter der Hand ist ganz etwas andres herausgekommen: ein wundervoller Kleinstadtroman.

George Grosz, der du das Titelbild hättest zeichnen sollen, das lies du! Es ist dein Buch.

Die Technik ist simpel; es ist der brave, gute, alte Naturalismus, das Dichterische ist schwach, aber der Verfasser prätendiert auch gar nicht, ein großes Dichtwerk gegeben zu haben. Ein paar Stellen sind darin, an denen schlägt ein Herz. Nein, ein großes Kunstwerk ist das nicht. Aber es ist echt ... es ist so unheimlich echt, daß es einem graut.

Gezeigt wird das politische Leben einer kleinen Provinzstadt; ihre Intrigen und ihre Interessenten; ihre Stammtische und ihre Weiberkneipen; ihr Rathaus und ihre Polizeiwache ... es ist schmerzhaft echt. Das hat einer geschrieben, der diese Umwelt wie seine Tasche kennt, einer, der sich aber doch so viel Distanz dazu bewahrt hat, sie schildern zu können. Er hat genau die richtige Entfernung, deren ein Schriftsteller bedarf: nah, aber nicht zu nah. Es scheint mir ungemein bezeichnend, daß wir keinen solchen Arztroman haben; keinen solchen Börsianerroman; keinen solchen Großstadtroman: es ist, als hätten die Angehörigen dieser gehobenen Bürgerschichten keine Augen im Kopf, um das zu sehen, was rings um sie vorgeht. Es ist ihnen wohl zu selbstverständlich. Fallada hat gesehn.

Es ist eine Atmosphäre der ungewaschenen Füße. Es ist der Mief der Kleinstadt, jener Brodem aus Klatsch, Geldgier, Ehrgeiz und politischen

Interessen; es ist jene Luft, wo die kleine Glocke an der Tür des Posamentierwarenladens scheppert und eine alte Jungfer nach vorn gestolpert kommt ... Augen tauchen hinter Fensterladen auf und sehen in den ‹Spion› ... und wenn das nun noch ein Dichter geschrieben hätte, der nicht nur theoretisch im Vorwort sagt, daß dieses Altholm für tausend andre Städte stehe, sondern wenn er uns das nun auch noch im Buch selbst gezeigt hätte —: dann wäre dies ein Meisterwerk.

So ist es nur ein politisch hochinteressanter Roman geworden. Ich kann mir nicht denken, daß ich dieses Buch zu Ende gelesen hätte, wenn es etwa eine bretonische Kleinstadt schilderte; das kann für den Fremden nur ein Künstler wie Maupassant schmackhaft machen. Dieses Werk hier habe ich in zwei Nächten gefressen, weil es uns politisch angeht, nur deswegen. Beinah nur deswegen.

Im Gegensatz zu diesen dummen Büchern gegen die ‹Bonzen›, wo der Sozialdemokrat nichts als dick, dumm und gefräßig ist und die andern rein und herrlich; wo die Arbeiter abwechselnd als verhetzt und unschuldig oder als blöde Masse geschildert werden, und wo sich die ganze Wut nicht zu Worte gekommener Zahlabendmitglieder entlädt — im Gegensatz dazu sind hier Menschen gezeichnet, wie sie wirklich sind: nicht besonders bösartig, aber doch ziemlich übel, mutig aus Feigheit, klein, geduckt alle zusammen — und niemand ist in diesem Betrieb eigentlich recht glücklich.

Die Bauern demonstrieren in der Stadt mit der schwarzen Fahne gegen die zu hohen Steuern. Der Bürgermeister verbietet die Demonstration nicht, der Regierungspräsident will sie verboten haben; beides sind Sozialdemokraten. Der Regierungspräsident entsendet an die Grenze des städtischen Machtbereichs Schupo; sowie einen ‹Vertrauensmann›. Der Vertrauensmann bringt die städtische Polizei und die Bauern ein bißchen aufeinander; hier ist ausgezeichnet geschildert, wie so etwas verläuft: wie guter böser Wille, Tücke, Schlauheit und Gerissenheit des Beamten ineinander übergehn — Amtsmißbrauch? Das weisen Sie mal nach! Und wie sich dann vor allem die Ereignisse selbständig machen; wie es eben nicht mehr in der Macht der Menschen liegt, ihnen zu gebieten — das ‹es› ist stärker als sie. Die Herren Führer stehen nachher als Opfer da — wie ist das gewesen? Ein Telefonanruf, die Ungeschicklichkeit eines Polizeiinspektors ... du lieber Gott, es sind lauter Kleinigkeiten, und zum Schluß ist es ernste Politik. Fallada hat das gut aufgebröselt; er begnügt sich an keiner Stelle mit diesen schrecklichen Rednerphrasen, wie wir sie sonst in jedem politischen Roman finden: er trennt das Gewebe auf und zeigt uns das Futter. Riecht nicht gut, diese Einlage.

Hießen alle diese Leute: Kowalski, Pruniczlawski, Krczynakowski und spielte dieser Roman in Polen —: die deutsche Rechtspresse würde ihn mit Freudengeheul begrüßen. Was? Diese Tücke! diese Falschheit — denn ein Grundzug geht durch das ganze Buch, und der ist wahr:

Fast alles, was hier geschieht, beruht auf Nötigung oder Erpressung.

Der Bürgermeister drückt auf die Zeitungsleute; die Zeitungsleute drücken auf das Rathaus; die Bauern auf die Kaufleute; jeder weiß etwas über wen, und jeder nutzt diese Kenntnis auf das raffinierteste aus. Nun wollen wir uns nicht vormachen, es käme solches nur in deutschen Kleinstädten vor; diese Leute sind immer noch Waisenknaben gegen die Franzosen, die aus Personalkenntnissen gradezu meisterhaft Kapital zu schlagen verstehn — die gute Hälfte ihrer Politik besteht aus solchen Dingen, und es ist sehr lustig, daß der Name ihrer einschlägigen Institution in wörtlicher Übersetzung «allgemeine Sicherheit» bedeutet. Also das ist überall so. Gestaltet ist es in diesem Buche meisterhaft.

Was vor allem auffällt, ist die Echtheit des Jargons. Das kann man nicht erfinden, das ist gehört. Und bis auf das letzte Komma richtig wiedergegeben: es gibt eine Echtheit, die sich sofort überträgt: man fühlt, daß die Leute so gesprochen haben und nicht anders.

Diese Aktschlüsse, wenn sie auseinandergehn, mit «Na, denn . . .» und «Also nicht wahr, Herr Bürgermeister . . .»; der schönste Gesprächsschluß ist auf der Seite 517 . . . die grammophongetreue Wiedergabe dessen, was so in einer Konferenz gesprochen wird: wie da die Bürger aller Schattierungen eine Nummer reden, halb Stammtisch und halb Volksversammlung; wie sie unter Freunden sprechen und wie sie sprechen, wenn jemand dabei ist, gegen den sie etwas haben; wie sie schweinigeln . . .

Ja, da lesen wir nun so viel über die Sittenverderbnis am Kurfürstendamm. Aber auf keinem berliner Kostümfest der Inflationsjahre kann es böser zugegangen sein als es heute noch in jeder Kleinstadt in gewissen Ecken zuzugehen pflegt, wenn die Ehemänner, fern von Muttern, in das Reich der Aktfotografien und der Weiberkneipen hinuntertauchen. Jeder hat was auf dem Kerbholz. «Ich sage bloß: Stettin . . .» sagt einer zum Bürgermeister. Ich sage bloß: Altholm — und hierin steht dieses erfundene Altholm, das gar nicht erfunden sein kann, für jede Stadt. Dieses Laster ist unsagbar unappetitlich.

Wenn sie aber festgestellt haben, daß Betty, die Sau, heute keine Hosen trägt, dann reißen sie sich am nächsten Vormittag zusammen und werden ‹dienstlich›. Und das ist nun allerdings ganz und gar deutsch. «Ich komme dienstlich», sagt einer zu einem Duzfreund. Und dann spielen sie sich eine Komödie vor: jeder weiß, daß der andre weiß, daß er weiß — sie grinsen aber nicht, sondern sie wechseln vorschriftsmäßig Rede und Gegenrede, damit sie nachher in den Bericht setzen und beschwören können: «Herr Stuff sagte mir, daß er von dem Verbleib des Inseratenzettels nichts wüßte. So wahr mir Gott helfe.»

O welsche Tücke, o polnische Niedertracht, o deutsche Dienstlichkeit.

Und eine Gerichtsverhandlung: wie da die unbequemen Zeugen zu Angeklagten werden; wie es gedreht wird; wie dieses ganze Theater gar nichts mehr mit Rechtspflege, dagegen alles mit Politik zu tun hat—: das ist ein Meisterstück forensischer Schilderung. Nur zu lang.

Und wenn man das alles gelesen hat, voller Spannung, Bewegung und ununterbrochen einander widerstreitender Gefühle: dann sieht man die immense Schuld jener Republik, die wir einmal gehabt haben und die heute zerbrochen ist an der Schlappheit, an der maßlosen Feigheit, an der Instinktlosigkeit ihres mittlern Bürgertums, zu dem in erster Linie die Panzerkreuzer bewilligenden Führer der Sozialdemokratie zu rechnen sind. Der Lebenswille der andern war stärker; und wer stärker ist, hat das Anrecht auf einen Sieg. Beklagt euch nicht.

Hier, in diese kleinen Städte, ist der demokratische, der republikanische Gedanke niemals eingezogen. Man hat — großer Sieg! — auf manchen Regierungsgebäuden Schwarz-Rot-Gold geflaggt; die Denkungsart der breiten Masse hat die Republik nie erfaßt. Nicht nur, weil sie maßlos ungeschickt, ewig zögernd und energielos zu Werke gegangen ist; nicht nur, weil sie 1918 und nach dem Kapp-Putsch, nach den feigen Mordtaten gegen Erzberger und Rathenau alles, aber auch alles versäumt hat—nein, weil der wirkliche Gehalt dieses Volkes, seine anonyme Energie, seine Liebe und sein Herz nicht auf solcher Seite sein können. Die Sozialdemokratie ist geistig nie auf ihre Aufgabe vorbereitet gewesen; diese hochmütigen Marxisten-Spießer hatten es alles schriftlich, ihre Theorien hatten sich selbständig gemacht, und in der Praxis war es gar nichts. Das Volk versteht das meiste falsch; aber es fühlt das meiste richtig. Daß nun dieses richtige Grundgefühl heute von den Schreihälsen der Nazis mißbraucht wird, ist eine andre Sache.

Hier ist eine Blutschuld der nicht mehr bestehenden Republik. Aus keinem Buch wird das deutlicher als aus diesem, der Verfasser hat es uns vielleicht gar nicht zeigen wollen — die These springt aber dem Leser in die Augen. Was war hier zu machen—! Und was hat man alles nicht gemacht—! Zu spät, zu spät.

Ich empfehle diesen Roman jedem, der über Deutschland Bescheid wissen will. Wie weit ist das von dem Rapprochement-Geschwätz der braven Leute aus den großen Städten entfernt. Hier ist Deutschland — hier ist es.

Es wäre anzumerken, daß der Künstler in Fallada nur an einigen wenigen Stellen triumphiert. Manchmal sagt er kluge Sachen; wie sich zwei bei einer Unterredung vorsichtig abtasten: «Ein Anfang ist gemacht, ein günstiger Anfang. Die beiden Herren haben sich in ihren Antipathien getroffen, was meistens wichtiger ist, als daß die Sympathien übereinstimmen.» Und einmal steht da einer dieser Sätze, an denen das frühere Werk Gerhart Hauptmanns so reich ist. Einem Bauern geht alles, aber auch alles schief. «Welche sind, die haben kein Glück, sagt Banz und meint sich.»

Ja, das ist ein Buch! So ist die Stadt; so ist das Land, vor allem das niederdeutsche, und so ist die Politik. Man sieht hier einmal deutlich, wie eben diese Politik nicht allein in wirtschaftliche Erklärungen aufzulösen ist; wie sich diese Menschen umeinanderdrehen, sich bekämpfen und sich verbünden, sich anziehen und abstoßen, sich befehden und verbrüdern ... als seien sie von blinden und anonymen Leidenschaften getrieben, denen sie erst nachher, wenn alles vorbei ist, ein rationalistisches Etikett aufkleben; das Etikett zeigt den Flascheninhalt nicht richtig an. Sie drücken aufeinander und «lassen den andern hochgehn»; sie spielen einander die Komödie des Dienstlichen vor – und es sind arme Luder, alle miteinander. Und man bekommt einen kleinen Begriff davon, wie es wohl einem zumute sein mag, der in diesen mittlern und kleinen Städten auf republikanischem Posten steht. Fällt er wegen seiner Gesinnung? Natürlich. Fällt er durch seine Gesinnung? Nie. Sie «machen ihn kaputt», wie der schöne Fachausdruck heißt, aber so: «Herr Schulrat P. hat gegen den § 18 der Bestimmung verstoßen, nach der er ...» Immer ist da so ein § 18, und immer funktioniert dieser Paragraph prompt, wenn sie ihn grade brauchen. Und niemals hilft die Republik ihren Leuten; sie wird so gehaßt und hat dabei gar nich veel tau seggn. Sie sieht sich das alles mit an ... sie läßt diese unsäglichen Richter machen, die die Hauptschuld an den blutigen Opfern der letzten Zeit tragen. Rechtsschutz gibt es nicht. Gleichheit vor dem Strafgesetz gibt es nicht. Kommunist sein bedeutet: Angeklagter sein, und wenn die Nazis ganze Kleinstädte terrorisieren, so bleibt der Landgerichtsrat milde und hackt auf den Belastungszeugen herum. Und wenn es gar nicht anders geht, wenn sonst nichts da ist, einen verhaßten Republikaner tot zu machen, dann hilft irgend ein § 18. Noch niemals aber ist ein Mitglied der herrschenden Rechtskaste über solch einen Paragraphen gestolpert, falls er sich nicht bei seiner Klasse mißliebig gemacht hat. Da gilt dann der Paragraph nicht. Man fällt nicht über seine Fehler. Man fällt immer über seine Feinde, die diese Fehler ausnutzen.

So einen Arztroman möchten wir lesen. So einen Journalistenroman. So einen berliner Roman. Dazu wäre allerdings der besondere Glücksfall nötig, daß ein schriftstellerisch begabter Mann in diesem Milieu lebt und es so genau kennt, wie Fallada das seinige.

Er hat es kaschiert. Seine Helden heißen nicht Knut, sondern Tunk. Wird diese Tarnkappe genügen? Begeistert wird die kleine Stadt von seiner Schilderung grade nicht sein – nicht davon, wie er sie entblößt; wie er aufzeigt, daß weit und breit keine Juden da sind, die man für alles verantwortlich machen könnte; weit und breit keine Kommunisten, die etwas bewirken. Fallada, sieh dich vor. Es gibt ein altes Grimmsches Märchen von der Gänsemagd, die eine Prinzessin war und die nun als Magd dienen muß. Den Kopf ihres treuen Rosses haben sie ans Stadttor genagelt, und jeden Morgen, wenn sie ihre Gänse da vorübertreiben muß, sieht sie es an und spricht:

«O Fallada – daß du hangest!»

Wenn sie dich kriegen, Hans Fallada, wenn sie dich kriegen: sieh dich vor, daß du nicht hangest! Es kann aber auch sein, daß sie in ihrer Dummheit glauben, du habest mit dem Buch den Sozis ordentlich eins auswischen wollen, und dann bekommst du einen Redakteurposten bei einem jener verängstigten Druckereibesitzer, die in Wahrheit die deutsche Presse repräsentieren.

Obgleich und weil du den besten deutschen Kleinstadtroman geschrieben hast. 1931

DER UNTERTAN

> Aber es wäre unnütz, euch zu raten. Die Geschlechter müssen vorübergehen, der Typus, den ihr darstellt, muß sich abnutzen: dieser widerwärtig interessante Typus des imperialistischen Untertanen, des Chauvinisten ohne Mitverantwortung, des in der Masse verschwindenden Machtanbeters, des Autoritätsgläubigen wider besseres Wissen und politischen Selbstkasteiers. Noch ist er nicht abgenutzt. Nach den Vätern, die sich zerrackerten und Hurra schrien, kommen Söhne mit Armbändern und Monokeln, ein Stand von formvollen Freigelassenen, der sehnsüchtig im Schatten des Adels lebt . . .
>
> Heinrich Mann 1911

Dieses Buch Heinrich Manns, heute, gottseidank, in aller Hände, ist das Herbarium des deutschen Mannes. Hier ist er ganz: in seiner Sucht, zu befehlen und zu gehorchen, in seiner Roheit und in seiner Religiosität, in seiner Erfolganbeterei und in seiner namenlosen Zivilfeigheit. Leider: es ist der deutsche Mann schlechthin gewesen; wer anders war, hatte nichts zu sagen, hieß Vaterlandsverräter und war kaiserlicherseits angewiesen, den Staub des Landes von den Pantoffeln zu schütteln.

Das erstaunlichste an dem Buch ist sicherlich die Vorbemerkung: «Der Roman wurde abgeschlossen Anfang Juli 1914.» Wenn ein Künstler dieses Ranges das schreibt, ist es wahr: bei jedem andern würde man an Mystifikation denken, so überraschend ist die Sehergabe, so haarscharf ist das Urteil, bestätigt von der Geschichte, bestätigt von dem, was die Untertanen als allein maßgebend betrachten: vom Erfolg. Und es muß immerhin bemerkt werden, daß die alten Machthaber – ach, wären sie alt! – dieses Buch von ihrem Standpunkt aus mit Recht verboten haben: denn es ist ein gefährliches Buch.

Ein Stück Lebensgeschichte eines Deutschen wird aufgerollt: Diederich Heßling, Sohn eines kleinen Papierfabrikanten, wächst auf, studiert und geht zu den Korpsstudenten, dient und geht zu den Drückebergern, macht seinen Doktor, übernimmt die väterliche Fabrik, heiratet reich und zeugt Kinder. Aber das ist nicht nur Diederich Heßling oder ein Typ.

Das ist der Kaiser, wie er leibte und lebte. Das ist die Inkarnation des deutschen Machtgedankens, das ist einer der kleinen Könige, wie sie zu Hunderten und Tausenden in Deutschland lebten und leben, getreu dem kaiserlichen Vorbild, ganze Herrscherchen und ganze Untertanen.

Diese Parallele mit dem Staatsoberhaupt ist erstaunlich durchgearbeitet. Diederich Heßling gebraucht nicht nur dieselben Tropen und Ausdrücke, wenn er redet wie sein kaiserliches Vorbild — am lustigsten einmal in der Antrittsrede zu den Arbeitern («Leute! Da ihr meine Untergebenen seid, will ich euch nur sagen, daß hier künftig forsch gearbeitet wird.» Und: «Mein Kurs ist der richtige, ich führe euch herrlichen Tagen entgegen.») — er handelt auch im Sinne des Gewaltigen, er beugt sich nach oben, wie der seinem Gotte, so er seinem Regierungspräsidenten, und tritt nach unten.

Denn diese beiden Charaktereigenschaften sind an Heßling, sind am Deutschen auf das subtilste ausgebildet: sklavisches Unterordnungsgefühl und sklavisches Herrschaftsgelüst. Er braucht Gewalten, Gewalten, denen er sich beugt, wie der Naturmensch vor dem Gewitter, Gewalten, die er selbst zu erringen sucht, um andere zu ducken. Er weiß: sie ducken sich, hat er erst einmal das ‹Amt› verliehen bekommen und den Erfolg für sich. Nichts wird so respektiert wie der Erfolg; einmal heißt es gradezu: «Er behandelte Magda mit Achtung, denn sie hatte Erfolg gehabt.» Aber wie wird dieser Erfolg geachtet! Würde er es mit nüchternem Tatsachensinn, so hätten wir den Amerikanismus, und das wäre nicht schön. Aber er wird geachtet auf ganz verlogne Art: man schämt sich der alten Vergangenheit und beschwört die alten Götter, die den wirklichen Dichtern und Denkern von einst noch etwas bedeuteten, zitiert sie, legt Metaphysik in den Erfolg und donnert voll Überzeugung: «Die Weltgeschichte ist das Weltgericht!» Und appelliert an keine höhere Instanz, weil man keine andre kennt.

Das ganze bombastische und doch so kleine Wesen des kaiserlichen Deutschland wird schonungslos in diesem Buch aufgerollt. Seine Sucht, Amüsiervergnügen an Stelle der Freude zu setzen, seine Unfähigkeit, in der Gegenwart zu leben, ohne auf die Lesebücher der Zukunft hinzuweisen, und seine Unfähigkeit, anders als nur in der Gegenwart zu leben, seine Lust am rauschenden Gepränge — tiefer ist nie die Popularität Wagners enthüllt worden als hier an einer ‹*Lohengrin*›-Aufführung, die voll witziger Beziehungen zur deutschen Politik strotzt («denn hier erscheinen ihm, in Text und Musik, alle nationalen Forderungen erfüllt. Empörung war hier dasselbe wie Verbrechen, das Bestehende, Legitime ward glanzvoll gefeiert, auf Adel und Gottesgnadentum höchster Wert gelegt, und das Volk, ein von den Ereignissen ewig überraschter Chor, schlug sich willig gegen die Feinde seiner Herren») —, und vor allem zeigt Heinrich Mann, wonach eben das Buch seinen Namen führt: die Unfreiheit des Deutschen.

Die alte Ordnung, die heute noch genau so besteht wie damals, nahm und gab dem Deutschen: sie nahm ihm die persönliche Freiheit, und sie gab ihm Gewalt über andere. Und sie ließen sich alle so willig beherrschen, wenn sie nur herrschen durften! Sie durften. Der Schutzmann über den Passanten, der Unteroffizier über den Rekruten, der Landrat über den Dörfler, der Gutsverwalter über den Bauern, der Beamte über Leute, die sachlich mit ihm zu tun hatten. Und jeder strebte nur immer danach, so ein Amt, so eine Stellung zu bekommen — hatte er die, ergab sich das Übrige von selbst. Das Übrige war: sich ducken und regieren und herrschen und befehlen.

Die vollkommene Unfähigkeit, anders zu denken als in solchem Apparat, der weit wichtiger war denn alles Leben, die Stupidität, zwischen Beamtenmißwirtschaft und Anarchie nicht die einzig mögliche dritte Verfassung zu sehen, die es für anständige Menschen gibt: sie bildet den Grundbaß des Buches. (Und offenbart sie sich nicht heute wieder aufs herrlichste?) Sie können alle nur ihre Pflicht tun, wenn man sie ducken und geduckt werden läßt; unzertrennlich erscheint Bildung und Sklaventum, Besitz und Duodezregierung, bürgerliches Leben und Untergebene und Vorgesetzte. Sie fassen es nicht, daß es wohl Leute geben mag, die sachlich Weisungen erteilen, aber nimmermehr: Vorgesetzte; wohl Menschen, die für Geld ausführen, was andre haben wollen, aber nimmermehr: Untergebene. Das Land war — war ... — ein einziger Kasernenhof.

Und noch eins scheint mir in diesem Werk, das auch noch die kleinen und kleinsten Züge der Hurramiene mit dem aufgebürsteten Katerschnurrbart eingefangen hat, auf das glücklichste dargestellt zu sein: das Rätsel der Kollektivität. Was der Jurist Otto Gierke einst die reale Verbandspersönlichkeit benannte, diese Erscheinung, daß ein Verein nicht die Summe seiner Mitglieder ist, sondern mehr, sondern etwas andres, über ihnen Schwebendes: das ist hier in nuce aufgemalt und dargetan. Neuteutonen und Soldaten und Juristen und schließlich Deutsche — es sind alles Kollektivitäten, die den einzelnen von jeder Verantwortung frei machen, und denen anzugehören Ruhm und Ehre einbringt, Achtung erheischt und kein Verdienst beansprucht. Man ist es eben, und damit fertig. Der Musketier Lyck, der den Arbeiter erschießt — historisch — und dafür Gefreiter wird; der Bürger Heßling, der — nicht historisch, aber mehr als das: typisch — alle andersgearteten wie Wilde ansieht: sie sind Sklaven der rätselvollen Kollektivität, die diesem Lande und dieser Zeit so unendlich Schmachvolles aufgebürdet hat. «Dem Europäer ist nicht wohl, wenn ihm nicht etwas voranweht», hat Meyrink mal gesagt. Es wehte ihnen allen etwas voran, und sie schwören auf die Fahne.

Kleine und kleinste Züge belustigen, böse Blinkfeuer der Erotik blitzen auf, der Kampf der Geschlechter in Flanell und möblierten Zimmern ist hier ein Guerillakrieg, es wird mit vergifteten Pfeilen geschossen, und es ist bitterlich spaßig, wie Liebe schließlich zum legitimen Geschlechtsgenuß wird. Eine bunte Fülle Leben zieht vorbei, und alles ist auf die letzte Formulierung gebracht, und alles ist typisch, alles ein für alle Mal. Die alte Forderung ist ganz erfüllt: «Wenn nun gleich der Dichter uns immer nur das einzelne, individuelle vorführt, so ist, was er erkannte und uns dadurch erkennen lassen will, doch die Idee, die ganze Gattung.» Leider: so ist die ganze Gattung.

Aus kleinen Ereignissen wird die letzte Enthüllung des deutschen Seelenzustandes: am fünfundzwanzigsten Februar 1892 demonstrierten die Arbeitslosen vor dem Königlichen Schloß in Berlin, und daraus wird in dem Buch eine grandiose Szene mit dem opernhaften Kaiser als Mittelstaffage, einer begeisterten Menge Volks und in ihnen, unter ihnen und ganz mit ihnen: Heßling, der Deutsche, der Claqueur, der junge Mann, der das Staatserhaltende liebt, der Untertan.

Und aus all dem Tohuwabohu, aus dem Gewirr der spießigen Kleinstadt, aus den Klatschprozessen und aus den Schiebungen — man sagt: Verordnungen; und meint: Grundstücksspekulation —, aus lächerlichen Ehrenkodexen und simpeln Gaunereien strahlt die Figur des alten Buck. Man muß so hassen können wie Mann, um so lieben zu können. Der alte Buck ist ein alter Achtundvierziger, ein Mann von damals, wo man die heute geschmähten Ideale hatte, sie zwar nicht verwirklichte, schlecht verwirklichte, verworren war — gewiß, aber es waren doch Ideale. Wie schön ist das, wenn der alte Mann dem neuen Heßling sein altes Gedichtbuch in die Hand drückt: «Da, nehmen Sie! Es sind meine ‹*Sturmglocken*›! Man war auch Dichter — damals!» Die von heute sinds nicht mehr. Sie sind Realpolitiker, verlachen den Idealisten, weil er — scheinbar — nichts erreicht, und wissen nicht, daß sie ihre kümmerlichen kleinen Erfolge neben den charakterlosen Pakten jenen verdanken, die einst wahr gewesen sind und unerschütterlich.

Und das Buch ‹*Der Untertan*› (erschienen bei Kurt Wolff in Leipzig) zeigt uns wieder, daß wir auf dem rechten Wege sind, und bestätigt uns, daß Liebe, die nach außen in Haß umschlagen kann, das einzige ist, um in diesem Volke durchzudringen, um diesem Volke zu helfen, um endlich, endlich einmal die Farben Schwarz-Weiß-Rot, in die sie sich verrannt haben wie die Stiere, von dem Deutschland abzutrennen, das wir lieben, und das die Besten aller Alter geliebt haben. Es ist ja nicht wahr, daß versipptes Cliquentum und gehorsame Lügner ewig und untrennbar mit unserm Lande verknüpft sein müssen. Beschimpfen wir die, loben wir doch das andre Deutschland; lästern wir die, beseelt uns doch die Liebe zum Deutschen. Allerdings: nicht zu diesem Deutschen da. Nicht zu dem Burschen, der untertänig und respektvoll nach oben himmelt und niederträchtig und geschwollen nach unten tritt, der Radfahrer des lieben Gottes, eine entartete species der gens humana.

Weil aber Heinrich Mann der erste deutsche Literat ist, der dem Geist eine entscheidende und mitbestimmende Stellung fern aller Literatur eingeräumt hat, grüßen wir ihn. Und wissen wohl, daß diese wenigen Zeilen seine künstlerische Größe nicht ausgeschöpft haben, nicht die Kraft seiner Darstellung und nicht das seltsame Rätsel seines gemischten Blutes.

So wollen wir kämpfen. Nicht gegen die Herrscher, die es immer geben wird, nicht gegen Menschen, die Verordnungen für andre machen, Lasten den andern aufbürden und Arbeit den andern. Wir wollen ihnen *die* entziehen, auf deren Rücken sie tanzten, *die*, die stumpfsinnig und immer zufrieden das Unheil dieses Landes verschuldet haben, *die*, die wir den Staub der Heimat von den beblümten Pantoffeln gerne schütteln sähen: die Untertanen! 1919

MACHT UND MENSCH

Der mathematische Grundriß zu Heinrich Manns Roman ‹*Der Untertan*› ist erschienen: der Essay-Band ‹*Macht und Mensch*› (bei Kurt Wolff in München). Hier ist herausgeschält, was dort unter Fleisch und Muskeln verborgen lag, hier hat einer sauber die Adern herauspräpariert — und klar und übersichtlich liegt das ganze große Netz vor uns. Es ist das bedeutendste Buch, das die Übergangsperiode hervorgebracht hat.

Demokratie war den Deutschen ein leerer Begriff. Unter dem Kaiser war das suspekt, demokratisch zu sein — und es hieß damals so viel wie heute ‹bolschewistisch›, nämlich, nach dem Wort des klugen Geheimrats Krüger: «Bolschewistisch ist alles, was einem nicht paßt». Dafür sagte man damals demokratisch; man durfte auch liberal sagen — es kam auf dasselbe heraus. Diese Worte hatten allenfalls eine theoretische, politische, abstrakte Bedeutung — mit dem täglichen Leben hatten sie gar nichts zu tun. Das wandelte sich.

Der kleine Novemberschwips des Jahres 1918 hielt ganze sieben Tage an — dann begründeten sie die Deutsche Demokratische Partei, die mit der Idee der Demokratie so viel zu tun hat wie die Schopenhauer-Gesellschaft mit Schopenhauer. Wenn bei uns die Ideen populär werden, dann bleibt die Popularität, die Idee geht gewöhnlich zum Teufel. Die Idee, diese Idee in ihrer vollen Reinheit, die Idee der Demokratie — sie lebt in diesem Buche.

Der Band enthält die wichtigsten politischen Essays Heinrich Manns: ‹*Geist und Tat*›, jene erste Arbeit, mit der der Aktivismus in Deutschland eingeführt wurde, das heißt: der Gedanke, daß ein Parteiprogramm, das den Leuten nicht in allen Geschäften des Tages wehe tut oder sie anfeuert, zu nichts nutz ist. Er enthält des weitern den kleinen Aufsatz ‹*Reichstag*›, wohl das Vollendetste, was in den letzten Jahrzehnten überhaupt über die deutsche Politik geschrieben worden ist. Auf diesen sechs Druckseiten ist das politische Elend, die gänzliche Stagnation, die Trostlosigkeit dieses Bürgertums — und Bürger sind fast alle — ist all das eingefangen. Ich zitiere diesen Aufsatz seit dem Jahre 1911 — und er stimmt immer. Es hat vor dem Kriege gestimmt, es traf erst recht im Kriege zu, als sich ein ganzes Land von seiner Militärkaste unterjochen ließ, ohne es zu merken und ohne es jemals zuzugeben – und es trifft heute noch zu, heute noch ... Da steht von den Konservativen: «Dies Lächeln! Es sagt: Komödie! Ihr alle seid Objekte der Gesetzgebung, die Subjekte sitzen hier. Es sagt: Ein Leutnant mit zehn Mann. Es ist ein Lächeln von Holofernes bis Dschingis Khan. Es ist das Wulstlächeln aller Schweine der Weltgeschichte: aller Herrenschweine.» Da heißts von den Liberalen: «Droben steht jetzt ein Freisinniger und beweist den Sozialdemokraten, daß sie beim Ausbruch eines Krieges gestreikt haben würden. Er ist sichtlich überzeugt, daß er heute gar nichts Besseres tun könnte. Die Ironie rechts sieht und hört er nicht; flammend reckt er sich nach links und gegen den Umsturz. Die Wollust, positiv und erhaltend zu sein, macht ihm Kongestionen, er weiß nichts mehr. Und der Mann ist Jude. Sein Leben ist sicher nicht vergangen, ohne daß er die Feindseligkeit des christlich geschminkten Feudalstaates erfahren hat. Wenn er den Kopf wenden wollte, auf wie viele Blicke würde er dort rechts treffen, worin nicht freche Geringschätzung läge? Gleichviel, er sieht nicht hin, und für einen Augenblick ist auch er ein Herr, ein Machthaber, der zum Volk vom Pferd spricht (bevor es ihn wieder abwirft) und hinter sich Edelleute und Priester hat. Die Instinktverlassenheit dieses Bürgertums ist vollständig.» Da steht von dem Deutschen und seinen vorgesetzten Behörden: «Was er über die Diplomaten vorbringt, klingt flau; man hört die Demut, die sich einen Stoß gibt, um Ungezogenheit zu werden. Überlegenheit wird sie nicht. Die ‹Herren dort oben› bleiben oben, noch im tiefsten Sumpf. Der Bürger läßt es ohne Widerspruch geschehen, daß auf alle seine Beschwerden der Staatssekretär als Antwort einen Witz macht. Warum sollte der Staatssekretär es sich schwerer machen? Seine wahre, ach, so schlecht weggekommene Gestalt kennt nur Europa. Hier drinnen sieht man nicht ihn bloß in gelber Weste, man sieht ihn gepanzert. Alle seinesgleichen, die sich draußen ducken müssen, in ihrem geistigen Elend, ihrem trüben Mangel an Weltläufigkeit und Kenntnis der Geschäfte: sooft sie zurückkehren aus den Niederlagen, die englische Kaufleute und französische Literatur ihnen beigebracht haben. Aha! welch ein Prunken vor den verschüchterten Landsleuten, welch Auftreten, welche furchteinflößende Autorität – zwischen den Niederlagen!» Auch nach der Niederlage noch.

Und es befindet sich in dem Buch ein Meisterstück der Geschichtsschreibung: der Abschnitt *‹Kaiserreich und Republik›*. Anilinglanz, Rutsch in die Katastrophe und die falsche Revolution – sie sind alle drei noch nie markanter in Sätze deutscher Sprache eingefangen worden. Die hohle Natur des deutschen Kaisers, sein begeistertes Volk, dessen Blüte er war, der Krach im heißen Sommer Vierzehn und das Gleiten in einen Abgrund, dessen Tiefe selbst jene nicht ermessen hatten, die, mit den laschen Händen am Steuer, damals vorn und obenauf saßen – das ist hier zu finden. Und diese Abhandlung ist deshalb so groß, weil sie en bloc ablehnt. Weil sie nicht ‹gerecht› wägt und dem Kaiser läßt, was des Kaisers ist, sondern weil sie einfach sagt: Nein. Nun kann nur Nein sagen, wer das Ja tief in sich fühlt und dieser weiß, was das ist: Demokratie. Dieser hat begriffen, daß sie nichts ist, was nun in den politischen Kegelklubs zu Hause ist und überhaupt etwa nur in den traurigen Parlamenten – sondern daß sie eine Sache des Herzens ist. Daß sie nichts ist als das tiefe Gefühl: Es gibt etwas auch außerhalb der Berufe und der sozialen Positionen, das uns alle gleich macht, soweit Menschen gleich sein können. Und sie können gleich sein. Mütter fühlen das. Männer können es auch. Wir spielen Rollen – aber wir sind eines Stammes. Und nur so kommen wir weiter, wenn wir das menschliche Niveau erhöhen. «Seine großen Männer! Hat man je ermessen, was sie dies Volk schon gekostet haben? Wieviel Talent, Entschließungskraft und adliger Sinn unterdrückt worden ist, was an Demut, Neid, Selbstverachtung gezüchtet ward, und was versäumt ward in hundert Jahren an der Nivellierung, der moralischen Höherlegung der Nation, damit in unermeßlichen Abständen je ein Manneswunder und Ausbund aller Herrlichkeit erscheinen konnte, übermästet von der Entsagung ganzer Geschlechter und dem lebenden Dünger der Nation entsprossen wie eine tierisch fette Zauberblume. Nun liegt und betet an!» Und sie beten an. Es ist so schön, anzubeten – die Macht anzubeten, einfach: die Macht.

Und es zeigt sich des weitern in den literarischen Aufsätzen des Buches, in jenen, die scheinbar nur über Zola oder über Voltaire sprechen, aber in Wirklichkeit doch nur über dies: wie die Macht den Menschen tötet – es zeigt sich auch in ihnen, daß der schlimmste Götzenglaube feuerländischer Insulaner Mathematik ist gegen diesen europäischen Glauben: den Glauben an die Macht.

Muß noch gesagt werden, daß dieses Buch, wie alles von Heinrich Mann in einem kristallklaren Deutsch geschrieben ist, daß die Sätze springen, sich jagen, daß der Hieb sitzt, und daß die herrlichste Stilisierung nicht zuläßt, an der einmal erkannten Wahrheit zugunsten des Ornaments zu drehen? Ein Zivilisationsliterat? Ein großer deutscher Schriftsteller.

Werner Mahrholz hat neulich in der *‹Vossischen Zeitung›* das Ethos Manns bemängelt – es käme nicht aus dem Herzen, er sei selbst ein Mann des wilhelminischen Zeitalters, ein Jongleur, ein Spezialist des Gefühls, Virtuos ...

In den Romanen ist etwas davon, vielleicht hier und da ein Quentchen. In den Romanen ist die Liebe zur leuchtenden Verwesung, zum bunten Lärm und zur überheblichen Absonderung. Aber nicht im Ethos, grade da nicht. Der Künstler muß sich mit seinen Gestalten identifizieren – aber nicht mit ihrem Ethos so, daß neben dem einen kein andres Geltung haben sollte. Der Roman ist – wie Mann in dem Essay *‹Zola›* aufzeigt – das Produkt der Demokratie. Alle – aber alle nebeneinander. Der ist kein Schauspieler. Und wären die *‹Armen›* noch mißglückter —: es ist kein Beweis gegen den Politiker. Der zuerst aus dem Wege räumen muß, was uns alle am Atmen und Leben gehindert hat und noch hindert. Haß reinigt. Man muß also nicht für Heinrich Mann eintreten, wie Mahrholz meint, soweit es allein ums Artistische ginge — das ist eine Sünde —, sondern man muß grade für ihn eintreten, wenns ums Politische geht. Und wenn jener fragt: «Soll er Führer einer Jugend sein?» so weiß ich, daß ich nicht für die Schlechtesten meiner Altersgenossen und der Jüngeren spreche, wenn ich sage: Wir folgen ihm. 1920

JAKOB WASSERMANN UND SEIN WERK

«Es ist wahr», erwiderte Angelus, «ohne zu sehen, bist du gegangen, ohne zu wissen, hast du gehandelt, keinem hast du vertrauen dürfen.»
‹Renate Fuchs›

Die Frau Jakob Wassermanns, Julie Wassermann-Speyer, hat ein kleines Buch über ihren Mann geschrieben, das den Titel trägt: *‹Jakob Wassermann und sein Werk›* (und im Deutsch-Österreichischen Verlag zu Wien erschienen ist).

Schopenhauer hat einmal gesagt, man solle jedem Buch das Bildnis des Verfassers voransetzen, und es ist ja auch wahr, daß uns bei großen Männern das Menschliche ungeheuer nahegeht: wie sieht er aus, wie sah er als Kind aus, wie wohnt er, wo lebt er, was tut er am Tage? Das beste an diesem Buch ist sein erstes Kapitel: das Leben Wassermanns.

Der kleine Abschnitt, der mit ein paar schönen Jugendbildern versehen ist, bestätigt, was die Bücher längst ausgesagt haben: Wie hat sich dieser Mensch gequält! Gequält mit sich, mit der Umgebung, mit dem Schicksal, mit Hunger, Kälte und Arbeitslosigkeit, mit dem Unvermögen, sich in die rohe Welt des platten Geldverdienens hineinzufinden und in die verlogene der unordentlichen Bürger mit der Samtjacke oder der Hornbrille — Qual und Unschlüssigkeit, Verzweiflung und Selbsthaß, Verlorenheit innen und Hohn außen. Der Lebensabriß hat etwas Erschütterndes.

Schichtweise hat sich das in den Büchern abgelagert; es wäre törichte Philologie, dem im einzelnen nachzuspüren — man fühlt so oft den eigenen Herzschlag dessen, der es schrieb.

Die seltsame Blutmischung, die in Wassermann lebt, hat sein Schicksal sicherlich beeinflußt: von Franken nach Wien, zwischen den beiden Nationen lebend und keiner gehörig, Deutscher und Jude, lebte er schutzlos, ohne Hülle, jedem Nadelstich und jedem Hammerschlag doppelt preisgegeben. Und setzt sich nach Irrfahrten, Enttäuschungen, verlorenen Schlachten und entsetzlichen Hungerjahren in Österreich fest.

«Es geht nicht ums Können, Daniel Nothafft, es geht ums Sein», heißt es an der entscheidenden Stelle im *‹Gänsemännchen›*. Was Wassermanns Frau der Lebensgeschichte noch an literarischen Betrachtungen anfügt, ist nicht sehr wesentlich. So unwesentlich wie alle ästhetischen Untersuchungen seines Werkes. Zweifellos ist die himmlisch unfertige *‹Renate Fuchs›* ein besseres Buch als der blendend gemachte *‹Christian Wahnschaffe›*, es gibt Fehlschläge, leere Seiten, Dinge in seinem Werk, die man nicht mag. Aber er gehört mit dazu. Er ist ein Stück unsres Lebens.

Man hat ihm vorgeworfen, daß er, der Jude, deutscher sei als die Deutschen – sicher ist, daß er der deutschen Seele zu einem Ausdruck ihrer selbst verholfen hat, und daß er so weit fort ist von dem Deutschtum dieser Tage. Wie die dunkle Landschaft unter seinen Händen zu singen anfängt –! Wie Musik, Wälder, Maschinen, Bauernwirtschaft und steinerne Straßen aussagen, was sie sind, was sie ihm sind, und was sie uns sind –! Er hat das Unsagbare gesagt, er ist das, was der Franzose ‹bourdon› nennt, die tiefe, große Kirchenglocke.

Der ungeheure Fleiß dieses Mannes ist es nicht allein, der einen mit Respekt erfüllt (obgleich das heute, als eine Ausnahme, angemerkt zu werden verdient). Ich habe einmal die Geschichten aus den *‹Schwestern›* mit dem *‹Neuen Pitaval›* verglichen, dem der Stoff teilweise entnommen ist: welche Feinheit in der Verkürzung, welche unmerkliche Umgruppierung der Geschehnisse, Personen und Verknüpfungen – es ist alles geblieben, und doch anders, doch geheimnisvoller, tiefer, menschlicher. Wie er nun gar das ungeheure Material des *‹Caspar Hauser›* gemeistert hat, ist ein Rätsel, ein Wunder schon in der Bewältigung des quantitativen Stoffs. (Man weiß vielleicht, daß die Literatur über das aenigma sui temporis heute noch nicht eingeschlafen ist.) Durchtränkt von der Melodie, sehen wir seine Welt auf Schritt und Tritt. Man muß nur die Augen aufmachen. Einmal war er mir ganz nahe. Ich kam an einem Uhrmacherladen vorbei, draußen hatte der Inhaber seine Uhr aufgehängt, und statt der Zahlen hatte er die Buchstaben seines Namens um das Zifferblatt herumgeschrieben; es waren genau zwölf, es ging grade auf. Der Mann hieß: JOHANNES QUAL.

Und wie alle Bitterkeit im Schaffen aufgelöst ist, wie kein häßlicher Bodensatz zurückgeblieben ist in ihm! Die Frau spricht von seinen ersten Anfängen; Wassermann war damals, um sich ein paar Groschen zu verdienen, Sekretär bei Ernst von Wolzogen. So spricht er über ihn: «Es war der erste Mensch, der mich ermunterte, der erste überhaupt, der mich als Dichter uneingeschränkt ernst nahm, und das bedeutete für mich so viel wie Rettung und Erlösung.» Seitdem ist viel Blut die Marne heruntergeflossen, und bei Wolzogen liest mans in den Lebenserinnerungen, mit denen sich meines Wissens Westermann besudelt hat, ungefähr so: «Ein kleiner schiefer Jude suchte mich damals viel auf – meine Frau öffnete immer das Fenster, wenn er gegangen war: es war Jakob Wassermann.»

Werk ist auf Werk gefolgt, unbeirrbar, unerschütterlich, mag der Wert hier und da geschwankt haben, hügelauf und hügelan ist der Mann sich gleich geblieben. Der letzte große Wurf war: ‹*Golowin*›, die Novelle aus dem ‹*Wendekreis*›, mit dem unsterblich schönen und tiefen Nachtgespräch zwischen der russischen Frau und dem revolutionären Matrosen, in dessen Verlauf der Satz steht: «Haben – welch ein häßliches Wort! Was heißt denn haben, wenn nicht gegeben wird!»

Es ist kein Wunder, daß in diesen Büchern der Traum eine so große Rolle spielt. Ich mißtraue dem literarischen Traum – in der Traumschilderung ist der Dichter unkontrollierbar, entzieht sich der Wertung und schlüpft immer hinter die Ausrede: es war ein Traum. Bei Wassermann ist Leben und Schlaf gleich traumhaft, die Grenzen sind dünnwandig, traumhaft der Rhythmus dieses einzigen Stils, von so viel Vätern befruchtet geht es immer wieder zum Vater hin. Es ist gut, wie in dem Büchlein die Vaterschaft Wassermanns herausgearbeitet ist – neben dem ‹*Michael Kramer*› ist er fast der einzige, der abseits der weiten Mutter-Poesie den Vater fast schmerzlich betrachtet: den, ders gemacht hat, den, der dabei steht, dem es aus der Hand wächst, der so gern umarmen möchte und Scheu hat vor Werk und Sohn.

Er ist am Licht. Aber zu denken, daß Hunderte und Hunderte von Wassermanns sich im Dunkel quälen, sich mühen, untergehen, weil es nicht langt, oder weil sie nicht den glücklichen Zufall treffen, also weil ihr Schicksal es nicht will, weil sie keine Marktware sind, und weil ja Kunst wirklich etwas Überflüssiges, Störendes und Sinnloses bedeutet ... Ich wundere mich über jeden, der noch nicht verhungert ist. Denn der ‹große Krumme›, gegen den die Wassermanns heute angehen, der, der auch gegen sie angeht, hat kaum noch romantische Züge. Der Fette aus der ‹*Ulrike Woytich*›, der mit der entzückenden, aufgeschwemmten Kunstgewerbewohnung, ist der letzte romantische Typus für lange Zeit. Nach ihm kommt der Gleichgültige, der Tüchtige, der, der seinen Frieden mit der Welt gemacht hat – der ‹es nicht so schlimm findet›. Man ist vernünftig geworden. In der Ecke krepieren unterdes Träumer und Selbstquäler, Verzweifelnde und Verzweifelte. Wer Jakob Wassermanns in Liebe und Respekt gedenkt, mag einen ehrfurchtsvollen Gruß ins Dunkel senden. 1924

DER STREIT UM DEN SERGEANTEN GRISCHA

Wenn die Operettenautoren Haskel und Jablonski einen Schmarren ‹*Anneliese von Dessau*› zusammenschustern und ein fetter Tenor, ein bieriger Baß und zwei kreischende Sopran-Nutten unter Zuhilfenahme von etwas Statisterie, bengalischem Licht und einem Eßlöffel voll ‹Deutschland, Deutschland über alles!› dergleichen in einem Theatersaal hinter der Rampe aufbauen –: dann gehen vierundzwanzig Männer hin und machen Theaterkritik.

Ich weiß, daß das Theater ein Massenerlebnis ist, eine lebendige Sache (mit leichtem Schlaganfall) – aber ich vermag nicht einzusehen, warum es gar so wichtig sein soll, wenn Hollaender, denken Sie mal, wieder die Neher verrissen hat, er hat was gegen die Neher, überhaupt das Achtuhrabendblatt ... «Es wird alles», spricht der Weise, «maßlos überschätzt.» Läßt Kerr die Schreibmaschine aufklappen, so reicht das weit über alles Theater hinaus, über den windigen Zank der Leute vom Bau, diese Talmiaufregungen, die schon erkaltet sind, wenn sie noch heiß serviert werden; weit über Nervenkrisen, Telefonattacken, wild gewordene Telegrammformulare ... Kunst ist schon kein Selbstzweck – wie sollte Theaterkritik einer sein –!

Dies voraufgeschickt, mag von Zeit zu Zeit versucht werden, bedeutende Bücher mit derselben Sorgfalt und derselben Liebe zu betrachten, mit der sie geschrieben worden sind. Denn es ist nicht einzusehen, warum Werke, denen ein begabter und intelligenter Mensch Jahre seines Lebens gewidmet hat, in der Zeitung nur deshalb mit vierzehn Zeilen ‹Buchbesprechung› wegkommen, weil sie keine Theaterstücke sind. Das Buch, von dem hier die Rede sein soll, kann sich nicht beklagen; es hat auch in der großen Presse die Beachtung gefunden, die es verdient.

Arnold Zweig, Producer, beehrt sich vorzuführen: ‹*Der Streit um den Sergeanten Grischa*› (bei Gustav Kiepenheuer, in Potsdam, o Ironie des Schicksals!) Ein Kriegsbuch? Ein Friedensbuch.

Dem russischen Kriegsgefangenen Grischa Iljitsch Paprotkin glückt ein Fluchtversuch aus dem Lager, er irrt in den weiten Bezirken der Etappe Ober-Ost umher, stößt auf ein Häuflein von Marodeuren und Deserteuren; eine Frau gibt ihm Uniform und Erkennungsmarke eines russischen Soldaten, der in diesem Bezirk beheimatet gewesen ist; wenn Grischa gefaßt wird, soll er angeben, er sei durch die Front gekommen, um seine Eltern wiederzusehen ... Er wird gefaßt. Es ist ein Befehl da, wonach sich alle Russen, die durch die Front kommen, binnen drei Tagen bei einer deutschen Etappenbehörde melden müssen. Grischa hat das nicht getan. Er wird, getreu nach dem Befehl von einem Divisionsgericht, zum Tode verurteilt. Da erst erkennt er seine Lage, schreit, wehrt sich, sagt die Wahrheit: er sei er selbst, er sei Grischa, nicht der andre – er sei gar nicht von vorn gekommen, sondern aus einem Gefangenenlager entwischt ... Die Akten gehen an den Oberbefehlshaber.

Der Sergeant Grischa wird, obgleich er doch gar nicht unter jenen Befehl fällt, erschossen, weil Division und Oberkommando sich nicht riechen können, weil die beiden maßgebenden Offiziere sich im Aktengang anstänkern, weil Ressortkämpfe aufflackern, erlöschen, wieder aufbrennen ... Grischa steht am grasigen Abhang und wird, du deutsches Gemüt, er wird ‹umgelegt›. Da liegt er. Und es ist gar nichts. Ein Russe, du lieber Gott ...

Daraus hat Arnold Zweig einen Roman gemacht. Wie er in der Nachbemerkung angibt, ist die zugrunde liegende Geschichte wahr.

Das wundert keinen, der die Preußen kennt. Was hat nun Zweig aus dieser Sache herausgeholt?

Es ist ein gut Stück Kriegswahrheit in dem Buch, ein Teil des Soldatenlebens der Deutschen im Osten: ihr aufgeplusterter Bürobetrieb, ihre leer laufende Geschäftigkeit, ihr emsiges Nichtstun, ihre faule Betriebsamkeit; ihre Sauberkeit und Fürsorge für sich selbst, und, wenn was abfiel, auch für die Bevölkerung, ‹Panjes› geheißen; und das Leben der Ostjuden, deren unendliche Überlegenheit über die kriegführenden Parteien, ihre äonenweite Weisheit und ihre tiefe Philosophie. Einzelheiten sind in diesem Roman mit einem gradezu bienenhaften Fleiß zusammengetragen, ein gehobener Naturalismus, die schärfste realistische Beobachtung, sauber stilisiert — man merkt oft, wie der Autor warm geworden ist, nirgends riecht es nach Schweiß.

Über die Gesinnung des tapfern Friedenssoldaten Arnold Zweig ist nicht zu reden. Das Buch könnte, bei stärkster pazifistischer Wirkung, schwach sein — es ist sehr stark. Es wird wahrscheinlich mehr Menschen zum Nachdenken über das Wesen des Krieges bringen als alle Propagandaaufsätze der letzten Jahre — es bohrt sehr tief und wendet sich an ganz einfache Empfindungen; es sagt gewissermaßen: «Wir beide wollen uns doch nichts vormachen, wie —?» Endlich einmal wird der Krieg gar nicht diskutiert, sondern mit einer solchen Selbstverständlichkeit abgelehnt, wie er und seine Schlächter das verdienen. Erst heute —?

Es ist merkwürdig genug: nach neun Jahren stößt den Deutschen der Krieg sauer auf. In Frankreich ist das längst vorüber: *‹Les Croix de Bois›* von Roland Dorgelès und *‹Gaspard›* von René Benjamin liegen weit zurück; hier haben sie nur noch die aus Amerika importierte Mode der Kriegsfilme; die Literatur beschäftigt sich kaum noch mit dem Krieg. Bei den Deutschen hatten, bitte nach Ihnen, die Generale den Vortritt: die Pension der Republik gab ihnen die Muße, auf ihren Gütern und in den hohen Zimmern alter Wohnungen ihre Lügengeschichten zu erzählen: trockner Aktenkram, am Schluß mit blechernem Pathos, vertrauliche Briefe oder gestohlene Akten, die ganze Leere dieser Hirne fürchterlich erweisend. Es ist ungemein bezeichnend, daß unter dieser Memoirenliteratur auch nicht ein einziges lesbares Buch ist — sie sind alle gleich schlecht geschrieben, und wenn einer, der sich die Finger nicht am Füllfederhalter schmutzig machen wollte, einen Literaten engagierte, dann ließ er bei der Auswahl seinen Geschmack sprechen, und was herauskam, hieß Karl Rosner. Da haben wir Glück gehabt.

Und nun, nachdem das alles vorbei ist und selbst das Geschmier der von der Reichsbahnverwaltung vorzugsweise beförderten Hermine von niemand mehr ausgelacht wird —: nun kommen die Soldaten, die den Krieg am eignen Leibe erlebt haben, und wagen sich hervor und sagen die Wahrheit. Es war höchste Zeit.

Nach neun Jahren . . . Aber was heute die Reichswehr treibt; was in den kleinen Garnisonen, wo sie unter sich sind, vor sich geht; was da ‹auf Stube› gemacht wird und bei den Sportsleuten; was die Werbeoffiziere für Leute sind und die Wehrkreiskommandeure; wie die Leute auf Urlaub gehen und wie sie sich beschweren, und worüber sie sich freuen und worunter sie leiden —: davon hören wir kein Wort. Die Reichswehr fühlt sich sehr wohl unter diesem Schweigen; sie hat es nötig. Und wir werden wohl erst in vierzig Jahren, wenn lebendige Wirklichkeit ‹Geschichte› geworden ist, einen Roman zu lesen bekommen: ‹Der Streit um den Sergeanten Noske› oder ‹Die 11. Traditions-Kompanie›. Wir sind gründliche Leute. Wir sind ungefährliche Leute.

Warum wird der Roman von Zweig überall gekauft? Weil er ein anständiges Stück Ware ist. Weil er gut gearbeitet ist. Weil das Publikum einen fast untrüglichen Instinkt für sorgsame Mühe hat (die ein Künstler sich gibt) — weil keine Seite, kein Satz hingeschwindelt ist. Ich gehe nicht so weit, wie der vortreffliche Lion Feuchtwanger, zu sagen, daß dergleichen nun die Zukunft der deutschen Literatur sei — im Kielschwert des Zweigschen und des Feuchtwangerschen Detailfleißes liegt die dichterische Kraft; fehlte die, kippte das Fahrzeug im leichtesten Wind. Wie groß der Kunstwille bei Autoren dieser Gattung ist, steht dahin — ihre handwerkliche Anständigkeit ist unbestreitbar. Aber lockert die Schleusen nicht! Ströme von Schweiß ergössen sich durch das Land, denn fleißig sind sie bei uns. Beschütze uns, heilige Staatsbibliothek, vor den Neumännern, die die Geschichte romanisieren! Also so geht das nicht. Die Modeschluderer lassen es allerdings doppelt schätzen, wenn einer arbeitet. Der Dichter Zweig hat gearbeitet. (Daher auch die Vorliebe der angelsächsischen Länder für solche Bücher, bei denen sich der Käufer nicht betrogen fühlt.)

Wir hier wissen das, was Zweig uns aus dem Krieg erzählt. Wie viele Männer haben ihn erlebt und gar nicht erlebt; wie viele Frauen ahnen bis auf den heutigen Tag überhaupt noch nicht, was der Krieg gewesen ist. Es sind herrliche, ganz und gar echte Züge in diesem Buch.

Der Feldwebel Matz geht auf Zehenspitzen zum Generalmajor Schieffenzahn hinein, um ihm ein Telefonat zu überbringen. Schieffenzahn ist am Schreibtisch vor Müdigkeit eingeschlummert. Matz, auf Zehenspitzen, will ihn nicht wecken. Nun so:

«Der siegt für uns, der plagt sich für uns, nu laß ihn man schlafen, Matz. Die Welt wird ja nicht einstürzen und Deutschland nicht ins Wasser fallen, bloß wenn er das 'ne Stunde später erfährt.» Absatz. «Damit entnahm er der Zigarrenkiste zwei der großen Brasil, um sich für seine Rücksicht zu belohnen und kopfschüttelnd, voll aufrichtiger Bewunderung, nach einem letzten Blick auf den Ruhenden, zog er ganz leise die Tür hinter sich zu.» Neid ist immer ein gutes Kriterium: Diese Sätze möchte ich geschrieben haben.

Ganz echt der Abschied der Arresthauswache von Grischa, als der zum Umlegen geführt wird. Sie haben den Russen lange Monate bei sich gehabt, er hat ihnen die Öfen geheizt, die Zigaretten mit ihnen geteilt, jeder hat den Russen gern gehabt. «Die Deutschen bringen keinen Laut heraus, nur ein junger, blaß und mit aufgerissenen Augen, erwidert ihm» — ... was? Etwas völlig Blödsinniges, denn er weiß ja, wohin es mit jenem geht — aber etwas ganz und gar Echtes. Er sagt:

«Machs gut, Kamerad, leb wohl!»

Es wimmelt von sprachlichen Feinheiten, jede der letzte Extrakt saubcrster Arbeit, quellender Einfälle. Bei der Erschießung: «Der Priester murmelt und priestert». Einmal, als Grischa in seiner Zelle verzweifelt liegt: «Der Russe sprach mit sich selbst; halblaut und ununterbrochen raunte er in seiner Sprache Worte.» Und sofort die Reaktion des pathoslosen Soldaten daneben: «Er sabbert, dachte Sacht, es läuft ihm vom Munde weg wie Spucke...» Einmal das ganze deutsche Militär in einem Satz: «Macht der Angeklagte einen guten Eindruck — steht er militärisch stramm und sauber da, geweckt, aber nicht zu intelligent...» In Ordnung.

Ein Dichter ist ein Mensch, der seine Gefühle aufbewahren kann. Welch ein sorgfältiger Arbeiter dieser Zweig ist, zeigt die Stelle, in der beschrieben wird, wie der zum Tode verurteilte Russe sein eignes Grab graben muß. Der Keim zu diesem Thema liegt schon in einer Novelle Zweigs, die hier in der ‹*Weltbühne*› im Jahre 1914 erschienen ist (‹*Die Bestie*›), und derentwegen unser Blatt damals vom Oberkommando in den Marken beschlagnahmt worden ist. Da ist es ein belgischer Bauer, der sich sein Grab vor der Erschießung gräbt, und beide Mal ist der schöne dichterische Gedanke ausgeführt, wie den Grabenden die Erde freut: die fette, fruchtbare, saubere Bauern-Erde.

Wenn es manchmal mit dem Stil der gesprochnen Sprache für mein Empfinden nicht so recht klappt, so hängt das mit einer sehr, sehr schwer zu entwirrenden Sache zusammen. Ich will nicht von den kleinen Spritzern reden; merkwürdig, wie ein musikalischer Autor so etwas stehen lassen kann: Ein Militär-Lokomotivführer unterhält sich vorn auf der Lokomotive mit seinem Heizer. «Weißt du noch, wie du immer Wild zu sehen glaubtest...?» Nun gibt es im Volk wenig erzählende Imperfekta; da steht fast allemal das Perfektum, und natürlich hat der Mann gesagt: «Weißt du noch, wie du immer gedacht hast, da wär Wild...» Und daß das Wort ‹Triumph› mit einem f geschrieben ist und das Wort ‹Atmosphäre› auch: das hat mich einen Löffel Fruchtsalz gekostet. Ich weiß, daß die Sprache fortschreitet und sich wandelt: dies ist kein schöner Wandel, wenn auch ein diskutierbarer.

Aber das ist es nicht; es ist nicht nur dieser Satz und jener — es ist etwas andres, schwereres.

Es gibt einen Realismus, der mit der fotografischen Abbildung der Wirklichkeit eine Freude am Abbilden vereint; einen Naturalismus der Tuchfühlung, des leichten Puffs mit dem Ellenbogen: «Du weißt doch, wie ichs meine?» Hauptmann hat das im großen Stil; der Vorgang ist so unerklärlich wie jeder biochemische; das, was herauskommt, lebt einfach, ist ein warmer Organismus, der zuckt. Die Gefahr für schwache Autoren ist zu große Nähe des Objekts. Bei Zweig liegt die exakteste Beobachtungsgabe zugrunde: sie ist aber häufig in eine Sphäre heraufgehoben, die mir zu ‹edel› erscheint. Das Buch fängt so an:

«Es steht ein Mann im dicken Schnee, unten am Fuße eines schwarz angekohlten Baumes, der spitzwinklig in gute Höhe ragt mitten im verbrannten Walde, schwarz auf vielfach zertretener Weiße. Der Mensch, gekleidet in viele Hüllen, versenkt die Hände in die Taschen — —» Nein, so fängt es leider nicht an. Sondern so:

«Die Erde, Tellus, ein kleiner Planet, strudelt emsig durch den kohlschwarzen, atemlos eisigen Raum, der durchspült wird von Hunderten von Wellen, Schwingungen, Bewegungen eines Unbekannten, des Äthers, und die, wenn sie Festes treffen und Widerstand sie aufflammen läßt, Licht werden ...» O du mein Deutschland! Aber könnt ihr denn nicht begreifen, daß der liebe Gott benebst anhängendem Kosmos im Zwiebelmuster einer Kaffeekanne zu finden ist und nicht in dem, was ihr als ‹Relativität› ausgebt? Wozu das? Entehrt Naturalismus? Erscheint er euch zu niedrig, wenn ihr ihn nicht durch pathetische Beziehungen zum ‹All› adelt? Ein neuer Adel. Taugt nicht viel.

Und hier ist das Manko des Buches.

Die Sache geht noch an, wenn es sich um die Juden handelt; die versteht der Vollblutjude Zweig sehr gut. Schon bei den Soldaten wird die Sache zweifelhafter. Es stimmt alles: er ist der erste Autor, der den Mut hat, zu sagen, daß das Telefongespräch zwischen einer Krankenschwester und einem Schreiber durch einen Mann im Keller vermittelt wird, der da stumpfsinnig stöpselt, er hat einen Brief von seiner Frau bekommen: zu Hause klappt es nicht mit der Kriegsunterstützung ... Es stimmt vieles: wie sie geschlafen haben und gegessen; sehr oft, auch wie sie reden; wie die Formationsbürokratie viel wichtiger war als der ganze Krieg ... Alles, was da gegen den dreimal verfluchten deutschen Militarismus steht, stimmt. Aber wenn Zweig von den Offizieren spricht, dann stimmt etwas nicht. Shakespeare ist auch Hamlet. Zweig betrachtet — sehr gehirnlich, sehr überlegen — seine Figuren. Aus weiter Nähe.

Natürlich ist er viel zu klug, nun das umgekehrte Militär-Buch zu schreiben: der pechrabenschwarze General und der gute Muschkot; das wäre ja kindisch. Diese Rangordnung hat man nicht umzukehren, sondern zu ignorieren. Das tut er. Er zieht seinen Leuten Zivil an. Aber diese Offiziere sind, Zweig, seien Sie mir nicht böse, sie sind von unten gesehen. Auch Exzellenz von Lychow, geb. Fontane. Sie sind mit den feinsten Mitteln psychologisch erklärt. So waren sie auch — so waren sie nicht.

Der Generalmajor Schieffenzahn wird sondiert; er schlummert, wie dargetan, am Schreibtisch ein, nachdem er sich seiner Kadettenjugend erinnert hat, er wird biologisch expliziert, es ist alles in schönster

Ordnung. Aber es fehlt das Einfach-Kräftige, das diese Burschen bei aller Schlauheit hatten – Schieffenzahn ist jüdisch gesehen, er ist ganz durchtränkt mit Judentum, und er trägt Schläfenlocken, sozusagen Gardepeies.

Es ist zunächst das jüdische Element, das sich hier hindernd einschiebt. Ich spreche gar nicht von der Zuneigung Zweigs zu seiner Figur Posnanski, dem ironischen und Gutes wirkenden Kriegsgerichtsrat und von meiner Abneigung gegen solche Männer: ja, sie waren so witzig und haben es alles durchschaut und die stumpfsinnige Brutalität der Preußen gemildert, wo sie nur konnten, und sie hatten die herrlichsten Talmudworte für alles und waren schnell in der Auffassung und blendend. Und haben mitgemacht.

Das Heer aber war in seinen Grundtönen deutsch: bayerisch das Fluchen und niederdeutsch der Furz; plattdeutsch das Schmalzpaket und säcksch das Kaffeegelabber. Eine pommersche Gänsebrust rituell gekocht? Ja, aber es ist nicht ‹das›.

Arnold Zweig hat das beste deutsche Kriegsbuch geschrieben – immer neben Vogels *‹Es lebe der Krieg!›*. Das deutsche Kriegsbuch ist noch nicht geschrieben.

Die Küche der Befehlsempfänger, wo die Ordonnanzen und die Reiter und die Chauffeure auf den Bänken lümmeln und dem Stabskoch von weitem ehrfurchtsvoll in die vorgesetzte Suppe sehen; die dicke Luft in der Schreibstube, wo geduckte Schreiber sich das Wohlwollen der niedern Götter durch fingiertes Nichtvorhandensein erkauften, ihnen gegenüber war der fremde, eben eintretende Soldat ein Freier; der Kriegsschauplatz, der stets aufgeräumt sein mußte, ein Hund spielt mit einem Knochen, an einem Ende der Hund, am andern der Gefreite Fulte, und der Unteroffizier König steht dabei und grinst – da kommt der Hauptmann aus dem Unterstand. Hund und Fulte ab wie der Blitz. «Uoffzieh Köönch!» – «Hahaumann!» – «Was ist das für ein Knochen?» – «Eh ... Da hat wohl der Hund vom Herrn Leutnant mit gespielt!» – «Der Hund? Na, das kennt man schon –!» Aus. Keine Spur von Pointe – es ist der vollendete Stumpfsinn aller dreihundertundfünfundsechzig Tage aller vier Jahre. «Wie wars auf Urlaub, Mensch?» – «Zu kurz! Aber vielleicht hier ...!» (ausgestreckter Arm, geballte Faust, Einknicken des Unterarms: Soldatengeste für einen stattgehabten Beischlaf); die sinnlosen Brocken, die in den schläfrigen Gehirnen hängen blieben – irgend etwas, eine aufgeschnappte Redensart, die tausendmal wiederkam, Fetzen aus einer bekanntgegebenen Feldherrntirade ... «Empfangen haben wir drei Büchsen Schmalzersatz, Dörrgemüse, Marmelade, achtzehn Brote – Sie wollen Deutschland niederringen, es wird ihnen nicht gelingen. Nu wer'ck mal jehn, Löhnung empfangen!» Dixit. Das Soldatengespräch, dessen Charakteristikum war, daß immer einer sprach und drei nicht zuhörten, niemand hörte zu, sondern jeder redete seins, der eine hier lang, der andre da lang ... In welchem Buch steht das —?

Das Wesen der Offiziere: die Aktiven, mit denen man umgehen konnte, weil sie das Befehlen gewohnt waren und es ihnen kaum noch Spaß machte, so selbstverständlich war es ihnen geworden; die Kasinogespräche, die sich um Gehaltsfragen drehten, unermüdlich, wie eine Töpferscheibe: um Reglementsauffassungen, um Stunk und um Gehaltsfragen, zwitschernd unterbrochen von säuischen Witzen ältester Observanz; dazwischen die sehr klugen schmalen Köpfe des guten Adels und des I a (während der von III b schmutziger war als gerissen; du hast nicht überall gute Schüler gehabt, o Nicolai!); die Reservebolzen, die alle militärischen Vögel der Welt in ihren Köpfen hatten, wo sie sie flattern ließen; die maßlose Wichtigkeit, die sie sich beimaßen, auf den Wogen des Lebens getragen von der Uniform und einem Zuchthausreglement ... warum schreibt das keiner?

Alle haben es erlebt, viele haben es gesehen, manche könnten es schreiben. Man muß sie erzählen hören; wie das vor Echtheit tönt, wie es uns warm und kalt den Buckel herunterläuft; diese Freude, wenn zwei zusammenkommen und in drei Worten, einer kopierten Geste, sich als solche legitimieren, die das Typische erkannt haben — also nicht: «Da hatten wir einen Feldwebel, der ...» sondern, merkwürdig ruhig, unterirdisch, noch nicht grollend: «Machen Sie mal den Knopf zu!» — warum schreibt das keiner?

Weil die Deutschen alles, alles sehen, nur eins nicht. Nur das Einfache nicht.

Arnold Zweig unsern Gruß! Sein Buch ist voll wärmster Güte und voller Mitgefühl, voller Skeptizismus und voller Anständigkeit, voller Verständnis und oft voller Humor. Sanft hat er das getan, was im November durch die Schuld und das Unverständnis der Arbeiterführer versäumt worden ist: er hat einem seelenlosen Götzen die Achselstücke und die Knöpfe abgetrennt, nein, sie fallen von selbst ab, so gleichgültig sind sie ihm, und nackt und dumm steht das Ding da und glotzt mit blinden Augen in die Welt. Keine Sorge, die ‹Tradition› wird es schon wieder mit rauschendem Leben anfüllen und mit Blut. Mit dem Blut der andern.

Dieser *‹Streit um den Sergeanten Grischa›* ist ein schönes Buch und ein Meilenstein auf dem Wege zum Frieden. 1927

KRITIK MIT NACHSATZ

‹Benarône› heißt eine entzückende kleine Geschichte von Arnold Zweig (im Roland-Verlag zu München erschienen). Das liest man mit großer Freude und unter beständigem Schmunzeln. Es ist eine Schulgeschichte. Nun ja, Onkel Thomas Mann blickt segnend hernieder (ohne den großen Schulvormittag aus den *‹Buddenbrooks›* wäre das

nie geschrieben worden), auch Hesse hat nicht umsonst gelebt — aber der Spaß ist reizend und fein erzählt und, wie immer bei Arnold Zweig, in den kleinen Einzelheiten unerhört echt. Die Landschaftsschilderung am Anfang ist ein Meisterstück. Architektur ist nie erstarrt, sie ist Leben, bewegtes Leben, man muß sie nur zu sehen verstehen. Und dann hebt es an: der Schüler Bastmayr läßt sich von stud. phil. Benarône den gefährlichen Aufsatz über Automobile machen, den er nicht allein zustandebringt, lernt ihn auswendig, wird beinahe geklappt, von eben dem Benarône herausgepaukt — und der übermütige Student scheut sich nicht, den ganzen Indianerfeldzug bei der Mulus-Kneipe auszuplaudern. Kein Mensch glaubt es ihm, alle lachen über die famos erfundene Geschichte, und mit einer süßen kleinen Spitzweg-Idylle schließt das Werkchen. Es ist alles meisterhaft komponiert: was der Dichter später braucht, ist ganz leise, scheinbar unabsichtlich in den Fluß der Geschichte eingeschoben, entzückende kleine Einzelheiten, die gar nichts zur Sache tun, unterbrechen angenehm den leisen Strom der sanft dahinrauschenden Prosa. An einer Stelle habe ich ein bißchen gestockt: das ist da, wo der gutgläubige Direktor von dem Schelm Benarône getäuscht wird — mir ist der Direktor zu gutgläubig, beinahe zu dumm. Und das wirkt nicht. Betrug wirkt in Geschichten nur, wenn der Betrogene gleichfalls ein schlauer Fuchs ist. (Warum, weiß ich nicht. Aber es ist so.) Was will das aber sagen gegenüber den zahllosen eingestreuten Späßchen und kleinen Scherzen und dem Augenblinzeln, das da immer verrät: Wir wissen doch ... Das ist so eine Eigenart Zweigs: zuerst gleitet das Auge leicht über ein paar Adjektiva weg, gleichmütig, denn sie scheinen ihm selbstverständlich, aber plötzlich irrt es zurück: was hat er gesagt? Und dann schmunzelt man, weil man auf diesem Wege eine Wahrheit oder einen Spott oder eine kleine Ironie einfiltriert bekommen hat. Ein Schulbeispiel: Benarône erzählt seinem kleinen Mädchen etwas von einer wichtigen Arbeit, deren Erlös ein neuer Sommerhut für sie werden soll, um sie von einem ihm lästigen Ausflug abzubringen. Die Geschichte hat einen kleinen Haken — aber das Mädchen glaubts. Dann: «Benarône dehnte seine Arme. ‹So!› sagte das Mädchen und stand auf, erlöst, betrogen und beglückt.» Dies ‹betrogen› merkt man erst spät. Betrogen? sagt man verwundert. Und dann, verstehend und schmunzelnd: Betrogen — ja ja ... So ganz am Schluß dachte ich mir mißtrauisch, so könne das nicht aufhören, es komme doch sicherlich noch irgend etwas, ein kleiner Dreh — und richtig, in den letzten Zeilen, die letzten Worte, da war es: spaßig, spitzweghaft und entzückend stilisiert. Ihr müßt das lesen.

So hätte ich geschrieben, wenn wir noch im vorigen Frieden lebten. Nun — ich halte die kleine Geschichte auch heute noch für gut, für reizvoll ... Aber ein leiser Zweifel beschleicht mich, und ich werde ihn nicht los.

Ist das der Weg? Ist das überhaupt noch einer? Kommts darauf noch an? Geht das noch — die Gymnasialdirektoren mit der Sehnsucht nach Italien, die dicken Brummfliegen, das kleine Städtchen, das Abiturium . . . Ist das wichtig? Was ist das: Abiturium? Eine Einrichtung, die man umgehen kann, oder nicht achten, oder ganz ausschalten, am Ende . . . Ist diese Welt am Zerfallen? Sind wir anders geworden? Hat sich nicht etwas in unser Leben gedrängt, etwas Neues, Schweres, etwas, das alles das da zum freundlichen Ornament macht? Abgesehen davon, daß es bei Zweig nie ganz primär war — sagt ich vorhin: Spitzweg?? Aber es ist eine sauber kolorierte Luxusausgabe seiner Werke, es ist alles bewußt, schon in der ‹zweiten Windung› gesehen . . . Keine Kritik ist dies — nur eine Feststellung . . . Wohin ist das alles entschwunden? Und bewegt und schmerzlich berührt lese ich die Jahreszahl, die unter dem Werk steht: 1909.

Das war eine andre Zeit, und wir waren sehr glücklich. Kommt das je wieder? 1920

DER DEUTSCHE MENSCH

In der vorbildlich noblen und sachlichen Art, in der der Verlag S. Fischer seine Autoren fördert, hat man dort auch den fünfzigsten Geburtstag Hermann Hesses begangen. Hugo Ball hat ein Buch über das Leben und das Werk des Geburtstagskindes geschrieben. (Hugo Ball *‹Hermann Hesse›*. S. Fischer, Berlin.)

Der Dichter hat es in den Zeitungen und Zeitschriften ja nicht schlecht zu lesen bekommen — der Trivialität solcher Gratulationen haben sich viele dadurch zu entziehen vermeint, indem sie kräftig auf die Kongratulanten schimpften; sie haben sich wohl auch zu Unrecht vor Hessen etwas geschämt, als sie mit dem Sträußchen kamen . . . Ball hat mehr getan als sie: er hat ein ganzes Buch verfaßt, in dem sehr beredte Fotografien Hesses von vielen Lebensaltern zu sehen sind.

Inzwischen scheint es zum Gemeingut des deutschen Lesepublikums geworden zu sein: daß Hesse ein unglücklicher Mensch ist, daß er ein zwiegespaltenes Herz in der Brust trage; daß er sich gewandelt habe, und alles das setzt Ball recht ausführlich auseinander.

Der Idylliker Hesse, der für meinen Geschmack fast niemals süßlich gewesen ist, verwandelt sich verhältnismäßig früh in einen zerrissenen, mit sich zerfallenen, tappenden, suchenden und unzufriedenen Romantiker, der keiner sein will, der doch einer sein will, der sich einen Turban aufsetzt und darunter ganz leicht pietistisch schwäbelt . . . Die Wandlung lag früh am Tage; Hesse hat, in unbeirrbarer Reinlichkeit, niemals eine Marke ausgewalzt. Im April 1914 schrieb ich hier:

«Nun hat er sich gewandelt; er ist älter geworden, und es bereitet sich da irgend etwas vor. Wenn nicht vorn auf dem Titelblatt der Name Hesses stünde, so wüßten wir nicht, daß er es geschrieben hat.

Das ist nicht unser lieber, guter alter Hesse: das ist jemand anders. Eine Puppe liegt in der Larve, und was das für ein Schmetterling werden wird, vermag niemand zu sagen. Es ist schön, daß jemand im besten Mannesalter noch einmal frische Triebe ansetzt und wieder neue Blüten entfalten läßt.» Das war, als ‹*Roßhalde*› erschienen war.

Dann kam diese Wandlung, und Hugo Ball bemüht sich, sie mit liebevoller Umständlichkeit zu erklären. Sehr schön, wie er diese ‹bürgerliche Epoche› charakterisiert. «Er ist der Steppenwolf und Outsider, der Knulp und Wanderer, der Antiphilister und Leidende; auch in der Ehe. Auch im eignen Hause ist er ein Fremder, den man beherbergt; ein fahrender Geselle, den man füttert, und der sich der Hauskatze näher fühlt als all seinem schönen Besitz.» An dieser Stelle ist dann übrigens auch von einem Freund Hesses die Rede – aber jeder Vergleich Hesses mit dem ist eine Beleidigung. Es ist der Rosendoktor Ludwig Finckh. Daß der Mann schlechte Bücher geschrieben hat, besagt gar nichts gegen ihn. Aber einen Burschen sanft anzufassen, der im Kriege dieses geschrieben hat:

«Unser Eichbaum wächst – glücklich, wer ihm den Boden mit seinem Herzblut düngt» und:

«Das Glück der Schlachten» und:

«Nun schießt dem Feinde ins Gesicht, damit die Welt uns zuletzt noch unsre Liebe glaubt» – und das alles von Gaienhofen aus: ich habe für diese Sorte Mensch kein Verständnis und kann nicht begreifen, wie der blutvolle Kriegsablehner Ball sich mit so etwas überhaupt abgibt.

Hermann Hesse selbst hat sich im Kriege sehr sauber benommen: er hat für die Kriegsgefangenen in der Schweiz gearbeitet; mir ist von ihm kein gedrucktes Wort bekannt, das jemals zum Kriege aufgehetzt hätte. Die Zurückhaltung, die er während der Kriegszeit geübt hat, ist seine Sache.

Somit wäre also nur, verspätet aber nicht minder herzlich, gleichfalls zu gratulieren; wenn mir nicht das Buch Hugo Balls einige Gedanken eingäbe, die mit der modischen Überschrift, die ich diesem Aufsatz gegeben habe, in engem Einklang stehen.

Da wird uns auf zweihundertsiebenunddreißig Seiten genau auseinander gesetzt, was es denn mit Hesse für eine Bewandtnis habe, und inwiefern er und warum er nicht, und wo er stehe, und die Psychoanalyse wird bemüht, wobei sich übrigens der uns nicht überraschende Eindruck einstellt, daß mit fortschreitendem Gebrauch dieser Terminologie ihre Banalität wächst, und daß es bald überhaupt nichts mehr besagt, wenn einer die Neurosen seines Objekts recht herrlich präsentiert. Es ist schade: noch ein paar Jahre, und die Vulgär-Psychoanalyse wird auf die Köchin gekommen sein. «Warum ich die Vase zerbrochen habe? Gnätche Frau, ich habe Hemmungen, wenn ich Vasen sehe – –!» Und dann ist es aus, denn wenn Köchinnen sogar schon Hemmungen haben, dann sind sie nicht mehr fein.

Es erhebt sich also in dem Buch Balls ein unendlicher Trubel an Erklärungen. Da gibt es eine «Klingsor-Periode» und eine «Demian-Zeit» und noch eine Epoche und noch einen Lebensabschnitt ... und das wollen wir auch gewiß glauben.

Was ist damit ausgesagt —?

Etwas für das Lebewesen Hesse? Jedes Lebewesen hat wahrscheinlich solche Epochen, Perioden, Abschnitte, sofern es überhaupt denkt und geistig sich entwickelt. Für den Künstler —? Nichts ist für den Künstler damit ausgesagt. Es gibt nur eines:

«Speelt man god —!»

Hermann Hesse hat, fern vom Problematischen, immer gut gespielt: seine naturalistischen Schilderungen sind fast unübertroffen, kräftig im Ton, bunt in der Farbe, sauber, voll Blut und Luft und Atmosphäre ... Das Zerrissene hat er mir niemals zu recht gestalten können, und daß ein Künstler zerrissen ist, geht uns wohl wenig an. Er soll das bilden.

Aber angenommen selbst, er hätte es gebildet —: was will das besagen?

Mir scheint es ein deutscher Nationalfehler zu sein, mit ungeheuerm Seelengeräusch im Resultat nicht viel mehr als andre Völker zu produzieren. Ich kann den Unterschied zwischen einem unmystischen Amerikaner, der die Schande Sacco und Vanzetti, und einem mystischen Deutschen, der diese Justiz duldet, nicht als gar so groß empfinden. Und nichts nehmen einem die Herren mehr übel als diese rationalistische Frage nach dem Resultat.

Hugo Ball wittert das. Daß Hesse nicht sozial funktioniere, wird erklärt, umschrieben, begründet — also zu entschuldigen versucht. Ball muß das Postulat fühlen, die stumme Forderung, bei der da einer gepaßt hat. Er fühlt sie. Und weil es so schwer ist, in diesem Volk der Richter und Henker als geistiger Mensch nicht anzuecken, so wird nun der Spieß herumgedreht und jeder, der gesellschaftliche Fehlleistungen vollbringt, ist schon ein innenwendiger Held, ein großer Mann, ein verkannter Heiliger. Ball vermerkt die Anmerkung Thomas Manns, «daß die namhaften Franzosen meist als Musterschüler gelten können und solche gewesen sind». Ein Primus sieht viele. Aber Ball fährt richtig fort, indem er von Frankreich sagt: «Es könnte sein, daß die jungen Leute weniger Widerstand finden; daß ihr Enthusiasmus mehr getragen, daß die Absonderlichkeit leichter eingeordnet, mit einem Wort, daß die Lehrer frischer, beschwingter, lebendiger sind. Der Beruf des Schriftstellers ist wohl mehr anerkannt; der Bezug auf die Gesellschaft ebenso. Eine Elite, die von Idealen getragen ist, scheint dort mehr vorhanden, gegenwärtiger zu sein. All dies verbrückt den Unterschied zwischen Begabung und Umwelt. Gestalten wie Rimbaud sind dort Ausnahmen; bei uns fast die Regel. Wir haben theoretisch ein Erziehungswesen, eine Reformbestrebung in Permanenz, die hinter keinem Lande zurücksteht; aber das ist ein in sich geschlossner Staat, der seine hochinteressanten Debatten eigentlich beständig für sich und um der Übung willen betreibt. Dieser Reformbestrebungsstaat scheint weit entfernt, in praxi einen erheblichen Einfluß zu gewinnen oder gar eine Änderung zu bewirken.»

Das will er auch gar nicht.

Und es ist eben um so vieles leichter, in Frankreich zu leben und als Geistiger zu leben, weil die Leute natürlicher sind: zunächst die Ungeistigen, aber die andern auch. Diese Pfauengrandezza der ‹deutschen Menschen›, diese bombastische Schwerfälligkeit, mit der jeder seinen kleinen Sparren in Szene setzt, aufpustet, ernst nimmt — das ist drüben seltner. Und wird verlacht. Wie ja denn überhaupt Beschaffenheit und Reputation der Deutschen und der Germanen im umgekehrten Verhältnis zueinander stehen: so, wie die einen in den Augen der Welt aussehen, so sind die andern.

Was fehlt aber Hesse, was fehlt dem ‹deutschen Menschen›, das ihn so unleidlich macht, das seine Vorzüge aufhebt, seine Fehler verdoppelt? Was fehlt ihnen —?

Eine Geburtstagskritik, eine einzige von allen, die ich gesehen habe, nannte den Begriff, der Hesse fehlt. Das stand in der *‹Stuttgarter Sonntagszeitung›* Erich Schairers. «Es wäre denn, daß ihm die Vereinigung der beiden Seelen in einer Brust, die Bändigung des Steppenwolfs doch noch gelänge. Einen Weg dazu gäbe es, gibt es: den des Humors.»

Ave.

Hesse hat keinen Humor. Der ‹deutsche Mensch›, der da, den ich meine: er hat keinen Humor. Hätte er ihn, er wäre so nicht.

Das Wort liegt in falschen Schiebkästen — ich will es schnell herausholen. ‹Humor› hat fast gar nichts mit Witz zu tun — noch weniger mit dieser schrecklichen Kneipenseligkeit, die man als ‹deutschen Humor› ausschenkt. Wenn ich mein Latein nicht ganz vergessen habe, hängt die Urbedeutung des Wortes mit dem Begriff ‹Feuchtigkeit› zusammen. Sie sind trocken — trocken sind sie.

Dieser ‹deutsche Mensch› hat den tierischen Ernst einer Kuh, eines Hundes, eines Möbelstücks. Dergleichen lacht nicht. Von Selbstironie, diesem seltenen Artikel, will ich gar nicht reden. Aber man betrachte einmal dieses Pathos von der Nähe, auf die Nähte hin — wie das klafft, wenn man dran wackelt, wie das reißt! Hesse hats gespürt, sonst wäre er heut nicht gespalten, sonst wären die Leser nicht gespalten, die ihn lieben — denn er ist wichtig als Exponent. Er ist wichtig wegen seiner Auflageziffern, hinter ihm sitzt eine Welt. Und liest.

Humor hat er nicht. Humor: zu wissen, daß es, nachdem man tapfer gewesen ist, alles nicht so schlimm ist. Humor: zu fühlen, daß es von oben reichlich unsinnig aussieht, was wir hier aufführen. Und dennoch zu seiner Sache stehn. Und abends um neun, wenn alles fertig ist, zu wissen: Es lohnt sich kaum — aber man muß ran.

Humor ist kein Weg, liebe *‹Sonntagszeitung›*.

Humor ist ein Element, das dem deutschen Menschen abhanden gekommen ist.

Dies nun bewegt sich auf einer Ebene, die Hesse bewohnt und der man sich mit dem Hut in der Hand zu nähern hat: vor der Reinlichkeit, vor der Künstlerschaft, vor der Begabung des Bewohners. Um so schärfer aber muß dies gesagt werden:

Nie zuckt der ‹deutsche Mensch› so zusammen, wie wenn man ihn fragt, welchem Zweck denn der vielzitierte Spektakel in seiner Seele eigentlich diene. Ich habe das neulich die deutsche Jugendbewegung gefragt, zwei Mal. Der Krach war nicht schlecht, der sich da erhob. Und erst kürzlich hat mir einer in der *‹Vossischen Zeitung›* geantwortet. «Wrobel mißt an der Literatur, am Vokabularium der Jugendbewegung die wirklichen Zustände der Gegenwart und kommt zum Schluß, daß die Jugendbewegung unwertig sei, weil ihrer Literatur so gut wie nichts an Gesellschaftsgestaltung entspricht ... Wenn Wrobel es der Jugendbewegung zur Last schreibt, daß sich in unsern Schulen, auf unsern Universitäten, im Polizeiwesen nichts gewandelt hat, so wird er sich dessen offenbar nicht bewußt, welch eine enorme Meinung er von der Jugendbewegung hat.» Nein. Aber die Jugendbewegung hat diese enorme Meinung von sich, und nach der habe ich gemessen und das Nullergebnis festgestellt. Das wird zugestanden. Der Mann fährt fort und beantwortet die Frage, was denn die Jugendbewegung geleistet habe.

«Sich selbst hat die Jugenbewegung geleistet.»

Da will ich nicht stören.

Dies aber ist deutsch:

Daß dieser unendliche Innenrummel Selbstzweck ist; Selbstzweck jene Wandlungen und Verkündigungen der Wandlung; Selbstzweck die Bünde und Spaltungen; Selbstzweck die Bekenntnisse und die Ableugnungen — Selbstzweck das Prunken mit Neurosen, das Verstecken von Neurosen, Selbstzweck Leidenschaften, innere Stürme, neue Romantik.

Es ist kein Zufall, daß diese Innenkünstler fast immer reaktionär sind oder aber — und das ist der schlimmere Fall — von Reaktionären benutzt, ausgenutzt und mißbraucht werden können. (Mit Shakespeare geht das nicht. Mit Tolstoi geht das nicht. Mit dem echten Goethe geht es nicht.) Und es kann einer etwas für den, der ihn ausschlachtet.

Es ist ja nicht nur das, daß diese Idylliker nur mit der Rente vorstellbar sind; da werden doch bäurische Besitzverhältnisse, Ausbeutungsverhältnisse, Gesellschaftsverhältnisse als festbestehend vorausgesetzt, sogar als gebilligt vorausgesetzt — sonst kann kein Hermann Klaras Lockenband entwenden — sie hätte keines oder doch ein sehr schmutziges, und Hunger hätte sie und röche nicht gut. Das allein ist es nicht.

Es ist auch so, daß solche behaglichen Idyllen von Reaktionären gern gelesen werden; sie lesen sich doppelt schön; die Seele geht auf wie ein Butterkuchen, wenn man vorher einen Polizeihäftling leichtsinnig in Untersuchungshaft hat sitzen lassen. Vater kommt nach Hause, zieht den Hausrock an und ‹ist ein gebildeter Mensch›. Musik tut übrigens dieselben Dienste.

Und nicht das allein mache ich dieser Literatur, diesem Innenleben und diesem deutschen Menschen zum Vorwurf. Ihr Selbstzweck ist die Erbsünde.

Natürlich haben wir das Recht, zu fragen: Wem nützt es? Natürlich lange ich mir so einen Korb voll Jugendbewegung, hebe ihn hoch und frage: «Nun? Und was wird das, wenns fertig ist?» Daß die Jugendbewegung die Polizeistuben nicht ändern kann, weiß ich allein.

Daß sie aber nicht die Menschen hervorbringt, deren Einzug in die Ämter die Ämter wandelt —: das ist ihre Sünde! Wie die der deutschen Innenwelt.

Wenn sich der ‹deutsche Mensch› nach diesen Schlachten des Seelenlebens, nach diesen Geißlungen, Aufblähungen, pathetischen Herzenstrillern nicht nach außen dokumentiert, dann ist sein Tun eben das, als was ich es hier schon einmal charakterisiert habe: eine tote Last und ein Gesellschaftsspiel.

Denn was anders als Gesellschaftsspiele unbeschäftigter Herren und Damen sind jene vulgären Psychoanalysen auf jüdischer und jene ästhetischen Untersuchungen über «Raum und Rhythmus im Geist der Zeit» auf christlicher Seite; wobei die Kongreßteilnehmer der Ästhetik den Rekord der Substanzlosigkeit schlagen. Die unterhalten sich überhaupt über gar nichts mehr — ihre Reden, etwa zu Darmstadt und anderswo, sind fast immer völlig allein. Irgend einen Einfluß hat das Zeug von ihnen allesamt nicht.

Dieser Aufwand—! Diese Terminologie—! «Von der Verantwortung des deutschen Nachwuchses». — «Grundlagen und Ziele bündischer Erziehung». — «Neudeutsche Wirtschaftsproblematik». — «Deutsches Schicksal . . . Das Führerproblem in der Jugendbewegung . . . Die studentische Einheitsbewegung . . . Älterenbund . . .» Und? Na und? Was kommt dabei heraus —?

Dieses Deutschland. Diese Richter. Diese Reichswehr. Diese Behandlung von Proletariern. Diese Wirtschaft. Dafür der Auflauf? Dafür atavistische Züge und südlicher Zauber und Gottgefühl und einsame Wanderer und «er kommt her von . . .» und «für ihn bedeutet Seele . . .» und Überbetonung und Neurose und Instinktfehler und die ganze türkische Musik —?

Geschenkt.

Mir bedeuten diese jugendlichen Bündler und die deutsche Seele und die neukatholische Mystik und der deutsche Mensch einen Schmarrn, wenn sich das Brodeln ihrer Seele nicht nach außen in die Tat umsetzt. In solche nämlich, die nicht das Paradies auf Erden schafft. Die aber wenigstens blutigstes Unrecht verhindert, die zerstörtes Rechtsgefühl aufbaut und das eigne Volk nicht mit Honigbroten füttert, sondern den Mut aufbringt, ihm die Wahrheit zu sagen. Wenn euer Innenleben, auf das ihr so unendlich stolz seid, ihr traditionellen Individualitäten, einen Wert haben soll: hier ist eure Insel. Hier springt an.

Hermann Hesse aber unsre verspäteten, aufgewärmten und schmackhaftesten Glückwünsche. 1927

ROSSHALDE

Wer Hermann Hesse lieb hat, den wird dieses Buch (aus dem Verlag S. Fischer) sehr interessieren. Hesse ist jetzt siebenunddreißig Jahre alt und der ‹*Camenzind*› lange her. Hesse hat die Welt seines erfolgreichsten Buches noch ein paar Mal gestaltet, und jedes Mal stärker, bewußter; am schönsten wohl im ‹*Diesseits*›, im ‹*Heumond*›.

Nun hat er sich gewandelt: er ist älter geworden, und es bereitet sich da irgend etwas vor. Wenn nicht vorn auf dem Titelblatt der Name Hesse stünde, so wüßten wir nicht, daß er es geschrieben hat. Das ist nicht unser lieber, guter, alter Hesse: das ist jemand anders. Eine Puppe liegt in der Larve, und was das für ein Schmetterling werden wird, vermag niemand zu sagen. Es ist schön, daß jemand im besten Mannesalter noch einmal frische Triebe ansetzt und wieder neue Blüten entfalten läßt.

Noch ist nichts fertig. Noch sind, was wir bei Hesse kaum gewohnt waren, manche Gestalten ein wenig schemenhaft und blaß. So das ganze Lager der Frau Veraguth und sie selbst, zu der nicht die Sympathie des Autors neigte. Diese Ehe zerfällt in zwei ungleiche Teile: auf der einen Seite eine schwerlebige Frau und ein Sohn, die nur auf dem Papier stehen; auf der andern ein prachtvoller Mann und der Freund dieses Mannes. Als ich das Buch, das den Zerfall dieser Ehe schildert, zu Ende gelesen hatte, empfand ich das Ganze als ein Einleitungskapitel zu einem großen Werk. Wie Veraguth nach dem Tode seines geliebten jüngern Sohnes in die Fremde geht, zu seinem Freunde nach Indien, was nun folgt — das will ich wissen. Und Hesse ist wie dieser Veraguth: er hat die heimatlichen Zelte abgebrochen und geht — wohin?

Die Hand ist noch die des Meisters. Was wir von je an ihm so liebten und bewunderten: die starke Kraft und Sinnlichkeit seiner Sätze — das ist wieder da. Er kann, was nur wenige können. Er kann einen Sommerabend und ein erfrischendes Schwimmbad und die schlaffe Müdigkeit nach körperlicher Anstrengung nicht nur schildern — das wäre nicht schwer. Aber er kann machen, daß uns heiß und kühl und müde ums Herz ist.

Und noch eins: es freut einen so sehr, daß in diesem Buch, nachdem man uns über Gebühr mit läppischen Liebesgeschichten gelangweilt hat, einmal wieder der Wert einer rechten Männerfreundschaft aufgezeigt wird. Es ist ja in den großen Städten fast nicht mehr möglich, von solchen Dingen zu sprechen, ohne häßliche Nebengeräusche zu veranlassen. Da möchte man Hermann Hesse danken, daß ers uns wieder einmal geschrieben hat, wie fest dieses Band zwischen zwei Männern sein kann, gesponnen ohne hinterhältige Absichten, ohne Herrschsucht, geknüpft von Individualität zu Individualität, von Mensch zu Mensch. 1913

BUDJONNYS REITERARMEE

Wenn ein Buch erschienen ist, dann machen sie sich darüber her, und die Redaktionen hallen wider vom Rascheln der Manuskripte, die alle, alle dasselbe mitteilen: Man lese das neue Buch ‹Schwester Maria und frühes Leid› von Gebr. Mann! Und dann vergeht eine Zeit; ein Literat, der grade die Grippe gehabt hatte, kommt hinterher geklettert . . . und dann wird es ganz still. Ein neues Buch steigt am Horizont auf.

Um *‹Budjonnys Reiterarmee›* von I. Babel, im Malik-Verlag zu Berlin erschienen, sollte es nicht so bald still werden. Ich und mein Kater ‹Parteivorstand› (verschnitten, weiß es aber nicht): wir haben es schon dreimal gelesen und nicht schlecht dabei geschnurrt.

Der Betroffne, der General Budjonny, soll außer sich sein über das Buch. Das ist möglich. Ebenso möglich wie die Tatsache, daß auch nicht ein Buchstabe darin der Wahrheit entspricht. Aber darauf kommt es ja gar nicht an.

Das, was dieses Buch auszeichnet, ist vor allem sein Ton. Ich kann mich nicht besinnen, eine so seltsame Mischung von Gelassenheit, Verdrehtheit, Anteilnahme, Hitze und Kälte noch einmal angetroffen zu haben. Von der Großaufnahme: «Roter Remonten-Kommandeur reitet ein halbtotes Pferd wieder lebendig» bis zur Weltanschauung ist alles da. Die Bauern und die einhertosenden Scharen der Roten Armee: das berührt sich kaum, dringt gar nicht ineinander ein, unvermischt stehen die beiden etwas irren Lager einander gegenüber und sehen sich an. Und schütteln übereinander die Köpfe und sind doch so tief verbunden . . . Söhne einer Mutter, Söhne der Matuschka, der Muttersau Rußland.

Manchmal erscheint ein jüdischer Kopf und läßt vorsichtig die Pajes durch die Türspalte hangen. Und sagt seins. Etwa so: «Der Pole hat mir die Augen verschlossen, der Pole, der böse Hund! Er nimmt den Juden und reißt ihm den Bart aus, ach, der Hund! Und nun wird er geschlagen, der böse Hund! Das ist bewundernswert! Das ist die Revolution! Und später kommt sie zu mir, die den Polen geschlagen hat, und sagt: Gib dein Grammophon dafür her, Gedalje! – Ich liebe die Musik, Panje, antworte ich der Revolution. – Du weißt nicht, was du liebst, Gedalje; ich werde auf dich schießen, und dann wirst du wissen, was du liebst, und ich muß schießen, Gedalje, denn ich bin die Revolution . . .» Und dann: «Ja, rufe ich der Revolution zu, ja, rufe ich ihr zu, aber sie versteckt sich vor mir und macht sich nur durch Schießen bemerkbar . . .» Und so hundertmal.

Auf welchem Planeten diese Geschichten spielen, weiß ich nicht. Die Leute auf den Kampfwagen, und die verrückten Heiligenmaler, und der Mann, der neben dem Toten schlafen muß, und dieses unbegreifliche Durcheinander . . . Die Perle aber ist die Geschichte eines Pferdes.

«Sawitzki, unser Divisionskommandeur, hatte seinerzeit Chlebnikow, dem Kommandeur der ersten Schwadron, seinen weißen Hengst weggenommen.» Diese Schmach muß gerochen werden, und jener rächt. Er bekommt sein Schriftstück, wonach der böse Feind verpflichtet ist, das Pferd zurückzugeben, auch ist der Divisionskommandeur nicht mehr Divisionskommandeur . . . Nichts wie hin. Hundert Kilometer – aber Rache muß sein. «Mit Parfum begossen, Peter dem Großen nicht unähnlich, lebte der Geächtete mit der Kosakin Pawla, die er einem Intendanten, einem Juden, samt zwanzig rassigen Pferden weggenommen hatte.» Dieser Lustmensch nun schmeißt den schimmelheischenden Chlebnikow, den Genossen, den Mitkrieger mit dem Revolver in der Faust vom Hof herunter. Und die Kosakin sieht die Schande mit an! («Und sie ging auf den Divisionskommandeur zu, ihre Brüste bewegten sich wie Ferkel im Sack.») Und Chlebnikow, der Geschlagne, entweicht und setzt einen Schrieb auf, eine Beschwerde an den Militärkommissar, und will überhaupt nicht mehr mitspielen. Wie in diesem Edikt gekränkte Eitelkeit, falsche Grammatik, mißverstandene Zeitungsphrasen und anständige Monomanie durcheinandergehen . . . wäre ich du, ich ginge hin und überredete den Sortimenter, das Buch anzuschaffen. Der Gehilfe wird versuchen, dir die Erinnerungen des Malers Vogel, die der an unsern Hindenburg hat, als Ersatz anzudrehen: ich nähms nicht. Ich bestände auf Budjonny. Dem Buch, das von Rußland erzählt und so bunt ist, wirklich so bunt, wie der Umschlag aussagt:

«Schwarze Wolken – blaue Bohnen – rote Soldaten – grüne Wälder – graues Elend – weiße Armee.»

1927

SEIN SPANNENDSTER ROMAN

Fremde Literaturen von innen zu sehn: das ist uns nicht oft vergönnt. In Paris habe ich die Nasenspitze in diesen Laden gesteckt – schön wars nicht, es roch auch nicht gut. Die bessern Leute verhalten sich dort still oder sitzen in der französischen Provinz, und in die Augen springt das Gelle, das Grelle, das Laute. Ein sonderbarer Betrieb, den mitzumachen schon eine erhebliche Charakterlosigkeit erfordert. Es gibt erfreuliche Ausnahmen, und es gibt Grasset, der mit wildem Gefuchtel alle halbe Jahr an etwas andres glaubt und dadurch auch die andern veranlaßt, es zu glauben. Für sechs Monate. (Paul Cassirer war so ähnlich; nur kälter und böser.) Solche Leute richten mitunter manches Gute und manchmal viel Unheil an. Ja, das sind die Franzosen, und über die wissen wir ja einiges — aber wie sieht die amerikanische Literatur von innen aus?

Das zeigt uns einer, dem ich das nie zugetraut hätte: Upton Sinclair. *‹Das Geld schreibt›*; eine Studie über amerikanische Literatur (erschienen im Malik-Verlag zu Berlin).

Sinclair steht bei mir unter den Aussortierten; ich mag ihn nicht. Seine Romane sind, je neuer sie sind, um so altbackner; seine Dialoge aus Pappe, seine Gesinnung untadlig und recht langweilig ausgedrückt. Er hat oft recht, aber ich schlafe dabei ein. Dieser Band kleiner Essays jedoch ist quicklebendig von der ersten bis zur letzten Zeile, amüsant, bunt, bewegt und bewegend; etwas außerordentlich Interessantes.

Sinclair nimmt seine Kollegen durch. Was uns das angeht? Sehr viel. Er tut es nämlich mit so grundsätzlichen Erwägungen, so lehrreich und so kritisch, auch da, wo er irrt, grade da, wo er irrt, daß man den deutschen Schriftstellern nur wünschen kann, dergleichen mit eben so wenig Pose, mit so wenig Brille und mit so wenig Aspekt auf Olympisches zu tun, das bei uns die Leute über vierzig so leicht befällt. Dieser Band ist in kurzen Hosen geschrieben.

Sinclair macht also nicht den fatalen Fehler, subjektive Abneigungen in scheinbar objektive Historie zu kleiden — das ist ein alter Trick. Er sagt vielmehr: diesen mag ich nicht, und jenen liebe ich, und dieser ist mir ein Greul und ein Scheul, und jener ist korrumpiert. Wodurch?

Dies ist die These des Buches:

«Die Künstler, die heute unsern Luxusklassen dienen, erscheinen mir wie Affen in einem Käfig, die nichts andres zu tun haben, als sich gegenseitig nach Läusen abzusuchen und das Publikum mit unzüchtigen Vorführungen zu beglücken.» Gar nicht übel formuliert, und ganz nebenbei: wahr.

Fast ganz ohne Beispiel ist zunächst, was Upton Sinclair über Upton Sinclair sagt. «Als der Weltkrieg ausbrach, ergoß sich der Idealismus Amerikas in einen neuen Kanal. Die amerikanischen Schriftsteller wurden — wie die übrige Bevölkerung auch — organisiert und militärisch gedrillt. Wir nannten uns die ‹Erwachenden›. Vielen von uns wäre es heute peinlich, an die Possen jener Zeit erinnert zu werden. Zehn Jahre sind indessen verflossen; einer dieser amerikanischen Schriftsteller nimmt sich hier vor, in kurzen Worten von seiner Schande zu berichten und die Tausende von jungen Menschen um Vergebung zu bitten, die er ins Schlachthaus hinüberlocken half.» Wir haben in Deutschland und Österreich eine literarische Gesinnungspolizei; ich möchte mal sehen, ob einer von diesen Jungens jemals so über sich selbst zu schreiben imstande wäre.

Er nimmt also amerikanische Schriftsteller durch, und da wir viele davon kennen, so ist das auch für uns wichtig. Er steht ihnen ja näher als wir.

Er macht das mit sehr viel Witz; mit so viel Witz und Humor, wie sie in keinem seiner Romane zu finden sind. Dieses kapitalistische

System, sagt er, «verlangt, daß jeder Mensch so aussieht wie eine Schneiderreklame und so denkt wie der Mann, der den Text dazu gemacht hat». Nach dieser Melodie kritisiert er sie.

Hergesheimer zum Beispiel: sehr böse und fast ganz negativ. Ein Snob! und: Elfenbeinturm! und so über viele Seiten. Alles zugegeben: aber *‹Tampico›*? Dieses Buch Hergesheimers ist von einem Mann für Männer geschrieben und für kluge Frauen, ist das auch snob? Das ist nicht snob.

Dreisers *‹Amerikanische Tragödie›* sei eine komplette Sonntagsschulpredigt; dreimal Ja! Obgleich und weil Galsworthy uns das Gegenteil einreden will. Einmal führt Sinclair anläßlich eines Romans von Reverend Wright die «Just-Technik» vor, wie Kerr das genannt hat («Just in diesem Augenblick trat der langersehnte Sohn ins Zimmer»), und Sinclair, der ein Amerikaner ist, macht das mit Zahlen. Er rechnet nämlich die Wahrscheinlichkeit aus, mit der sich die Handlung des kritisierten Buches begeben könnte. Also etwa so: «Der Held, ein Verbrecher, gelangt auf seiner Flucht vor der chicagoer Justiz in ein Dorf der ozarker Gegend, wo ‹Tante Sue, das goldene Mutterherz mit dem Silberhaar› wohnt. Da es schätzungsweise dreitausend Dörfer gibt, in die er hätte fliehen können, so haben wir hier eine Anfangswahrscheinlichkeit von 1:3000.» Schlußergebnis: die Handlung des Romans kann im Leben vorkommen, und zwar mit einer Wahrscheinlichkeit von 1:345 600 Quatrillionen.

Dies aber ist der Grundgedanke des Buches: Die herrschende Klasse hält sich ihre Künstler, wie man sich einen Kanarienvogel hält. Singt er, ists gut; singt er nicht oder, was noch schlimmer ist, nicht die gewünschte Melodie: dann wird er abgeschafft. Das ist so selbstverständlich, sollte man meinen, daß das jeder Künstler erkennen müßte. Dem ist aber nicht so. Viele von uns bilden sich noch immer ein, vom Mond heruntergefallen zu sein und dortselbst, wenn auch möbliert, zu wohnen; sie sehen die Zusammenhänge nicht. Die Abhängigkeit des erfolgreichen, rege produzierenden, durch seine Arbeit lebenden Schriftstellers von der herrschenden Klasse ist überall gleich groß. Das Geld schreibt? Man sollte viel mehr sagen: «Das Geld verhindert, zu schreiben.» Denn der Angelpunkt, um den sich ganze Literaturen drehen, ist das, was nicht in ihnen steht. Hier ist Sinclair ganz und gar im Recht, ganz und gar.

Wenn Sinclair nun ein wenig naiv fordert, man müsse «die Geschäftsleute aus der Literatur ausschalten», so entspricht das seinem etwas vormärzlichen sozialen Standpunkt: er ist ein sauberer Individualist, sein Herz schreit auf über «das, was unrecht ist in der Welt», — aber seine Gegenvorschläge sind oft leer und manchmal ganz und gar unwirksam. Das werfen ihm die Kommunisten mit Recht vor.

Die Rolle des Künstlers in dieser Gesellschaft aber hat er klar erkannt. Er sollte nur nicht das Geld allein dafür verantwortlich machen; er sollte die Geltung hinzufügen, den Drang nach Geltung. Ein bißchen verschweigen, um das Entscheidende herumschweigen, ist so leicht und so verführerisch, wenn man dafür die Geltung eintauschen kann, den Erfolg, den Ruhm und die Beachtung der Welt, in der man lebt. Sicherlich hat keiner der kapitalistischen Staaten auch nur das leiseste Recht, sich über die geistige Unfreiheit in Rußland aufzuhalten; in keinem dieser Staaten, wenn man vom Balkan absieht, hat der Schriftsteller mehr Recht als dies: nicht körperlich verbrannt zu werden. In keinem dieser Staaten läßt die Industrie der periodischen Literatur jene zu Worte kommen, die den Interessen der Kapitalisten schädlich werden können, das ist ein natürlicher Vorgang: es ist Krieg. Die Russen tun genau dasselbe, nur mit dem Unterschied, daß sie ihren legalisierten Terror für die Proletarier ausüben wollen. Welches Resultat das haben wird, bleibt abzuwarten. Der Schriftsteller aber, der sein Wirken für unabhängig hält, nur, weil er geschickt laviert, ist genau so eine lächerliche Figur wie jener, der seinen Unterhaltungskram für Dichtung hält, und welcher Macher täte das heute nicht! Seit der Oktoberrevolution des Jahres 1917 besteht der Kapitalismus aus Angst und bösem Gewissen, also ist er noch grausamer als er vorher schon gewesen ist. Daher auch die maßlose Überschätzung der Musik, weil die keinem etwas tut. Und nichts wirkt komischer als die Wichtigtuerei, mit der der geduldete Künstler sein Werk betrachtet. Was ist er denn? Er hat, wie die Hühner, einen Auslauf aus seinem Käfig und mehr nicht. Sinclair hat tausendmal recht.

Nicht so unbedingt kann ich ihm in einer ästhetischen Frage zustimmen, die sich politisch gibt, es aber nicht ist. Der Mann ist unmusikalisch; man braucht nur zu hören, wie er über einen Dichter schreibt, von dem ein Gedicht zitiert wird: George Sterling. Das Gedicht wirkt noch in der Übersetzung erschütternd.

Der Mann, der ich nicht bin:
Und in der Nacht, da sah ich klar,
Ich fing zu zählen an:
Er hat so vieles gut gemacht,
Ich habe nichts getan.
Soll ich, sein schlechtes Ebenbild,
Beweinen, was schon hin?
Er weiß, wie billig Tränen sind,
Der Mann, der ich nicht bin.

Sinclair beklagt von diesem verstorbenen Sterling, er sei ein Trinker gewesen. Das ist gewiß sehr bedauerlich, aber Sinclair ist nüchtern und nichts als das. Ich verteidige nicht den Mißbrauch des Alkohols – ich mißbillige nur eine brave, eine wohlgesittete, eine undämonische, eine Limonaden-Kunst. Und es gibt, wahrlich, ich sage euch, es gibt auch rote Limonaden.

Dieser völlige Mangel an Verständnis für das, was lyrische Kunst ist, fällt immer wieder auf. «Lyriker sind Geschöpfe, die sich mit ihren eigenen Säften in einen Kokon verspinnen.» Und dann, ganz tantenhaft: «Jede wahrhaft große Kunst ist optimistisch.» — «Ich halte den Pessimismus, wo er und unter welchen Umständen immer er erscheint, in Kunst, Philosophie, oder Alltag für eine Art Geisteskrankheit.» Auch du Babbitt? Zweimal zwei ist vier; das ist wahr. Aber es ist nicht die ganze Wahrheit. «Wozu nähme man sonst die Erschütterungen des künstlerischen Schaffens auf sich?» Wozu —? Weil man muß, Sinclair.

Hier, im Grundgedanken, hat er recht und unrecht. Unrecht hat er, wo er den griechischen Göttinnen Strickstrümpfe überzieht, und es gibt diese Göttinnen, es wird sie ewig geben. «Die Antike», steht bei Kierkegaard, «ist ein Präsens; die Romantik ist ein Aorist.» Und die herkömmliche Poesie des Klassenkampfes ist ein Futurum, allwelches Tempus bekanntlich in den meisten Sprachen keine eigne Form hat, sondern aus bereits vorhandnen Formen zusammengesetzt wird. Sinclair macht sich das Leben einfach, im Grunde so einfach wie das Weltbild des Schrecklichsten aller Schrecken: einer amerikanischen Dame der bessern Gesellschaft. «Wir hätten» (im Anschluß an das Andersensche Märchen von des Kaisers neuen Kleidern gesagt) «einen kleinen Kritikerjungen dringend nötig, der in ganz gewöhnlichem Alltagsenglisch sagt: ‹Das ist ja alles Beischlaf!›» Der Ruf könnte oft nicht schaden, aber: ist nicht sehr vieles wirklich nur dies und sonst gar nichts? Man hebt mit Recht als Plus hervor, daß es in Rußland wenig Lüsternheit gebe — die Leute haben sie nicht nötig, im Leben nicht und in der Literatur auch nicht. Gut. Doch sind damit die irrationalen Kräfte beseitigt, die Imponderabilien, eben das, was sich marxistisch nicht auflösen läßt? Und nun werde ich ja wohl exkommunisiert werden.

Man sagt zweihundertundzwölf Mal Nein zu Sinclairs Buch, auf jeder Seite ein Mal. Und man sagt zweihundertundzwölf Mal Ja — und das ist viel, beinah alles, was man von einem Buch verlangen kann. In der Übersetzung ist übrigens ein kleiner Fehler stehen geblieben: «Pétrone Ingénu» heißt nicht: «aufrichtiger Petronius», sondern: naiver Petronius, harmloser, unschuldiger Petronius.

Und fast gar nichts habe ich von einer Eigenschaft des Buches gezeigt, die man in der angelsächsischen Literatur so häufig trifft und in der deutschen so wenig: die Leute haben Humor, noch im Ernst haben sie Humor. Die Polemiken etwa mit Mencken... das ist bezaubernd. Noch wo sie zupacken, haben sie Zeit, im Kampf einmal «Oh dear!» zur Galerie hinaufzurufen, alles freut sich, und der Kampf geht weiter. Ein Tier lacht nicht. Der Angelsachse kann lachen, weil er lachen kann.

Zeige mir von fern einen dicken Roman Sinclairs, und ich will laufen, daß der Trainer sagt: «Beinah so gut wie das letzte Mal bei Unruh.» Dieses Buch aber — ‹*Das Geld schreibt*› — ist sein spannendster Roman.

1931

BABBITT

Hier sind die amerikanischen Buddenbrooks.

Wenn Hanno nicht frühzeitig am Typhus gestorben wäre, sondern eine ehrbare lübecker Kaufmannstochter geheiratet hätte, deren zweiter Sohn dann später — ‹wegen einer häßlichen Geschichte, weißt du?› — nach Amerika ausgewandert wäre: dieser Herr *‹Babbitt›* von Sinclair Lewis (bei Kurt Wolff in München erschienen) könnte ganz gut fünfzig Jahre nach den lübecker Stammeltern gelebt haben. Nämlich heute.

Es ist der aktuellste Roman, der mir in der letzten Zeit unter die Finger gekommen ist — er ist durchaus aus unsrer Zeit. Und es ist sehr fesselnd, zu bemerken, daß der Autor diesen Eindruck nicht mit Wortverdrehungen und Verrenkungen, nicht mit wilden Masturbationsphantasien junger Herren erreicht, die da glauben, Alaska als Schauplatz einer Handlung zu wählen sei schon eine Tat für sich, und die das Verhältnis zwischen Mann und Frau so aufplustern wie ein Hahn ohne Hennen sein Gefieder. *‹Babbitt›* ist ein ganz bürgerlich erzähltes Buch, und es enthält endlich einmal unser Leben genau so, wie wir die Sache immer angesehen haben: fast ohne Pathos, wissend, schmunzelnd, verzweifelt, mit Kopfschütteln.

Die ersten hundertundfünfzig Seiten des Romans sind die Schilderung eines Geschäftstages des Herrn Babbitt. Das ist eine Meisterleistung. Vom Aufwachen bis zum Schlafengehen keinmal eine alberne Übertreibung, keinmal der große soziale Fluch: Ha, Bürrrger! Lewis erzählt, stellt fest, überall ist Herr Babbitt zunächst nur Herr Babbitt, ein voller, saftiger, bunter Kerl, daneben allerdings noch viel mehr. Aber das wird nicht gesagt. Das Buch riecht nach Wahrheit. Es kann nicht nur wahr sein: es muß wahr sein.

Es muß deshalb wahr sein, weil wir die Wahrheit kontrollieren können. Früher, vor den achtziger Jahren, wuschen sich Romanhelden grundsätzlich überhaupt nicht — sie wandelten durchs Leben, wie man heute noch bei Tagore durchs Leben wandelt. Dann kam eine Zeit, da taten sie nichts als sich waschen: das nannte man Naturalismus. Und jetzt ist man wieder im besten Zuge, die Maschinerie entweder zu leugnen oder härter zu machen, als sie ist, oder sie zu umkleiden; aber Pathos und Wasserspülung zu mischen, das ist gar nicht beliebt. Bei Lewis guckt die Apparatur des täglichen Lebens durch alle Luken, und hier ist der Mensch unsrer Tage, der Ford-Automobile, Pear-Soap, Scotch-Whisky und Kalodont benutzt, so, wie er wirklich ist: unfeierlich. Guck mich mal an, Leser, und sei aufrichtig! «Das Auswechseln des Tascheninhalts vom grauen Anzug zum braunen war ein richtiges Ereignis, es war ihm sehr ernst mit diesen Dingen. Sie waren von welterschütternder Bedeutung, genau wie Baseball oder die Republikanische Partei. Da war seine Füllfeder und sein silberner Bleistift (bei dem immer die Minen fehlten), die in die rechte obere Westentasche gehörten. Ohne sie hätte er sich nackt gefühlt.» Na, wir wollen uns nichts erzählen... Es ist ein beliebtes Mittel unsrer Literaten, die Maschinerie der Zivilisation den großen Gefühlen gegenüberzustellen, die noch die Bezeichnungen der alten griechischen Tragödie tragen: Badewanne und Trauer um die Geliebte, Haß und Buttersemmeln. Beliebtes Mittel, das einer komischen Wirkung nie entbehrt, aber es spricht doch eigentlich mehr gegen die Benennung der Gefühle als gegen die Buttersemmel. Es gibt eben keinen einfarbigen, alles andre ausschließenden Haß mehr (wenn es ihn je gegeben hat), und man packt sich nicht umsonst für die Bedürfnisse seines Lebens einen Apparat auf, der langsam Selbstzweck geworden ist. Die Seele hat ihn nicht verdaut und kann ihn nicht verdaut haben; auch in den hehrsten Momenten erinnert eine kleine Gehirnkolik daran, daß sich der Herr Mensch im Zivilisatorischen etwas überfressen hat. Worauf Herr Babbitt ins Geschäft geht – «produzieren, produzieren!» Dabei produziert er gar nichts. «Er fabrizierte nichts Nennenswertes, weder Butter noch Schuhe noch Lyrik, aber er war geschickt in seinem Berufe, Häuser für weit höhern Preis an die Leute zu verkaufen, als diese eigentlich bezahlen konnten.»

Autofahrt ins Büro, Wettrennen mit der Straßenbahn – «ein selten schönes, kühnes Spiel» –, Einmarsch in das große Bürogebäude, das mit Recht ein selbständiges «Dorf» genannt wird, mit Dorfbewohnern, einem Marktplatz und Seitengassen – Arbeit! Die Szene, wie Babbitt einen Brief diktiert, ist von einer Komik, die wir in der ganzen modernen deutschen Literatur suchen können: hier ist endlich einmal ein Chef für hundert gesehen, ohne deshalb ein Atom weniger konturiert, weniger klar geschildert zu sein. Wie sich das Geschwabbel des nervösen, im Zimmer herumstapfenden Babbitt durch die Sekretärin in einen modernen Geschäftsbrief auflöst, mit dem der Diktator selbstverständlich unzufrieden ist – «Ich wünschte wirklich, sie würde nicht immer an meinem Diktat herumverbessern!»: das lohnt allein schon die Lektüre dieses einzigartigen Buches. Folgt die weitere Geschäftstätigkeit Babbitts.

Auf jeder einzelnen Seite möchte man dreimal Hurra schreien. Ein nationaler Kritiker der *‹Deutschen Zeitung›*, glaube ich, hat einmal geschrieben: «Wenn man den Namen Rudolf Presber hört, nimmt man unwillkürlich Haltung an.» Vor Lewis müßte man die Wache herausrufen. Zum Beispiel, weil er klar und unerbittlich alle Vorstellungen über Geschäfte, die in dem Kopf eines modernen Kaufmanns vorhanden sind, herausgekratzt und sie wie synthetische Perlen auf einer Zuckerschnur aufeinandergereiht hat. «Eine gute Gewerkschaft ist nützlich, weil man dadurch kommunistischen Gewerkschaften, die jeden Privatbesitz unterdrücken würden, ausweicht.» Und: «Als Babbitt zweiundzwanzig Jahre alt war, hatte ihm jemand gesagt, alle Senkgruben seien ungesund, und er eiferte seitdem noch immer dagegen.» Ach, meine Brüder: wie viele solcher Senkgruben gibt es auch bei uns! Nachdem Babbitt solchergestalt meditiert hat, verfügt er sich an die Geschäfte. «Er befolgte die Regeln seines Clans und führte nur solche Unredlichkeiten aus, die durch Präzedenzfälle sanktioniert waren.» Heilige Börse! Und nachdem sie geschoben, betrogen, sich übers Ohr gehauen haben, daß es nur so kracht, Lewis: «Die große Arbeit der Welt war im Gange. Lyte hatte etwas über 9000 Dollar verdient, Babbitt steckte 450 Dollar Vermittlungsgebühren ein, Purdy erhielt mit Hilfe des feinfühligen Mechanismus der modernen Geschäftswelt ein Geschäftsgebäude . . .» Ja, Sombart, da staunste —!

Frühstück. «Babbitts Vorbereitungen, um das Büro während seiner anderthalbstündigen Frühstückspause sich selbst zu überlassen, waren etwas weniger kompliziert als die Ausarbeitung eines allgemeinen europäischen Krieges.» Das muß man selbst nachlesen: wie er frühstücken geht; wie er sich unterwegs im Auto ausrechnet, was er in diesem Jahr verdient hat — «Die Folge dieses kühlen Vermögensüberschlages war, daß er sich siegreich und wohlhabend und gleichzeitig erschreckend arm vorkam» —; wie er sich einen elektrischen Zigarrenanzünder für den Wagen kauft, wegen arm — «Er hatte nun die Möglichkeit, seine Zigarre anzuzünden, ohne anzuhalten, was ihm in ein bis zwei Monaten gewiß zehn Minuten ersparen würde.» Und dieser Babbitt ist gar kein Literaturclown. Jeder mittlere Prokurist einer berliner Bankfirma darf getrost über die falschen Schilderungen der Herren Dichter lachen, die ihn und seine Tätigkeit niemals begriffen haben. Babbitt ist ein Mensch, der in den Einzelheiten seiner Geschäfte vom Autor durchaus richtig beurteilt wird, der sich das Rauchen abgewöhnen will, seine Kinder auf seine Manier lieb hat, ins Büro fährt, arbeitet, vom Büro kommt, badet und wieder ins Büro fährt. Zum erstenmal ist in der großen Schilderung seines Arbeitstages die Gehirntätigkeit eines solchen Menschen richtig wiedergegeben: wie in ganz wichtigen Augenblicken immer wieder irgendeine Albernheit auftaucht; wie durcheinandergedacht wird; wie die Zivilisation über ihn dahinpurzelt; und wie seine Vorstellungen alle eindimensional sind — Rasieren, Familienliebe, Geschäfte, Zigarrenanzünder und eine vage Mischung von Kommunistenangst und Gottesdienst. Dazwischen — was ebenso angelsächsisch wie menschlich ist —: das Jungenhafte im Mann. Babbitt in der Badewanne: «Er patschte ins Wasser, und die Lichtreflexe zersprangen, schwankend und funkelnd. Er war kindisch und zufrieden. Er spielte. Er rasierte einen Streifen an der Wade seines dicken Beines herunter . . . Er seifte sich ein und wusch sich ab und rieb sich streng und nüchtern trocken, er fand ein Loch im türkischen Handtuch, steckte gedankenvoll einen Finger durch und marschierte, ein ernster und unbeugsamer Bürger, ins Schlafzimmer zurück.» Und dann schläft er ein. Und hier hat Lewis den grandiosen Abschluß dieses amerikanischen Tages gefunden: er spielt die große Arie Gleichzeitigkeit, er singt ‹*In solcher Nacht*› und malt lauter kleine Bilderchen an die Wand. «Im selben Augenblick saßen . . .» Denn das ist schrecklich und lustig und merkwürdig zugleich, wie alles nebeneinander liegt, hängt, zappelt. «Im selben Augenblick schliefen in der Stadt dreihundertundvierzig- oder fünfzigtausend alltägliche Menschen wie ein ungeheurer undurchdringlicher Schatten. In einer Spelunke jenseits der Eisenbahn öffnete ein junger Mann, der sechs Monate lang vergeblich Arbeit gesucht hatte, den Gashahn und tötete sich und sein Weib.» Und nun erst schläft Babbitt richtig ein. «Und im selben Augenblick drehte sich George F. Babbitt schwerfällig im Bette um – ein letztes Zeichen des Bewußtseins, mit dem er andeutete, daß er jetzt genug gehabt hätte von diesem unruhigen Einschlafen und allen Ernstes ans Werk gehen wollte.» Gute Nacht.

Es ist ein wahres modernes Buch. Es scheut sich nicht, Annoncenteile mitten im Text zu haben; es gibt endlich einmal die ganz natürlichen Seiten des Daseins, um die wir so viel Brimborium machen, indem wir sie pathetisch verklären oder pathetisch vereinfachen – so ist da die Reproduktion des kleinen Zettels, der das Resultat einer angestrengten geistigen Abendarbeit Babbitts darstellt: ein Geschmier von ein paar Schlagwörtern, einem gekritzelten Männerkopf, ein paar Zinszahlen und dem aus Langerweile hingemalten Namensmonogramm. Denn so sehen wir aus, wenn wir arbeiten. Babbitt schaukelt langsam in die Politik, er wird ein beliebter Redner; wie ist die soziale Angst geschildert, die so ein Individuum vor jeder Gruppe und ihren Machtträgern hat, diese Feigheit, mit der sich das durchsetzt ... Und dann verläßt Babbitt langsam den Fotografie-Rahmen seiner Gattung, und aus der Schilderung der Type wird eine Geschichte.

Es ist eigentlich keine rechte Geschichte mit Einleitung, Höhepunkt und Abklang – es ist wie ein Stück Flaubert, was da steht: es zieht so vorbei. Wie Babbitt mit seinem besten Freund in die Sommerferien geht, endlich allein! endlich ohne Familie!, wie er kindisch, etwas sentimental und etwas dämlich diese Sommerwochen verlebt, wie er wieder zurückgehen muß, aber nicht will; der Freund schießt auf die eigne Frau, kommt ins Gefängnis, Babbitt wird der heiligen Gesellschaftsordnung beinah untreu (hier ist die dünne Stelle des Buches), er fängt ein Verhältnis an – wie unerotisch ist das gezeichnet! –, verbummelt beinahe, demütigt sich vor kleinen Mädchen, möchte gern, kann nicht und redet sich daher ein, nicht mehr zu möchten, findet wieder nach Hause zurück und bleibt da, wo wir ihn angetroffen haben. Babbitts Frau wird krank, Babbitts Frau, mit der er sich gar nicht mehr gestanden hat die letzten Monate hindurch, weil sie alt und schlaff und fett geworden ist und die andere vielleicht jünger schien, weniger schlaff, dünner – und überhaupt die andre ist. Die Krankheit treibt die beiden wieder zusammen. Und wie die alte Frau auf einmal und trotz allem wieder ein Kind wird, seine Hand ergreift und vor der Operation die sicherlich nicht gut übertragbare Romanphrase sagt: «Ich fürchte mich, so ganz allein ins Dunkel hineinzugehen» – da liegen leise Lächerlichkeit und leise Liebe so eng beieinander, daß man erst merkt, wer dieses Buch geschrieben hat. Und Babbitt weiß, daß es nun aus ist mit seinen Eskapaden, und daß er bei ihr bleiben wird bis zum letzten Tag. Das hört sich so an: «Grimmig erkannte er, daß dies sein letzter verzweifelter Ausbruch gewesen war, bevor er sich in die schwerfällige Zufriedenheit des Alterns schickte. ‹Na›, und hier grinste er boshaft, ‹es war doch eine verdammt lustige Affäre gewesen, solange es eben gedauert hatte!› Und was würde die Operation wohl kosten? ‹Das hätte ich mit Doktor Dilling genau ausmachen müssen – aber nein, hols der Teufel, es ist mir ganz egal, es kostet eben, was es kostet!›» Und dann bleibt er bei Muttern.

Dies ist *‹Babbitt›*, das Buch vom modernen Amerika. Ich habe eine Amerikanerin gefragt, eine Dame, bei der die ausgezeichnete Alice Salomon drüben zu Gast gewesen ist, was sie von Lewis hielte. Sie sagte: «Ich habe *‹Main Street›*» – das ist ein zweites, in Amerika nicht minder bekanntes Werk von Lewis – «gar nicht zu Ende lesen können: so hat es mich geärgert, und so wahr ist es!» Und das ist auch eine Empfehlung.

Dieser Amerikaner scheint mir weit, weit über Sternheim und Leonhard Frank zu stehn, die den Bürger bekämpfen, beschimpfen, verlachen, kalt schildern – und die ihn nicht ordentlich kennen. Meinethalben: seine Seele oder seine Seelenlosigkeit. Nie und nimmer seinen Apparat, seine Welt, seine Kulissen. Hier sind keine religiösen Ausbrüche, hier sind keine Bürgerschemen, hier ist kein Schutzmann und kein Kanzlist, die sich so benehmen, wie sich Schutzleute und Kanzlisten seit Menschengedenken nicht aufgeführt haben: hier ist einfach ein Lebewesen, das nicht anders sein kann. Nicht sehr dumm, nicht einmal übermäßig beschränkt, vielleicht etwas weniger vollgepfropft mit wissenschaftlichen und gebildeten Redensarten als andre Leute – aber eben ein Zivilisierter.

Das Buch, in einer nichtssagenden grauen Antiqua gedruckt, ist ganz gut übersetzt. Gescheitert ist die Übersetzerin nur am Slang. Es gibt keinen reichsdeutschen Slang; wenn die Leute sich hier in der Sprache gehen lassen, dann fallen sie unbedingt in irgendeine lokale Dialektfärbung. Unglückseligerweise hat die Übersetzerin hierfür das Wienerische gewählt, das für ein amerikanisches Buch besonders ungeeignet ist. «Da schaun's her» und «so ein Strizzi!» im Pullman-Wagen ausgerufen: das will mir nicht recht einleuchten. Der Rest ist aber treffend herausgekommen.

Dieser Publikation fehlt nur eins. Auf der letzten Anzeigenseite müßte die Ankündigung eines gleichen deutschen Werkes stehen. Die Deutschen werden über den Amerikaner lachen. Aber nimmermehr begreift Herr Wendriner, daß auch er ein Babbitt ist; daß auch seine Vorstellungen, Gedanken, geläufigen Begriffe so lächerlich wirken können, wenn man sie still und freundlich aufreiht, ohne etwas dazu zu sagen; daß es grade die Dinge sind, die ihm selbstverständlich erscheinen, über die er gar nicht mehr diskutiert, und die in ihrer Würde so unbegreiflich albern sind; daß seine Dresdner Bank, sein Opernball, seine Literatur, seine Symphoniekonzerte, seine elektrische Wohnungseinrichtung und seine Geschäfte genau, genau, genau dasselbe Maß an Widersinn und Sinnlosigkeiten ergeben, wie es bei Babbitt der Fall ist. Bei Babbitt, dessen Autor uns eine Gestalt gegeben hat, eine für Millionen, um ihn herum ein hinreißendes Buch und — so ganz nebenbei —: Amerika. 1925

AUF DEM NACHTTISCH
(John Dos Passos ‹*Manhattan Transfer*›)

Da ist ‹*Manhattan Transfer*› von John Dos Passos (bei S. Fischer in Berlin). Dieser halbe Amerikaner, dessen ‹*Drei Soldaten*› (im Malik-Verlag) gar nicht genug zu empfehlen sind, hat da etwas Gutes gemacht. Ich denke, daß die Mode der amerikanischen Romane, die uns die Verleger und die Snobs durch Übermaß sacht zu verekeln beginnen, nachgelassen hat — und das ist auch gut so. Nicht etwa, weil nervöse und wenig erfolgreiche Reaktionäre der Literatur, zum Beispiel in den ‹*Münchner Neuesten Nachrichten*›, gegen die Übersetzungen aus dem Fremdländischen poltern —, sondern weil es zwischen der Hysterie der Anbetung und der Neurasthenie der Verdammung ein vernünftiges Mittelmaß gibt. Man soll fremde Länder kennen lernen — man soll sie nicht sofort segnen und nicht gleich verfluchen. ‹*Manhattan Transfer*› ist ein gutes Buch — die Amerikaner haben sich da einen neuen Naturalismus zurechtgemacht, der zu jung ist, um an den alten französischen heranzureichen, aber doch fesselnd genug. Es sind Fotografien, nein, eigentlich gute kleine Radierungen, die uns da gezeigt werden; ob sie echt sind, kann ich nicht beurteilen, die Leute, die lange genug drüben gelebt haben, sagen Ja. Es ist die Lyrik der Großstadt darin, eine durchaus männliche Lyrik. Der Einsame auf der Bank: «Fein hast du dein Leben versaut, Josef Harley. Fünfundvierzig und keine Freude und keinen Cent, um dir gütlich zu tun.» Das hat einmal so geheißen: «Qu'as tu fait de ta jeunesse?», und das ist von Verlaine und ist schon lange her, aber doch neu wie am ersten Tag. Das Mädchen da liegt auf ihrem Zimmer in der großen Stadt, schwimmt in der Zeit und ist so allein. Sehr schön, wie ein Mann auf der Bettkante sitzt, und da ist eine Frau, seine Frau, und ein Kind, sein Kind — und plötzlich sieht er, daß er «hagere rötliche Füße hat, von Treppen und Trottoirs verkrümmt. Auf beiden kleinen Zehen saß ein Hühnerauge.» Und da hat er Mitleid mit sich und weint.

Das Buch ist auch formal gut — Dos Passos ist nicht nur ein Dichter, sondern auch ein begabter Schriftsteller. Sehr hübsch ist diese Denkfigur, der man öfter bei ihm begegnet: «Auf dem Treppenabsatz befand sich ein Spiegel. Kapitän James Merivale blieb stehen, um Kapitän James Merivale zu betrachten.» Und diese, die gradezu programmatisch ist und viel tiefer als sie, leichtgefügt, wie sie ist, zu sein scheint: «Nichts hat so viel Erfolg wie der Erfolg.» Eine ähnliche Drehtür des Stils steht bei Sinclair Lewis, im ‹*Elmer Gantry*›, einem Buch von dem hier noch ausführlich die Rede sein soll . . . Ein einziger Klub, heißt es da, wird Herrn Gantry, den Prediger, vielleicht aufnehmen. «Des Ansehens wegen. Um zu beweisen, daß sie unmöglich den Gin in ihren Schränken haben können, den sie in ihren Schränken haben.»

Die Übersetzung von ‹*Manhattan Transfer*› durch Paul Baudisch ist sauber und anständig. Kleine Anmerkung: Man sagt im Deutschen kaum: «Das macht mich zipflig» —, sondern wohl immer: «Das macht mich kribblig». Und was ist dies hier? «Dü Mauretania läuft öben eun; vürundzwanzig Stunden Verspötung» — Spricht eine alte gezierte Dame so? ein Oberhofprediger? Nein, das ist die Übersetzung irgendeines ‹slang›, und die Männer, die sich mit Übertragungen aus dem Englischen befassen, sollten sich das abmachen. 1928

B. TRAVEN

> Land ist ewig. Geld ist nicht ewig.
> Darum kann man Land nicht gegen
> Geld vertauschen.

Einmal habe ich gefragt, warum denn die deutschen Autoren die Herren Geschäftsleute gar so jämmerlich abbildeten: immer im Auto, immer Millionenschecks unterschreibend, immer mit der Türkei telefonierend und das Weitere den Prokuristen überlassend: Schießbudenfiguren und Götzen eines armseligen Kleinheitswahns. Da schickte mir ein freundlicher Leser ein merkwürdiges Buch: ‹*Die weiße Rose*› von B. Traven, und nun las ich das ganze Werk dieses seltenen Mannes, und davon will ich erzählen.

B. Traven lebt in Mexiko; seine Bücher sind zuerst bei der Büchergilde Gutenberg erschienen, der das Verdienst gebührt, diesen Mann in Deutschland herausgebracht zu haben, und die Bücher heißen:

‹*Die weiße Rose*›. — ‹*Das Totenschiff*›. — ‹*Der Busch*›. — ‹*Die Baumwollpflücker*›. — ‹*Die Brücke im Dschungel*›. — ‹*Der Schatz der Sierra Madre*›. — ‹*Land des Frühlings*›.

B. Traven ist ein episches Talent größten Ausmaßes.

Was die ‹*Weiße Rose*› angeht, so ist das seit Frank Norris, dem amerikanischen viel zu früh gestorbenen Autor des ‹*Oktopus*›, wieder einmal eines, das in der Schilderung der Geschäfte an Balzac heranreicht. Bei uns verfallen sie häufig, wenn sie vom Kapitalismus sprechen, in schäumende Lyrik; Traven weiß Bescheid, was mehr wert ist. Das Buch schildert den geglückten Versuch eines Ölmagnaten, einem amerikanischen Indio eine Farm abzujagen, um Petroleum-Bohrtürme darauf zu erbauen. Der Indio will nicht; er sagt die Worte, die da oben als Motto stehn. Sie bieten ihm Geld und immer noch mehr Geld; er will nicht. Da locken sie ihn nach San Francisco. Und dort schlagen sie ihn tot ... Verzeihung: der Mann hat einen Autounfall. Er wird tot auf der Straße gefunden. Ein Unglück: Lokales und Vermischtes. Der Ölmensch, Herr Collins, hat damit nichts zu tun. Dafür hat er seine Leute, für diesen Fall einen Herrn Abner, der sich die Finger schmutzig macht, damit Herr Collins weiter Präsident seiner Gesellschaft bleiben kann. Für Geld kann man sich alles kaufen, sogar Moral; grade Moral.

Und der Werdegang dieses Herrn Collins wird erzählt. Ja, Bauer, das ist ganz was anders ... so soll man den Kapitalismus bekämpfen. So – und nicht nur mit Deklamationen. Dieser Bursche wird gar nicht als grimmer Blutsauger dargestellt; er ist wohl etwas gerissner als die andern, etwas rücksichtsloser, etwas gemeiner und etwas schneller. Wie er durch einen geschickt angezettelten Streik zu Vermögen kommt; wie er die Börse tanzen läßt; wie er sich hochschiebt, das ganze puritanische Bewußtsein von der Gottgefälligkeit seines Tuns in den kräftigen Kinnbacken ... das steht turmhoch über Upton Sinclair, diesem Sonntagsprediger des Sozialismus. Auch das Bettleben des Herrn Collins wird erzählt, nicht ohne daß es Traven glückt, in der Geliebten, dem Fräulein Betty mit den schönen Beinen, eine Figur zu gestalten, die zu finden man hundert Romane vergeblich durchblättern kann. Und die Geschichte Bettys wird erzählt ... es ist eine ganz eigenartige Technik, die in diesem Buch und nur in diesem einen Buch Travens zu finden ist. Es ist eine Schwebe-Technik.

Der Autor fängt die Geschichte mit dem Indio an. Dann unterbricht er die, er hebt gewissermaßen die Hand, sagt: «Einen Augenblick, bitte ...» und nimmt Herrn Collins vor. Er unterbricht wieder; er hat es nun mit der Betty. Und knüpft dann die alten Fäden genau dort an, wo er sie hat liegen lassen ... so läuft das nebeneinander her, trifft sich wieder, verknotet sich zu einer einheitlichen Handlung, an der alle diese Menschen mitwirken, ohne es zu wissen. Und dies eben, daß sie es nicht wissen, ergibt den bunten Teppich ihres Schicksals. Es ist eine meisterhaft durchgeführte Sache.

Von Deklamation ist so gut wie nichts zu spüren. Wenn Traven ein paar wilde Börsenstunden gibt, dann sieht das eben anders aus als sonst bei diesen schon schematisch gewordenen Amerikanern, weil man hier die Vorgeschichte genau kennt und nicht nur Banklehrlinge in die Telefonkabinen stürzen sieht. Es stimmt alles. Während bei dem höchst begabten Ilja Ehrenburg die Börsen der Welt manchmal kleinen melancholischen Hainen gleichen, in denen die Nachtigallen schlagen und die

Makler brüllen, leuchtet hier die Wahrheit noch der letzten Einzelheit ein. So sind Geschäfte, so können Geschäfte sein, und so soll man sie anprangern. Gegen den Schluß hin ist die Gesinnung des Buches leicht unsicher.

Fast alle andern Bücher Travens spielen in Mexiko.

Am bedeutendsten ist wohl *‹Die Brücke im Dschungel›*, eine im ruhigen Fluß der Erzählung vorgetragene Geschichte von einer einzigen Nacht, in der ein kleines Kind während einer Festlichkeit im Fluß ertrinkt. Diese zwölf Stunden sind mit der Zeitlupe aufgenommen – welche Augen! Wie unerbittlich läuft das ab, wie farbig, wie strömend-bewegt, und mindestens alle vier Seiten eine unvergeßliche Wendung, ein Bild, eine Beobachtung ... das ist ein großer Epiker.

Die *‹Baumwollpflücker›* enthalten ein Stückchen Kriminalgeschichte, auch das ist sehr überlegen gemacht; von dem, was dieser Mann so hinstreut, leben andre Autoren eine Saison lang.

‹Der Busch› gibt kleine Skizzen von unterschiedlichem Wert. Eine wunderschöne Tanzszene bei den Indianern; eine herrliche Radauszene, aus der ich mir für meinen Privatgebrauch das letzte Schimpfwort gemerkt habe: «Von Felipe, Senjor? Da will ich Ihnen nur sagen, der Felipe ist ein gemeiner Schurke, ein Hurensohn, ein Lügner, ein Schwindler, ein Bandit, ein Mörder und ein großer Hausanzünder!» Und dann steht im *‹Busch›* die Geschichte von der Bändigung, und da muß ich erst einmal tief Atem holen.

Da ist ein Mann, ein Farmer, der hat sich in ein Mädchen aus der Stadt verliebt. Er heiratet sie, allen Warnungen zum Trotz. Denn sie war, wie die Mathematiker sagen, schon n mal verlobt, und alle Verlobungen sind zurückgegangen, weil das liebe Kind unausstehlich herrschsüchtig ist. Herrschsüchtig? Sie hat ein paar der Bräutigams tüchtig gekratzt und gut geprügelt. Er heiratet sie. Es klappt gar nicht ... er berührt sie zunächst überhaupt nicht. Sie kommandiert wütend im Haus herum, vernachlässigt ihn ganz und gar ... es klappt nicht. Da sitzen sie nun so vor dem Haus; die Katze döst in der Sonne, der Papagei schaukelt sich plappernd auf seinem Ring, weiter vorn auf dem Vorplatz ist das schönste Reitpferd des Ehemannes angebunden. Die Frau liegt in der Hängematte, der Mann sitzt im Schaukelstuhl.

> «Don Juvencio hatte seinen Schaukelstuhl so stehen, daß er den Hof übersehen konnte. Er hob jetzt seine Arme hoch, reckte sich ein wenig aus, gähnte leicht und ergriff die Zeitung, die vor ihm auf dem Tischchen lag. Er las einige Minuten, und dann legte er die Zeitung wieder hin.
>
> Nun sah er zu dem Papagei, der vor ihm in seiner Schaukel hockte.
>
> ‹He, Loro›, rief nun Don Juvencio befehlend, ‹hole mir eine Kanne mit Kaffee und eine Tasse aus der Küche, ich habe Durst.›
>
> Der Papagei, durch die Worte aus seinem Dahindämmern auf-

geweckt, kratzte sich mit dem Fuß am Nacken, rutschte ein kleines Stück weiter auf seiner Schaukel, krächzte ein paar Laute und bemühte sich, sein unterbrochenes Dröseln wieder aufzunehmen.

Don Juvencio griff nach hinten, zog seinen Revolver aus dem Gurt, zielte auf den Papagei und schoß. Der Papagei tat einen Krächzer, es flogen Federn in der Luft herum, der Vogel schwankte, wollte sich festkrallen, die Krallen ließen los, und der Papagei fiel auf den Boden des Portico, schlug ein paar Mal um sich und war tot.

Juvencio legte den Revolver vor sich auf den Tisch, nachdem er ihn einige Male in der Hand geschwenkt hatte, als ob er sein Gewicht prüfen wollte.

Nun blickte er hinüber zur Katze, die so fest schlief, daß sie nicht einmal im Traume schnurrte.

‹Gato›, rief jetzt Don Juvencio, ‹he, Kater, hole mir Kaffee aus der Küche, ich habe Durst.›

Donja Luisa hatte sich umgewandt zu ihrem Manne, als er den Papagei angerufen hatte. Sie hatte das, was er zum Papagei sagte, so angenommen, als ob er mit dem Papagei schäkern wollte, und sie hatte darum nicht weiter darauf geachtet. Als dann der Schuß krachte, drehte sie sich völlig um in ihrer Hängematte und hob den Kopf leicht.

Sie sah den Papagei von seiner Schaukel fallen, und sie wußte, daß Juvencio ihn erschossen hatte.

‹Hay no›, sagte sie halblaut. ‹Lächerlich.›

Jetzt, als Don Juvencio die Katze anrief, sagte Donja Luisa laut zu ihm herüber: ‹Warum rufst du denn nicht Anita, daß sie dir den Kaffee bringt?›

‹Wenn ich will, daß mir Anita den Kaffee bringen soll, dann rufe ich Anita, und wenn ich will, daß mir die Katze den Kaffee bringen soll, dann rufe ich die Katze.›

‹Meinetwegen›, sagte darauf Donja Luisa, und sie rekelte sich wieder in ihrer Hängematte ein.

‹He, Gato, hast du nicht gehört, was ich dir befohlen habe?› wiederholte Don Juvencio seine Anordnung.

Die Katze schlief weiter, in dem sichern Bewußtsein, daß sie, wie alle Katzen, solange es Menschen gibt, ein verbrieftes Anrecht darauf habe, ihren Lebensunterhalt vorgesetzt zu bekommen, ohne irgendeine Verpflichtung zu haben, sich dafür durch Arbeit erkenntlich zu zeigen; denn selbst wenn sie sich doch so weit herablassen sollte, gelegentlich eine Maus zu erjagen, so tut sie es nicht, um den Menschen eine Gefälligkeit zu erweisen, sondern sie tut es, weil ja schließlich selbst eine Katze ein Recht darauf hat, hin und wieder einmal ein Vergnügen zu genießen, das im gewöhnlichen Wochenprogramm nicht vorgesehen ist.

Don Juvencio aber dachte anders über die Pflichten einer Katze, die auf seiner Hacienda lebte. Als die Katze sich nicht regte, um dem Befehle nachzukommen und den Kaffee aus der Küche zu holen, hob er wieder den Revolver und schoß. Die Katze versuchte hochzuspringen, aber sie brach zusammen, rollte sich einmal über und war tot.

‹Belario›, rief Don Juvencio jetzt über den Hof.

‹Si, Patron, estoy›, rief der Bursche aus einem Winkel des Hofes hervor. ‹Hier bin ich, was ist zu tun?›

Als der Bursche auf der untersten Stufe der Treppe stand, mit dem Hute in der Hand, sagte Don Juvencio zu ihm: ‹Binde das Pferd los und führe es herbei, hier dicht an die Stufen.›

‹Soll ich es auch gleich satteln?› fragte der Bursche.

‹Ich werde dich dann rufen›, antwortete Don Juvencio.»

Das Pferd wird gebracht. Auch an das Pferd ergeht der Befehl, Kaffee zu holen. Das Pferd holt keinen Kaffee. Der Mann erschießt das Pferd.

«‹Wahnsinn! So ein Prachttier!› schrie jetzt Donja Luisa auf.

Ihre Erbostheit war zum vollen Ausbruch gekommen. Es war mit untrüglicher Sicherheit vorauszusehen, daß nunmehr das erste schwere Gefecht, das man Don Juvencio von allen Seiten mit allen seinen Schrecken angekündigt hatte, geliefert werden würde, und daß jetzt, wäre einer der Freunde des Don Juvencio anwesend gewesen, er raschest zur Stadt geritten wäre, um die Ambulanz zu bestellen und ein Bett im Hospital zu mieten . . .

Und grade im selben Augenblick, als Donja Luisa aus der Hängematte springen wollte, um sich in die Tigerin zu verwandeln, sagte Don Juvencio mit sterbensruhiger Stimme, aber laut und hart . . .»

Und die Frau bringt den Kaffee. Und er liebt sie sehr. Und die Frau ist sehr glücklich.

Man vergesse nicht, wo diese Geschichte spielt. Auch erzählt sie Traven gar nicht mit diesem dummen Tonfall männchenhafter Überlegenheit («Donnerwetter, Donnerwetter, wir sind Kerle!») – wie bei ihm überhaupt nie der Stoff auf den Autor abfärbt, einer der schlimmsten Fehler unsrer Literatur. Bei uns halten sich die Leute schon für was Diplomatisches, wenn sie über Talleyrand schreiben, und für grausam, wenn sie ein Stiergefecht zeigen, und für tapfer, weil sie Tapferkeit schildern. Traven ist das, was Edschmid gern sein möchte: er ist ein Mann. Und ein echter Epiker, seine Erzählungskunst ist ein breit und mächtig dahinströmender Fluß, mit kleinen Wirbeln und Schnellen – aber der Strom fließt. Die Kunst dieses Mannes ist so groß, daß er uns, soweit ich es zu fühlen verstehe, sogar über diesen Tod der Tiere da hinwegkommen läßt. Das ist die Geschichte von der Zähmung einer Widerspenstigen aus dem Busch.

Mexiko und wieder Mexiko – vieles, was Traven schreibt, deckt sich mit den Schilderungen von Alfons Goldschmidt, ohne daß etwa störende Belehrungen eingestreut werden. Im *‹Schatz der Sierra Madre›* graben sie nach Gold und schlagen sich deshalb tot, das Gold verschwindet, niemand hat es mehr; es ist aus der Erde gekommen, hat Menschenleben vernichtet und ist wieder zur Erde zurückgekehrt . . . Das Zusammenleben dreier Goldgräber, maulfaul und streitsüchtig, wird gezeigt; da ist eine Stelle, wie ihnen beim Abschied lange Gedankengänge in: «Good-bye», «Good luck» und «So long» gerinnen . . . und die Schilderung eines Mordes ist darin, die an das beste Vorbild der angelsächsischen Literatur, an die geniale Novelle Stevensons, *‹Markheim›*, erinnert und sie nahezu erreicht.

‹Land des Frühlings› ist eine mit Fotos ausgestattete Reiseschilderung aus Mexiko; immer, wenn die Situation brenzlig wird, offenbart Traven jenen Satz, von dem unsre Nazis wenig wissen: Ein richtiger Held ist feige.

Nun gibt aber diese Schilderung des Travenschen Werkes noch keinen Begriff von der fast unglaublichen Fülle und Dichtigkeit des Witzes, des Humors, den literarischen Kunststückchen, der mühelosen epischen Handgriffe, mit denen das Rad der Erzählung weiter gedreht wird.

Da kargt er nicht mit weisen und frommen Lehren, die meist bezaubernd leicht vorgetragen werden. So hat Raabe unter seinem Bart geschmunzelt . . . «In diesen Gedankengängen bewegte sich unser Tischgespräch, weil wir, der bessern Verdauung wegen, während des Essens nichts Gedankenschweres in unserm Hirn herumwälzen wollten, und weil man beim Essen nur vom Essen sprechen soll.» Hierzu Nietzsche: «Wie verstehe ich es, daß Epikur bei Tische sich die ästhetischen Gespräche verbat? — er dachte zu gut vom Essen und von den Dichtern, als daß er das eine zur Zukost des andern machen wollte!» Von der Sprache: «Und gewisse Empfindungen kommen nur dann voll zur Entfaltung, wenn sie mit Worten erweckt werden, die bestimmte Gefühlsnerven treffen, die eine angelernte Sprache niemals treffen kann. Denn solche Worte bringen die Erinnerung an das erste Schamgefühl, die Erinnerung an das erste Mädchen, das man begehrte, die Erinnerung an die mysteriösen Stunden des ersten Reifegefühls zurück.» Das habe ich, ohne diese Stelle zu kennen, im Schlußwort zu einer Pyrenäenreise gesagt. Und dann solche trocknen Bemerkungen mit nasser Einlage, wie die von Herrn Collins, der sich zu seiner Frau noch eine zweite Dame zugelegt hat. Beiden wird er hier und da in Tampico untreu. «Die Erholung von Flossy, nachdem er mit ihr zehn oder vierzehn Tage ständig zusammen gewesen war, tat ihm sehr gut. Denn Flossy begann seiner Frau immer ähnlicher zu werden. In allen Dingen. Im Bett. Im Sprechen. In der Kleidung. Im Nörgeln. Im Predigen. Er war nicht Philosoph genug, um zu wissen, daß zwei Frauen, die längere Zeit unter dem Einfluß desselben Mannes stehen, von dem sie wirtschaftlich abhängig sind, ähnlich werden wie Zwillinge.» Wahr, wahr. Auch hat Traven etwas von dem seltensten und schönsten Humor, den es für meinen Geschmack gibt: vom Spott über sich selbst.

«Man braucht mich nur singen zu hören, dann weiß man die letzten Geheimnisse der Welt.»

Es wimmelt von dichterischen Pastellbildchen aller Art. Einer ißt. «So, jede überflüssige Kraftverschwendung peinlichst vermeidend, führte er bald die linke, bald die rechte Hand, alles auf Kugellagern laufend, an den Mund, um sein Nachtmahl einzunehmen.» Dann gibt es da Stellen von einer Zartheit, die so selten ist ... Dann so etwas, wie der Mörder, ein Goldgräber, der mit dem gestohlenen Gut nur noch einen halben Tagesmarsch von der ersten Stadt entfernt ist. «Er frohlockte. Er fühlte sich auf der sichern Seite. Wenn der Wind günstig herüberwehte, konnte er das Bellen der Güterzüge durch die Stille der Nacht hören. Und dieses merkwürdige heulende Bellen der Lokomotiven, das so unheimlich und so geisterhaft klingen kann, flößte ihm Empfindungen ein, als wäre er schon in einem Hotel nahe der Eisenbahn. Es war der Schrei der Zivilisation. In diesem Schrei fühlte er sich geborgen. Er sehnte sich nach den Gesetzen, nach der Rechtlichkeit, nach den festen Mauern der Stadt, nach allen den Dingen, die sein Gut beschützen sollten. Innerhalb jenes Bereiches, wo Gesetze das Eigentum bestätigten und wo starke Mächte dem Gesetz Achtung verschafften, war er sicher.» Das könnte, in seiner abgründigen Hinterhältigkeit, in seiner tiefen Bosheit und in der Stärke der Schilderung, auch von J. V. Jensen sein.

Ist Traven ein Revolutionär? Ja ...

Er ist zunächst ein Mann, der die gesellschaftlichen Zusammenhänge gut erkannt hat. «Jeder Mensch sucht nach einer Rechtfertigung, um das Niederträchtige und Unsoziale, das er tut, vor sich zu begründen, um es dadurch weniger niederträchtig und weniger unsozial erscheinen zu lassen.» Bitter ist er und hart, wenn er zuschlägt: «Aber wer arbeiten will, der findet Arbeit. Nur darf man nicht grade zu dem kommen, der diesen Satz spricht; denn der hat keine Arbeit zu vergeben, und der weiß auch niemand zu nennen, der einen Arbeiter sucht.» Es trifft alles, was er sagt: die Kritik an dieser Zivilisation, der Spott, der Hieb – alles. «Unter einer Fürstin hatte sie sich immer sehr viel vorgestellt. Wenn von der Freundin eines Magnaten gesprochen wurde, daß sie fürstlich aussehe, so hatte man sofort seine bestimmten Ideen, Ideen und Vorstellungen, die durch den Film gebildet wurden. Durch den Film, wo eine ehemalige Verkäuferin in einem Krawattenladen so lange aufgezaubert, aufgepinselt, aufgediademt, aufgeglittert, aufgeglasperlt und aufgeseidet wird, bis sie das Fürstinnenbedürfnis der Stenotypistinnen und der Lohnlistenschreiber befriedigt.»

Ganz scharf und unerbittlich, wenn es um die Arbeiterklasse geht. «Arbeiter streiken vielleicht selten, wenn es den Arbeitern günstig ist, sondern sie streiken meist, wenn es dem Kapitalismus günstig ist. Nicht aus Dummheit, sondern ehernen Gesetzen folgend. Was immer auch Arbeiter tun mögen, innerhalb des kapitalistischen Wirtschaftssystems werden sie das tun, was dem Kapitalismus dienlich ist, weil sie ein Teil des Kapitalismus sind, weil sie mit ihm, während der Herrschaft dieses Systems, verbunden sind auf Tod und Verderben, auf Leben und Untergang.» Und am besten und schönsten in dieser Stelle, aus der ‹*Weißen Rose*›: «Die Company kassierte nur und kassierte. Sie hatte keine Ausgaben. Alle Ausgaben hatte nur die Minenarbeiter-Union, deren reiche Kassen bis auf den letzten kupfernen Cent geleert wurden. Ausgaben hatte nur das Proletariat, das sammelte und sammelte, schimpfend und murrend, aber doch sammelte für die hungernden Miners. Die Könige machen Krieg, und das Proletariat blutet und stirbt. Magnaten machen einen großen Fischzug, und das Proletariat opfert seinen letzten Cent und verhungert. Immer das Proletariat! Und immer und nochmals das Proletariat!»

Die kommunistische Arbeiterpresse hat bereits Romane von Traven gebracht; sie sollte sie alle bringen. Denn sie sind von einem Proletarier auch für Proletarier geschrieben – und das hier ist Arbeiterkunst, Kunst, weil sie gewachsen ist und destilliert durch die Persönlichkeit eines großen Erzählers. Vielleicht ist er parteimäßig nicht ‹richtig› ... Ich halte die Versuche, die zum Beispiel neulich Wittfogel wieder aufgenommen hat: aus dem Klassenkampf eine neue Ästhetik zu kochen, für gründlich verfehlt. So wird das nie etwas. Immer wird in großen Kunstwerken jenes unbekannte X zittern, das sich in kein Schema bringen läßt. Was Wittfogel mit viel Kenntnis und Wissen versucht hat, mußte zu dem gewünschten Resultat führen, weil das vorher für ihn feststand. Denn es gibt eine kommunistische Theologie, die so unleidlich zu werden beginnt, wie die der katholischen Theologen: Mißbrauch des Verstandes, um einen Glauben zu rechtfertigen. Diese neue Theologie hat bereits ihren eignen Jargon, und es sollte ein Gesetz erlassen werden, das bis auf weiteres den Gebrauch des so schön vieldeutigen Wortes ‹dialektisch› verbietet. Meilenweit ist Traven von diesem Unfug entfernt.

Aber auch er ist ein Opfer seiner Klasse. Dieser Proletarier kann nämlich nicht richtig Deutsch. Ich hielt seine Werke zunächst für übersetzt, und zwar für schlecht übersetzt. Es ist aber Unkenntnis, verbunden mit bösen Amerikanismen. Er sagt: «Ein Haus ausmöblieren». Er sagt: «bei Telefon fragen». Er spricht, was immerhin noch komisch klingt, von einem «Brumm-Redakteur» und meint einen Sitz-Redakteur. Er erzählt von Aktien, die «unsicher» wurden. Er schreibt: «Mehr brauchte sie nicht zu wissen. Weder er.» Er schreibt: «In solcher Umgebung lebend, nur solche Farmer kennend, wie konnte man erwarten, daß Mr. Collins die Weiße Rose verstand.» Das Partizipium bezieht sich auf ‹man›, es soll sich aber auf Collins beziehen. Und so fort. Manchmal ist diese Unkenntnis ganz lustig – so bildet er das Wort «Genetz» –, aber meist ist sie störend. Sogar im englischen Text ist ein Fehler (disturp). Es ist tief bedauerlich, daß der Mann diesen Klecks nicht ausradiert oder ausradieren läßt. Ein Fleck auf der Sonne.

Im ganzen und dennoch: Ein großer Epiker. Sicherlich kein sehr angenehmer Herr, sicherlich kein sehr glücklicher Mensch. Aber ein großer Epiker.

Die Bücher sind in einer Buchgemeinschaft erschienen, also durch den Buchhandel nicht zu beziehen – daher meine ausführlichen Zitate. Nur *‹Das Totenschiff›* ist jetzt bei der Universitas, Deutschen Verlags-Aktiengesellschaft in Berlin, herausgekommen. Der Verlag läßt es sich angelegen sein, seinen neuen Autor ebenso wohlmeinend wie klobig anzukündigen. Merkwürdig ist das ... entweder tun unsre Verleger gar nichts für uns, oder sie verwandeln sich in wilde Marktschreïer. Dieser hier ruft: «Traven! Der deutsche Jack London!» Der Kaufmann, dem diese Formel eingefallen ist, ist darauf gewiß sehr stolz; fühlt er nicht, wie er seinen Autor damit herabsetzt? Traven ist so wenig ein deutscher Jack London, wie Westerland das deutsche Biarritz ist oder Oberhof das deutsche Chamonix ... deutscher Whisky. Traven ist Traven. Das ist sehr viel.

Ich wünschte, daß alle seine Werke recht bald bei den Sortimentern zu haben wären. 1930

RECHENMASCHINE AUS USA

Im Studio des Champs Elysées, einem der wenigen pariser Theater, in dem neben Jouvet überhaupt noch experimentiert wird, startet ein neues amerikanisches Stück: *‹Die Rechenmaschine›* von Elmer L. Rice.

Haben Sie schon mal im Theater geschlafen? Ich treibe immer unter der Bank Allotria, besonders in Paris, aber dieses Mal war ich überwach, den ganzen Abend. Ich wollte kein Wort verlieren, und ich habe keins verloren. Das ist eine dicke Sache.

Es fängt gleich richtig an: nämlich mittendrin. Frau Buchhalter Null steht am Waschtisch und gurgelt sich die Zähne und enthüllt ihre ehelichen Reizlosigkeiten und kämmt sich und quatscht: vom Kino und von den großen und kleinen Filmen und von Buster Keaton und vom Privatleben der amerikanischen Filmdiven ... Herr Buchhalter Null zieht sich sachte aus und sagt kein Wort. Das ist ein Zahlenmensch, der fünfundzwanzig Jahre bei derselben Firma gearbeitet hat, immer mit Zahlen, neben Zahlen, über Zahlen gebeugt – sein Gehirn kann nichts als rechnen. Sie sagt: «Fünf Dollar kostet der Platz ...» und er, automatisch: «Fünf und fünf sind zehn mal fünf sind fünfzig ...» Sie sagt: «Die Gish verdient achtzigtausend Dollar im Monat», und er: «Das sind neunhundertundsechzigtausend im Jahr und in der Minute sind das ...» Und sagte sie: «Ich habe so gelacht, daß ich nicht mehr auf meinen vier Buchstaben sitzen konnte» – so sagte er: «Vier mal vier sind sechzehn, mal vier sind vierundsechzig ...» So eine Ehe ist das.

Zweites Bild. Am hohen Pult sitzt Herr Null seiner Mitarbeiterin Daisy gegenüber, und was sich da begibt, das ist noch nie geschrieben worden. Georg Kaiser ist der Sache sehr nahe gekommen – aber auf diese letzte Formel hat es, scheint mir, noch keiner gebracht. Sie sagt die Rechnungszettel an, er wiederholt die Summen, das Lied der Zahlen ertönt, und eintönig klappert der Geschäftsapparat: «4 Dollar fünfzig; 8 Dollar dreiundneunzig; 10 Dollar; 2 Dollar; 2 Dollar zehn — —» nur das Klappen der Löscher ist zu hören. Und während die Zahlen sumsen, fangen die Angestelltengehirne an, ganz leise privat zu summen; zunächst schnauzt Herr Null Fräulein Daisy an, weil es zu schnell geht und zu langsam, und dann schweifen die Gedanken von den Dollars in die weite Welt. Was da an verblühter Romantik aufsteigt, an Blasen verkümmerter und niedergehaltener Gehirne, das ist herzbrechend schön. «Wie muß das sein», denkt sie laut, «wenn einen einer auf den Mund küßt — richtig auf den Mund!» — «Wie wäre das», denkt er, «wenn ich meine Frau totmachen könnte, ohne daß es einer merkt. Ich würde . . .» Der Tagtraum läuft, Freuds Blähungen steigen auf, eigentlich lieben sich die beiden; nein, sie begehren sich nur, nein, sie langweilen sich nur. So mutig sind sie, während sie Dollars zählen. «. . . geh ich glatt zum Chef» und: «Im Hemd ist das Mädchen im Zimmer herumgelaufen, nur im Hemd . . . acht Dollar zwanzig . . . vier Dollar neunundneunzig . . .» Es pfeift Mittag. Mit einer wundervollen fünfundzwanzigjährigen Geste steht Null an seinem Pult, legt die Büroärmel in die Schublade, dabei stülpt er sich den Deckel auf den Kopf, um ihn zu halten . . . Da kommt der Chef.

Null hat ihn erwartet: heute ist er fünfundzwanzig Jahre dabei — «und ich habe nicht ein Mal gefehlt!» — Der Chef schmeißt ihn raus. Ja, die neuen Rechenmaschinen sind grade aufgekommen; er bedauert, einen so vorzüglichen und treuen Angestellten zu verlieren, aber die Geschäfte . . . nationalökonomische Belange . . . die Rationalisierung . . . Die kleine Daisy kommt zurück, sie hat ihre Tasche vergessen; da stehen sich Chef und Angestellter gegenüber, der Chef gleichmütig, fett; der Herr Null drohend-demütig, mit erhobenem Arm. Wird Null den Chef töten?

Drittes Bild. Bevor der Vorhang aufgeht, sagt ein Chor: «Maschinen — Maschinen — Maschinen — schinen — sch . . . st . . . sch . . .» und dann steht da der Mittagstisch der Nulls. Frau Null kommt hereingedampft: «Sch—sch—sch—» und schleppt eine kleine Dampfmaschine, das Essen herbei. Sie essen und bewegen die Arme wie die Ventile eines Kolbens, sie sprechen, und es ist das Geräusch, das Kurbelstangen erzeugen. Besuch. Sechs Menschenmaschinen kommen hereingefahren — sch—sch—sch—sch! —, sie werden auf Stühlen angebracht. Die zu diesem Zweck vorgesehenen Münder sagen Gespräche auf. Das typisch amerikanische Wettergespräch der Herrenmaschinen und das Klatsch-Gespräch der Damen; das Witzgespräch der Herren und das Gesundheitsgespräch der Damen; das Geschäftsgespräch . . . und alles das mündet schließlich in ein herrliches patriotisches Gespräch, wo diese armseligen Räderwerke ihren eingelernten Haß herunterleiern: «Nieder mit den Negern! Nieder mit den Fremden! Hoch Amerika! Hoch das Vaterland!»

Wenn das dem Regisseur Fehling in die Finger fällt: dann könnt ihr etwas erleben. Eintritt das Gesetz, der Staat, der Schutzmann. Und verhaftet Herrn Null: er hat seinen Chef erschlagen, weil der ihm gekündigt hat. Sch—sch— — sinken die Damenmaschinen in sich zusammen. Ab.

Viertes Bild. Verteidigungsrede des Herrn Null vor den (imaginären) Geschworenen. Um eine Kleinigkeit zu lang; um eine Kleinigkeit zu rhetorisch. Wie überhaupt der Autor das, was er in einem höllisch klugen Aufsatz über seine Figuren gesagt hat, nicht immer hat gestalten können: Null ist der Untertan, wie er also auch drüben in Amerika leben muß: ein heimlicher Sadist, ein unterdrücktes Geschöpf, «versehen mit einem Gefühl der Überlegenheit seiner Rasse, um seinen sadistischen Ideen einen moralischen Unterbau zu liefern, der sie veredelt. Er tötet seinen Chef», sagt Rice, «aber er wäre ganz außerstande, unhöflich mit ihm zu sprechen.» Und stellt — immer in der Vorrede — die höchste Forderung an sich und an das Stück, «Null ist zu gleicher Zeit ein Individuum und ein Typus». Ja, wer das kann ... Aber jeder heißt eben nicht Gerhart Hauptmann.

Wir wissen ja auch von andern Beispielen her — Dos Passos, Lewis und Dreiser —, daß es drüben Männer gibt, die die Mechanisierung ihres Landes nicht stolz empfinden, sondern als eine Vergewaltigung der Natur. Und die höhnen, weil sie leiden. Es gibt ein anderes Amerika, so, wie es überall zwei Länder gibt.

Da steht er also nun auf seiner Anklagebank, der Herr Null, und wartet; Stimmen aus dem Dunkel steigen auf: «Coupable — coupable — coupable — coupable —» zwölfmal. Es ist aus. Er wird hingerichtet werden.

Fünftes Bild. Auf dem Kirchhof. Ganz abgesehen von Wedekind, der das für uns beinah ein für allemal zu Ende gestaltet hat: hier taucht eine Figur auf, in die Rice verliebt ist und die uns Europäern nicht so sehr viel sagen kann. Das ist ein beerdigter Puritaner, ein Mann, der zwar seine Mama erstochen hat, aber sonst so fromm ist, daß sich die Bibelsprüche biegen. Unterhaltung zwischen dem toten Null und dem toten Puritaner.

Sechstes Bild. Im Paradies. Perlen in der Unterhaltung, in die sich die inzwischen vermittels eines offenen Gashahnes dazugelangende Daisy mischt. Als der Puritaner nicht hören will, sagt Null: «Nun sehen Sie! Er stellt sich tot!» Das Herz geht einem bei diesen Totengesprächen auf: «Wenn ich das gewußt hätte, daß Sie mich so gern gehabt haben, Herr Null!» — und: «Wir waren schön idiotisch!» — und dazu immer ein paradiesisches Grammophon; denn so ist das in den Gefilden der Seligen.

Null arbeitet — als Geist — im Bauch einer Rechenmaschine und ist selig. Er brüllt vor Zahlen, er hantiert an den Hebeln und werkt umher, er hat nun gar keinen Sinn mehr als Zahlen, Zahlen, Zahlen. Drei Trillionen, vierhundertachtzig Billionen, dreihundertundsiebenundneunzig

— Komma acht! Ein leider etwas redseliger Erzleutnant löst ihn von seinem Posten ab. Er soll wieder von vorn anfangen. Das wird ihm erklärt (schwächste Stelle des Stücks: geredet, nicht gestaltet). Die ‹Hoffnung› erscheint in einer nicht allzu kostbaren Allegorie ... es hilft alles nichts: Null wird wieder ein zu puderndes Baby, es geht mit ihm alles von neuem an.

Achtes Bild. Sie stehen in derselben Haltung da wie vordem: der kündigende Chef, die kleine Daisy, die ihre Handtasche vergessen hat, und der gekündigte Herr Null. Er hat seinen Chef nicht getötet. Das Stück hat nur eine Schleife gemacht; in den winzigen Bruchteil einer Sekunde hat sich das ganze Drama eingeschoben. Was wäre, wenn ... Es war nichts. Null ist gekündigt. Ein Buchhalter ist gekündigt.

Nach einer nadelfeinen Psychologie, die auch nicht hat helfen können, uns vor einem Weltkrieg zu bewahren; nach einer Seelenzerfaserung, die anfängt, lächerlich zu werden, weil Typen als Individuen behandelt werden und Kollektivprodukte als Originalschöpfungen; nach diesem saftlosen und leeren Gerede ist das hier eine Erfrischung. Ja, es ist primitiv. Ja, es ist jung und einfach und manchmal zu einfach. Aber wohin muß sich das Mitleid mit der Menschheit flüchten? Wohin mit dem Schmerz über die Erde, über das, was sie aus unserm Leben machen? Wohin? Ins Kasperletheater. Und im Puppenhaften steckt hier mehr Herz als in den piekfeinen französischen Seelendramen und auch — halten zu Gnaden — mehr als in manchen Weltanschauungsklubs.

Das Publikum lachte mehr über die da oben als mit ihnen, also über sich. Es begriff so wenig wie die französische Kritik begriffen hat, die diesem Stück ziemlich hilflos gegenüber dastand. Wie man überhaupt solche Theater-Experimente in Paris niemals überschätzen darf: so ein Stück ist zum Beispiel niemals eine Sensation; es gehen wohl Leute — zu ermäßigten Preisen — hinein, sie sprechen auch davon, aber ‹ganz Paris› spricht bestimmt nicht davon. Parolen werden hier nicht ausgegeben. Das ausgezeichnete Studio des Herrn Baty ist ein Théâtre ‹d'avantgarde› — also steht es am Rande.

Das Stück aber ist von unserer Zeit. Oft sagen die Figuren wirklich genau das, was unsere Nachbarn auf der Untergrundbahn denken, und sie denken viel uniformer, als wir alle glauben. Manches ist vielleicht nicht übertragbar: eine Kündigung in Amerika ist etwas anderes als eine Kündigung in Frankreich. Aber es bleibt doch so viel. Was bleibt, ist: unser Leben.

Warum schreiben das die Leute nicht? Wo ist der berliner Geschäftsroman? Man muß sehen, was sich dafür ausgibt: dieser durchs Gehirn passierte Naturalismus, der keiner ist, weil er vor falscher Überlegenheit strotzt, weil er keinen Humor hat, weil der Autor sich gar nicht freut, ‹einen nachzumachen›. Ohne diese primitive Jungensfreude ist das aber nicht zu bewältigen. Wo haben die Leute ihre Ohren —? Warum schreibt keiner, keiner, was um uns ist —?

Fällt das Stück den Übersetzerwanzen zum Opfer, zu denen immer einer mehr gehört als jeder glaubt, dann ist es verloren. Es muß nachgedichtet werden. Dann hätte man zwar kein neues Genie entdeckt, aber einen höchst amüsanten, lebendigen, bunten und erquickenden jungen Autor.

Denn was suchen wir –? Erlösung durch die Gewißheit, Kameraden zu haben. 1928

DIE RELIQUIE

Man nennt mich Zimmermann.
Upton Sinclair

In Nummer 26 des XX. Jahrgangs haben wir *‹Stadt und Land›* von Queiroz betrachtet. Es gibt noch ein Werk des Portugiesen in deutscher Übersetzung: *‹Die Reliquie›* (bei Kurt Wolff in München). Der Inhalt ist folgender:

Der Ich, Theodorico Raposo, wird als Waise zu einer Tante Patrocinio gebracht, zu ‹Tantchen›, einer alten, bigotten, überkatholischen Person. Da verlebt er seine traurige Jugend, mit viel Beten und wenig Essen. Er beginnt sachte, zu heucheln; es ist eine sonderbare Art, zu beten, die der junge Herr sich da angewöhnt. Das erste Liebesabenteuer ereignet sich. Es ist mit seltsamem Feixen erzählt, mit einer merkwürdigen Mischung von zähnefletschendem Humor und weicher Rührung. «Und nun, am Abend, feierte ich dort im Schlafzimmer der Adelia das strahlende Fest meines Lebens. Ich hatte mir dorthin ein Paar Pantoffeln mitgebracht – ich war der Erwählte ihres Busens . . . ‹Adieu, kleine Deli›, ‹Laß es dir gut gehn, kleiner Millionär!› Und ich kehrte langsam zum Platz Santa Anna zurück, meinen Genuß wiederkäuend.» Der Knabe wird älter, Tantchen wird es auch. Und er bewegt die Angst in seinem Herzen, die habgierige Alte könnte ihr ganzes Vermögen der Kirche zuwenden. Nein, das will er nicht. Schon an dieser Stelle taucht eine eigentümliche Stelle im Buch auf – eine Art Haßgesang gegen Christus, der doch schon genug hätte, wie? Und Theodorico, der Hoffnungsvolle, beschließt, fürderhin noch mehr zu heucheln, um sich bei Tantchen beliebt zu machen. «Von nun an verbesserte ich meine Frömmigkeit und machte sie perfekt.» Das geht gut.

Weniger gut geht das mit der Geliebten, mit der Adelia. «Dann eines Tages hörte sie auf, mir die schönste Liebkosung zu gewähren, die ich am meisten schätzte – den eindringlichen und genußreichen kleinen Kuß ans Ohr.» Und eine gemeine Eifersucht beginnt, in seinem Herzen zu keimen (hier steht übrigens die schöne Bezeichnung für verrufene Viertel: «Da sah ich einen ganz Vermummten höchst heimlich aus einem jener unsaubern Gäßchen heraushuschen, wo die käufliche Venus ihren Pantoffel nachschleift . . .») – er hat also dieses verwünschte Frauenzimmer im Blut, und wieder taucht eine Vision auf. Er betet, gezwungenermaßen, vor dem Kreuz am Oratorium des Hauses. «Aber da trübte sich nach und nach der Glanz des edeln Metalls, nahm die weiße Farbe warmen, zarten Fleisches an; die Magerkeit dieses traurigen Messias, der da seine Knochen zeigte, rundete sich zu göttlich vollen und schönen Formen; unter der Dornenkrone entrollten sich lüsterne Ströme schwarzen, krausen Haares, auf der Brust zwischen den beiden Wunden erhoben sich, straff, grade, zwei herrliche Frauenbrüste, mit einem Rosenknöspchen auf der Spitze – und sie war es, meine Adelia, die da hoch am Kreuz hing, nackt, übermütig, lachend, sieghaft, schändete sie den Altar, mit Armen, die für mich ausgebreitet waren!» Das läuft nicht gut aus – das Mädel geht ihm verloren.

Da kommt eines Sonntags bei Tisch, bei Tantchen, wo fromme Leute speisen und auch ein Priester anwesend ist, die Rede auf Wallfahrten im allgemeinen und im besondern; und zwischen den Hühnerflügeln und dem Milchreis entkeimt dem kargen Busen der Dame ein heroischer Entschluß. Am nächsten Tag wird es dem Neffen verkündet: Auf! Nach Jerusalem!

Jerusalem –? Nicht eben übel. Ein bißchen anstrengend ... aber doch: «In diese muselmanischen Länder ziehen, wo man bei jedem Schritt über ein Serail stolpert, das stumm und rosenduftend zwischen Sykomoren steht ...» Ein Tropenhelm erscheint der tantlichen Frommen etwas zu gewagt für die Heiligkeit des Orts; aber er verspricht, wenns ernsthaft heilig wird, nur im Zylinder zu gehen, in Palästina ... Und verspricht auch, eine Reliquie mitzubringen, die schönste und beste, die es gibt. Und schiebt los.

In Alexandrien betritt sein Fuß den Orient. Sein Reisegenosse ist ein Deutscher, Professor Topsius aus Bonn, ein Archäologe. Eigentlich mochte er ihn nicht. «Aber das Animalische in mir verehrte bereits das Intellektuelle in ihm; und wir gingen miteinander Bier trinken.» In Alexandrien wohnt – Jerusalem ist noch weit, o Tantchen! – Miss Mary, und sie tut was sie kann. Aber schließlich muß man fort, alles wird eingepackt, die Dame sitzt auf dem Bett «mit ihrem Hut und blauen Ringen um die lieben Augen», und da – da ist noch etwas! Der Wirt hat noch etwas entdeckt. «Unter den aufgewühlten Decken suchend, hatte er ein langes Spitzenhemd mit hellen Seidenbändern gefunden. Er schüttelte es, und es verbreitete sich ein schmerzliches Parfum von Veilchen und Liebe ...» Und dieses Nachthemd nimmt der Gute mit. Nach Jerusalem.

Und dann kommen sie also ins Gelobte Land. Im Hotel gibt es beinahe einen Krach, Professor Topsius «mit der gesellschaftlichen Feigheit des disziplinierten Deutschen» will einrenken. Alles geht gut, sie besichtigen die Stadt, das Grab, die Kirchen, wiederum Kirchen, heilige Plätze – und übrigens auch die Gassen, wo die Venus ihren Pantoffel nachschleift, «um jenen Bienentanz zu genießen, der die Kältesten erhitzt und die Reinsten verdirbt ...» Das ist aber eine große Nepperei, und wie dieser Bruch von einem Lusthaus geschildert ist, das zeigt einen großen Humoristen.

Jericho. Ruinen und heilige Stätten und Hitze, Hitze. Sie finden einen Dornenbaum. Einen Dornenbaum? oder Dornenbusch? Der Professor wird befragt. «Wir gingen hin. In der Einöde vor dem furchtbaren Baum erhob Topsius den Schnabel wie auf einem Katheder, zog sich für einen Augenblick in die innern Lagerräume seines Wissens zurück – und erklärte mir dann ...» Er erklärte, dieses sei in der Tat ein solcher Baum wie der, von dem man die Dornenkrone für den Heiland heruntergerissen habe, und das sei die gewünschte Reliquie, die solle er nur Tantchen mitbringen. Ja, wenn es derselbe Baum wäre –! Da mogelt der gute Topsius etwas – «er begriff, daß es eine Familienräson gibt, wie es eine Staatsräson gibt» – und sagt: «Ja, det is er.» Und das geschieht auf Seite 152, und bis dahin ist die Geschichte außerordentlich witzig, spannend und diesseitig.

«Sicherlich schlief ich so seit zwei Stunden, eingewickelt und ausgestreckt auf meinem Feldbett, da schien es mir, als dränge eine zitternde Helle wie von einer rauchenden Fackel in das Zelt ein – und durch sie hindurch rief mich eine Stimme, klagend und schmerzlich: Theodorico, steh auf und reite gen Jerusalem!» Und die Geschichte bekommt hier Flügel, die Personen lösen die Sohlen vom Erdboden, sie reiten, aber nicht nur ins Heilige Land zurück, sondern zurück in die Zeit – und es beginnt jene hundertmal geschriebene Vision: Die Kreuzigung Christi. Aber wie ist das gemacht. –!

Die Kreuzigung Christi, gesehen mit den profanen Augen eines Heutigen – oder sagen wir: Damaligen, denn das Buch ist annähernd vierzig Jahre alt. Da es ein gutes Buch ist, so wird nie ein deutscher Doktorand die literarische Vaterschaft Zolas oder Flauberts an diesen Dingen nachweisen – aber das kann uns ja nur recht sein.

Es ist also die Leidensgeschichte Christi, naturalistisch aufgedröselt, dargestellt, wie ein Zeitungsbericht darstellt, mit allen kleinen menschlichen Zügen, rekonstruiert, erfunden, dazuphantasiert: das teilnahmslose Volk, die reaktionären Juden, die Cliquen, die Klüngel, die religiösen und politischen Hintergründe – und über allem, wie von Shaw gezeichnet, die Briten des Altertums: die Römer. Die Stadt heult auf, weil sie die Gelegenheit wittert, den Römern eins auszuwischen. «Pontius malte unterdessen ganz teilnahmslos Buchstaben auf ein umfangreiches Pergamentblatt, das auf seinen Knien lag.» Und der, um den es sich handelt – welch ein Handel! –, den sieht der Held erst später. Er weiß aber: «Während soeben auf einem für Sklaven bestimmten Todeshügel der Mann aus Galiläa, der unvergleichliche Freund der Menschen, an seinem Kreuz erstarrte und jene reine Stimme der Liebe und Geistigkeit für immer stumm wurde – blieb der Tempel da, der ihn mordete, glanzumgossen und triumphierend, mit dem Blöken seiner Herden, dem Lärm seiner Spitzfindigkeiten, dem Wucher in den Säulenhallen, dem Blut auf den Altären, der Ungerechtigkeit seines harten Hochmuts, der Zudringlichkeit seines ewigen Weihrauchs ...» Er sollte später einen

Nachfolger bekommen, der Tempel – mit eben dem Bildnis des Gekreuzigten ... Und dann gehen sie auf den Kalvarienberg.

Es ist sehr bezeichnend für den Künstler Queiroz, daß er natürlich – wie ja alle – die Schilderung der Bibel nicht erreichen kann. Was da von Christus am Kreuz steht, ist würdig, schön und einem guten Schriftsteller durchaus angemessen. Viel stärker aber ist das Bild der beiden Schächer.

«Die beiden Verurteilten waren in der Frische der Abendluft aus der ersten Ohnmacht erwacht. Der eine – ein Starker, Behaarter, mit hervorquellenden Augen, mit vorgewölbter Brust und hervortretenden Rippen, als wollte er in einer verzweifelten Anstrengung sich vom Marterholz losreißen – heulte ohne Pause aufs fürchterlichste; das Blut rann ihm in trägen Tropfen aus den schwarzen Füßen, den geborstenen Händen; und von aller Welt verlassen, ohne irgendeine Liebe oder Mitleid, die ihm beigestanden hätten, war er wie ein verwundeter Wolf, der in einem Sumpfloch heult und stirbt. Der andre – zart gebaut und blond – hing ohne einen Seufzer wie ein halb abgebrochener Stengel von einer Pflanze. Vor ihm hob eine ausgemergelte Frau in Lumpen, indem sie fortwährend mit ihren Knien über das Seil hinwegrutschte, auf ihren Armen zu ihm ein nacktes, kleines Kind empor und schrie, röchelte vielmehr: ‹Sieh noch einmal! Sieh noch einmal!› Die fahlen Augenlider bewegten sich nicht; ein Neger, der soeben das Kreuzigungsgerät einpackte, ging hin und schob sie sanft fort; sie verstummte, preßte verzweifelt den kleinen Sohn an sich, damit sie ihn ihr nicht auch fortnähmen, zähneklappernd, am ganzen Leibe zitternd; und das Kindchen suchte unter den Lumpen nach ihrer magern Brust.»

Das Buch kehrt langsam wieder zur Erde zurück. Dieser Übergang ist mit viel Geschmack und Kunst gearbeitet, sie kehren zurück: in ihre Zeit und nach Hause.

Der Neffe kehrt wieder, bringt Glück- und Segenswünsche aus dem fernen Lande, Andenken und Traktätchen – eine Sache hat er sich bis zuletzt aufbewahrt. Die Dornenkrone. Er hat die mitgebrachte Reliquie fein verpackt im Oratorium aufgebaut. Alle, die befreundeten Patres, der Arzt, Tantchen schreiten in das Gemach. «Was ist es? Was ist es?» Er hat es nicht gesagt. Dies ist sein Hauptclou – dahinter winkt die Erbschaft, das ist sicher. Fünf Minuten später liegt er auf der Straße: er hat das Kistchen mit Marys Nachthemd gegriffen ...

Und wie nun dieses Buch nicht als Komödienspaß ausgeht, wie auch dieser Scherz beiläufig leicht erzählt ist, wie der arme Held nun erst gefälschte Reliquien verkauft und dann in ein Käsegeschäft eintritt, wie außerordentlich lustig das Roman-Ende-gut-Alles-gut herbeigeführt wird: das ist das, was sich nicht lernen läßt, was man, an der festen Tradition europäischer Romane geschult, wohl heranbilden kann – aber es muß da sein.

Schade: es gibt keine illustrierte Ausgabe des Buches. Das vertrüge viele Zeichner: Frans Masereel fände seinen Spaß daran und sein Pathos, manches ist wie von der Frau Laurencin hingehuscht, und manchmal könnte gradezu eine kleine verblichene Fotografie zwischen den Seiten stehen ... Die leise Leichtigkeit des Stils ist selbst in der Übersetzung noch zu spüren: «Und meine hohe Liebe zu Vicencia verschwand eines Tages, unmerklich, wie man auf der Straße eine Blume verliert.»

Es ist ein schönes Buch. Nicht nur, weil es, wie in dem gescheiten Nachwort von Richard A. Bermann steht, die Überschwenglichkeiten der bigotten portugiesischen Gesellschaft der damaligen Zeit verspottet.

Sondern, weil es den Urheiland sieht, den, der heute verehrt wird, und den diese selben Anhänger damals gekreuzigt hätten. «An diesem Tage, da die Soldaten, die dich heute mit Blechmusik eskortieren, die Magistratspersonen, die heute jeden einsperren, der dich beleidigt oder verleugnet, die besitzenden Klassen, die dich heute verschwenderisch mit Gold und Kirchenfenstern beschenken – da sie sich mit ihren Waffen und Gesetzbüchern und Börsen vereinigt hatten, um deinen Tod zu erlangen, des Revolutionärs, Feindes der Ordnung, Schreckens der Besitzenden ... jawohl, von nun an und durch alle künftigen Jahrhunderte würde immer wieder vor dem Holz der Scheiterhaufen, in der Kälte der unterirdischen Kerker, an der Treppe der Schafotte – würde dieser schimpfliche Skandal von neuem beginnen, daß Priester, Patrizier, Richter, Soldaten, Gelehrte und Kaufleute sich verbünden würden, um auf der Höhe eines Hügels grausam den Gerechten zu töten, der, von Gottes Glanz durchdrungen, die Anbetung im Geiste lehren oder das Reich der Gleichheit verkünden würde.»

Man nennt mich Zimmermann ... Sie haben ihn getötet und töten ihn heute noch – alle Tage: Priester, als feldgraue Militärbeamte verkleidet, wenn es die Mode verlangt; Kaufleute, die den Verkehr mit einem Bankhaus abbrechen, weil es für die Kommunisten ein Konto unterhält; Soldaten, die das Gebet wie einen Schnaps vor der Schlacht konsumieren; und Richter. Richter im schwarzen Talar und mit fertigem Urteilsspruch, mit klassenharten Augen und trübem Verstand, mit ungerührtem Herzen. Priester, Kaufleute, Soldaten und Richter – das Kreuz in Händen. Ein Opfertod, der zweitausend Jahre dauert.

1925

GALLETTIANA

Südamerika ist krumm.
Joh. Aug. Galletti (1750–1828)

Beschäftigt mit meinem Werk: ‹Die Hämorrhoiden in der Geschichte des preußischen Königshauses›, blätterte ich neulich versonnen in einem Katalog der Staatsbibliothek. Das ist eine freundliche Arbeit. Schon nach vier Seiten hat mein geübtes Philologengehirn vergessen, wozu ich eigentlich hergekommen bin, und strahlend versenke ich mich in das Meer von Geschreibsel. Einmal bin ich auch auf mich selber gestoßen. – Es gibt den Ausspruch eines hannoverschen Bauern, der den dummen Streichen der Studiker zusieht: «Wat se'all maket, die Studenten!» Wat se wirklich all maket . . . Wenn die Deutschen keine Geschäftsordnungsdebatten abhalten, scheinen sie Bücher geschrieben zu haben. Hier ist es schön still, in der Bibliothek. Draußen klingeln die Bahnen: hier muffeln kurzsichtige Professoren in dicken Wälzern, freundliche, wenn auch großfüßige Mädchen laufen hin und her, die Bibliothekare sehen sauer aus, als wollten sie alle Studenten, die nicht Bescheid wissen, auffressen – eine Insel der Seligen.

Und wie ich da so blättere, stoße ich auf *‹Gallettiana›*. Was ist das? Wer ist Galletti? Ein Druckfehler für Valetti? Ich bat um das Buch.

Das Buch heißt so: *‹Gallettiana. Unfreiwillige Komik in Aussprüchen des Professors Joh. G. Aug. Galletti. Mit einem Bildnis Gallettis.›*

Dieser Galletti war Professor am Gothaer Gymnasium, und seine bei ihm geblüht habenden Kathederblüten sind in dem Büchelchen gesammelt. Es ist herrlich.

Wissen Sie noch? Wir saßen da, ließen langsam, aber sorgfältig eine lange Bahn Tinte die Bank herunterlaufen und bohrten zwischendurch ernsthaft in der Nase. Es war zum Sterben langweilig. Anstandshalber konnte man nicht immerzu nach der Uhr sehen. Fünf Minuten vor halb – das war ein Schicksalswort. Bring die ältesten deutschen Männer auf ihre Schulzeit zu sprechen, und du wirst in den meisten Fällen ein Wachsfigurenkabinett verschrullter Tröpfe vorgeführt bekommen, die übrigens jetzt so sachte aussterben; die von heute sind farbloser. Aber wir wollen nicht vom deutschen Schulmeister sprechen – sondern von Galletti. Von Galletti, den wir alle gekannt haben, weil in jeder Schule einer gewesen ist. Dieser war so:

Er liebte die überraschenden Dicta. «Gotha ist säbelförmig gebaut.» Bumm. Da weiß man doch. Und man sieht ordentlich das Surren, das durch die Klasse geht, wenn das Gehirn da vorn überlief und folgendes zutage förderte: «Als Humboldt den Chimborasso bestieg, war die

Luft so dünn, daß er nicht mehr ohne Brille lesen konnte.» Das sind gar keine Witze mehr – das ist wirklich die Luft dieser Schulstuben, die übrigens am besten in jener deutschen Humoreske *‹Der Besuch im Karzer›* eingefangen ist – neben der *‹Meyerias›* ein Meisterstück dieses Genres. Und darauf wieder Galletti: «Die Afghanen sind ein sehr gebirgiges Volk.»

Er macht nicht nur die üblichen Schwupper – es sind mitunter geradezu nestroyhafte Sätze, die jener von sich gegeben hat. «Die Zimbern und Teutonen stammen eigentlich voneinander ab.» Mit Recht. Und besonders hübsch, wenn sich Papierdeutsch mit einer falschen Vorstellung mischt: «Karlmann verwechselte das Zeitliche mit dem Geistlichen und starb.» Man kann es nicht kürzer sagen. Und sollte dieses hier Ironie sein: «Maria Theresia hatte bei ihrer Thronbesteigung viele Feinde: die Preußen, die Russen und die Österreicher»? Nein, er ist sicherlich ein unpolitischer Untertan gewesen, der Professor Galletti, so, wie ihn die Regierung brauchte, und nichts wird ihm ferner gelegen haben als ein Spaß, den er sich niemals mit so ernsthaften Dingen zu machen erlaubt hätte. Hier gehts bei weitem nicht so tief wie bei dem, was die Lehrer an dem einzigen Schulvormittag Hanno Buddenbrooks sagen, jenem Vormittag, darin die ganze deutsche Schule eingefangen ist – hier schlägt nur einer Kobolz. Und da hörten sicherlich die frechsten Ruhestörer auf, Klamauk zu machen. Weil sie lachen mußten.

«Maximilian der Erste hatte die Hoffnung, den Thron auf seinem Haupt zu sehen.» Er wollte natürlich sagen: sich auf die Krone zu setzen; aber man kann sich irren. «Sie kriegten den Grumbach her, rissen ihm das Herz aus dem Leibe, schlugen es ihm um den Kopf und ließen ihn laufen.» Und das wird nur noch von der unbestreitbaren Weisheit übertroffen: «Wäre Caesar nicht über den Rubikon gegangen, so läßt sich gar nicht absehen, wohin er noch gekommen wäre.» Bei Gott: so war es.

Und abgesehen davon, daß es manchmal etwas wild hergeht: «Erst tötete Julianus sich, dann seinen Vater und dann sich» und: «Richard der Dritte ließ alle seine Nachfolger hinrichten» – am schönsten strahlt doch der «gewaltige Leuhrer» (so nannte sich unser Professor Michaelis immer und wir ihn auch, und Gott segne ihn, wenn er dieses hier liest!), am stärksten manifestiert sich das Gestirn Galletti, wenn er persönlich wird. Das ist gar nicht zu übertreffen.

«Der Lehrer hat immer recht, auch wenn er unrecht hat.» Lachen Sie nicht: das glaubt jeder preußische Schulrat – und so sieht er auch aus. «Als ich Sie von fern sah, Herr Hofrat Ettinger, glaubte ich, Sie wären Ihr Herr Bruder, der Buchhändler Ettinger, als Sie jedoch näher kamen, sah ich, daß Sie es selbst sind – und jetzt sehe ich nun, daß Sie doch Ihr Herr Bruder sind!» Na, Onkel Shakespeare? «Ich bin so müde, daß ein Bein das andere nicht sieht.» Na, Onkel Nestroy? Und dann, ganz Pallenbergisch: «Ich statuiere mit Kant nicht mehr als zwei Kategorien unseres Denkvermögens, nämlich Zaum und Reit – ich wollte sagen: Raut und Zeim.» Und wenn dann die Klasse nur noch röchelte, dann fügte er hinzu: «Ich, der Herr Professor Uckert und ich – wir drei machten eine Reise», und dann prustete wohl selbst der Primus seine Bank voll. Bis der Lehrer aufstand, sagte: «Nächsten Dienstag ist Äquator», und das Lokal verließ.

Gewiß blühten in dem Tintengärtlein auch Kathederblüten. «Bei den Israeliten waren die Heuschrecken, was bei uns der Hafer ist» – das ist eine. Auch: «In Nürnberg werden viele Spielsachen verfertigt, unter anderen auch Juden» – eine tiefe Weisheit. Aber er war doch ein Philosoph, der Herr Professor Galletti. «Das Schwein führt seinen Namen mit Recht – denn es ist ein sehr unreinliches Tier.» Heiliger Mauthner, was sagst du nun? Daß das schon bei dem großen Lichtenberg steht –? Und wirklich erledigend ist dieser Ausspruch: «Die Gans ist das dümmste Tier; denn sie frißt nur so lange, als sie etwas findet.»

Ja, so war das. Natürlich hat das mit den richtigen Büchern von der Schule nichts zu tun: nichts mit meinem Lieblingsbuch Philippe Monniers: *‹Blaise, der Gymnasiast›*, nichts mit jener Schulgeschichte Heinrich Manns, nichts mit Freund Hein, nichts mit Hermann Hesse – dieser Galletti ist nur ein Stückchen Menschen-Original gewesen.

Entschuldigen Sie, daß ich Sie aufgehalten habe. Sie werden zu tun haben – nein, bitte, lassen Sie sich nicht stören. «Die Berliner», habe ich neulich zu meiner größten Freude bei Alfred Polgar gelesen, «sind alle intensiv mit ihrer Beschäftigung beschäftigt.» Sie sicherlich desgleichen.

Und auch ich muß gehen. Ich werde schleunigst von diesen ‹fremden Dingen›, von diesen Allotriis abstehen und zu meiner ernsthaften Arbeit zurückkehren. Zu den Hämorrhoiden und ihren Hohenzollern. Ein Thema, wert, daß es behandelt werde. Denn wohinein steckt der deutsche Historiker am liebsten seine Nase –?

Auf Wiedersehn.

1922

DER GINGGANZ

Morgenstern ist der Busch unsrer Tage. Wie unsre Väter sich an den niederdeutschen Holzschnittzeichnungen des großen Philosophen verlustierten – unter uns: in dieser Beziehung bin ich mein eigner Papa –, so kugelt sich ein ganzes junges Geschlecht über Palmström, Korfen und Muhme Kunkel, daß es eine Art hat. Es ist aber auch zu hübsch: man lacht sich krumm, bewundert hinterher, ernster geworden, eine tiefe Lyrik, die nur im letzten Augenblick ins Spaßhafte abgedreht ist – und merkt zum Schluß, daß man einen philosophischen Satz gelernt hat. So kommt es denn, daß es uns gar nicht mehr wundert, in Morgensterns Nachlaß (*‹Der Gingganz›* bei Bruno Cassirer in Berlin) Kantsche Sätze in Gedichtform zu finden; dergleichen verdaut man heute, erzogen durch Palmströms Galgenlieder, mühelos.

Das Bändchen enthält vielerlei: Galgenlieder — das sind die schwächsten Seiten; darunter allerdings eine Pallenbergsche Monatstafel (Jaguar, Zebra, Nerz, Mandrill . . .), ein famoses Taschentüchergespenst und ein sehr fein pointiertes Gedicht von drei Advokaten. Dann nachdenkliche und fast wissenschaftliche Gedichte, über die Ohnmacht der Sprache, die Relativität aller Dinge, über das Ding als Ding an sich und Vorstellung, und was man sonst so braucht. Die schönsten Dinge stehen in Abschnitt III: Korfens Rat, in allzulauten Welthändeln einfach die Zeitungen von übermorgen zu lesen, ist sehr aktuell — wenn da aber steht:

Korf erfindet eine Zimmerluft,
die so korpulent, daß jeder
Gegenstand drin stecken bleibt,

so muß gesagt werden, daß er eine solche Luft nicht erst zu erfinden braucht. Es gibt sie. Beim Militär. Dann eine herrliche Ode an eine Palmströms Nachtruhe störende Nachtigall, die sich lieber in einen Fisch verwandeln solle — ich möchte die Nachtigall sehen, die sich auf eine solche inbrünstige Bitte hin nicht sofort in eine fliegende Makrele verkleidet. Von den Spatzen ganz zu schweigen, die gegen das Frösteln kleine Pelzchen aus Palmströms Spätzemäntelfabrik m. b. H. anziehen. Und der Herr von Kriegar-Ohs (der so heißt, damit er sich auf Figaros reimt)? Und die herrliche Definition des Bürgers? Lest, lest —!

Und lest vor allem den kleinen Prosa-Anhang, der eine ganz neue Art Humor darstellt.

Wenn das, was man so leichtsinnigerweise ‹modernes Leben› zu nennen pflegt, und die Romantik zusammenstoßen, dann gibt es einen guten Klang — und es kommt ganz auf den Zusammenstößer an, obs tragisch oder humoristisch ausläuft. Morgenstern ist von der gradezu lächerlichen Schematisierung ausgegangen, die uns gefressen hat — einmal steht bei O. A. H. Schmitz: Nächstens wird man bei einer Aktiengesellschaft etwas einzahlen, und dafür wird man dann gelebt. Das ist es — und was Morgenstern auf ein paar Seiten aus diesem Thema macht, das ist einfach hinreißend. (Man könnte auch umgekehrt die Romantik verbürgerlichen: es wird nächstens von einem Freunde von mir ein Buch erscheinen, das das versucht.) Da wimmelt es bei Morgenstern von Anzeigen, in denen künstliche Köpfe angepriesen werden . . . ‹English church, aus Gummi, zusammenlegbar; samt Koffer 1250 Mark› — oder ‹Violinspieler, vorzüglicher — zum Vorspielen für meine Eidechse gesucht —›: so in der Art tobt das über die Blätter.

Und man weiß zum Schluß nicht, was man mehr bewundern soll: die Clownerie oder die tiefe Weisheit; und es bleibt der tiefe Schmerz übrig, daß dieses reine Herz und dieser Kopf zu früh von uns gegangen ist. Wer ihn liebt. liebt das beste Teil am Deutschtum, fern, fern allen Ludendörffern.

1919

Es war einem Berufenern überlassen worden, das herrliche Buch aus dem Nachlaß Christian Morgensterns: ‹*Stufen*› (bei R. Piper & Cie. in München) eingehender und tiefer zu würdigen, als ich imstande gewesen wäre. Ich möchte nur eines dazu sagen.

Es ist mir und meinen Freunden, die an diesem Blatte mitarbeiten, so oft ‹Frechheit› vorgeworfen worden. Ich weiß sehr gut, daß wir scharf zugepackt haben. Aber ich beiße niemals schärfer, ich bin nie frecher, als wenn ich etwas so Abgeklärtes, etwas so Weises, etwas so Gütiges kennen gelernt habe, wie zum Beispiel Morgensterns Vermächtnis. Wenn man sieht, wie ein Stück Gottestum, solch ein Mann, solange er ernst war, ignoriert wurde; wie man ihn als Schwärmer abtat; wie man ihm dies alles, was er da von der Liebe der Menschen untereinander auf dem Herzen hatte, nur um seiner schnurrigen Galgenlieder willen verzieh — dann darf man schon sagen: Pfui!

Es ist bezeichnend, wie stark die positive Seite dieses tiefen Spaßmachers gewesen ist, die positive Seite, ohne die nun einmal keine Satire, kein Scherz, kein Ulk denkbar ist, und die bei unsern heutigen Herren Humoristen so verdammt schwach geraten ist. Die Satire ist nur die Konkav-Ansicht eines Gemüts; wenn es nach hinten nicht buckelt, klafft vorn keine Höhlung, und das Ganze bleibt platt. In den ‹*Stufen*› ist nur ein einziger Satz, der den Verfasser der Galgenlieder erkennen läßt: «Ich hörte einen Vogel Chi-rur-gie pfeifen.» (Übrigens ein typisch Morgensternscher Spaß, den man nur fühlen, nicht erklären kann: wie der Vogel, wahrscheinlich ein Pirol, auf dem Baum sitzt und unheimlich wie im Märchen und fast spöttisch dieses gelehrte blutige Wort pfeift: Chirurrrgie!)

Weil ich aber weiß, daß die große Mehrzahl der Deutschen den Mann abtut, weil ich weiß, daß er wehrlos war und alle gleichklingenden Seelen wehrlos sind, deshalb glaube ich: es muß ein Tier an der Hofmauer liegen und beißen. Es muß einer da sein — nein, das ist gewiß nicht gütig und nicht vorgeschritten in der Erkenntnis —, einer, der dem räubernden Wanderer in die Hosen fährt. Der nimmt ja auch keine Rücksicht; der schlägt kleine Kinder auf den Kopf, weil ihre Mama nicht getraut war; der höhnt ja auch und knallt mit der Peitsche nach dem Bettler — auch Christus war ein Bettler —; der pfeift sich einen, wenn er satt ist, und fragt den Teufel nach angewandter Ethik.

Sie sollen drinnen im stillen Garten ihre Blumen pflanzen und dem Sumsen der Bienen zuhören. Wir aber wollen am Tor liegen, Landsknechte des Geistes, und mit den langen Hellebarden den satten Krämern den Weg sperren. Gott verzeih uns die Sünde! Aber das haben wir von unsern Feinden gelernt, denen es in der Welt gar nicht macchiavellistisch genug zugehen kann — mit Ausnahme ihres Haushaltes; und wenns denn sein muß, wollen wir dem Teutschen, niemals dem

Deutschen, gern klar machen, daß der Stärkere befriedigt nach Hause trollt und der Schwächere sich plötzlich heulend auf die Bibel und alle sieben Nothelfer besinnt.

Still. Der Kies knirscht. Und wenn es wieder ein dicker Bursche ist, der sich noch vor Tirpitz und Ludendorff stellt, weil man unter ihnen wenigstens ungestört Geschäfte machen konnte —: Spring an!

1919

PALMSTRÖM DER VERMEHRTE

Daß Morgensterns ‹*Galgenlieder*› in achter und sein ‹*Palmström*› nun in sechster Auflage vorliegen, freut einen doch. Denn das heißt immerhin, daß es in Deutschland zwanzigtausend Leute gibt — Käufer und Leser — die an derlei Dingen Vergnügen empfinden. Woran?

Sicher nicht nur an der unheimlichen Kunst, so Kompliziertes in fabelhafte Verse zu fassen. Denn das gehört ja doch dazu: es genügt nicht, solche Ideen einmal in einer närrischen Stunde zu haben — dazu gehört nun noch die andre ruhige, seriöse Stunde, den Rauch in Klumpen zu ballen. Krischan kanns.

Und ist es denn wirklich nur Rauch? Nebel? Wolken?

Es ist viel, viel mehr. Mir scheint, abgesehen von den sprachlichen Witzen, von der großen technischen Fähigkeit, Sinnloses in Goetheschem Ton vorzutragen, eine Art Aufhebung der Kausalität das beste an den Bändchen zu sein. Das ist ein schmerzliches Ding: wir wissen doch alle, daß wir darunter stehen, daß nun mal leider ein Federhalter nicht in der Luft hängen bleibt, sondern zu Boden fällt, fallen muß, mag ihn Napoleon oder Bethmann Hollweg loslassen. Vor der Kausalität sind wir alle gleich. Wir wollen aber nicht gleich sein. Nichts ist uns verhaßter, als eingereiht zu werden, nichts widerlicher als der Zustand, das äußere Gebaren, woran der Bürger sehen kann, was wir vorhaben. (Daher unsre Scheu vorm Reisegepäck auf der Straße. «Aha, der verreist auch!») Aber wir können nicht los.

Und deswegen lassen wir uns von den ganz großen Exzentriks vortäuschen, wir könnten los. Sie heben scheinbar die Kausalität auf: sie zeigen, daß es einen Kausalzusammenhang nicht gebe. Und wir glauben ja so gern.

So ist Morgenstern. Die schöne Sinnlosigkeit! Da ist eine Geschichte in der neuen vermehrten Auflage, die heißt ‹*Die Mausefalle*› und fängt so an: «Palmström hat nicht Speck im Haus dahingegen eine Maus.»

Abgesehen von dem herrlichen ‹Dahingegen› — diese Geschichte scheint mir das darzutun, was ich eben auseinandersetzte. «Korf, bewegt von seinem Jammer, baut ihm eine Gitterkammer.» Aber nicht etwa eine Mausefalle im realen Sinn. In Korfs Gebäude muß sich Palmström hineinsetzen — des Nachts — und muß geigen. Und als er so konzertiert – richtig: fällt die Maus auf ihn herein. Da sitzen nun beide in der geschlossenen Falle. Wenn das Gedicht hier aufhörte: dieses Schweigen von Mensch und Tier in der Nacht hat etwas so Erschütterndes, daß man kaum noch lachen kann. Aber nein: römisch II. Korf lädt sie alle drei – die Falle, Palmström und die Maus – auf einen Möbelwagen und fährt sie in den Wald. Hier wird ausgeladen: «Erst spaziert die Maus heraus, und dann Palmström, nach der Maus.» Die Maus? Nun, sie genießt die Freiheit. Palmström aber fährt glücklich heim.

Dieser Aufwand, der hier vertan wird, sei gesegnet. Denn wer ihn zu vertun hat, ist besser daran als der Arme.

Dies und ‹*Die Zeit*› scheinen mir die besten der hinzugekommenen Gedichte. Die Zeit, die, beobachtet man sie, langsam daherschleicht, kaum aber fühlt sie sich unbelauscht, so tobt sie davon, geht durch. Ein Menschenblick und – «Unschuldig lächelnd macht sie wieder die zierlichsten Sekunden-Pas».

Aber da sehe ich noch die ‹*Lämmerwolke*› und den ‹*Folianten*› und ‹*Unverbürgtes Gerücht*› und muß doch sagen, daß jedes das beste ist.

1913

RODA RODA

Es gilt ja vielleicht nicht für fein, ihn ernsthaft literarisch zu werten. Seine Schuld. Er begeht die Unklugheit, überall mitzutun: mit den ‹*Fliegenden*› harmlos blöd zu sein, mit den ‹*Lustigen*› lustig, mit noch andern witzig, mit dem ‹*Simplicissimus*› bissig. Das Bild verwischt sich, und der Künstler kommt nicht allzu gut weg dabei. Mit Recht hat Fritz Mauthner geklagt, daß zuviel geschrieben wird, daß vielleicht der einzelne gar nicht so viel schreiben will, daß er aber muß: die Redaktionen verlangens, und Geld bringts auch.

Und wenn man nun das wirklich Gute, das Roda Roda – der (entschuldigt!) ein Künstler ist – geschaffen hat, von dem sondert, was er so produziert, dann bleibt noch genug übrig. Vor allem in den zwei unübertrefflichen Bänden: ‹*Der Schnaps, der Rauchtabak und die verfluchte Liebe*› und ‹*Von Bienen, Drohnen und Baronen*›. Da sind Stücke drin, die man nicht wieder vergißt. Es hat keinen Zweck, sie euch aufzuzählen: lest sie selbst, wie lieb er seinen alten Oberst gehabt hat; wie ihm einmal ein famoses Lied geglückt ist vom ‹*Kürassier*›; wie er überhaupt in seinen Erzählungen ein scharfes Gefühl für die Lieder – man möchte sagen: des praktischen Lebens hat, für die Soldatenlieder und die Lieder der Besoffenen und all das. Und man hat die Empfindung: nun ist der Onkel Roda wieder zu Besuch, und nun wollen wir uns hinsetzen, und er soll an seiner Zigarre ziehen, daß sie durch die Dämmerung aufleuchtet, und dann soll er erzählen, erzählen! Und Onkelchen erzählt: seine Kunst ist nicht, mit besonderer Kunstfertigkeit zu erzählen, aber immer das richtige Tempo zu treffen, nicht zu hetzen und nicht zu öden. Und er erzählt: nachdenkliche Geschichten, bei denen man sorgsam und sich räuspernd seine Pfeife ausklopfen kann, lustige und hinterhältig witzige, sehr ernste – und eine davon: die *‹Arbeit an der Wuka›* soll ihm nie vergessen werden – Geschichten mit einer schönen Moral, wie das *‹Bewußtsein›*, und andre, die ganz voll sind von Erinnerung und vergangenem Leben. Und wir hören stundenlang zu und rühren uns nicht und verlangen noch immer mehr. Wie er aber auch alle Stimmen und Stile nachahmen kann: den Juden und den Pedanten und den Kaufmann und den Oberst und die Dirne und alle! Ja, der hat was erlebt.

‹Fluch seinem Dudelsack›? So schlimm ists wieder nicht. Er ist ja kein weinender Pierrot mit der lustigen Außenseite. Er ist ein Künstler, dem die Vielschreiberei die guten Qualitäten nicht raubt, jedoch hier und da verdeckt.

Aber Onkelchen braucht Geld! Das ist das Los des Schönen auf der Erde, daß es fortzeugend Schönes muß gebären. Wir sinds schließlich zufrieden und bitten nur: Erzähle, Onkelchen, erzähle! 1914

GUTE WITZE AUS GROSSER ZEIT

Über den Kriegsberichterstatter Roda Roda wäre mancherlei zu sagen. Als meine alte Liebe damals in die Pressequartiere der österreichischen Brigaden stieg, trauerte ich tief und anhaltend. Es war schade um den Mann. Er hat dann eine Reihe Feuilletons geschrieben, die ich lieber nie gelesen hätte – und einen Haufen kleiner Geschichten. Sie liegen gesammelt vor und heißen: *‹Irrfahrten eines Humoristen›* (bei Rösl & Co. in München).

Was dieses Buch alles nicht ist, steht bei diesem Autor von vornherein fest. Niemand kann aus seiner roten Weste heraus. Es ist also nicht schneidende Satire und schmerzlich hohnvolle Ablehnung einer viehischen Massenschlächterei, es ist nicht geniale Erfassung von Einzelzügen, die auf den ganzen Bahnhof schließen lassen (wie in den *‹Letzten Tagen der Menschheit›* von Karl Kraus – Blasphemie, das hier zu nennen!): es ist eben etwas andres.

Es ist jene schlagend freche und im tiefsten Grunde doch harmlose Ironie der Kasinostunden, da man sich, Weltkriegsteilnehmer und Adjutant, der man war, langsam vollaufen ließ. Unter diesem Aspekt sah der Weltkrieg schon lustig genug aus. Gut war daran vor allem, daß der bunte Apparat dem Eingeweihten nichts mehr vormachte: Orden, Paraden, Beförderung, siegreiche Schlachten, Extrablätter, Vormärsche – man wußte, wie so etwas ‹gemacht› wurde. Und es wurde eine ganze Menge gemacht ...

Bis auf die wenigen Ausnahmen, wo Roda Roda die Totschläger

noch feiert (ich weiß, daß er das nicht so empfindet) – bis auf diese Ausnahmen habe ich das Buch in einem Sitz durchlacht. Er ist noch immer unser Einziger, der kleine Geschichten so erzählen kann, als säße er am Kamin und ließe behaglich einen milden Rotwein in sich heruntergluckern. Er kann alle Leute und alle Dialekte und alle Tiere nachmachen, auch Kommandierende Generale. Die alten guten Armeewitze der Schulter an Schulter kämpfenden Schießvereine sind in dem Buch enthalten («Hötzendorf hat mit seinen Österreichern die Russen so lange aufgehalten, bis Militär kam»); reizende kleine Worte, die den ganzen Preußen bezeichnen: «Fortiter in re, schnoddriter in modo»; böse Geschichten über die österreichischen Urteilsfabriken, oben stieß man die lebenden Bosniaken hinein, unten fielen die toten Kadaver heraus, und irgend ein Lümmel schmierte dazu Akten – Geschichten aus dem babylonischen Völkerwirrwarr der k. k. Monarchie m. b. H.

Fabelhaft gehört ist so eine Ansprache eines preußischen Obersten, der vor dem Einmarsch in die Karpaten seine Offiziere um sich versammelt: «M–e Herr'n!! Wa wern nu Schulteranschulter mit unsan österreichischen Vabündten kämpfen. Ick vabitte mir alle dahinjehenden Bemerkungen. 'ck danke, m–e Herr'n!!» Manchmal ist der Hauptwitz einer Geschichte die Überschrift. Wie sie in Serbien zu zweit in einem Quartier sitzen und Klavier spielen. «Die Gassentür öffnete sich, und ein sächsischer Landwehrmann erschien darin – nur um gleich mit einem Bückling wieder zu verschwinden: ‹Bardon, och, bardon! Ich dachte, es wär e Buff!›» Überschrift: *‹Die Macht der Musik.›*

Dieses Büchlein sollte auf keinem Nachttisch fehlen. 1920

EIN FRÜHLING IN AMERIKA

Man stelle sich vor, daß man zum Abendessen einen netten Bekannten erwartet, der grade aus Amerika zurückgekehrt ist. Er kommt, es wird gegessen, und nachher sitzen alle in der kleinen Kaffee-Ecke des Wohnzimmers zusammen, man streckt behaglich die Beine aus und sagt: «Na, alter Junge – nun erzähle mal!» Und er erzählt.

Das ist so ungefähr der Eindruck, den das Büchlein Roda Rodas: *‹Ein Frühling in Amerika›* macht (erschienen bei Gunther Langes in München).

Die deutschen Reiseberichte aus der Zeit nach dem Kriege haben ja ein erstaunlich tiefes Niveau. Was vor allem immer wieder auffällt, ist der unangenehm lässige Ton, der so etwa besagen soll: Gott, ich bin ein weltmännisch erfahrener Mann, ihr Kaffern zu Hause wißt das natürlich alles nicht. Durchsetzt von ganz dummen Vergleichen mit dem Spittelmarkt, enthüllen diese Berichte meist auf das peinlichste die Seele des Reisenden, aber niemals die Seele des Landes, und was der kleine Moritz alles anstellt, wenn er in einem Hotel warmes Wasser vorfindet, das ist gar nicht zu sagen. So reisen wie Arthur Holitscher kann ja bei uns überhaupt niemand, und mit Geschmack und Takt und vor allem mit Kenntnissen berichten – das können nur wenige. Roda Roda kann es.

Mit Ausnahme eines einzigen Kapitels (der Schilderung eines Abendempfanges bei einem reichen Mann) ist das ganze Büchlein in einem so leichten, so harmlosen, so angenehmen Ton geschrieben, daß man es hintereinander mit Interesse zu Ende liest. Ob Roda Rodas Eindrücke alle ‹richtig› sind, steht dahin. Es sind eben die Eindrücke eines klugen, offenäugigen und gebildeten Mannes, der durch Amerika hindurchgereist ist – so kann man ein Land nicht ausschöpfen, und das hat er ja auch gar nicht gewollt. Aber diese Eindrücke sind wahrhaftig und posenlos – und das ist viel wert. Man erfährt das, wonach jeder von uns fragen würde: Lebensstandard, das tägliche Leben des Mittelstandes, Löhne und Vergnügungen, Literatur und Theater, Schule und Handel – kurz: Das, was man gern wissen möchte, wenn man jahrelang so eingeschlossen war und, in geistiger Beziehung, auch noch ist. (Denn Italien ist noch nicht die Welt.) Und am besten hat mir die bescheidene Bemerkung gefallen, die am Schluß des Buches zu finden ist: «Ich bedaure, nicht zwanzig Jahre früher hergekommen zu sein, den Planeten Erde nicht schon mit jungen Augen von der andern Seite kennengelernt zu haben – eh ich meine Werke schrieb. Und kann nur jedem deutschen Dichter raten, das Experiment so bald wie möglich anzustellen. Hier erst wird er gewahr werden des Sterblichen, Örtlichgebundenen, Engen in seiner und seiner Zeitgenossen Begriffswelt.»

Und wieder ist aus diesem Buch zu lernen, daß nicht unsre Antworten auf viele Probleme falsch sind, sondern vor allem unsre Fragen. Kultur oder Unkultur – das ist eine europäische Frage. Drüben gilt andres. Und was vor allem gar nichts gilt, das ist deutsche Politik. Die Lektüre dieses kleinen Buches ist sehr nützlich; es ist geeignet, die jämmerliche Monomanie und die egozentrische Weltbetrachtung unsrer Leute vielleicht, unter Umständen, ein bißchen, von Herzen, mit Schmerzen, ein klein wenig zu heilen. Oder gar nicht. Denn sie scheint unheilbar.

1924

EIN JEDER LEBTS

Meine sehr mäßige deutsche Schulbildung langt nicht, um Ihnen zu sagen, wie man einen Stein nennt, an dem ein Stückchen Quarz sitzt und ein Stückchen Glimmer und ein bißchen sowas und bißchen sowas ... Diesen lateinischen Namen also weiß ich nicht. Aber solch ein Buch gibt es. Es ist so ziemlich das seltsamste, was man sich denken kann. Es ist von ... Nun, wir wollen erst einmal aufschreiben, was auf dem Titelblatt steht: ‹*Ein Jeder lebts*› von Hans Bötticher (erschienen bei Albert Langen in München).

Ein Fressen für ‹Einflüsse› suchende Doktoranden. Denn alles ist darin: Altenberg und englische Vorbilder und Bret Harte und Wilhelm Raabe (der in der Vollendung) und Thomas Mann und Harraden (‹*Schiffe, die nachts sich begegnen*›) und noch viel mehr. Es sind ein Dutzend kleiner Geschichten, eine immer hübscher als die andre. Und eine immer merkwürdiger als die andre, weil sie eigentlich alle zwölf recht verschieden voneinander sind. Das Lever eines kleinen deutschen Fürsten ist noch niemals so zart und minutiös geschildert worden; die Sentimentalität ist so hübsch in bunten Teig eingebacken, daß man sie nur ganz leise im Nachgeschmack hat – und was gradezu erstaunlich ist, das ist das Auge und das Ohr des Autors. Er hört noch die Schwingungen, die in den Pausen zwischen den Worten sind – es entgeht ihm nichts – es ist oft eine Liebe wie bei Whitman, wenn er beobachtet und tendenzlos feststellt, was es alles gibt auf dieser bunten Erde ... So in der Anfangserzählung ‹*Die wilde Miss vom Ohio*›: da gibt es einen Ton, eine Melodie, ein Nachzittern der angeschlagenen Saiten, wie das wohl sonst nur ein Autor erreicht, wenn er solch ein Präludium an den Anfang eines ganz dicken Buches stellt, in dem nun wirklich die Geschichte der wilden Miss in vierhundert Seiten erzählt wird ... Dieser gibt nur das Präludium – das Stück ist niemals geschrieben worden.

Aber was ist das alles gegen meine alte Lieblingsgeschichte: ‹*Durch das Schlüsselloch eines Lebens*›. Sie stand einmal im ‹*Simplicissimus*› – und ich wußte jahrelang ganze Absätze daraus fast auswendig, ohne mich jemals um den Autor gekümmert zu haben. Diese Geschichte ist so:

Ein Mann geht, um sich seinen Burgunderkopf auszulüften, morgens durch die Vorstadt aufs Land – geht spazieren und sieht sich jene vermiekerte Gegend an, wie sie so um die Großstädte zu sein pflegt: nicht mehr Stadt und noch nicht Land, aber von beiden die schlechten Eigenschaften. Und findet da im Schnee ein kleines Damen-Notizbuch. Die Adresse steht darin. Auch Bleistiftnotizen: «Graf Naschauer – Perlgürtel – Puderdose – Bahnhof – vier Uhr Kaiserplatz kleiner Schwarzer – Rezept Hirschpastete – ein Neger mit Gazelle zagt im Regen nie – Baron von Biegemann, Frankfurt am Main, Taunus-Straße 7 –» und was so in einem Notizbuch steht. Und weil der Mann müde und ausgeruht zugleich ist und etwas sucht, was ihn aufrütteln könnte, so geht er in die Wohnung dieser Dame. Sie ist ausgegangen. Und der Mann sieht sich nun einen langen dämmerigen Winternachmittag lang alle Sachen in dieser Stube an, die Bilder und den Kanarienvogel, der einen Berg Futter aufgeschüttet, aber kein Wasser bekommen hat, und Bücher und Fotografien und rät so herum ... Einmal taucht er auch das Gesicht rasch in einen Stoß weicher Spitzenhosen, die da auf dem Bett liegen – «trat aber doch darauf schnell und verlegen zurück». Und blättert in Büchern, die ihm fremd sind, und blättert in einem Leben, das ihm so nahe ist, und sieht, wie dieses Damenleben abwärts gegangen ist, und überblickt, wie es weiter gehen wird ... Und weil man aufhören soll, wenns am besten schmeckt, geht er leise aus dem Zimmer und zieht leise die Tür hinter sich zu.

Wer hat so viel Achtung und Liebe vor fremdem Leben, vor der fremden Fülle, der Wichtigkeit der andern, den Mikrokosmen der andern ...? Wer ist dieser Hans Bötticher?

Wer? Unser Joachim Ringelnatz. 1922

HERR SCHWEJK

Neulich habe ich hier davon erzählt, wie mir in den sechs so sehr zu empfehlenden Bänden des ‹*Welthumors*› von Roda Roda (erschienen bei Albert Langen) im letzten Band ein Mann aufgefallen ist, dessen Humor völlig neuartig erscheint: Jaroslav Hašek. Ein pariser Leser der ‹*Weltbühne*› hat uns dann einiges vom Lebenslauf dieses seltsamen Menschen mitgeteilt, der, vierzigjährig, vor drei Jahren gestorben ist, und auch davon, wie populär, ja, berühmt Hašek bei den Tschechen ist. Ich wäre schrecklich stolz auf meine Entdeckung, wenn die eine wäre, und wenn Hašek nicht so groß wäre, daß er sofort auffallen muß.

Das Kapitel im ‹*Welthumor*› ist der Anfang von Hašeks Hauptwerk, dessen erster Band jetzt in deutscher Übersetzung vorliegt. ‹*Die Abenteuer des braven Soldaten Schwejk während des Weltkrieges*› (bei Adolf Synek in Prag). Zu diesem Buch ist mir in der gesamten Literatur kein Gegenstück bekannt. Deshalb will ich erzählen, was ich darin gefunden habe.

Herr Schwejk ist dumm-pfiffig, klein, völlig unbekümmert um alles, was mit ihm geschieht, aber voll des größten Interesses für alles, was um ihn herum vorgeht. Wo bei andern Pathos ist, da blinzelt er treuherzig-gelassen, und oft fragt man bei so viel Unbekümmertheit, ob er spaße. Nein, es ist ihm nur leicht ums Herz.

Diesen Schwejk nun stellt der Verfasser in den Weltkrieg, und es begibt sich, daß der kleine Tscheche die gesamte österreichische Monarchie übers Ohr haut, wozu nicht viel gehört — mehr: daß er ihrer Herr wird, daß er sich mit der unschuldigsten Miene von der Welt über sie lustig macht, und daß alles vor diesem idiotisch-schlauen Kerl versinkt, Sieg, Niederlage, Ehre, Ruhm, General und Krankenschwester. Die Gespräche des Herrn Soldaten sind alle von leichter Blödelei angefüllt, an jeder Gesprächsecke überfallen ihn die Erinnerungen seiner Gasse, und wenns ernst wird, beginnt er, dem erstaunten Partner mit einer Geschichte aufzuwarten. So etwas von Pointenlosigkeit soll nochmal geboren werden. Aber um von dem Wesen des bekanntesten aller Soldaten einen Begriff zu geben, setze ich den Anfang des Buches hierher.

> «‹Also sie ham uns den Ferdinand erschlagen›, sagte die Bedienerin des Herrn Schwejk, der vor Jahren den Militärdienst verlassen hatte, nachdem er von der militärärztlichen Kommission endgültig für

blöd erklärt worden war, und der sich nun durch den Verkauf von Hunden, häßlichen, schlechtrassigen Scheusälern ernährte, deren Stammbäume er fälschte. Neben dieser Beschäftigung war er von Rheumatismus heimgesucht und rieb sich grade die Knie mit Opodeldok ein. ‹Was für einen Ferdinand, Frau Müller?› fragte Schwejk, ohne aufzuhören, sich die Knie zu massieren. ‹Ich kenn zwei Ferdinande. Einen, der is Diener beim Drogisten Pruscha und hat dort mal aus Versehn eine Flasche mit irgendeiner Haartinktur ausgetrunken, und dann kenn ich noch den Ferdinand Kokoschka, der was den Hundedreck sammelt. Um beide is kein Schad.› — ‹Aber, gnä Herr, den Herrn Erzherzog Ferdinand, den aus Konopischt, den dicken, frommen.› — ‹Jesus Maria›, schrie Schwejk auf. ‹Das is aber gelungen. Und wo is ihm denn das passiert, dem Herrn Erzherzog?› — ‹In Sarajewo ham sie ihn mit einem Revolver niedergeschossen, gnä Herr. Er ist dort mit seiner Erzherzogin im Automobil gefahren.› — ‹Da schau her, im Automobil, Frau Müller, ja, so ein Herr kann sich das erlauben und denkt gar nicht dran, wie so eine Fahrt unglücklich ausgehn kann . . . Der Herr Erzherzog ruht also schon in Gottes Schoß? Hat er sich lang geplagt?› — ‹Der Herr Erzherzog war gleich weg, gnä Herr, Sie wissen ja, so ein Revolver is kein Spaß. Unlängst hat auch ein Herr bei uns in Nusle mit einem Revolver gespielt und die ganze Familie erschossen, mitsamt dem Hausmeister, der nachschaun gekommen is, wer dort im dritten Stock schießt.› — ‹Mancher Revolver geht nicht los, Frau Müller, wenn Sie sich aufn Kopf stelln. Solche Systeme gibts viel. Aber auf den Herrn Erzherzog ham sie gewiß was Bessres gekauft, und ich möcht wetten, Frau Müller, daß sich der Mann, der das getan hat, dazu schön angezogen hat.›»

Schwejk also setzt sich den Hut auf und geht ins Wirtshaus. Dort sitzt schon, beim Wirt Palivec, der Polizeispitzel Bretschneider, der auf Hochverräter aus ist. Es gelingt ihm, dem Wirt und dem eintreffenden Schwejk hochverräterische Redensarten gegen das kaiserliche Haus herauszulocken, und Schwejkn nimmt er gleich mit. So kommt Schwejk via Polizeigefängnis, Irrenhaus und Garnisonarrest als Bursche zum Feldkurat Katz, später zum Oberleutnant Lukasch. Was sich da unterwegs begibt, ist nicht aufzuzählen. Das völlig Absonderliche des Buches ist sein Humor, der aus Flaschenbier und Schnaps anmutig gemischt ist. Nicht nur Schwejk ist blöd, sondern auch die kleine Welt, die da vor uns aufgebaut wird: verzerrt, schief und krumm und schauerlich wahr. Es gluckert ein Hohn unter den Zeilen, eine solche hassende Verachtung Österreichs, des Militärs, der Kriege, dieses ganzen militärischen Gehabes, daß der Autor, wäre Ludendorff nicht nach Schweden ausgerissen, hätte alt werden müssen wie Methusalem, um alles abzusitzen. Der Höhepunkt dieses Trubels ist Schwejk.

Dem kann nichts passieren: er hats gut, er ist blöd. Er sagts auch — und wenn ihn der Oberleutnant anbrüllt: «Kerl, ich glaube, Sie sind ein großer Idiot», dann spricht er sanft und freundlich: «Melde gehorsamst, Her Oberlajtnant, jawohl. Ich bin sogar für völlig blödsinnig erklärt worden. Da hatten wir mal in der Gasse bei mir zu Hause . . .» Und dann wird er rausgeschmissen.

Dabei ist er dankbar und bescheiden und freut sich dessen, was das Leben beut. «Heutzutag ist eine Hetz, eingesperrt zu sein», sagt er. «Kein Vierteilen, keine spanischen Stiefel, einen Tisch hamr, Bänke hamr, wir drängen uns nicht einer auf den andern, Suppe kriegen wir, Brot geben sie uns, einen Krug mit Wasser bringen sie uns, den Abort hamr direkt vorn Mund. In allem sieht man den Fortschritt.» Und so ganz nebenbei erzählen die Zellengenossen Schwejks ihre Schicksale, und die sind in ihrer Unsinnigkeit, ihrer Qual, ihrem Wahnsinn die hohnvollste Satire auf das kaiserliche Österreich, die mir jemals unter die Augen gekommen ist. Vor allem deshalb, weil gar kein Wesens aus diesem Bruhaha gemacht wird. Das Narrenhafte ist das Primäre.

Manchmal spricht Schwejk die gehobene Sprache kleinerer Provinzblätter, dann ist er besonders erheiternd. Wimmert ihm ein Arrestant etwas vor, so tröstet er ihn, und das macht er so, daß er dem die Folgen seiner Verhaftung recht grauslich schildert, immer ganz pomadig. «Ja, so ein Augenblick der Lust, wie Sie ihn sich vergönnt ham, zahlt sich nicht aus. Und hat Ihre Frau mit Ihren Kindern von was zu leben, für die Zeit, wo Sie sitzen wern? Oder wird sie betteln gehn und die Kinder verschiedene Laster lernen müssen?» Verschiedene . . . Schwejk denkt an alles.

Und er ist gelehrig und ein Mann von Welt. «Zu mir kommen Damen zu Besuch», sagt der Oberleutnant, «manchmal bleibt eine über Nacht hier, wenn ich früh keinen Dienst habe. In so einem Fall bringen Sie uns den Kaffee zum Bett, wenn ich läute, verstehn Sie?» – «Melde gehorsamst, daß ich versteh, Her Oberlajtnant, wenn ich unverhofft zum Bett kommen möcht, könnt es vielleicht mancher Dame unangenehm sein. Ich hab mir mal ein Fräulein nach Haus geführt, und meine Bedienerin hat uns grad, wie wir uns sehr gut unterhalten ham, den Kaffee ans Bett gebracht. Sie is erschrocken und hat mir den ganzen Rücken begossen und hat noch gesagt: ‹Guten Morgen wünsch ich!› Ich weiß, was sich schickt und gehört, wenn irgendwo eine Dame schläft.»

Man sieht: durchaus nicht der Wurstl von Offiziersbursche, diese alte, tausendmal gebrauchte Figur, die dumm war zum Ruhm des so klugen Leutnants, schmutzig vor dem, ach, in allen Wassern gewaschenen General . . . Sondern etwas ganz andres.

Es ist der kleine Mann, der in das riesige Getriebe des Weltkriegs kommt, wie man eben da so hineinrutscht, schuldlos, ahnungslos, unverhofft, ohne eignes Zutun. Da steht er nun, und die andern schießen. Und nun tritt dieses Stückchen Malheur den großen Mächten der Erde gegenüber und sagt augenzwinkernd leise, schlecht rasiert die Wahrheit. Man stellt alles Mögliche mit ihm an, man gibt ihm Klistiere und Arrest, steckt ihn zu den Verrückten und zu den Offizieren – nichts hilft. Er bleibt ernsthaft dabei, unmöglich zu sein – und hat das Gelächter einer ganzen Welt für sich, weil nur er ausspricht, was alle gefühlt haben. Und es wird doppelt gelacht, weil sich die Würdenträger so anstrengen, ihn hinzumachen, und weil es nicht gelingt, denn er ist aus Gelatine, Gummi und Watte – ein runder Kullerball der Dummheit. Die – oh, Hegel! – so gesteigert ist, daß sie in ihr Gegenteil umkippt.

Denn so ist dieser Humor beschaffen:

Schwejk, der nicht weiß, wo Gott wohnt, geschweige denn, was er mit ihm anfangen sollte, weil der liebe Gott ja keine Hunde kauft, Schwejk, der von seinem Feldkuraten im Kartenspiel gesetzt und an den Oberleutnant Lukasch verloren wird – Schwejk ist der einzige kleine Kreis unter Millionen Rechtecken. Sie trudelt so dahin, die kleine Kugel – und man muß unbändig lachen, weil in diesem gesalbten Trottel das letzte Restchen heruntergetretenen Menschenverstandes inkarniert ist, der auf den Kasernenhöfen noch übrig war. Er ist der ewige Zivilist unter verkleideten Soldaten; die Uniform macht ihn nur noch ziviler, noch nie in seinem Leben hat er so wenig Paraden mitgemacht wie beim Militär. Er wirkt, wie wenn im feierlichsten Augenblick einer Fürstenbesichtigung der rechte Flügelmann einmal schnell in die Luft spränge – gezogen am Schnürl der Komik. Kasperle hat immer recht; vor ihm sind Stabsärzte, Feldintendanten, Obersten und Feldmarschälle nichts als putzige Figuren. Nur die Betrunkenheit des edeln Feldpredigers, der doppelt sieht, auf Schwejk zeigt und sagt: «Sie haben schon einen erwachsenen Sohn?» kann an Wahnsinn mit ihm wetteifern. Während jener aber nur vom Alkohol angefüllt ist, lebt Schwejk klar dahin, besonnen, ein Tell im See des Militarismus, die letzte Hoffnung der Vernünftigen. Daher seine ungeheure Popularität, daher unsre Freude, und daher die knockout gehauten Vorgesetzten: ihre gereckte Würde wird völlig zuschanden vor diesem kleinen dicken Kerl. Es ist immer schön, wenn der Schwächere der Stärkere ist.

Es ist die urgesunde Volkskraft, die gegen die Brillen- und Monokelmenschen revoltiert. Schwejk hat einen entfernten Verwandten in Amerika, einen kleinen Mann mit Hütchen und Stock ... Aber er ist verschmitzter als der, von einer bösartigen Harmlosigkeit, die da meldet, die Angorakatze habe den Schuhcreme gefressen. «Und ich habe sie in den Keller geworfen, aber in den von nebenan» ... «aber» – eine der seltsamsten Schuldrechnungen, die jemals aufgemacht worden sind. Dieser Katze übrigens gibt Schwejk die drei Tage Kasernenarrest weiter, die ihm verliehen sind, er hat den Herrn Vorgesetzten so verstanden und führt getreulich einen Befehl aus, der gar keiner war. Die Katze kriecht wieder unter das Kanapee. Schwejk und die österreichische Würde bleiben oben sitzen.

Könnte der deutsch-nationale Student lesen und läse er dieses Buch, so wäre er schnell bei der Hand, etwa zu sagen: «Solch einen Feldkuraten hats sicherlich nicht einmal bei den Nazis gegeben.» Vielleicht hats ihn nicht gegeben. Die schwerflüssige Besoffenheit dieser Figur ist himmlisch, wenn auch um eine Kleinigkeit zu gedehnt beschrieben, und im übrigen kommt es gar nicht darauf an, obs das gegeben hat. Was Hašek aber über die Offiziersburschen und die Gefängnisse, in denen ein Zigarrenstummel, sonntags aus einem Spucknapf aufgeklaubt, mehr galt als das ganze Evangelium, was er über die Kasernen sagt und über die Arreste – das klingt verdammt echt und wird schon stimmen. Schwejk sieht demgegenüber sanft darein, ihm ist der eine Vertreter der Militärmacht so viel wie der andre, und wir schließen uns dem vollinhaltlich an. Nur tut er etwas, was nicht allen gegeben ist: er lächelt freundlich, ist noch eine Kleinigkeit gerissener als die andern und nimmt nichts ernst. Und das ist das Klügste, was er tun kann.

Das Buch ist aus dem Tschechischen ins Deutsche übertragen worden – soweit ich das beurteilen kann, nicht sehr glücklich. Vielleicht ist es gut übersetzt, aber der Eindruck dieses Jargons, den Schwejk spricht, ist nicht lustig. Seine Grammatik ist farblos und steht in gar keinem Verhältnis zu den herrlichen Sachen, die er zusammenphilosophiert – man ahnt, was einem da alles verloren gegangen sein mag. Ich gebe zu: dergleichen überträgt sich nicht. «Du bist woll mit de Muffe jebufft?» heißt nicht: «Hat Sie jemand unsanft mit einem Pelzmuff angerührt?» – sondern etwas anders. Und das bleibt freilich am Bodensatz des Dialekts kleben, es kommt nicht herauf, und hier steckt die Tragik des Buches.

Schwejk ist einen halben Millimeter von der Unsterblichkeit entfernt. Er ist nur zu lokal. Er fühlt tschechisch, was ein Vorzug ist – aber er fühlt nur tschechisch, was ein Nachteil ist. (Gegenbeispiel: Tolstoi.) Im Vorwort nimmt die Übersetzerin den Mund etwas voll und sagt, was der Leser sagen müßte: Tschechischer Cervantes ... und dergleichen. Man kennt die Intensität der kleinen Staaten! Ungarn besteht ja nur aus ‹berühmtesten› Künstlern – und wenn sie die Landesgrenzen einmal verlassen haben, ist es nachher halb so schlimm. Hašek ist ein großer Satiriker – nur daß er das Unglück hat, in der tschechischen Sprache zu dichten, aus der man ihn erst herausholen muß, ist bitter. Hätte er englisch geschrieben, wäre der Mann eine Weltberühmtheit. Nicht nur, weil ihn Millionen automatisch verstünden – sondern weil Millionen in denselben Formen empfinden wie er. Die Gefühle Schwejks sind universal komisch – ihre Ausdrucksform kaum. Und erklären kann man da nichts. Er ist um den entscheidenden Hauch zu provinziell.

Noch zwei Bände stehen bevor, und ich freue mich, sie nicht zu kennen, den Genuß noch vor mir zu haben. Hoffentlich werden sie kräftiger übertragen, hoffentlich schreibt man nicht mit beharrlicher Bosheit ‹Sie› in der Anrede klein, und hoffentlich ändert sich die Ausstattung. Wenn Schwejk nur bleibt.

Schwejk, der unerschütterlich ruhig lächelt, wenn alle andern vor österreichischem Weh aufstöhnen, Schwejk, der keinem Menschen Ungelegenheiten bereiten will: dem Polizeikommissar nicht, dem er alles, alles unterschreibt, was der nur will, um des lieben Kriegs willen; den Ärzten nicht, denen er schöne und lehrreiche Geschichten erzählt; und seinem lieben Feldkuraten nicht, dem er in den besoffensten Lagen des menschlichen Lebens hilft. Und käme, meinen Namen sollt ihr nie erfahren, der Kaiser Franz Joseph selber: Schwejk empfinge ihn freundlich und erzählte ihm sicherlich, er habe ein kleines Kind gekannt, das habe auch Franz Joseph geheißen, es sei aber unrettbar blödsinnig gewesen, weil seine Aufwärterin es einmal habe vom Tisch fallen lassen ... Ja.

Hašek, du bist jetzt drüben, im Himmel, in dem es keine Prohibition gibt. Eine Frage, guter Hašek:

Wo wäre Schwejk heute —? Die österreichische Militärmonarchie, eines der schuftigsten Gebilde der Welt, malträtierte ihn nicht mehr. Sie ist dahin. Aber fände er um Prag gar keine Soldaten? keine Spitzel? keine Nationaltrottel? Feldkuraten? Oberleutnants? Garnisonarreste? Was meinst du, Hašek?

Du wirst mich richtig verstehen, und in diesem Sinne ruf Schwejk her, hol die Flasche mit dem Nußschnaps und laß uns anstoßen: auf euch beide, Hašek. Auf einen großen Dichter und auf den braven Soldaten Schwejk. 1926

SCHWEJK DER ZWEITE

ist erschienen — der Dritte und der Vierte stehen uns noch bevor — also für die Lachlust in diesem Winter ist ausgesorgt: kein Artikel eines preußischen Kunstkonservators, keine deutsche Briefmarke, kein deutscher Juristentag ist vonnöten, um ungeheure Heiterkeit zu erregen — Schwejk ist da! Schwejk der Zweite. (Wiederum bei Adolf Synek in Prag.)

Dieses Mal ist der liebenswürdige Held dem Kriege bereits nähergerückt: er treibt sich im Etappengebiet herum, und was er da aufstellt, ist in seiner Mischung von Blödheit, Drolerie, völliger Ignorierung der großen Zeit etwas ganz Herrliches. Gott weiß, was uns durch diese unmögliche Übersetzung verloren geht — aber es bleibt noch genug.

Hašek? Der muß am Hals einer Flaschenbierflasche zur Welt gekommen sein — er war kein Politiker, sondern besoffen.

Es sind wieder Geschichten von so atembeklemmendem Wahnwitz in dem Buch, wie sie nur ein ungeheurer Bierbräu- und Schnapssäufer in tiefen Nachtstunden erfinden kann, die Übergänge sind so schön in Unordnung ... So, wenn Schwejk den Rechnungsfeldwebel mitten im Krach fragt: «Was sind Sie denn in Zivil, Herr Rechnungsfeldwebel?» Und der die glatte Antwort gibt: «Ich bin sozusagen der

Drogist Wanek aus Kralup.» Ach ja, sie waren allesamt verkleidete Drogisten, und ich besinne mich noch sehr gut, wie unser Kompaniekoch Fulte, sozusagen Kellner in einem Nachtlokal, von mir vergeblich auf die Ankunft eines hohen Brigadiers aufmerksam gemacht wurde ... «I!» sagte Fulte. «Deine Brigadekommandeure — das sind ja auch man sone Zigarrenvertreter ...» Und er hatte ja recht, denn das große Übel der kaiserlichen Armee war eben, daß wir keine Generalfeldmarschälle der Reserve hatten.

Um auf Schwejk zurückzukommen, so erzählt er jenem Drogisten-Feldwebel sogleich, bei wem er, Schwejk, einmal in der Lehre gewesen, und wie es da zugegangen sei, um dann plötzlich die verblüffende Frage zu stellen: «Erzeugen Sie auch Gewürz für Kühe?» Wanek schüttelte den Kopf ...

Am zweitschönsten eine herrliche Abschiedsszene zwischen Schwejkn und Woditschkan; jeder wird von einer Militärpatrouille zum Schlachtfeld abgeführt, damit da unterwegs nicht wieder Dummheiten vorkommen — und über den Kasernenhof rufen sie sich nun noch die letzten Abschiedsworte zu, die letzten Grüße ... Sie wollen sich wieder treffen, später, im ‹Kelch›, in der Na Bojischti, in Prag. Woditschka: «Also schau aber bestimmt, daß du eine Unterhaltung zustandbringst, bis ich hinkomm!» Und Schwejk: «Komm aber bestimmt, bis der Krieg zu Ende sein wird!» Dann entfernten sie sich voneinander, und nach einer hübschen Weile konnte man hinter der Ecke von der zweiten Reihe der Baracken her abermals Woditschkas Stimme vernehmen: «Schwejk! Schwejk! Was für Bier ham sie beim ‹Kelch›?» Und wie ein Echo ertönte Schwejks Antwort: «Großpopowitzer.» — «Ich hab gedacht: Smichover!» rief Sappeur Woditschka von weitem. «Sie ham dorten auch Mädeln!» schrie Schwejk. «Also nachm Krieg, um sechs Uhr abends!» schrie Woditschka von unten. «Wenn Menschen auseinandergehn, dann sagen sie auf Wiedersehn!» fügt der vorsorgliche Autor hinzu. Zwei Engel au dessus de la mêlée.

Ich bin neugierig, was nun noch alles kommt. Mich wundert gar nichts mehr — und wenn der Oberleitnam Lukasch dem Schwejk sagte: «Schwejk, bereiten Sie mir ein Bad!», so tuts Schwejk, und ordentlich, wie er ist, wird er dann wahrscheinlich oben an der Wanne ein Schild befestigen: *Kopfende;* und unten: *Fußende;* und in der Mitte: *Mittelende.*

Wie glücklich ist doch ein Volk zu schätzen, das solche Helden sein eigen nennt! Unsre haben Schnauzbärte, viereckige Köpfe und klirrenden Küraß. Dafür kommen sie dann auch in die deutsche Walhalla, jener Heldenretirade, wo Otto Geßler den Unsterblichen das Handtuch hinreicht und auf den Buckel geklopft kriegt. «Man bittet, den Mann, der hier reinemacht, nicht zu vergessen.»

So hat jedes Land seine Eigenarten und völkischen Werte. Wir aber freuen uns auf die nächsten zwei Bände vom Soldaten Schwejk.

1926

‹KULISSEN›

Es ist ein Jammer, daß es keinen rechtschaffenen Teufel mehr gibt. Jetzt behilft man sich da mit den Welschen, mit den Juden, mit den Radfahrern, mit dem Vertrag von Versailles ... aber das Richtige ist das alles nicht. Immerhin muß einer da sein, der schuld ist. Gehts gut, dann haben wir es herrlich weit gebracht – gehts aber schief, dann wirft der Fachmann wilde Blicke um sich und sucht den Teufel.

Das Theater hat den seinen im Film, im Rundfunk und in der Krise gefunden. Vielleicht sehen die Herren auch einmal ein bißchen in ihren Büros nach? Da sitzt nämlich auch ein Teufel.

Wer, so frage ich mich manchmal, wenn ich gar nichts Besseres zu tun habe, bestimmt eigentlich den Spielplan der deutschen Bühnen? Ich weiß schon: die Angst. Denn wenn einer nichts hat: Bedenken hat er.

Wer bestimmt den Spielplan, und nach welchen Gesichtspunkten bestimmt er ihn? Das verstehe wer mag. Die Kerle haben doch keinen Erfolg, höchstens hat mal hier und da einer einen – der Rest pumpert sich so durch. Aber die große Schnauze.

Mir kanns gleich sein; ich bin kein Dramatiker. Ich habe nur einmal mit Walter Hasenclever ein Stück geschrieben, das heißt *‹Christoph Kolumbus oder Die Entdeckung Amerikas›*. Doch bin ich so befangen, daß ich ein unaufgeführtes Stück meines Mitarbeiters Hasenclever auf das herzlichste loben muß. Wenn das Publikum auch nur halb so viel lacht, wie ich bei der Lektüre dieser Komödie gelacht habe –: dann wird sehr oft lange nicht weitergespielt werden können.

Das Stück heißt *‹Kulissen›* (im Arcadia-Verlag, Berlin).

Das Stück hat einen Fehler: es nennt die dargestellten Personen mit Namen, und das Personenverzeichnis sieht so aus:

Herr Deutsch
Herr Graetz
Herr Hasenclever
Die Dame
Der Gesandte
Der Intendant
Änne
Sahlmann
Portier

– aber keine Sorge: die Dame ist keine Dame, der Gesandte ist kein Gesandter, nur der Intendant ist ein Intendant, und das ist ihm ganz recht.

Nennte das Stück die Leute nämlich nicht bei vollem Namen, dann könnte es in jeder Stadt fünfzig Aufführungen hintereinanderweg haben, so lustig ist es. Denn so sind die Schauspieler, so ist der Dichter – und selten hat sich einer so graziös, so leicht, so vergnügt über sich selbst lustig gemacht wie hier Herr Hasenclever über Herrn Hasenclever. Diese zwei Akte sind bezaubernd.

Wie sie sich alle beloben und belügen. Wie sie sich die schlechten und die guten Kritiken vorlesen. Wie Deutsch emsig die Frauen ignoriert, Paulchen Graetz mit seiner Rolle befaßt ist, in die er ein Couplet hineingelegt haben will; wie der Dichter alles und alle zu verachten vorgibt, es aber mitnichten tut – das glitzert von Witz, von schneidigen Hieben, von Scherz, Satire und der ganzen Firma.

Haben sie so viel gute Stücke? Siehe, sie haben Bedenken. Dieses Lustspiel, in der richtigen Zeit in Berlin kreiert, hätte gut und gern einen Monat lang jede Nachtvorstellung gefüllt, und ich sage Nachtvorstellung mit gutem Grund. Es ist ein bißchen Atelierscherz darin; das Stück wendet sich an die Welt der Literatur und des Theaters – setzt also ein entsprechendes Publikum voraus. Das haben wir nicht; in eine Nachtvorstellung aber gingen die hinein, für die es geschrieben ist. Und die würden sich, Mann pro Mann, für neun Mark und achtzig amüsieren. Es ist aber auch recht heiter.

Wie der Garderobier die Kerrsche Kritik vorliest, auf daß der Dichter platze – und wie Paule hineingeweht kommt, Herr Graetz persönlich –: das ist eine einzige Kostbarkeit: Denn so etwas ist nicht nur Graetz; das ist Theater.

Graetz: Walter, sieh mich an – auf Pupille: wie fandest du mich denn?

Hasenclever: Großartig, Paul.

Graetz: Was? Wie der alte Graetz das gemacht hat; den Aktschluß bei Mondschein – Knorke. Da bleibt kein Auge trocken. So was von Beifall war noch nicht da.

Hasenclever: Wie fandest du denn Deutsch?

Graetz: Walter, unter uns, aber ganz unter uns – das sage ich nur dir – Walter, versprich mir, reinen Mund zu halten!

Hasenclever: Aber selbstverständlich, Paul.

Graetz: Walter, du bist mein Freund. Ich liebe dich. Und dein Stück, alle Achtung. Aber Deutsch wird alt!

Und so in infinitum.

Nun gibt es doch in jeder Stadt einen Liebhaber; einen Komiker; einen Dichter ... das ist ja nicht nur in Berlin so, wo natürlich die Namen Deutsch und Graetz und Kerr sofort Assoziationen auslösen. Man ersetze die Namen; man feile sehr vorsichtig an dem Stück – und man hat eine überall gültige, unendlich lustige und leichte Sache.

Haben aber Bedenken, die Herren.

Erstens kann man kein Stück spielen, das nicht frisch aus der Schreibmaschine kommt – wie ja auch der feine Mann keine Bücher, sondern Neuerscheinungen kauft. Zweitens muß man die professionell schlechte Laune aller Kunstkaufleute kennen: «Ich weiß nicht ... wissen Sie ...» kurz: zu viel Magensäure. Man ermesse, was herauskommt, wenn die einen Spielplan machen. Genau so sieht er denn auch aus.

Und dann wäre da vielleicht noch etwas.

Früher bestimmten den Theaterspielplan jene blau rasierten Schmieren-Jockel, die halbe Analphabeten waren – aber von Publikumswirkung verstanden sie etwas. Heute gespenstert durch die Theaterbüros der sanft bebrillte Dramaturg, der sehr gebildet ist. Dafür versteht er wieder vom Publikum einen Schmarren. Und was die Direktoren außer ihren Pachtgeschäften eigentlich treiben, das habe ich nie begriffen.

Jedenfalls hat da ein Satz Max Reinhardts viel, viel Unheil angerichtet:

«Das Theater gehört dem Schauspieler.»

Wirklich? Tut es das? Dann sollten sich die Schauspieler auch ins Parkett setzen und sich selber Beifall klatschen. Natürlich gehört das Theater weder dem Schauspieler, noch dem Autor, noch dem Regisseur – sondern es gehört allen zusammen. Der Schauspieler sei nicht das Megaphon des Autors wie der Text nicht der Vorwand für die Kapriolen des Schauspielers. Was tun nun die Direktoren?

Die nehmen ein Stück nur im Hinblick auf diese Frage an: Was könnte man damit anfangen –? Denn daß man es in keinem Fall so lassen kann, wie es da ist, darüber herrscht kein Zweifel.

Sie drehen es. Sie wenden es. Sie dichten es um. Sie streichen und fügen hinzu. Ludwig Marcuse schrieb neulich, es sei Lernet-Holenia ganz recht geschehn, daß sie ein Stück von ihm gemeuchelt hätten – die Arbeit des Dramatikers sei eben mit der Niederschrift des Textes nicht beendet. Ich bin da andrer Meinung. Ich halte sie für beendet, wenn das Stück beendet ist. Besetzt der Direktor falsch und hat sich der Autor nicht darum gekümmert, so muß er die Folgen tragen. Aber daß die Theater Stücke umdichten, das ist einfach ein Rechtsbruch.

Eine falsche Allgemeinbildung und damit die Verflachung der Bildung haben dazu geführt, daß jeder jedes zu können glaubt. Schreiben –? Schreiben kann jeder. Und so tun denn alle wacker mit. Respekt vor geistigen Leistungen ist kaum noch vorhanden, Respekt vor der künstlerischen Vision, die so und nicht anders ans Licht getreten ist, das gibt es gar nicht. «Da machen wir einfach . . .» Ja, aber das hat doch der Autor nicht so geschrieben! Und selbst – erstarre, Mime! – selbst wenn sein Text weniger wirkungsvoll ist als der deine, den du neu auf der Probe hinzugekleckert hast –: selbst dann ist fast immer der Dramatiker im Recht. Gefällt euch das nicht? Dann schreibt euch eure Stücke allein. Und das tun sie ja denn auch. Mit bekanntem Erfolg.

Sie nennen, was sie da treiben, Kollektivarbeit, aber es ist nur ein Durcheinander. So kann man bei den fettlackierten Revuen arbeiten, die Reinhardt aufführt – da kommts wirklich nicht auf den Text an. Da kommts auf die Farben an. Daß aber leichte Lustigkeit auch und grade auf dem Wort stehn kann –: wer begriffe das in Deutschland! Seltsamerweise hats Reinhardt einmal begriffen: in seinem alten Schall und Rauch nämlich . . . long ago.

Der Autor stört. Der Text ist Vorwand. Und dann beklagen sie sich, daß keine Dramatiker aufwachsen.
Oben an der Decke schwebt eine leichte Seifenblase: das Lustspiel *‹Kulissen›*. Leicht wie ein Hauch, bunt, spiegelnd, blitzend vor Lustigkeit ... du rundes Ding, wer führt dich auf? 1932

AUF DEM NACHTTISCH
(Irmgard Keun *‹Gilgi, eine von uns›*)

Eine schreibende Frau mit Humor, sieh mal an! Irmgard Keun *‹Gilgi, eine von uns›* (erschienen bei der Deutschen Verlags-Aktiengesellschaft Universitas in Berlin). Ungleich, aber sehr vielversprechend.

In der ersten Hälfte des Büchleins wimmelt es von ziselierten Einzelheiten. Schilderung der Fahrgäste in der Straßenbahn, morgens: «Keiner tut gern, was er tut. Keiner ist gern, was er ist.» Im Büro: «Warten Sie, sagt Herr Reuter, liest jeden Brief, um dann mit etwas verlogener Energie seinen Namen unter das getippte Hochachtungsvoll zu hauen.» Am besten alle Szenen, in denen ein Mann vor einer Frau, die dieses aber gar nicht gern hat, balzt. Das ist beste Kleinmädchen-Ironie. «Plötzlich überkommt ihn das Bedürfnis, sich unglücklich zu fühlen. Seine Ehe ist ganz und gar nicht gut, sein Leben ist verpfuscht, man ist ein alter Trottel, festgefahren in einem Krämerberuf. Er arbeitet mit Bitterkeit, Selbstironie und leichtem Pathos. Bei: ‹man müßte mal raus aus allem› wirft er sich in die Brust, daß die Schulternähte krachen, und bestellt anschließend zwei Liköre.» Und dann, wirklich eine Pracht: «Am Sonntag sitzen Gilgi und Herr Reuter zusammen im Domhotel. Gilgi hat das Gefühl, zu Abend gegessen, Herr Reuter das Gefühl, soupiert zu haben.» Und: «Er breitet sein Innenleben vor ihr aus wie eine offene Skatkarte.» Und: «Gilgi nimmt zur gefälligen Kenntnis, höflich und mäßig interessiert. Hör auf, nicht so viel Lyrik, paßt nicht zu deinem Pickel am Kinn. Warum kann man nun nicht sagen: gib nichts aus, wenns nichts einbringt, steck kein Gefühlskapital in ein aussichtsloses Unternehmen. Kann man nicht sagen. Armer Alter.» Sehr gute Beobachtungen von der Straße; reizende kleine Einfälle, was eine so tut, wenn sie mit sich allein, also nicht allein, also doch allein ist; einmal eine kleine Weisheit, wie es im Leben zugeht: «Auf die Arbeitgeber ist man nun mal angewiesen, und ganz ohne Mätzchen ist ihnen nicht beizukommen. Können allein entscheidet nicht, Mätzchen allein entscheiden nicht — beides zusammen entscheidet meistens.» Hurra!

Wenn Frauen über die Liebe schreiben, geht das fast immer schief: sauer oder süßlich. Diese hier findet in der ersten Hälfte des Buches den guten Ton. «Hübsch ist das, so still nebeneinander zu liegen. Man denkt sich und spricht sich nicht auseinander, man atmet sich zusammen ... Vorsichtig tastet sie über seinen Schenkel: da ist die Narbe von dem Krokodil, das ihn gebissen hat. Es hat fast etwas Erhebendes, neben einem Mann zu liegen, der in Kolumbien von einem Krokodil gebissen wurde.»

Wenn Frauen über die Liebe schreiben, geht das fast immer schief. Diese hier findet in der zweiten Hälfte weder den richtigen Ton noch die guten Gefühle. Da langts nicht. Schwangerschaft, Komplikation ... es langt nicht. Dazu kommt eine fatale Diktion: was reden die Leute nur alle so, wie wenn sie grade Freud gefrühstückt hätten! Es ist der Frau Keun sicherlich nicht bewußt, was sie da treibt, und eben das ist das schlimme, daß ihr diese ‹Komplexe› so selbstverständlich erscheinen. So spricht man eben? Nein, so spricht man eben nicht – es ist schauerlich.

Flecken im Sönnchen, halten zu Gnaden. Hier ist ein Talent. Wenn die noch arbeitet, reist, eine große Liebe hinter sich und eine mittlere bei sich hat –: aus dieser Frau kann einmal etwas werden. 1932

AUF DEM NACHTTISCH

(François Villon *‹Balladen›*, Erich Kästner *‹Ein Mann gibt Auskunft›*)

«Mach das Licht aus ...»

Gewiß, Lieschen. Nur noch diese paar Bücher ...

– «Was denn? Das alles heute nacht? Allmächtiger –»

Nur, wenn ich gar nicht einschlafen kann. Mir braust die Stadt noch im Schädel – und hier im Hotel ... wer weiß, ob ich schlafen kann ... Dreh dich herum. Ich lösche das Licht aus, wenn ich den ersten Sandmann fühle ... Villon. François Villon.

‹Die Balladen und lasterhaften Lieder des Herrn François Villon in deutscher Nachdichtung von Paul Zech› (erschienen bei Erich Lichtenstein in Weimar).

Nun, eine Nachdichtung ist das nicht. Es sind Gedichte in moderner Tonart, verfertigt nach sicherlich sorgfältiger Lektüre Villons. Zech hat keinen Stein auf dem andern gelassen, sondern er hat ein neues Hüttchen gebaut. Ist es schön?

Mittelschön. Die ungeheuern Schwierigkeiten, mit denen er zu kämpfen hatte, in allen Ehren: aber hier gibt es nur zwei Wege. Entweder man macht das wie Ammer und übersetzt so wörtlich wie nur möglich – oder aber man ist dem Villon kongenial und dichtet neu. Zech hat neu gedichtet ... Herausgekommen ist statt eines genialen Landstreichers aus dem katholischen Mittelalter ein versoffener Burschenschafter protestantischer Provenienz. Beispiel:

‹Ballade et oraison pour l'ame du bon feu Cotart› – darin fleht Villon den Noah, den Loth und was sonst noch gut und teuer ist, an, den in Gott seligen Herrn Cotart gut im Himmel aufzunehmen, der Mann habe doch immer so brav gesoffen. Villon:

Nobles seigneurs, ne souffrez empecher
L'ame du bon feu maistre Jehan Cotart.

Ammer:

Ihr edlen Herrn, erbarmt euch oben seiner,
des ach! so früh verstorbenen Jehan Cotart!

Das ist gut, weil darin noch der parodistische Orgelklang des Originals nachzittert; man sieht ordentlich, wie Villon den Hals einzieht, das Kinn herunterdrückt und einen Pfaffen macht. Zech:

Ach, nehmt ihn auf, in euerm Skatverein,
er war, weiß Gott, kein schwarzes Schwein.

Das ist ein Stilfehler. So spricht cand. med. Rietzke, Thuringiae – aber nicht Villon. Es ist ein Stilfehler, «la belle Heaulmière» mit «Klempnersfrau» zu übertragen. Jene war, wie Ammer schön sagt, eine «Helmschmiedgattin», in welchem Wort das Romantische ohne Übertreibung gewahrt ist – ‹Klempnersfrau› aber ist: Kellerstufen, kleiner Laden, Frau Piesecke, Großstadt-Proletariat. Nein, so geht das nicht.

Am besten sind Paul Zech jene Balladen geglückt, die viele französische Villon-Ausgaben nicht enthalten, weil man sie dort für apokryph hält. Die *‹Kleine Ballade von der Mäusefrau›* ist etwas Entzückendes, wenn auch in der Formulierung von 1930 – aber sie ist eben gut formuliert, ebenso gut wie die Liebesballaden; so möchte manche Frau geliebt sein. Für die meisten andern Verse kann ich mich nicht erwärmen. Im Literaturverzeichnis fehlt Gaston Paris; der dem Buch vorangesetzte Villon gleicht einem gut aussehenden Maler auf einem Kostümfest, und die Vorrede ist etwas ganz und gar Schreckliches.

Was haben die Leute nur immer? Wenn sie auf Villon zu sprechen kommen, dann werden die mildesten Spießer wild. Sie entdecken plötzlich, frisch der Untergrundbahn entstiegen, daß sie eigentlich – hei! – ganz tolle Kerle seien, und die polizeilich gemeldetsten Schriftsteller toben sich da aus. Das rasselt nur so in der Vorrede. Kerle ... Lumpanei ... toll ... Schubiaks ... Weibsbild ... es ist ein recht preußisches Saturnalienfest, das da gefeiert wird. Ludwig Thoma hat einmal von Tacitus gesagt: «Er sah die Germanen wie eine berliner Schriftstellerin die Tiroler.» Und Villon mit Johannes R. Becher zu vergleichen, dazu gehört denn doch wohl ein nicht alltägliches Manko an Literaturgefühl. So bleibt nur die wunderschöne Eingangsstrophe haften, ein altfranzösischer Vers, von dem man nicht genau weiß, ob er von Villon stammt oder nicht. Von wem er aber auch stammt: dieser Ton kann nie vergehn.

Une fois me dictes ouy,
en foy de noble et gentil femme;

je vous certifie, ma Dame,
Qu'oncques ne fuz tant resjouy.
Vueillez le donc dire selong,
que vous estes benigne et doulche,
car ce doulx mot n'est pas si long
qu'il vous face mal en la bouche.
Soyez seure, si j'en jouy,
que ma lealle et craintive ame
gardera trop mieulx que nul ame
vostre honneur. Ave-vous ouy?
une fois me dictes: ouy.

Solange ein Mann ein Mann bleibt – «Mach das Licht aus!» . . . Wirklich: ich kann noch nicht schlafen. Jetzt habe ich mich wieder wachgelesen. Aber gleich, gleich.

Erich Kästner ‹*Ein Mann gibt Auskunft*› (erschienen bei der Deutschen Verlags-Anstalt in Stuttgart und Berlin). Es sollte einmal jemand auf den Spuren des großen Literaturhistorikers Josef Nadler wandelnd das Sächsische in der deutschen Literatur untersuchen – aber ohne Grinsen. Man vergesse nicht, daß Richard Wagner, mit Grinsen, ein Sachse gewesen ist, und daß, sehr ernsthaft gesagt, Lessing aus Camenz stammt, und auch dieser Ort gehört zu Sachsen. Kästner ist aus Dresden. Nun, er hat gar nichts vom Bliemchen-Kaffee, aber wenn sich einer gegen seine Umgebung aufbäumt, dann fällt das in New York und in Dresden verschieden aus, weil die Umgebungen eben verschieden sind. Ich vermeine, manchmal in Kästner das Sächsische zu spüren – eine gewisse Enge der Opposition, eine kaum fühlbare, aber doch vernehmliche Kleinlichkeit, eine Art Geiz . . . Er weicht dem Olymp sehr geschickt aus – ich weiß nicht, wie sein Himmel aussieht. Vielleicht hat er keinen, weil er fürchtet, er sei dann vom sächsischen Böcklin: von Klinger? Kästner ist ehrlich, sauber, nur scheint mir manchmal die Skala nicht sehr weit, und er macht es sich gewiß nicht leicht. Er hats aber leicht. Man vergleiche hierzu etwa so ein Gedicht wie ‹*Dem Revolutionär Jesus zum Geburtstag*› . . . das ist reinlich und gut gemeint, doch da langt es nicht. Da pfeift einer, im Sturm, bei Windstärke 11 ein Liedchen.

Demgegenüber stehen nicht nur prachtvolle politische Satiren wie ‹*Die andere Möglichkeit*›, ein Gedicht, das ihm die deutschen Nationalisten heute noch nicht verziehen haben, weil es die Zeile enthält: «Wenn wir den Krieg gewonnen hätten» mit dem Schluß: «Zum Glück gewannen wir ihn nicht». Oder ‹*Primaner in Uniform*›, ein famoser Hieb gegen die chauvinistischen Pauker.

Der Band führt darüber hinaus, ins Dichterische, in echte Lyrik. Da ist in ‹*Verzweiflung Nr. 1*› ein kleiner Junge, der sein Einholegeld verliert. Er weint zu Hause, die Eltern trösten ihn, und da steht:

— also, das lasse ich mir gefallen. Oder das bezaubernde *‹Gefährliche Lokal›* mit dem morgensternschen Schluß «Als ich zurückkam, sah ich, daß ich schlief». Und dann — mein Lieblingsgedicht —: *‹Ein gutes Mädchen träumt›*. Das könnte von Hebbel konzipiert sein, wenn der es auch anders formuliert hätte. Sehr bezeichnend für Kästner, daß mit keiner Silbe etwas für jenes träumende Mädchen gesagt wird, die da träumt; der ihrige schickt sie immer wieder, immer, immer wieder treppauf, treppab: «Du hast das Buch vergessen.» Ich glaube: Kästner hat Angst vor dem Gefühl. Er ist nicht gefühllos; er hat Angst vor dem Gefühl, weil er es so oft in Form der schmierigsten Sentimentalität gesehen hat. Aber über den Leierkastenklängen gibt es ja doch ein: Ich liebe dich — es gehört nur eine ungeheure Kraft dazu, dergleichen hinzuschreiben. Und da sehe ich einen Bruch, einen Sprung, ist das sächsisch? Wir haben bei diesem Wort so dumme Assoziationen, die meine ich nicht. Langt es? Langt es nicht?

Was immer zu bejahen ist, ist seine völlige Ehrlichkeit. Wo er nicht weiß, da sagt er: Ich weiß nicht. Das Gedicht *‹Kurt Schmidt, statt einer Ballade›* haben ihm Proletarier übelgenommen, weil es mit einem Selbstmord endet — das Gedicht stand bei uns, und ich habe merkwürdige Briefe bekommen. Der *‹Kurzgefaßte Lebenslauf›* ist ehrlich; es ist auch ehrlich, in dem unsereinem aufs Fell geschriebenen Gedicht *‹Und wo bleibt das Positive, Herr Kästner?›* zu sagen, daß wir ein Weltbild nicht aus dem Boden stampfen können und zunächst nur wissen: Also dieses da nicht. Alles das ist blitzsauber. Formal wird es immer besser; manchmal dürfte die Form etwas abwechslungsreicher sein. Kästner wird viel nachgeahmt; es gehört wenig dazu, ihn nachzuahmen. Ich wünsche ihm ein leichtes Leben und eine schwere Kunst.

«Eins kann ich dir sagen: wenn du jetzt nicht das Licht ausmachst... dann stehe ich auf und lasse mir ein andres Zimmer geben.» O Gott, o Gott. Dies ist wirklich... «Was ist wirklich?» — Das ist wirklich eine wilde Ehe. Ich liege doch meinem Berufe ob! «Lieg ihm am Tage ob.» Gewisse Berufe werden nur nachts ausgeübt. «Ach, es ist schrecklich.» Zu denken, daß es Leute gibt, die dreißig Jahre lang in demselben Schlafzimmer... 1930

BERLINS BESTER

Da drüben an der Wand hängt er, das Bild hat er mir selbst geschenkt, und auf die Rückseite hat er etwas draufgeschrieben. Der Kopf mit der grauen Maurerfreese sieht an Herrn Courteline vorbei. («Wir kenn uns zwah nich vaständijen», sagt das Bild, «aber wir leben in Freundschaft. Valleicht jrade deswejen.») Die Franzosen fragen: «Wer ist das?» —

«Heinrich Zille», sage ich. «C'est un peintre allemand.» Aber das ist nicht wahr. Er ist viel mehr.

Jetzt liegt von ihm das stärkste Buch vor, das über Berlin erschienen ist: *‹Berliner Geschichten und Bilder›* (bei Carl Reißner in Dresden 1924).

Paris hat unter den lebenden Inkarnationen seines Stadthumors einen Mann, der unserm Zille als Zeichner manchmal nahekommt: das ist Poulbot, der Kinder-Poulbot, der die frechspitzige, ausverschämte, über alle Pflaster trudelnde, frühreife und auch bemitleidenswerte ‹gosse› gezeichnet hat. (Am letzten Weihnachtsabend hat er seine ‹gosses› sogar selbst beschert.) Wien hat die Verniedlicher seines Stadthumors, die einem den ganzen Humor verrunjenieren können. Berlin hat beides.

Es ist so schwer, von berliner Humor zu sprechen, weil eine Unzahl kleinbürgerlicher Schmieranten sich auf diesem Gebiet niedlich machen. Eine mit Glacé oder Zwirn behandschuhte Rechte faßt vorsichtig die ‹kleinen Leute› am Schlafittchen und führt sie dem geschmeichelten Bürgerpublikum vor, immer mit dieser fatalen Attitüde vermeintlicher Echtheit, mit dem falschen Ton von Mitleid, dem falschen Grausen, dem falschen Humor, vor dem Gott erbarm. Es ist derselbe Humor, mit dem sich Kammergerichtsreferendar Lehmann auf dem juryfreien Ball als ‹Lude› verkleidet. – Jeder weiß doch, daß er keiner ist, Gottseidank, aber es macht sich so schön romantisch. Es ist der Humor der *‹Lustigen Blätter›*, der den Konfektionären die Opfer ihrer Zwischenmeister ulkig-dreckig, ulkig-schwanger, ulkig-besoffen vorführt – das eigne Badezimmer in der Bayreuther Straße blitzt noch einmal so nett. «Pfui Deibel – wie komisch!» Kommt noch ein Tropfen Schmalz in diese Suppe – von wegen: Grunewald mit seinen abendlichen Föhren – dann ist das Unglück fertig, und der Magen dreht sich einem im Leibe herum, wenn man sieht, wie Berlin diskreditiert wird.

Heinrich Zille ist vor dem Kriege und im Kriege manchmal das Opfer dieser Auftraggeber geworden. Er hat Sachen zeichnen müssen, die man ihm aufgegeben hat, und die ein andrer ein bißchen schlechter gezeichnet hätte; er hat im Kriege eine gradezu schauerliche Serie vom Stapel lassen müssen, die von Berlin und vom Kriege gleich weit weg lag und mit beiden nur die Gemeinsamkeit hatte, daß sie beiden zum Verkauf angeboten wurde; er hat manchmal ulken müssen, wo er ganz etwas andres tun wollte. Von den Zeichnungen in diesem wundervollen Buche erschiene auch nicht ein Dreißigstel in einer Zeitschrift; alle Zeitungen loben es, keine würde je wagen, auch nur den Schimmer eines Abglanzes davon bei sich aufzunehmen. Warum nicht? Das ist ganz einfach. Ein Buch hat keine Inserate.

Heinrich Zilles Geheimnis liegt in dem ersten Satz seiner Lebensbeschreibung, die das Werk einleitet: «1872 lernte ich Lithograph.» Zille ist ein Handwerker. Er hat etwas gelernt, er hat es gut gelernt, und er hat diese handwerkliche Basis niemals verlassen. Es ist sehr interessant zu beobachten, wie in dem Buch alle Stadien vorhanden sind: von dem naturalistischen Bemühen, «det Ding abzuzeichnen», bis zu der letzten Formulierung, die es nicht mehr nötig hat und souverän fortlassen kann (aber anders als die jungen Herren, die wuscheln, weil sie gar nichts können). Zilles Seele ist ganz Berlin: weich, große Schnauze, nach Möglichkeit warme Füße, und: allens halb so schlimm.

Stammbaum: kleinbürgerlich. ‹*Mein Vater*› ist ein recht charakteristisches Blatt: der alte Mann steht, ernst und vertieft in seine Arbeit, am Schraubstock, und draußen grinsen zwei ‹Ssijeuner› rein, rumstrolchende Kerls, die ein bißchen frech, ein bißchen neidisch, ein bißchen verzweifelt diese kleinbürgerliche Burg von außen anlachen, die der sich da aufgerichtet hat. Schließlich ist ja das die Sehnsucht der obern Schicht, die Zille verarztet: Kleinbürger und solche, die es werden wollen. (Darüber hinaus langt er kaum: wenn er ‹feine Leute› zeichnet, sind es entweder bewußte Übertreibungen, wie sie sich im Auge derer da unten spiegeln, oder rührende Schießbudenfiguren.) Hier, in dieser Kleinbürgerschicht wohnt die Idylle, die Zille bald bekannt und beliebt werden ließ: ‹Restaurant zum Nußbaum›, die kleine gelbe Lampe auf dem Wackeltisch, die dicke Marie hinter der Theke, die geschäftige Schwangere, die mit dem Korb einholt, das Jör, das unerschöpfliche Jör, dem vorn und hinten das Hemd herausguckt, dem die Nase läuft, von andern Dingen ganz zu schweigen, das brüllt, hopst, tanzt und popelt. Bis dahin gut und gern genehmigt: Zille war eine Witzblatt-Type, eine unfehlbar sichere Nummer, ein von allen ordentlichen Menschen gern gesehener Bestätiger ihrer Ordnung, die er durch die ausgezeichnete Schilderung des Gegensatzes hob. Darunter fängt der eigentliche Zille an.

Da, wo das Proletariat Lumpenproletariat wird; da, wo es nicht mehr lohnt, zu arbeiten — arbeiten und verzweifeln! —; da, wo es überhaupt keinen Sinn mehr hat, etwas zu tun, wo man sich fallen läßt, ohne daß einen etwas andres mütterlich aufnimmt als das Wasser — da hat er sich zu einer Größe emporgereckt, die erschreckt. Tragik? Auf berlinisch? Auf berlinisch: also janz stike, nachdenklich, der Mensch wird zum alten Eisen, aber er rufts nicht mehr aus.

Hier berührt sich Zille mit der Kollwitz. Wo sie eine Sonate spielt, zimpert er auf einem alten Leierkasten, und man heult wie ein Schloßhund. Das Wort der Wörter steht in diesem Buch, unübertrefflich, ein für alle Mal, kaum stilisiert, wahrscheinlich abgehört, einfach so herausgewachsen aus dem Boden von Dreck, Suff, Tuberkulose, Wohnungselend: «Weißte — man darf jahnich drüber nachdenken!» Aber manche denken doch noch darüber nach, das sind die Gefährlichen ...

Zille hat das Amoralische im Blut. Er urteilt nicht, er zeichnet. Er richtet nicht, er empfindet. Bibel? Strafgesetzbuch? Seine Leute sind längst darüber hinaus — Pastor und Landgerichtsrat sind für sie mehr oder weniger unangenehme Vertreter eines Systems, dessen Wirkung sich vor allem darin widerspiegelt, daß es ungeheuer viel Zeit kostet. Verhaftet werden, warten, eingesperrt sein, noch mal warten, ermahnt, angeschnauzt, verurteilt werden — es dauert alles so lange ... Aber weiter ist auch nichts.

Da ist Zille, unser Zille. Die Kindsleiche im Mülleimer; die Schwangere, die nicht weiß, ob das im Arm noch lebt, wenn das im Leib da ist; Orje, der nicht einmal mehr von den Schutzpolizisten gehört wird, wenn er schimpft, weil es nicht lohnt; die Frau, die mit zwei Kindern ins Wasser geht, rasch, eilig, sie mag nicht mehr, nicht aufhalten!; die Kindergruppe, die «Liehieb Heiheimatland — adee — Plötzensee!» singt, ein Blatt von seltener Tragik: wie man im Lachen auf einmal sieht, daß nicht ein unlädiertes Kind dabei ist, alles ist verbogen, kurzsichtig, hat die englische Krankheit, ist zurückgeblieben; ein lebendes Skelett, das in einem Bettsarg verfault, darunter: «Unser Leben währet 70 Jahr, und wenn es hoch kommt...», wahrscheinlich hat der Mann als Kind in der Schule die segensreichen Sozialeinrichtungen des Deutschen Reichs nicht ordentlich gelernt; kindische Greise und vergreiste Kinder — der Zeichner hebt kaum die Stimme: er erzählt.

Im finstersten Finstern glüht dann immer der Funke des echten Humors auf, und wie berlinisch ist der! «Mutter», fragt das Kind, als sie ihr Mittagessen im Topp zu Vatern tragen, «wächst sone Wurst immer wieder?» (Denn so sieht die Abteilung: Naturgeschichte im Kinde aus.) «Ick habe», sagt Mudicke, «meine Selige übalebt, ick habe Kaiser Wilhelm übalebt, ick werde auch die Republik übaleben!» Das walte Gott. Und wenn die möblierte Wirtin reinkommt und sieht ihre Tochter nackedei in der Flohkiste liegen, davor ihren Mieter, den Fotografen, so entlädt sich Pädagogik, mütterliche Würde und die Ordnung des Hauses in folgenden ganz ruhigen Worten: «Wat is denn det nu wieder forne neie Afferei mit Lotten, Herr Doktor!» Und der Herr Doktor erklärt es ihr, und dann ist alles gut.

Erstaunlich, wie modern dieser alte Mann ist. Die Versuche, ein Witzblatt zu schaffen — Deutschland besitzt keins — hat auf der sozialdemokratischen Seite zu einem Blatt geführt, das alle Papierkörbe des alten *‹Simplicissimus›* neu auflegt und ganz vergessen hat, daß es das alles nicht mehr gibt: diese Bürger nicht mehr, Herrn Baluschek nicht, die Großstadttragik der alten Naturalisten nicht, diese Serenissimi nicht... aus, vorbei. Auf der kommunistischen Seite probiert man noch, manchmal trifft mans, meistens nicht. Zille gehört zu den Neuen, weil er unbarmherzig sein kann und Herz hat, weil er vor Mitleid mitleidslos schildert, weil er die Ruhe weg hat.

Du hast mal gesagt, du sähest aus wie ein Droschkenkutscher, Heinrich Zille. Laß man. Wenn du in Himmel kommst, denn klebt dir der liebe Gott Flüjel hinten an Rücken, steckt dir 'n Posauneken in die Hand und drickt dir 'n Kranz ins Haar. Und denn nischt wie mit Hallelujah immer rauf und runter. Und wenn dann die Leute fragen: «Wer singt denn da oben so schön falsch?» — dann will ich ihnen antworten: «Pst. Da oben fliegt Er. Berlins Bester.» 1925

Macht unsre Bücher billiger! . . .

. . . forderte K. T. alias I. W. alias P. P. alias T. T. einst in einem «Avis an meinen Verleger». Noch billiger?

Also: Ein Band Vergil kostete um 1400 in schlechter Handschrift runde 100 Mark, um 1500 als bester Aldus-Druck etwa 80 Mark, kaum 25 Jahre später nur noch die Hälfte. 1636 kostete der Vergil in der Elzevir-Ausgabe 12 Mark; eine Ausgabe von 1659 war für achtfünfzig zu haben. Der Leipziger Druck von 1702 hatte schon Taschenbuchpreis: 3,60 Mark. Um weitere 60 Pfennig billiger war die Didot Stereotypausgabe von 1798. Den absoluten Tiefstpreis hält Reclam mit seinem Vergil von 1909: ganze 40 Pfennig.

Seither geht's langsam wieder aufwärts, mit den Preisen. Damit die aber nicht zu arg hochgehen, hat man eine Bremse gefunden: Werbung in Taschenbüchern. Das macht die Bücher billiger. Allerdings gehen nun einige Leser hoch, nämlich an die Decke vor Wut ob solcher Barbarei und Kulturschande. Aber sei's denn: Hauptsache, es nützt dem Buch. Jedenfalls war das Gottfried Benns Ansicht über Reklame in Rowohlts Taschenbüchern. Und bedenkt man's recht: Es kann auch dem Leser nützen. Für die Zinsen eines Tausendmark-Pfandbriefs erhält man etwa 25 Taschenbücher pro Jahr! Jedenfalls: Es schadet nichts, wenn man sich gelegentlich vor Augen halten kann, daß Pfandbriefe und Kommunalobligationen . . . – aber das steht ja alles schon unten.

STIRBT DIE KUNST?

«Stirbt die Kunst?» –

Diese seltsame Frage ist jetzt zum zweiten Male aufgetaucht. Schon vor Jahresfrist hatte Moszkowski, der Chefredakteur der *‹Lustigen Blätter›*, die Frage gestellt, in etwas unklarer Weise behandelt und schließlich bejaht. Jetzt kommt ein Berufener, um sie abermals zu stellen und abermals zu bejahen: Victor Auburtin. Auburtin, der Schöpfer eines der feinsten deutschen Prosastücke: *‹Der Ambassadeur›*, veröffentlicht in einem kleinen Hefte bei A. Langen-München Ansichten, die nicht nur die kleine Gruppe der Literaten angehen. Hier wird ein Problem der Massen behandelt! Und weil er mit seinem blitzenden Schwertlein so unvorsichtig herumgefuchtelt hat – getan hat er keinem etwas – darum wollen wir die Marionette des Kritikers Auburtin (nicht des Künstlers!) auf eine kleine Bühne stellen und ihn sprechen lassen. Hoppla!

Aber sachte! sachte! Immer ausreden lassen und nicht unterbrechen! Erst soll er uns erheitern und dann werden wir sehen. –

Und er spricht: «Kunst ist Verzückung, Raserei, Träumerei, Schwärmerei, Delirium . . . Kunst wuchs empor aus den dämmernden Kirchen, in denen (verlogene) Pfaffen beteten . . . Kunst entstand aus der Vagabondage und dem Elend des Schauspielers, aus den kleinen, eckigen Kleinstädten, die noch keine Kanalisation hatten, aber Idylle, – die Voraussetzungen der Kunst sind der Krieg, große Epidemien, Raubrittertum, regellose Unordnung! – (spricht er.) Die Ordnung kommt, die soziale Organisation, die wenigstens das aller-, allerschlimmste zu beseitigen versucht . . . und nun stirbt die Kunst! –»

Vorhang.

Allseitiges Staunen. Also – wie? . . . Die Masse (wer ist das übrigens?) ist schuld am Untergang der Kunst. Hm. Welche Masse? An welcher Kunst? Das wollen wir sehen?

Zunächst: Kunst ist gar nicht «Delirium, Schwärmen, Träumerei»! – Das kann sie auch sein. Aber wo bliebe, wenn sie es nur wäre, die edle Klarheit Goethes. «Ja!» spricht die Marionette, «der könnte heute auch nicht mehr durchdringen, die Masse hat ja nicht die Geduld mehr, zu lesen.» – ‹Durchdringen›? Ist denn Goethe ‹durchgedrungen›? – Keine Spur; es existieren eine Unzahl ungünstiger Kritiken, die ihn nicht begriffen, und, wie er sich einst zu Eckermann beklagte, «im eigentlichen Volke bleibe alles still». – Für solche Erscheinungen hat nun Auburtin zwei Schemen: erstens: die Masse kümmert sich nicht um die Kunst. Natürlich, sagt er dann, wie sollte sie auch, diese – Masse! Zweitens: sie kümmert sich um die Kunst. Dann schreit er:

«Die Kunst stirbt an der Verpöbelung. Die Masse herrscht, und vor ihr hat alles zu kuschen. Sie verlangt billige Kunst und eine handfeste, deutliche Kunst, von der man doch etwas hat.» – Ja! Aber das hat sie immer getan. Und doch ist die ganze subtile Kunst weiter gediehen, unbekümmert um die . . . die . . . Masse. Ja, wer war denn das eigentlich?

Hören wir: «Daß in einem wohlorganisierten Bürgerstaate die Kunst sterben muß, das lehrt uns die Kunstgeschichte Hollands.» – Aha! Das glaube ich, daß die dicken Mynheers für die Kunst nichts übrig gehabt haben. – In einem Bürgerstaate, sagt er – ist das unsere Zukunft? Sicher nicht. Sondern –? Ach, die Marionette stimmt ein Klagelied an: «Unsere Spezies geht einer Verameisung entgegen. Wie bei den Ameisen und Bienen der Staat alles, die Persönlichkeit nichts ist, wie bei ihnen die Freß- und Greiforgane auf Kosten des verkümmerten Gehirns sich entwickelten, so wird es auch bei uns geschehen, die wir unser Heil auf das Dümmste und Gemeinste gestellt haben, auf die Arbeit. All das Feine und Leise, das der Muße und dem Eigensinn des Individuums entblühte, das wird verkümmern; schon in der Schule den Rotznasen die Nützlichkeit als das Höchste gepriesen; das ganze Leben darauf eingerichtet, ja keine Minute zu verträumen, ja die Zeit fleißig zu verhämmern und verpochen, ja immer mitten im wimmelnden Haufen zu bleiben . . . In 250 Jahren, wenn die soziale Organisation glänzend durchgeführt worden ist, dann wird man den Dämon des Künstlers schon auf den Schulbänken gedusselt haben . . . Ich glaube, daß die menschliche Rasse einer gewaltigen Zukunft entgegengeht. Ich glaube an das Kommen friedlicher Demokratien, immenser, geeinter Arbeiterschaften, die das Höchste wollen, und das Höchste erreichen werden. – Aber ich weiß, daß aus dem anonymen Gewimmel nie die reißend schmerzliche Strophe eines Liedes tönen wird, und sollte sie dennoch wieder einmal tönen, so wird sie nicht verstanden werden.» –

Er weiß das. Aber nun genug der Ironie, denn wir wissen etwas anderes: Daß jede Zeit den Ausdruck ihrer Gefühle selbst findet und die «Anemonen auch im April des Jahres 2361 nicht versäumen werden, zu blühen». Auf derartige Einwendungen, sagt Auburtin, pfeife er. Nun, so wollen wir ihm eins trommeln. – So lange bis selbst er begriffen hat, daß die Massen sich nach der Kunst sehnen und für sie reif werden, und wenn der Pfeifer erklärt, «es gäbe nichts greulicheres als Schillertheaterei und jene Volksbühnen, wo die Kunst braven Arbeitern zu Aschingerpreisen serviert werde» – so muß ihm getrommelt werden, daß die undisziplinierten Grinser im *‹Faust›*, die er gesehen hat, schon längst zu den Ausnahmen zählen. Schon. Dank den Bemühungen der Volksbühnen.

Das Spiel ist aus. Wir hängen die Puppe samt Schwert und Tragik wieder an die Wand und verlassen das Bühnchen mit einer Frage im Ohr, die so recht zeigt, wie Auburtin der Kleine – denkt. «Damals», sagt er, «zur Zeit Neros, da hat man schon das Ende der Kunst für gekommen gehalten, weil alles ausgeschöpft schien. Sie ahnten noch nicht die ungeheueren Barbarenmassen, die jenseits der Grenzen lauerten, und in denen die Keime zu Rembrandts und Goethes Naturen schon vorhanden waren. Wo aber sind heute die Barbaren, aus denen wir uns erneuern können? Wo sind die Reserven?» –

Ich erlaube mir, Herrn Victor Auburtin auf die Existenz eines Proletariats aufmerksam zu machen. 1911

GEGEN DEN STROM

Ein erschütterndes Zeitdokument liegt vor mir: ‹*Gegen den Strom*›, Aufsätze aus den Jahren 1914–1916 von N. Lenin und G. Sinowjew (bei Carl Hoym in Hamburg). Die fünfhundert bedeutendsten Seiten, die im Kriege geschrieben worden sind.

Die Verfasser flüchteten bei Kriegsausbruch aus dem österreichischen Galizien in die Schweiz, dort gaben sie den ‹*Sozialdemokraten*› heraus, dann eine Nummer des ‹*Kommunisten*›, dann zwei Hefte des ‹*Sammelbuchs des Sozialdemokraten*›. Dieser Sammelband eben hieß: ‹*Gegen den Strom*›. Gegen welchen –?

Die Sozialdemokraten der großen kriegführenden Länder waren gleich zu Beginn glorreich umgekippt. Noch in den letzten Julitagen konnte man in Frankreich und in Deutschland sozialistische Proteste lesen, die den Krieg als das charakterisierten, was er war: als einen imperialistischen Streit kapitalistischer Gruppen, dessen Ausgang dem Proletarier auf keinen Fall Gutes bringen konnte; Sieg und Niederlage waren in der Tat für den Arbeiter, der kein Vaterland hat, gleichgültig. Zu Beginn des August las mans anders. Da erließ jede Fraktion in jeder Hauptstadt der europäischen Reiche eine Erklärung, daß dieser Krieg auch ihr Krieg sei. «Das Vaterland ist in Gefahr . . . Verteidigung des Landes . . . Kultur und Unabhängigkeit unsres eignen Landes . . . kein Eroberungskrieg . . .» Es war das Ende der Internationale, auf die sich übrigens die Waschlappen alle beriefen. Gegen diesen Nilschlamm kämpft das Buch.

Diese Aufsätze sind stilistisch fast völlig schmucklos, sind gewiß nicht schön ‹geschrieben›. Aber ich glaube nicht, daß ein Ertrinkender auf die kunstgewerbliche Ausführung seines Rettungsringes sieht. Lenin ist womöglich noch trockener, noch sachlicher, noch karger als Sinowjew – fast immer, wenn ein Artikel ein wenig lebendig anfängt, wenn Rede und Gegenrede zitiert werden, rührt er von Sinowjew her. Lenin ist ganz Tatsache, ganz Dokument, ganz Tendenz, ganz Eisen.

Was zunächst auffällt, ist der ununterbrochene, trommelnde, niemals nachlassende, nie aussetzende Kampf gegen die Verpfuscher des Klassenkampfes. Die militärische und kapitalistische Gegenseite wird als bekannt unterstellt, sie ist wissenschaftlich festgelegt, hier wundert nichts mehr. Was aber den paar Russen beinah noch gefährlicher erschien und es auch war, ist dies: eine ‹Klassenkampf› plakatierende Partei lockt die Massen zu sich, lullt sie ein, verspricht ihnen Befreiung und Umsturz, verrät sie, als es zum Klappen kommt — und beabsichtigt, das Spiel nach dem Kriege fortzusetzen. Hier war einzusetzen, hier haben sie eingesetzt.

Das ganze Kriegsverbrechen der II. Internationale, der königlich preußischen, der braven französischen, der revisionistischen russischen Sozialdemokratie geht aus diesen Aufsätzen hervor, die anklagen, nachweisen, das Urteil sprechen.

Uns interessiert am meisten das Urteil über die deutschen Kriegskreditbewilliger, über die Herrliches gesagt wird. «Ebert», so schrieb neulich ein Leser der *‹Weltbühne›*, «hätte doch nicht die von Wrobel gewünschte Haltung einnehmen können; vor 1918 wäre er bestimmt zum Sandhaufen verdammt worden.» Lenin: «Man hätte uns verhaftet! soll in einer Arbeiterversammlung in Berlin einer der Reichstagsabgeordneten gesagt haben, die am 4. August für die Kriegskredite stimmten. Darauf riefen ihm die Arbeiter zu: Na, wenn schon!» Es ist ganz richtig, wenn von Feiglingen, die ‹Wissenschaftlichkeit› über ihren traurigen Mangel an Mut und Charakter decken, heute gesagt wird: Eine Revolution konnte man damals nicht machen — weil man überhaupt keine Revolution ‹machen› kann. Wer hat das verlangt? Lenin: «Über die Stellungnahme zum Kriege konnten sich (1914) einigermaßen frei nur eine ‹Handvoll Parlamentarier› äußern, das heißt: ohne sofort gepackt und in die Kaserne geschleppt zu werden, ohne von unmittelbarer Erschießung bedroht zu sein, ausschließlich eine Handvoll Parlamentarier. Sie stimmten frei, rechtsgemäß, sie konnten noch dagegen stimmen — dafür wurde man nicht einmal in Rußland geschlagen oder mißhandelt, ja nicht einmal verhaftet . . .» Und wenn sie es getan hätten? fragt die Gegenseite. Wäre dann der Krieg abgebrochen worden. Nein. Aber die Massen, Unorganisierte und besonders Organisierte, hätten Mut bekommen, hätten den Krieg besser durchschaut und hätten *das* getan, was man ihnen heute in Deutschland vorwirft, und was sie leider nicht getan haben: sie hätten die Front erdolcht.

Denn hier scheiden sich die Wege: der breite der Kautsky, Bernstein, Südekum, Scheidemann, Ebert — und der schmale, der zum Ziel führt. Der Arbeiter hat kein Vaterland; er kämpft, wenn er dieses ‹Vaterland› verteidigt, einzig und allein für den Wechsel seiner Ausbeuter, und im großen ganzen kann ihm gänzlich gleichgültig sein, unter welcher Fahnenfarbe er ausgenutzt wird. Was wir erlebt hätten, wenn Deutschland gesiegt hätte, ist nicht auszudenken. Daß Staaten nach ihren Niederlagen meist weniger reaktionär sind als nach einem Sieg, den sie als Reklame für ihr System plakatieren, zeigt nur, welche immense Schuld die deutsche Sozialdemokratie nach dem Kriege auf sich geladen hat: es ist gradezu ein Kunststück, einen besiegten Staat in so kurzer Zeit weit unter sein Vorkriegsniveau zu treiben und noch reaktionärer werden zu lassen.

Karl Kautsky wird immer sachlich widerlegt. Die großen Verdienste Eduard Bernsteins werden stets anerkannt, wenn der entsetzliche Schaden, den er seiner Sache beigebracht hat, gezeigt wird. Bernstein . . . Ich sah ihn zum ersten Mal in den Tagen des Kapp-Putschs; meine ersten Worte nach der Begrüßung waren eine gerechte Charakterisierung Noskes, der damals grade auf Reisen war: er immer vorneweg, seine Schützlinge hinterher. Leider haben sie ihn nicht bekommen. Bernstein lief rot an und nahm hitzig den Renegaten in Schutz. Ich stand da, mit dem Hut in der Hand: vor mir der, von dem ich wußte, daß er durch Duldung der Verbannung sein Bestes für die Partei gegeben hatte, ein Mann, dessen Haar grau geworden war in Uneigennützigkeit. Ich schwieg. Es war schwer, zu schweigen. Denn er war die Gefahr.

Die Gefahr, der Millionen erlegen waren. Die Gefahr des Klassenkampf-Plakats, hinter dem nichts stand, nichts als kleinbürgerliche Demokratie, Reformmeier, kleine Weltverbesserer, die ‹Mißstände abstellten›. Betrogen die Arbeiter, betrogen die Gläubigen, die Opfernden, die jungen Menschen und die ergrauten. Und wofür —? Ein Glanzstück des Werkes: *‹Die deutsche Sozialdemokratie und die zukünftige Internationale›* bringt ein Zitat aus den *‹Preußischen Jahrbüchern›*, das das ganze Elend in einen einzigen Satz fängt. Es ist nach der ‹patriotischen› Haltung der Sozialdemokraten im Reichstag. «Selbstverständlich haben unsre sozialdemokratischen Mitbürger durch die Erfüllung vaterländischer Pflichten keinen besondern Anspruch auf Entschädigung erworben.» Judas, und nicht einmal dreißig Silberlinge.

Abgefangen war das Streben der Massen nach Klassenkampf, die Friedenssehnsucht, das dumpfe Streben, aus den Gräben herauszukommen . . . abgefangen und unschädlich gemacht. Sie zahlten noch immer ihre Mitgliedsbeiträge — aber die Partei war längst tot.

Immer wieder überrascht in dem Bande die fast prophetische Gabe, mit der die Weltgeschehnisse angesehen werden. Man denke dagegen an das Geschrei der Parlamentarier im Kriege; an die Forderungen der Industrie; an die Leitartikel, besonders an die, die ohne den Druck der Militärbehörden zustande kamen; an das Wirken all dieser ‹Realpolitiker›, die nicht über das nächste Bezirkskommando sehen konnten; an Paulchen Rohrbach, dieses Waldhorn der Politik (der heute noch munter schreibt, nach so vielen Blamagen immer noch Leser findet, die nicht alle werden) — man denke an alles das und entscheide, auf wessen Seite die Klarheit und die Wahrheit stand. Ach, wie haben diese beiden recht behalten!

Und wie kläglich wirkt solchem Buch gegenüber der maßgebende Typus des deutschen Sozialdemokraten, der es wagt, Wilhelm Liebknecht zu feiern, den Mann, auf den er jedes Anrecht verloren hat. «Wilhelm Liebknecht gehörte der agitatorischen Periode des Sozialismus an.» So kann mans auch nennen. «Reinhardt», sagt der Schmierendirektor der Provinz, «muß historisch erklärt werden.» In solchem Wust von Charakterlosigkeit, Bequemlichkeit, Beharrungsvermögen und Blindheit vor den eignen Niederlagen wirken die Russen wie die ersten Chemiker im Zeitalter der Alchimie; wie die ersten Astronomen inmitten astrologischer Quacksalber. In diesem Scheidewasser lösen sich auch die künstlichsten Kristalle: ich weiß, wie schmerzlich es ist, eingeordnet zu werden, alles sträubt sich dagegen, wenn Barrès ein ‹Reaktionär› genannt wird, weil er ja auch noch eine Kleinigkeit mehr war. Aber doch nur eine Kleinigkeit, und auf die kommt es nicht an. Nein, es kommt nicht auf sie an. Das ist hier mit stählerner Mathematik bewiesen.

Dazwischen einmal, ein einziges Mal ein Sentiment. *‹Zu Tode gemartert›*: ein Nachruf auf den russischen Revolutionär W. Lomtadidse, der in Saratow elend zu Grunde ging. Wie ein kleines schwarzes Kreuz starrt das in diesen grauen Artikeln.

Überzeugend ihre Stellung zu den Pazifisten.

Zunächst: sie sind gar keine. «Wir sind gar nicht gegen alle Kriege. Wir sind gegen ihre Kriege» — und ‹ihre› ist kursiv gedruckt und enthält eine Welt. Endgültig festgestellt ist das Wesen der Kriege — denn immer wieder legen beide den größten Wert darauf, daß es das nicht gebe: den Krieg. Sie schälen den wahren Grund, die wahren Ursachen des jedesmaligen Krieges heraus: den Nationalkrieg; den imperialistischen Krieg, wie der letzte einer war; den Krieg, den die Kolonie zu ihrer Befreiung von der Kolonialmacht führt . . . und so fort. Und sie entscheiden danach, ob die ausgebeutete Klasse von ihrer Teilnahme einen Vorteil hat oder nicht. Nur dies gilt.

«Also hätte Deutschland sich 1914 unterwerfen sollen?» So fragt die Dummheit. Was fehlte, war die revolutionäre Propaganda gegen den Krieg auf allen Seiten, der Massenstreik auf allen Seiten, der Bürgerkrieg auf allen Seiten. Dazu gehörten: Vorbereitung, Mut, illegale Organisation und Führer, die nicht schon während des Verrats fest entschlossen sind, sich hinterher zu ‹amnestieren›. «Wenn wir diese Zeit der Ungeheuerlichkeiten überstanden haben werden, wird es erst Pflicht sein, einander nicht bei Wort zu nehmen», sagt noch einer der Besten, der Sozialdemokrat Victor Adler. Man denke das zu Ende: wir toben jetzt wie die Wilden mit den Kapitalisten, um ihren Krieg zu machen, ihre Interessen zu vertreten, wir feuern unsre Leute noch an, die Genossen der andern Seite zu schlachten, selbst zu krepieren wie das Vieh — und hinterher sagen wir: Es ist nichts gewesen. Für wen wird das nationale Wort denn gesprochen, wenn es nachher nicht gelten soll? Sagen wirs getrost: es ist aus Angst gesprochen worden.

Freilich sah das auf allen Seiten gleich aus.

Die französischen Sozialisten waren meist um keinen Deut besser — manche Überlebende, die ich kenne, unterscheiden sich in nichts von Scheidemann, es sei denn durch ihren Intellekt —, und auch Jaurès ist zeitig gestorben. Mit feinstem Instinkt wird er von den Russen immer ein bißchen à part behandelt; sie sind mit Recht überzeugt, daß auch er in die Regierung gegangen wäre, für die ‹Verteidigung des Vaterlandes› — aber wenigstens hat er sich bis zum letzten Tag seines Lebens, der allerdings der entscheidende war, tapfer gehalten.

Von Herrn Vandervelde ist eine reizende Szene aufbewahrt. Dieser Arbeitervertreter war Minister ohne Portefeuille, als es losging — die belgische Regierung wußte, warum. Er sollte die russischen Sozialisten beruhigen, doch nur wenigstens jetzt nicht (wo es drauf ankam) Opposition zu machen. Er wollte ihnen telegrafieren, brauchte dazu aber die Zensur des russischen Botschafters in Brüssel. Hier der Bericht des Botschafters:

«Am Tage darauf machte ich die Bekanntschaft Vanderveldes ... Das Gespräch kam auf das Telegramm, und Vandervelde las mir den ursprünglichen Text vor. Er begann so: ‹Wir kämpfen gegen den Militarismus und Imperialismus ...›

‹Ich muß Ihnen zu meinem Bedauern sagen, daß ein solches Telegramm nicht durchgelassen wird. Sie rufen die Untertanen des russischen Reiches auf, gegen den Imperialismus zu kämpfen ...›

‹Ja, aber doch nicht gegen den russischen —› unterbrach er mich rasch — ‹sondern den deutschen, den kriegerischen Imperialismus, der alle bedroht ...›

‹Warum also nicht: gegen das preußische Junkertum?›

‹Ach, ausgezeichnet! natürlich gegen das Junkertum!›

So wurde das Telegramm abgefaßt ...»

Und das vertritt heute den Weltfrieden in Genf.

Der Kampf gegen die falschen Freunde, die schlimmsten Feinde in einem Kriege, der, wie sich heute deutlich zeigt, gegen die Arbeiter geführt worden ist — dieser Kampf tobt durch das ganze Buch. Und doch ist der Zorn dieser beiden so ganz anders als die Wut auf der andern Seite.

Ich kenne viele deutsche Sozialdemokraten, die gradezu Krämpfe bekommen, wenn von den Leuten, die links von ihnen stehen, die Rede ist. Diese blauroten Köpfe, diese kippenden Falsettstimmen, dieses Gefuchtel mutet sonderbar an. Woher der Eifer —? Die Wut dieser Arrivierten, dieser kleinen Beamten, die in ihrer ‹Organisation› nicht gestört werden wollen, dieser Knaben, die in dem Augenblick, wo sie in der Regierung sitzen, alles vergessen, was sie vorher gepredigt haben, um in die Regierung zu kommen — diese Wut ist mit dem Seelenzustand eines angebundenen Haushundes zu vergleichen, dem sich das Fell sträubt, wenn nachts, in der Ferne, die Stimme des Wolfs ertönt. Es ist nicht der Wolf, der heult. Es ist der Bruder, der ruft, der fast vergessene Bruder, den der Hund verraten hat, als er des Fressens halber zum Menschen ging, um die Herden zu bewachen ... Der Hund reißt an der Kette und kläfft. In seinem wütenden Gebell ist Haß, Furcht und ganz, ganz zu unterst Reue, Scham, Gewissensbisse und die längst mit Gewalt unterdrückte Sehnsucht nach der Freiheit, die der andre, der hungrige Vagabund, genießen darf. Zurück Sehnsucht! Weg Freiheit! Ich bewache die Hütte meines Herrn! Zweifle ja nicht an meiner satten Treue ... Kein Haß ist so groß wie der des Haushundes gegen den Wolf.

Diese beiden haben gehandelt und haben gesiegt. Und sie wußten nicht, daß sie siegen würden – wieviel Lenins, wieviel Sinowjews sind vor 1914 als Emigranten verhungert, ungekannt untergegangen, in Sibirien erfroren! –, aber sie wußten, daß die Idee eines Tages siegen würde. Sie sind glücklich zu preisen: sie haben es erlebt.

Und weil diese Kommunisten es erlebt haben, weil sie die Ausbreitung ihrer Idee haben wollen – gegen die Sozialchauvinisten, die noch heute, dieselben Männer, die Partei weiter täuschen dürfen, über die Köpfe träumerischer Demokraten hinweg, die in dem Augenblick zurückschrecken, wo es ernst wird, und denen nachzugeben in manchen Gehirnen ‹taktisch› heißt –: weil sie gesiegt haben und weiter siegen wollen, sollten sie einen, einen einzigen Fehler vermeiden.

Sie sollten uns besser kennen, wenn sie bei uns arbeiten und arbeiten lassen. Aber darüber ein andres Mal. 1926

MILITARIA

Wir haben nun genügend Distanz zu den Dingen gewonnen. Der heiße Zorn über die Offizierskaste und ihren Ungeist ist verraucht – wir haben nun Muße gehabt, durch neues Material unser Urteil zu bestärken.

Das deutsche Offizierkorps hat im Kriege seine Vorgesetzten-Pflichten nicht erfüllt; es hat seinen Untergebenen gegenüber versagt. Das deutsche Offizierkorps hat die Niederlage herbeiführen helfen und bleibt ein Hauptfaktor der deutschen Unkultur.

Es muß das deshalb hier noch einmal gesagt werden, weil Kräfte in Deutschland am Werk sind, die aus politischen Gründen, aus persönlichem Interesse oder aus Unkenntnis die Sachlage zu verschleiern trachten. Aus vielen Zuschriften an den Herausgeber und mich geht hervor, daß diese völlige Ablehnung des Militärs den Deutschen ins innerste Herz trifft. Es geschieht dann folgendes: Das Resultat meiner Untersuchungen ist ihm gefühlsmäßig unsympathisch, er zuckt zusammen und bemüht sich nunmehr um Gegengründe. Die Gegengründe sind nicht gut, und sein Gefühl ist es auch nicht.

Der Stabsoffizier, der hier das alte Heer schildert, hat in der Nummer 2 dieses Jahrgangs mein Urteil über das deutsche Offizierkorps für nicht gerechtfertigt erklärt. Die meisten Leser schlagen sich auf seine

Seite, nehmen noch seine schärfste Kritik hin und perhorreszieren mich. Der Grund liegt klar zutage: Jener sagt «Ja – aber», und ich sage «Nein!»

Bevor wir in die eigentliche Erörterung eintreten, halte ich noch für nötig, auszusprechen, daß diese Angelegenheit keine Stammrollenfrage ist. Es ist behauptet worden, ich sei im Kriege von den Offizieren schlecht behandelt worden, und daher rühre mein Urteil. Das Urteil würde dadurch nicht falscher werden. Die Behauptung ist unzutreffend: ich habe beim Militär nichts andres auszustehen gehabt als schließlich jeder Mensch, der diesen Kurzstirnigen in die Hände gefallen ist; ich bin auch zufällig ziemlich rasch und verhältnismäßig weit befördert worden. Also das ist es nicht. Und darum handelt es sich am Ende gar nicht. Es handelt sich nur darum: Ist das Urteil, das ich hier so oft über die deutschen Offiziere fällen durfte, falsch oder richtig?

Jedes Urteil über eine Kollektivität ist, mathematisch genommen, unrichtig. Der Typ, der sich durch Übereinanderkopierung von Fotografien ergibt, ist in voller Reinheit auf keiner vorhanden. Was der Beurteilung unterliegt, ist der Typ in Reinkultur, wie er von allen Angehörigen einer solchen Gemeinschaft erstrebt wird, ist jener Typ, nach dem sich alle richten, ist der Typ, den viele fast ganz erreicht zu haben sich zum Ruhme anrechnen ließen – ist eben ‹der› deutsche Offizier.

Wer wagt heute noch, angesichts einer Millionenschar deutscher Zeugen, zu bestreiten, daß deutsche Offiziere im Kriege Heeresgut verschleudert, daß sie ihren Untergebenen Nahrungsmittel entzogen, daß sie besser gelebt haben, als ihnen zukam, daß sie ihre dienstliche Stellung mißbraucht haben? Wer? Die alten Propagandachefs Ludendorffs. Sie wissen, warum. Aber wir auch.

Wenn die dienstlichen Vertreter des alten kaiserlichen Offizierkorps mit der juristisch erforderlichen Aktivlegitimation wegen dieser Behauptung heute noch klagten, so wären zunächst einmal fünf Richter das Weltgericht – was ein bißchen abstrus wäre – und zweitens hätten wir die Beweislast. Diese Beweislast ist aber ohne Machtmittel nicht zu tragen. Bei der Verlogenheit der deutschen Armee war nach außen hin immer alles in Ordnung; jedermann war durch einen Befehl, durch einen Bericht, durch eine Verfügung oder durch eine Allerhöchste Kabinettsorder gedeckt. Jeder wälzte die Verantwortung auf einen andern ab, und zuletzt trug sie keiner. Nicht einzelne Fälle, wie sie in jeder Organisation vorkommen, sollen hier festgenagelt werden, sondern die Regel – keine Ausnahmen. Die ungesühnte Regel – nicht die sofort bemerkte und abgestellte Ausnahme. Das Alltagserlebnis. Das Normale. Die Regel.

Ich gebe nun zunächst wenige kleine Proben aus der unerschöpflichen Schrift ‹*Charleville*› von Doktor Wilhelm Appens (erschienen bei Gerisch & Co. in Dortmund) – einer Schrift, die ich am liebsten von Anfang bis zu Ende hier abdruckte, und die ich jeden meiner

Leser sich zu beschaffen und vollständig zur Kenntnis zu nehmen bitte. Nach ihrer Lektüre begreift man, warum wir den Krieg verloren haben, und warum der Haß der Welt auf Deutschland noch immer in Weißglut steht.

«Das deutsche Volk hat freudig die größten Opfer auf sich genommen. Im Großen Hauptquartier war es grade das Gegenteil und ist in den spätern Jahren nicht besser, sondern schlimmer geworden. Der kaiserliche Hofstaat verschlang enorme Summen. An der Hoftafel wurde glänzend gelebt. Es ist ein Irrtum, anzunehmen, daß Wilhelm der Zweite tagtäglich mit dem Großen Generalstab zusammengearbeitet habe. Ich darf wohl behaupten, daß der Kaiser nie in die Präfektur gelassen wurde. Die Generalstäbler kamen zu ihm in seine Villa und hielten ihn durch Vorträge auf dem laufenden. Von Zeit zu Zeit fuhr er an die Front und hielt Ansprachen oder nahm Paraden ab. Das war alles. Im übrigen langweilte er sich, wie ein verwöhntes Kind, das seine Kinderstube nur in Begleitung der Bonne verlassen darf. Das Hofleben erinnerte in seiner ganzen ‹Aufmachung› an das Leben im alten Rom vor dem Verfall.

‹Es gibt nur eine Feldkost.› Dieser kameradschaftliche Befehl ist im Großen Hauptquartier nicht beachtet worden. Je höher die Mitglieder eines Kasinos im militärischen Rang und in dienstlicher Stellung, je vornehmer die Verpflegung. Der Große Generalstab mit seinen ungefähr hundert Herren überbot alle andern Formationen. Das Beste war für die Offizierskasinos, das Allerbeste für den Generalstab. Den Edelsten der Nation sagte die einfache Bauernbutter nicht mehr zu. Deshalb richtete die Heeresverwaltung in Charleville eine Zentralmolkerei ein, um schmackhaftere Rahmbutter und vollwertigste Sahne zu schaffen Der ganze Bau war in wenigen Wochen hergestellt. An Arbeitskräften (Pionieren) fehlte es nicht. Baumaterialien ließen sich schnell herbeischaffen. Gab es keine geeigneten Maschinen im besetzten Gebiete, bedurfte es nur einer telegrafischen Bestellung nach Deutschland. Der Bau kostete achtzigtausend Mark. Der Generalstab glich Moloch, dem Unersättlichen. Es grenzt an das Ungeheuerliche, was an die Kasinoverwaltung der Präfektur geliefert werden mußte. Wie ein Nimmersatt kam mir besonders der General Zöllner, der Adjutant des Generalquartiermeisters v. Freytag-Loringhoven vor. Ein Leutnant von M. handelte auf Befehl des Generals Zöllner. Wir konnten nicht genug herbeischaffen. Die Ordonnanzen kredenzten alte Südweine als Appetitanreger, edlen Bordeaux zu den Hauptspeisen, Liköre zum Mokka, Sekt und schweren Burgunder bei Beginn der Fidelitas, die nicht selten in wüste Orgien ausartete. Es gibt wohl keine Formation im Großen Hauptquartier, die solch hohe Zahl von Gutscheinen für Getränke mit wahnsinnigen Summen aufzuweisen hatte wie der Große Generalstab. Ein einziger Bon hatte einmal die Höhe von fünfunddreißigtausend Francs. In den Kasinos weiter nach unten war die Verpflegung weniger feudal. Doch die Tafelfreuden schlugen dieselben Wellen und traten nicht unbeträchtlich über die Ufer des Anstands. Ein weit bekanntes Offiziersspeisehaus war der sogenannte ‹Salon des Familles›. Dessen Weinkeller schien unerschöpflich zu sein. Der geflohene französische Besitzer hatte auf Jahre hinaus seine Vergnügungshallen mit Vorräten an Wein und Likören versorgt. Für die Deutschen reichte es nur auf Monate.

Der zweite Kommandant war fort. Jetzt brach die Meute los. Keine Formation wollte sich von ihren Zimmer-, Büro- und Kasino-Möbeln trennen. Diplomatenschreibtische, lederne Klubsessel, Teppiche, Fenstervorhänge aus schwerem Plüsch — alles schleppten Lastautos öffentlich, am hellen Tage zum Bahnhof. Was alles aus den Quartieren der Offiziere und höhern Beamten gestohlen worden ist, spottet jeder Beschreibung. Die Wäscheschränke waren schon lange leer. Tische, Stühle, Betten, Eßgeschirre, Bestecke und Uhren wanderten nach. Selbst Bade-Einrichtungen sind ausgebrochen und mitgenommen worden. Später haben solche Plünderungen immer krassere Formen angenommen. Kunstwerke, seidene Damenkleider, Leibwäsche, alles verschwand schon mit dem Fortgang des Großen Hauptquartiers. Die nachfolgenden Formationen trieben es noch ärger. In den letzten Monaten des Krieges habe ich erlebt, daß riesige Eichenmöbel aus alten Patrizierhäusern gestohlen worden sind. Gemälde, Spiegel, Klaviere, Familienandenken — nichts war heilig. Die Präfektur bot ein Bild des Grauens. In den weiten Hallen war nicht ein Stuhl mehr zu finden. Von den prachtvollen Doppeltüren hingen die Lederbezüge in Fetzen herab.

Im letzten halben Kriegsjahre stand das Barometer schon auf Sturm. Soldaten trieben sich tage-, ja wochenlang in Charleville umher, ohne an eine Rückkehr zu ihrem Truppenteil zu denken. Mit der Straßendisziplin gings zu Ende. In der Dunkelheit hörte man schon Offizieren nachrufen: Bluthunde! Haut sie! Licht aus! Messer heraus! Zwei Mann zum Blutempfang! . . . Die Heeresverwaltung griff zu Gegenmaßregeln. Die Ordonnanzen durften nicht mehr mit Morgenkaffee, Butter und Brötchen über die Straße balancieren. Die ausgemergelten Frontsoldaten wären sonst tätlich geworden. Offiziere, die, wie in Modebädern, abends in einer Art weißer Phantasie-Uniform gingen, vermieden von jetzt an solche provozierende Kleidung. Hohe Offiziere, sogar ein General, schämten sich nicht, jeden Front- oder Etappensoldaten anzuhalten und zur Bestrafung zu melden, wenn der Gruß nicht kasernenmäßig ausgeführt wurde. Sie schämten sich nicht, todmüde, abgehetzte feldmarschmäßig bepackte Landser, die mit gesenktem Kopf ihres Weges trotteten, auf offener Straße anzubrüllen. Die Erbitterung stieg. Die Arresthäuser füllten sich. Die Soldaten hungerten, und die Offiziere schwelgten weiter.

In jeder Formation waren es immer nur einige, die ernstlich arbeiteten. Die meisten bummelten. Die bissige Redensart: ‹Wenn nur der Friede nicht ausbricht› war auf dieses Schmarotzertum gemünzt. In den letzten beiden Kriegsjahren habe ich Offiziere und Militärbeamte kennen gelernt, die sichtlich erbleichten, wenn vom Frieden gesprochen wurde. Auch ganze Formationen waren überflüssig, und kostspielige militärische Maßnahmen erregten nur Spott und Hohn bei den Fronttruppen. Eine klägliche Rolle spielten die Kriegsberichterstatter. Jeden Vormittag durften sie vom Major Nicolai die zensierten Kriegsdepeschen in Empfang nehmen und darüber in Artikeln, die nochmals von einem dazu ernannten Offizier durchgesehen wurden, an ihre Zeitungen depeschieren und leitartikeln. Hier und da fuhren sie in militärischer Begleitung zur Front, speisten bei höhern Stäben oder schauten von einem fernen Berge ins Schlachtgetümmel, wie Moses ins gelobte Land. In den ersten beiden Kriegsjahren wohnten sie in einem Schloß, in dem später der ganze kronprinzliche Hofstaat unterkam. Da hatten sie alles und genossen auch alles. Eine andre Formation, über der der Geist des Majors Nicolai schwebte, war die Kriegspressestelle. Ich kam mit den Herren nur alle Monat einmal in Berührung, wenn ihr Weinkeller neu aufgefüllt werden mußte. Was die Feldpressestelle Positives geleistet hat, ist mir rätselhaft geblieben. Das allwöchentlich erscheinende *‹Korrespondenzblättchen›* hätte ein Schreiber vom Büro des Majors Nicolai ebenso prompt herausgeben können.

Die Offiziere stellten die höchsten Ansprüche. Selbstverständlich wollten sie allein wohnen. Bade-Einrichtung, Salon, Schlafzimmer, Garten waren Grundbedingung. Ohne Teppiche, Treppenläufer, Chaiselongue, Uhren, elektrische Lichtanlage, Dauerbrenner ging es überhaupt nicht. Woher aber nehmen? Die Quartiere waren zum größten Teil von den Vorgängern ausgeplündert. Man verschaffte sich nun Ersatzmöbel, indem man von Haus zu Haus ging und ein Möbelstück nach dem andern oder gleich ganze Einrichtungen wegnahm. So handelten Angehörige eines Kulturvolks. Aber trotzdem waren viele Offiziere noch nicht zufrieden. Sie wollten zwischen keinen zusammengestoppelten Möbelstücken hausen. Alles sollte noch stilgerecht obendrein sein. Pioniere und Elektromonteure wußten nicht, wo ihnen der Kopf stand. Hier mußte ein neuer Ofen gesetzt werden, dort galt es eine fließende Wassereinrichtung einzubauen, das Zimmer bedurfte neuer Tapeten, über dem Bett fehlte ein elektrischer Wandarm, Gartenanlagen sollten neu hergerichtet werden und dann, vor allen Dingen: jeder verlangte ein Klavier.

Eines Tages erschien der Ortskommandant von Wasigny mit

dem Befehl des A. O. K. I, eine größere Möbelrequisition in Charleville-Mezières vorzunehmen. Ein neues Kasino, Kino undsoweiter mit allem Drum und Dran sollte ausgestattet werden. Solche Vorwände waren den Ortskommandanten nicht neu. Der Kommandant sträubte sich. Vergebens – der Kommandierende General wünschte es, die Inspektion ersuchte, die Kommandantur befahl, und ich gehorchte. Hauptmann W . . ., so hieß das militärische Oberhaupt von Wasigny, begleitete mich persönlich. Wir fuhren zum Stadthause von Mezières. Der Bürgermeister war selbst zugegen. Ich trug ihm unser Anliegen vor. Er erklärte sich bereit, persönlich mitzugehen und führte uns in seine eigne Villa. ‹Bitte, wählen Sie›, sagte der Franzose zum deutschen Offizier. ‹Ist der Kerl verrückt?› meinte der Hauptmann – ‹er will seine eignen Möbel hergeben?› Die ‹Requisition› im Hause des Bürgermeisters begann. Zunächst das Schlafzimmer der geflüchteten Gattin des Bürgermeisters. Herr Bruxelles nannte den Wert der Sachen. Ich schrieb. Der Hauptmann feilschte um die Preise. Dann: das Billardzimmer. Seidene Wandteppiche, wundervolle Gobelins, Wanddiwans, Hocker, ausgelegte Spieltische – der Hauptmann schmunzelte. Er riß die Türen aller Zimmer auf, wühlte in den Wäscheschränken und wählte aus, was ihm gefiel. Als ich den deutschen Offizier wie einen gemeinen Einbrecher ‹arbeiten› sah, trieb mir die Empörung – wie leider so vieles in dieser Zeit – die Schamröte ins Gesicht. Der Herr des Hauses stand daneben. Sein Atem flog. Er grub die Zähne in die Lippen und – schwieg. Nun gings wieder hinunter. In den Eßsaal und die Gesellschaftszimmer. ‹Hier, mein Kapitän, sind meine Hauskleinodien, ich hüte sie mit meiner Seele. Sie sind heiliges Familiengut.› Ich verdolmetschte dem Offizier diese Worte des Bürgermeisters. Er blieb taub. Herr Bruxelles nahm seine Zuflucht zu mir. ‹Sehen Sie, dieser Flügel, er ist aus Deutschland, die Firma kennen Sie ja – Blüthner. Und dann hier mein Buffet, massiv Eiche, nach Maß für dieses Zimmer hergestellt. Und da› – er riß einen Stuhl an sich wie eine Mutter ihr Kind, das man ihr rauben will – ‹jede Lehne, jeden Sitz dieser zwölf Stühle ziert eine Handstickerei, mit Sorgfalt und Liebe von meinen Familienmitgliedern gearbeitet.› Der Franzose nahm meine beiden Hände, von mir seine Rettung erhoffend. ‹Was schwätzt der ausgemergelte Franzosenkopp?› wandte sich der Hauptmann an mich. Ich bettelte für den Bürgermeister. ‹Glauben Sie, Unteroffizier, eine Exzellenz soll im Dreck liegen, während dieses Pack auf Seide sitzt und schläft? Alles wird requiriert. Der Kerl bekommt seinen Gutschein, den mag ihm bezahlen, wer will.› Herr Bruxelles schien zu verstehen. Seine Seele riß sich los. Die Augen irrten durch die hohen Fenster ins Weite. Nachmittags fuhren Lastautos vor, um den Raub zu bergen. Acht Tage später überreichte ich dem Bürgermeister den Gutschein: vierzigtausend Francs. Und wieder einige

Wochen später begruben die Einwohner von Mezières ihren Bürgermeister Bruxelles.»

Wenn solche Dinge im Großen Hauptquartier vorkommen konnten — wie muß es dann fern vom Schuß ausgesehen haben! Und welche Gesinnung muß ein Offizierkorps beseelen, das diese Übergriffe kennt, selbst mitgemacht hat und nun nicht den moralischen Mut aufbringt, eine Generalreinigung am eignen Körper vorzunehmen! Aber das kann es nicht, denn dann müßte es sich selbst auflösen.

Mein verehrter Gegner, der Stabsoffizier, hat einmal mit Recht betont, daß es eine Homogenität des deutschen Offizierkorps nicht gab. Garde und Zabern sind allerdings zwei Welten: aber in der Kastenrücksichtslosigkeit waren sie homogen. Überraschend schnell hatte der frisch eingetretene Reserve- oder Kriegsoffizier sich den schlechten Geist des Offizierkorps zu eigen gemacht. Andern Völkern unfaßbar ist jene kalte Roheit, die sich nicht einmal an den Qualen Leidender weidet, sondern die sie überhaupt nicht sieht. Unfaßbar jene vollkommene Nichtachtung andrer Rassen und Völker — unfaßbar die Verständnislosigkeit dafür, daß das auch Menschen sind. «Und wenn nun Ihrer Frau und Ihrer Tochter dergleichen . . .?» Das begriffen sie nicht. Es kam ihnen gar nicht in den Sinn, eine Parallelität zwischen ihren eignen Leuten und den fremden auch nur anzunehmen.

Durch stete Wiederholung sind die alten schlechten Grundsätze der deutschen Armee in die Köpfe getrommelt worden: Der Vorgesetzte hat immer recht; Dienst ist Dienst (und Recht ist Unrecht); jede Dienststellung dient zunächst der persönlichen Bequemlichkeit . . . Nur durch stete Wiederholung ist heute festzustellen: Nicht das ist so empörend, daß täglich die schlimmsten Übergriffe vorgekommen sind — sondern, daß sich keiner beschwerte, weil er die Nutzlosigkeit seiner Beschwerde von vornherein einsah, und daß das Offizierkorps noch den letzten Verbrecher hielt — aus Gründen der Disziplin. Wo ist der überzeugte Militarist, der etwa befürwortet hätte: Jeder Offizier, der seine Dienstgewalt mißbraucht, ist vor der Front zu degradieren!? Erst dann hätte das Offizierkorps behaupten können, rein zu sein.

Ich halte mich an die Tatsachen. Und es ist eine Tatsache, daß das deutsche Offizierkorps lieber Schandkerle unter sich geduldet hat, als daß es im Interesse der Mannschaften durchgegriffen hätte. Was ist das für eine Disziplin, die solchen Schutz nötig hat!

Die Gründe für diese Kulturwidrigkeit liegen tief. Der Deutsche, von der Tradition verprügelt, braucht etwas, das ihn über sich selbst hinaushebt. Als Karl Müller ist er nichts — aber als Feldwebeldiensttuer dünkt er sich etwas zu sein. Als ein lebenstüchtiger Kerl ist er nichts — aber er erhält in seinen Augen eine Bedeutung, wenn er unterschreibt: Der Direktor des Zentralbüros (gezeichnet) Lehmann.

Nun ist diese Weltordnung zerstört — ihre vollkommene Unbrauchbarkeit hat sich im Kriege herausgestellt. Was unter Friedrich dem Zweiten möglich war, ist heute ein übelduftender Anachronismus. So kann man eben nicht arbeiten. Diese ganze Art, Stäbe und Abteilungen und Kompetenzen zu stabilisieren, diese unmögliche Arbeitsweise, mit einem schwerfälligen Apparat das flinke Leben erfassen zu wollen —: es hat kläglich versagt.

Der Apparat, und besonders der militärische Apparat hat den Leuten die Augen geblendet. Sie sahen nichts mehr, wenn ein Inspekteur der Kavallerie sein Votum abgegeben hatte. Sie sahen nichts mehr, wenn über einen offenen Rechtsbruch irgendein feierliches Kollegium sein Habeat gesprochen hatte. Sie wollten auch nichts mehr sehen. Denn es war so bequem und gewinnbringend, nichts zu sehen . . . Und zum Schluß waren sie wirklich kurzsichtig geworden.

Was dem völlig unfähigen Noske immer wieder und wieder vorgeworfen werden muß, ist eben, daß dieser ehemalige Sozialdemokrat die gute Gelegenheit nicht benutzte, alle Nutznießer des alten Systems auf die Straße zu setzen. Er sieht nicht, wie er zum Narren gehalten wird. Kaum besteht die Möglichkeit, daß die Militärgerichtsbarkeit abgeschafft wird, so heckt einer der ehemaligen Kriegsgerichtsräte den Plan aus, die ganze Gesellschaft als ‹Heeresjustitiare› beizubehalten. (So beziehen sie das alte Gehalt.) Und vielleicht braucht dieser Militärverein wirklich einen ständigen Rechtsbeirat für seine ständigen Übergriffe. Man muß gesehen haben, wie sie im Fall Marloh alle bei der Hand waren, um zu helfen und zu retten — ‹Ein Hurenhaus geriet in Brand› —, man muß gesehen haben, wie sie auch noch den kleinsten Fall verschleiern, und wie sie darin von oben her unterstützt werden.

Was not tut ist, daß das Rechtsbewußtsein des Volkes wieder erwacht. (Denn die Offiziere sind nicht vom Mond heruntergefallen, sondern sind Deutsche und nicht aus den schlechtesten Klassen.) Was not tut, das ist die Erkenntnis, daß Noskes Abgang den Bolschewismus nicht fördern, aber vielleicht eine kleine Besserung zur Folge haben würde und vielleicht eine völlige Zerstörung des alten Militärgeistes, der heute mit allen Mitteln — auch mit den finanziellen des Staates — erhalten wird. Die Demokratie, die da den Ausschlag geben kann, konzediert, nach unendlichen Erwägungen und Erkundigungen, wohl einmal ein Fällchen — zu einer resoluten Kritik des alten Zustandes wird sie sich, wie sie heute ist, nicht aufschwingen. Sie hat sich mitschuldig gemacht. Es ist nichts damit geschehen, daß Herr Hiller oder Herr Marloh abgetan wird: es muß, um das Lieblingswort des bleibenden Gustav zu gebrauchen, «energisch durchgegriffen» werden. Dies da ist gleiches Unrecht für alle und Recht für wenige.

Diese Deutschen können sich Ordnung und geregeltes Zusammenleben nicht anders vorstellen, als daß die ultima ratio, die Gewalt, reaktionär organisiert ist. Weiß ein Mann wie Wolfgang Heine nicht, was unter seiner Verantwortung vorgeht? Weiß er nicht, daß die neue Sicherheitswehr die alten schlechten Offizierstypen aufbewahrt? Genügt ihm, daß sie, für vieles Geld übrigens, ihre Pflicht tut? Dann muß er entfernt werden — denn es genügt nicht. Die sozialdemokratischen Parteifunktionäre, die für solche Erscheinungen eintreten, treiben die Masse dem Bolschewismus in die Arme. Und wirken kulturverderblich.

Der Deutsche neigt dazu, den Militärgeist zu bejahen, wenn man ihm nur Gelegenheit gibt, ihn auch für sein Teil zu betätigen. Der ‹roteste› Portier ist auf seinem Hof ein kleiner Militärdiktator, weil er sich Ordnung nicht anders vorzustellen vermag.

Die noch immer existierenden Militärs sind aber nicht einmal national. Die Entente bremst den Militarismus, soweit er sich offen manifestiert. Er ist also heute auch für das Land nach außen hin schädlich. Das hindert aber die Deutschen nicht, nach wie vor ihre Einwohnerwehren, ihre Sicherheitswehren, ihre Polizeitruppen zu organisieren. Wofür ist das ein Zeichen? Dafür, daß sie nicht, wie sie behaupten, das Wohl des Landes wollen, sondern einem innern Drang, einem Trieb folgen, den sie nicht unterdrücken können. Sie brauchen diese Über- und Unterordnerei, sie brauchen dies Kollektivbewußtsein, das die Verantwortung in allen Fällen so schön verteilt — sie brauchen das.

Wertungen kommen alle aus dem Gefühl, sind alle von Liebe oder von Haß diktiert und sind letzten Endes nicht mit dem kalten Räsonnement zu bewältigen. Das gefährliche Vereinsmeiertum, das sich hier offenbart, kann wiederum zum Bösen ausschlagen. Aber den Deutschen ist das gleichgültig. Sie sind nicht so: sie lassen auch von einem Monarchisten ihre Banken bewachen.

Es liegt an euch. Gebt den Offizierstypen, die immer noch nicht abgewirtschaftet haben, keine Untergebenen mehr her — ihr müßts heute nicht —: dann gehen sie ein. Keiner von ihnen ist möglich ohne jene Horde von Unterwürfigen. Es liegt an euch. Eine deutsche Kultur kann nicht neben diesem und nicht trotz diesem, wie Thomas Mann glaubt, bestehen. Sie kann nur bestehen ohne das. Ohne dies Militär und ohne diesen Kasernenhof. Alles andre ist Literatur und Tünche.

Mangel an Selbstbeherrschung, Eigennutz, Unterwürfigkeit nach oben und Roheit nach unten: das waren die Kennzeichen des deutschen Offiziers. Nach einem kurzen Novemberschock steckten sie die Helmspitzen wieder hervor. Hier ist die Kardinalfrage der Jugenderziehung, hier der Kernpunkt unsres öffentlichen Lebens. Es liegt an euch. Tötet das deutsche Militär —: und ihr habt eine deutsche Kultur. 1920

DAS BUCH VOM KAISER

Emil Ludwigs Buch über Wilhelm II. (erschienen bei Ernst Rowohlt) ist einzig nach seiner Wirkung zu beurteilen.

Hier ist zum ersten Mal eines aus der Opposition, das an indifferente Intellektuelle der Provinz herankommt, an Schichten, die wir niemals erreichen, und die unsre Bestrebungen nur aus den Verleumdungen ihrer schlecht besoldeten, also überzahlten Redakteure kennen. Die hundert Auflagen, die das Werk voraussichtlich haben wird, tun gute Arbeit.

Die bis dahin versäumt worden war. Sie kommt ein bißchen spät. Die bedächtig schlafenden Demokraten, die übervorsichtigen Sozialdemokraten, der dümmsten Einwände voll, wenn es galt, aufzuklären – die oppositionelle Presse mit Ausnahme ganz weniger Organe hat die entscheidenden Monate nach dem Kriege nicht ausgenützt. Damals war das Eisen heiß: da war zu sagen, was das Volk im Kriege gefühlt hat, da war auszusprechen, was gelitten und heruntergeschluckt worden war ... nichts. Wenn ich bei dieser Gelegenheit immer wieder an Felix Stössingers *‹Freie Welt›* erinnere, so zeigt das, wie allein sie stand. Der Rest verpaßte den psychologischen Augenblick.

Die fast schon zu einer fixen Idee ausartende Beschäftigung mit den vergangenen Dingen setzte erst ein, als die geschlagenen Militärs die Frechheit hatten, aus ihrer Niederlage, Flucht und Desertion einen Sieg zu konstruieren – was heute republikanisch in Deutschland ist, steht in der Abwehr. Dieses Buch Emil Ludwigs aber ist eine Attacke und ein voller Sieg. Es ist die schwerste Niederlage, die der Kaiser jemals erlitten hat – und das will etwas heißen.

Im Buch finden sich elf Fotografien des Kaisers – die für den Kenner jeden Text fast überflüssig machen. Sie sind vernichtend. ‹Als Admiral› steht unter einer, und ‹Als ...› könnte unter jeder stehen. Es sind Aufnahmen eines mäßigen Provinzschauspielers in seinen Rollen. Das Schlimmste freilich ist das Bild: ‹In Zivil›.

Der sauber gewaschene Inhaber eines Wäschegeschäfts der Mark Brandenburg, Reserve-Offizier, ordentlich verheiratet, respektabel rasiert – zum Heulen. Es ist im übrigen aus diesem Bild zu lernen, wie der Typus die Nation verseucht hat, und wie sehr er der Ausdruck seiner Epoche gewesen ist. Ein Tyrann? Eine bemusterte Offerte.

Der Text faßt schlicht und scharf zusammen, was Eulenburg, Eckardstein, Hohenlohe, Moltke, Tirpitz, Waldersee und andre Freunde des Kaisers ausgesagt haben – also nichts Neues? Für die Hunderttausende von Lesern ist es neu – weil sie nicht Geld und Zeit hatten, diese Memoiren zu lesen, und weil man nicht genug für ihre Verbreitung getan hat. Das Bild, das sich ergibt, ist klar und sieht so aus:

Ein innerlich haltloser, selbst zum Schlechten zu schwacher Mensch wird die Katastrophe seines Volkes, weil alle seine schlimmen Eigenschaften den verborgenen und offenen Nationallastern entgegenkommen: Repräsentationssucht, Parvenütum, Lautheit, Betriebsamkeit, hinter der sich Faulheit verbirgt – Organisation ist, wenn die andern arbeiten –, maßlose Herrschsucht, ohne daß er zum Herrschen legitimiert gewesen wäre ... und eben jene Umgebung.

Hier scheint mir das Hauptverdienst des Buches: mit welchem Takt Ludwig diesen trüben Morast passieren läßt. Die dünne Stelle – der

Grund des Einflusses von Holstein — wird kaum berührt, wahrscheinlich hätte man mit Gasmasken lesen müssen. Hier hat sich Ludwig jedes persönlichen Angriffs enthalten und nur die Tatsachen sprechen lassen.

Ob das Seelenbild des Kaisers ganz geglückt ist, läßt sich schwer sagen. Man tut Emil Ludwig keinen Gefallen, wenn man ihn ‹den Plutarch seiner Zeit› nennt — davon ist gar keine Rede. Aber erstens mußte dieses Buch kommen — spät kommt ihr, doch ihr kommt! —, und zweitens scheint mir die Gestalt des Kaisers nicht so interessant, daß man alle psychologischen Künste daran üben sollte. Wäre der Mann nicht zufällig auf diesen Platz gelangt, er wäre gewiß kein Stoff für einen Seelenforscher. Er ist nicht einfach — aber seine Kompliziertheit reizt nicht, man wendet sich schließlich gelangweilt von so viel Fahrigkeit, Haltlosigkeit, Oberflächlichkeit ab.

Ich habe viele Briefe bekommen, die mir gezeigt haben, wer dieses Buch liest: Leute, die sonst an solche Fragen überhaupt nicht mehr herangingen, und denen die außerordentlich geschickte Formulierung, diese unterhaltsame Prosa, die Glätte der Darstellung einging wie Öl. Das Buch wird — für deutsche Verhältnisse gewiß Anlaß zum Tadel — auch von Frauen gelesen.

Die Mitwirkung und Mitschuld des deutschen Volkes an diesem Stück Unglück geht aus dem Werk unzweifelhaft hervor. Sie haben alle mitgetan, alle Vögel, alle: und es ist beschämend zu sehen, daß dieselben Bürger, die damals an der Hoftafel ihren Kotau machten, heute über Republik sprechen dürfen, als seien sie mit ihr aufgewachsen. Maximilian Harden, der diesen Kaiser schon bekämpfte, als noch Festung drauf stand (und zweimal verhängt wurde), hatte nicht viele Bundesgenossen. Das Bürgertum — auch Walther Rathenau — war für ihn. Solange er an der Macht war.

Das Buch mußte geschrieben werden. Nur die vollendetste Instinktlosigkeit wird verkennen, wie nötig, wie nützlich, wie außerordentlich dankenswert ein solches Buch ist. Es gibt keinen Leser, der nicht zum mindesten zum Nachdenken veranlaßt wird — und das ist viel für viele.

Ich glaube nicht, daß die dem Autor imputierte Formel: ‹Der Kaiser hat den Krieg verloren, weil er einen zu kurzen Arm hatte›, dem Buch gerecht wird. So einfach hat sichs Ludwig nicht gemacht — obgleich er sichs gewiß nicht schwer gemacht hat. Aber die deutsche Demokratie hat viel zu wenig für die Aufklärung breiter Massen getan, als daß sie heute das Recht hätte, mit Besserwisserei und ästhetisch-psychologischer Splitterrichterei an einer Leistung herumzunörgeln, die an Wirkung die zweite Heirat des Kaisers noch übertrifft. Kein Hund wird heute mehr von dem ein Stück Brot nehmen. Außer den Redakteuren der *‹Kreuzzeitung›*.

Das Umschlagbild enthüllt eine ganze Epoche. Da sitzt er, bei Bieber von der Schokoladenseite aufgenommen, mit allem behängt, was ein Kaiser so auf der Bühne zu haben pflegt, geschmückt wie ein Indianerhäuptling zur Hochzeit. Lassen wir ihn sitzen. Aber dahinter, die graue Atelierwand: das ist das Land, das ihn bejaht hat. Das Land, das ihm zujubelte, in seiner Verehrung die eigne Nationaleitelkeit ehrte, den Lokalehrgeiz pflegte, die kleinen Beamten, die ihre Herrschsucht mit diesem Bild drapierten, die Klassen, die ihn vor sich her trugen, um hinter ihm ihre Geschäfte und vor allem ihre politischen Machinationen zu betreiben. Er ist schuld. Vielleicht mildernde Umstände. Dem Lande können sie nicht gewährt werden.

Und wenn dieses Buch eine Wirkung haben kann, so ist es eine, die sich nicht nur rückwärts erstrecken sollte.

Der Mann ist geflohen, wie ein Köter auskneift. Kein Wachtposten an einem Pulvermagazin im Frieden hat jemals so erbärmlich gehandelt wie Wilhelm der Zweite, der davonlief, als zum ersten Mal in seinem Leben die Lage für ihn brenzlig wurde. Was zwölf Millionen vier Jahre lang ertragen mußten (weil sie es so wollten) — für ihn war es zu viel.

Und diesem Mann zahlt die Kaiserlich Deutsche Republik 50000 Mark monatlich, also 600000 Mark jährlich. Ein Prozeß, den die weißen Juden in Doorn gegen den Fiskus angestrengt haben, wird wahrscheinlich zu einem Vergleich führen, der dem da noch mehr in den Rachen fallen läßt, als er schon über die Grenzen hat schieben lassen.

Hier kann eine Wirkung des Buches liegen.

Jeder Pfennig, der diesem Kaiser weiterhin ausbezahlt wird, ist ein Verbrechen, dem deutschen Volk zugefügt. Er hat Anspruch auf nichts. Es gibt keine juristische Trennung zwischen ‹Privat-Eigentum› und ‹Hohenzollern-Eigentum› — denn die Hohenzollern sind niemals Privatleute gewesen, und der Thron war keine Gesellschaft mit beschränkter Haftung und kein Sondergut. Die politische Verblendung, mit der sogar die Unabhängigen sich auf die juristische Ebene haben locken lassen, die lächerliche Ordnungssucht, das Bestreben, ‹gerecht› zu sein, wo ein politisches Exempel zu statuieren war — das hat zur schlimmsten Ungerechtigkeit geführt. Zur Ungerechtigkeit an seinen Opfern.

Es gibt in Deutschland Hunderttausende von Invaliden, die bittern Hunger leiden, die hinken, sich in Krämpfen winden, blind sind, das Gehör verloren haben. Die beschämenden Verhandlungen vor den Rentenämtern zeigen, wie mit diesen Leuten umgegangen wird — nicht nur ungehörig im Ton, sondern herzlos in der Sache. Für sie ist kein Geld da.

Es ist für sie Geld da.

Die Marksummen, die allmonatlich nach Doorn gehen, sind ein Diebstahl an der deutschen Nation und an ihren wehrlosesten und ärmsten Gliedern: an den armen, betrogenen, zerschossenen und verkrüppelten Soldaten.

Emil Ludwigs Buch hat uns eine Erkenntnis vermittelt. Wenn es nicht bei der Erkenntnis bleibt, hat es den schönsten aller Erfolge davongetragen. 1925

> Lassen Sie mich in Ruh. Der Krieg langweilt mich schon lange.
> Leopold Graf Berchtold

Dies ist das stärkste Buch Emil Ludwigs – eine journalistische Leistung ersten Ranges. (‹*Juli 14*›, im Verlag Ernst Rowohlt zu Berlin.) Journalistisch deshalb, weil Geschehnisse plastisch wiedergegeben werden; hier wird historische Reportage gemacht, und mit den besten Mitteln. Dieses Werk verdient die Auflage von Domela und Remarque zusammen.

Das Buch gibt eine Kette von Großaufnahmen: nämlich die der europäischen Kabinette, deren immense Kriegsschuld klargelegt wird. Dies ist die These des Buches:

Die Völker haben keinen Krieg gewollt, kein Volk hat ihn gewollt; durch die Borniertheit, Fahrlässigkeit und Böswilligkeit der Diplomaten ist es zu diesem «dümmsten aller Kriege» gekommen.

Diese These, über die zu reden sein wird, wird folgendermaßen belegt:

In Serajewo wird der österreichische Thronfolger ermordet. Der deutsche Kaiser entscheidet so: Österreich zunächst allein handeln lassen; Rumänien nicht vor den Kopf stoßen; Bulgarien heranziehen, Streit nach Möglichkeit lokalisieren – im ernsten Augenblick Bundespflicht. Die Wiener haben freie Hand.

Das nutzen sie aus. Sie unterschlagen sorgfältig das erste Ergebnis der Untersuchung: daß die Mitschuld der serbischen Regierung an diesem politischen Mord keineswegs feststeht. Sie stellen Serbien ein Ultimatum von äußerster Schärfe, von dem sie nicht nur wissen, daß es den Krieg bedeutet – von dem sie das auch eingestandenermaßen wollen. Selbst Franz Joseph, dieser böse, alte Mann, weiß das. Die Serben nehmen beinah uneingeschränkt an; der österreichische Botschafter in Belgrad prüft diese Annahme nicht mehr, sondern reist ab. Alles das macht Österreich auf eigene Faust.

Die Rolle der andern Großmächte ist noch niemals so klar, so formvollendet dargestellt worden wie hier. Die Regierungen Frankreichs und Englands vor allem tragen eine ziemlich schwere Kriegsschuld auf dem Buckel; nicht so groß wie die Wiens und Berlins, aber schwer genug.

London: Lord Grey hatte jahrelang mit der ‹Entente cordiale› gespielt; dieser in den Formen strengster Ministerverantwortung vor dem Parlament aufgezogene englische Politiker wußte wohl, was er da tat; aber weil keine ‹Verträge› vorlagen, so verschwieg er seine Arbeit vor dem Unterhaus, er ließ sie durchblicken, aber ratifiziert wurde nichts. Es waren ‹moralische Verpflichtungen›, ‹faktische Verpflichtungen› –

Staatsverträge waren es, leider, nicht. Die Situation blieb bis zum letzten Augenblick unklar, so lange, bis sie durch die maßlose Verblendung und den schlechten Willen der Deutschen geklärt wurde.

Paris: Hier hatte der russische Botschafter, Iswolski, ein echter böser Geist aus dem Bilderbuch der Politik, hervorragend gearbeitet. Ganz Frankreich war auf das Schärfste an Rußland interessiert: es hatte nämlich Milliarden in russischen Werten investiert. Poincaré, aus seiner lothringischen Jugend mit Ressentiment gegen Deutschland erfüllt, fürchtete Deutschland mit Recht, haßte es damals also. Es hatte sich reichlich verhaßt gemacht. In den entscheidenden Tagen schritt er in Petersburg die Fronten russischer Regimenter ab; in Petersburg, wo man nicht ganz fest entschlossen war, dem slawischen Bruder zu Hilfe zu kommen ... man wartete lange, lange.

Die Engländer griffen zuerst ein — sie wollten vermitteln. Grey: «Ich rechne mit Bestimmtheit darauf, daß der österreichischen Mobilisierung die russische folgen wird. Dann scheint mir der Augenblick gekommen, im Verein mit Ihnen (Deutschland), Frankreich und Italien eine Vermittlung zwischen Österreich und Rußland eintreten zu lassen. Ohne Ihre Mitwirkung ist jede Vermittlung aussichtslos.» Grey stak in einer bösen Zwickmühle: durfte er dem Gegner drohen? Doch nur mit Berufung auf Bündnisverträge, die nicht offiziell waren; durfte er den Freund bestärken? Doch nur, indem er diese Verpflichtungen nun auch laut anerkannte ... er durfte es nicht, er konnte es nicht, er tat es nicht.

Inzwischen lügt Wien munter weiter, Berchtold verschweigt den Deutschen, daß er bei einem Konflikt Gebietszuwachs für Österreich haben wolle; die Deutschen fahren fort, zu vertrauen — in ihrem bierseligen Glauben an das Prestige, an Nibelungentreue und an ähnliche Kinovorstellungen. Wien bricht mit Serbien die Beziehungen ab.

Ganz Europa fällt vergeblich Berchtold in den Arm. Rußland hat gebeten, das Ultimatum an Serbien zu verlängern; Grey will eine Konferenz; Rußland bittet um erneute Unterhandlungen — alles fällt ins Wasser: Berchtold will den Krieg, seinen Krieg, den Krieg der Offiziere, vor allem Hötzendorfs. Nun spult sich alles schnell ab — das ist im Buch herrlich wiedergegeben.

Ein paar Mal spricht Ludwig von den «ungelüfteten Räumen» dieser Kabinette; das ist das Wort. Nichts geschieht direkt, alles auf Umwegen — und auf was für welchen! Allen gemeinsam ist eine Vorsicht, die keine Umsicht, eine Ängstlichkeit, die nicht etwa Verantwortungsgefühl ist, denn vor wem hätten sich diese je zu verantworten gehabt! — es ist Diplomatie als Kunst um ihrer selbst willen. Aber es waren Stümper. Dazu fahrlässige Stümper. Pourtalès, der in Rußland Kaiser & Reich vertrat, gab in der Aufregung, für deren Vermeidung er hätte trainiert sein sollen, ein Konzept der deutschen Kriegserklärung ab, das — in Klammern — einen doppelten Wortlaut enthielt; so, wie in den Liebesbriefstellern ‹er (sie)› zu lesen ist, standen hier zwei Modalitäten, und Rußland konnte sich aussuchen, wegen welcher das Deutsche Reich «die Herausforderung annahm». Dann, am späten Abend, ruft Sasonow noch einmal in der deutschen Botschaft an: «Hier ist eben ein Telegramm des deutschen Kaisers angekommen — der suspendiert die Kriegserklärung! Was nun?» — Pourtalès: «Darüber bedaure ich keine Auskunft geben zu können. Vielleicht ist das Telegramm älter als das, in dem ich angewiesen wurde, die fragliche Erklärung abzugeben. Im übrigen muß ich bitten, sich an den amerikanischen Geschäftsträger zu wenden, der unsere Interessen übernommen hat. In vier Stunden reisen wir ab.» Ludwig fügt hinzu, und man sollte diesen Passus wie so viele andre des Buches rot drukken: «Aber nach verlornem Kriege wird der Herr Graf von der Nation weder wegen doppelter Kriegserklärung lächerlich, noch wegen Ablehnung der Kaiserdepesche verantwortlich gemacht werden.»

Und dann erschien die Verlustliste Nr. 1.

Dieses alles kann nicht mehr verdunkelt werden: schuld sind alle gewesen; die Verantwortung Österreichs und Deutschlands war besonders groß.

Emil Ludwig hat es seinen nationalen Kritikern gegenüber nicht leicht; hier werden sie ihre beiden Methoden anwenden: das Dokumentarische zuerst und das Philosophische hinterdrein anzuzweifeln. Erst werden die Philologen und die Historiker angerückt kommen, und wenn die die Jacke voll bekommen haben, dann sagt die zweite Schlachtreihe: Ja, aber der Kerl kennt das Magische im Germanen nicht . . . auf welchem Gebiet freilich jeder unschlagbar ist.

Diese grandiose Darstellung ist gespickt mit den buntesten und lehrreichsten Einzelheiten. Die ungeheure Schuld der Diplomaten liegt vor allem in ihrem grenzenlosen Hochmut. Sie wissen, daß sie nur auf den Knopf zu drücken brauchen . . . Sasonow: «Uns vorzuwerfen, daß wir Österreich nicht lieben!» Uns — wir — Österreich . . . aber die Angestellten, die Bauern und der Mann auf der Straße, sie wußten ja gar nichts davon; sie liebten weder noch haßten sie — sie kannten das fremde Land überhaupt nicht.

Jener prophetische Artikel aus der ‹*Berliner Morgenpost*›, der nicht mehr gebracht werden konnte, weil statt der Vernunft die Generalität regierte, wird zitiert: Der berliner Arzt Arthur Bernstein ist sein Verfasser — und darin steht alles, alles, wie es gekommen ist. Das war die Ausnahme. Wie es denn überhaupt für jeden, der aus der Geschichte lernen will, äußerst dienlich ist, einmal in die Bibliothek zu gehen und sich aus diesem Jahr 1914 die Monate Juli und August einer beliebigen deutschen Zeitung geben zu lassen — da könnt ihr aber was erleben! Die Ahnungslosigkeit vorher; die prompte Bereitwilligkeit umzufallen nachher — lest das und seht euch auch die Autorensignaturen genau an: ihr werdet sehen, daß es zum Teil noch dieselben Publizisten sind, und ihr schenkt ihnen immer noch Glauben? Dann verdient ihrs nicht besser.

Gut erkannt ist auch das allgemeine, auf allen Seiten vorhandene Bestreben, als der Angegriffene zu erscheinen. Alle, alle waren sie angegriffen; alle, alle verteidigten nur ihr Vaterland. (Zu Ende gesagt bei Karl Kraus: «Deutschland, die verfolgende Unschuld.» Gilt aber beinah für jedes Land.) Auch vom Kriegsverbrechen des ‹*Berliner Lokalanzeigers*› ist die Rede, von dem einzigen wahren Kriegsverbrechen, das es für ein Strafgesetzbuch geben kann: von dem nämlich, die Menschen in den Krieg zu treiben. Es handelt sich um die Falschmeldung der deutschen Mobilmachung, die damals in Berlin verbreitet wurde; sie hat nicht wenig dazu beigetragen, die Nachricht verfrüht in die Hauptstädte Europas zu tragen... hier klebt viel Blut an den Druckmaschinen.

Es ehrt übrigens Emil Ludwig, daß er das grauenvolle Schicksal Gabriele Princips nicht vergessen hat —: dieser politische Attentäter ist schauervoll, in mehr als vierjähriger Dunkelhaft, zu Tode gefoltert worden; er ist an Tuberkulose gestorben und hat nie mehr das Licht gesehen.

Das Buch vermeidet im übrigen auf das erfreulichste die chronologische Untersuchung, wer um wieviel Minuten bei den Mobilmachungen schneller gewesen ist — ein Moment, auf das es nicht ankommt. Im ganzen bestätigt es die Kannerschen Schuldthesen, besonders diese:

> «Im Jahre 1909 haben Deutschland und Österreich-Ungarn — in Form eines auf Befehl der beiden Kaiser und mit Zustimmung des österreichisch-ungarischen Ministers des Äußern und des deutschen Reichskanzlers geführten und bis zum Ausbruch des Weltkrieges immer wieder ergänzten und bekräftigten amtlichen Briefwechsels der beiden Generalstabschefs v. Moltke und Conrad v. Hötzendorf — ihrem defensiven Bündnis vom Jahre 1879 einen neuen, offensiven casus belli angefügt, in dem Deutschland Österreich-Ungarn mit seiner gesamten Heeresmacht zu Hilfe zu kommen versprach, für den Fall, daß Österreich-Ungarn durch ein militärisches Einschreiten gegen Serbien einen Krieg mit Rußland oder auch einen allgemeinen europäischen Krieg herbeiführen sollte, und für diesen Fall auch einen gemeinsamen Kriegsplan vereinbart (deutsch-österreichisch-ungarische Militärkonvention).
>
> Nach dem Attentat von Serajewo hat die österreichisch-ungarische Regierung der deutschen angezeigt, daß sie nunmehr gegen Serbien militärisch einzuschreiten, also von dem neuen casus foederis Gebrauch zu machen beabsichtige. Deutschland hat dazu seine Zustimmung gegeben und in den Monaten Juli und August 1914 die ihm aus dem neuen casus foederis erwachsene Pflicht erfüllt.
>
> Die von der deutschen Regierung am 28. Juli 1914 bei der österreichisch-ungarischen Regierung eingeleitete Vermittlungsaktion war nicht darauf angelegt, unter allen Umständen den Frieden zu sichern, sondern vielmehr für den Fall des Ausbruchs des Krieges zwischen den Mittelmächten und Rußland—Frankreich die Kriegsschuld Rußland zuzuschieben.»

Die Schuld der Diplomaten, ihre Fahrlässigkeit, ihr Dolus und ihre Dummheit stehen fest. Hier gibt es nichts zu deuteln.

Ist aber dieser grandiose Film, in einem atemraubenden Tempo abgedreht, vor uns abgelaufen, dann entdecken wir, daß es tatsächlich Großaufnahmen sind, die hier rollen. Großaufnahmen sind Ausschnitte. Die These, daß die Diplomaten am Schicksal Europas schuld gewesen sind, steht unumstößlich fest. Die These: «Die Gesamtschuld lag in den Kabinetten, die Gesamtunschuld auf den Straßen Europas» sichert dem Buch seinen begrüßenswerten Erfolg—denn sie schmeichelt dem Leser, macht sie ihn doch von jeder Verantwortung überhaupt frei; ‹sie› haben das mit uns gemacht, und frohgestärkt gehen die Herren Wendriner und Kulicke ins Büro. Die These ist aber nicht ganz richtig.

Es fehlt zunächst der Hinweis auf die Machenschaften der Staaten in den Staaten: der Rüstungsindustrie. Dies ist kein Petroleumkrieg gewesen — es ging anfangs noch nicht um die Absatzgebiete; die Industrien hingen sich erst später an die Uniformknöpfe der Generale, um dem Konkurrenten die Erzlager und die Weinberge abzujagen ... im Frieden hat die Rüstungsindustrie gearbeitet und gearbeitet, wie Morus uns das in seinem *‹Basil Zaharoff›* gezeigt hat. Es ist nicht wahr, wenn diese da behaupten, sie täten das zur Aufrechterhaltung des Friedens. Habt ihr schon einmal einen Kaufmann gesehen, der Milliarden in einen Betrieb investiert, den er niemals laufen lassen will? Das vermisse ich an diesem Buch. Und die Unschuld der Massen —?

Ludwig kann erwidern:

> «Ein Teil der Massen ist damals richtig geführt worden, wie die von mir zitierten Stellen beweisen. Auch von diesem Teil sind natürlich Unzählige kriegslustig gewesen, weil sie aus der Tretmühle herauswollten ... Ich bestreite es nicht, ich bekämpfe es nur. Ohne die Ideologie der frühern Zeiten, die vor allem die Technik heute überwunden hat, sind diese Instinkte aber nicht stark genug, vorzubrechen.
>
> Man kann nicht ein Buch gegen alle Fronten mit einem Mal schreiben. Die Frage, ob dies andre da in einem Kampfbuch wie dem meinigen darzustellen oder besser zu verschweigen wäre, führt mitten ins deutsche Problem. Denn das Elend ist doch, daß sich bei uns jede Partei in sechs Gruppen spaltet. Ich würde mir durch eine Zersplitterung eine Wirkung ersten Ranges zerstören, um eine Teilwahrheit zu analysieren. Das ist es übrigens, was die Rechte in Deutschland fast immer vermeidet. Not kennt kein Gebot.»

So kann er sprechen und hätte so unrecht nicht. Aber dies sein Buch enthält eine Teilwahrheit.

Baut einer in jahrelanger Arbeit einen Apparat, der Todesstrahlen aussenden kann, stellt er ihn auf, richtet er ihn auf das Ziel — so kann man natürlich sagen, daß der letzte Mann, der zum Schluß auf den Knopf drückt, der Todessender ist. (Im vorliegenden Fall haben die Knopfdrücker am Apparat mitgebaut.) Aber es ist eine Teilwahrheit.

Die Vorbereiter sind schuld — und die Vorbereiteten.

Die Vorbereiter: die deutsche militärische Erziehung; die bewußte Hetze zum Staatsmord in Schule, Universität und Kirche; das anarchische System, in dem die europäischen Staaten lebten und leben; die beispiellose Korruption, mit der die russischen Anleihen in das französische Volk gepreßt worden sind. Die ‹*Humanité*› hat die wichtigsten Dokumente, die man in Petersburg gefunden hat, veröffentlicht; es ergaben sich gradezu schauervolle Beweise für die Verlumpung der französischen Presse (die Deutschen täten gut, hier den Schnabel zu halten; sie tun ähnliches, nur gratis).

Streng geheim 7. November 1913

An die Kanzlei der Kredit-Operationen, Finanzministerium, St. Petersburg.

Im Einvernehmen mit Herrn Davidov überreiche ich Ihnen anbei 27 Schecks im Gesamtbetrage von 100 000 Francs, die mir von dem mit der Verteilung Beauftragten als Belege zugestellt wurden:

‹*La Lanterne*›	42 000 Francs
‹*L'Autore*›	17 000 Francs
‹*L'Evénement*›	11 900 Francs
‹*L'Action*›	9 000 Francs
‹*La France*›	11 000 Francs
‹*Le Rappel*›	7 000 Francs
‹*Le Gil Blas*›	2 000 Francs
‹*Paris-Journal*›	1 000 Francs

Die Russen in Paris klagten zu wiederholten Malen über die nimmersatte Frechheit der französischen Zeitungsverleger, die noch mehr und immer noch mehr haben wollten . . . und die es bekamen.

Die solchergestalt Vorbereiteten sind nicht minder schuld — aber in einem tieferen Sinne. Technik überwindet keine Instinkte. Scheintot schlummern sie . . . Da empfiehlt es sich, einmal des großen Sigmund Freuds Schrift ‹*Zeitgemäßes über Krieg und Tod*› nachzulesen — es ist immer wieder erstaunlich, in welche Tiefen dieser große Psychologe zu steigen fähig ist. «Der einzelne Volksangehörige kann in diesem Kriege mit Schrecken feststellen . . . daß der Staat dem einzelnen den Gebrauch des Unrechts untersagt hat, nicht weil er es abschaffen, sondern weil er es monopolisieren will wie Salz und Tabak.» Anläßlich der Enttäuschung über die Menschen, die bei Kriegsausbruch, als hätten sie auf ein Stichwort gewartet, wie die Amokläufer losgingen; denn sie haben darauf gewartet; überall: «Den bisherigen Erörterungen entnehmen wir bereits den einen Trost, daß unsere Kränkung und schmerzliche Enttäuschung wegen des unkulturellen Benehmens unserer Weltmitbürger in diesem Kriege unberechtigt waren. Sie beruhten auf einer Illusion, der wir uns gefangen gaben. In Wirklichkeit sind sie nicht so tief gesunken, weil sie gar nicht so hoch gestiegen waren, wie wirs von ihnen glaubten.» Und das zeigt er auf: durch den Nachweis, daß die Unterdrückung der Urtriebe, die neben den zivilisierten immer weiter bestehen bleiben, einen derartigen Kraftaufwand von Verzicht erfordern, daß die dünne Kruste, durch Zwang und Überredung gebildet, leicht durchbricht — so ein Durchbruch ist ein Krieg. Da werden dann die ursprünglich weder guten noch bösen Triebe frei; nur treten sie hier nicht wie im Frieden als unterdrückte Neurosen oder als herausquellende Einzelfälle von Verbrechen auf, sondern sie werden (scheinbar) sozial nutzbar gemacht; der Staat hat es leicht, sich ihrer in seiner unsozialen Weise zu bedienen, und er tut es. Latent lag die Mordlust in jedermanns Brust; sie wartete auf ihren Tag. Der kam. Und da brach sie hervor.

Hier — und nicht etwa in dem schmählichen Verrat der Sozialisten — liegt der Schwerpunkt dieses Krieges, wie aller Kriege. Zutiefst liegt die biologische Veranlagung des Menschen; im Verhältnis zu ihr ist noch der Marxismus ein ideologischer Überbau.

Was Ludwig gegen die Diplomaten sagt, ist richtig, und als Teilangriff ist diese Schrift von nicht zu überschätzender Bedeutung — aber der brave Leser darf nicht freigesprochen werden. Er trägt sein gerüttelt Maß Schuld, wir alle. Gegen die Diplomaten? ja. Nur gegen die Diplomaten? nein. In diesem Haß ist mir zu viel Liebe.

Das sagt nichts gegen das Buch. Dieses Werk ist eine Tat; es ist doppelt dankenswert, daß Ludwig sie auf sich genommen hat — er weiß, welche Dreckfluten sich nun auf ihn ergießen werden. Der Mann hat Zivilcourage.

Er hat die einfache Wahrheit gesagt: wie die Diplomaten ganz genau gewußt haben, daß dieser von ihnen heraufbeschworene und nicht abgewendete Krieg sie ja niemals treffen würde, kaum einer von denen ist im Graben verreckt, wie das alles nicht für sie galt, was sie da anzettelten, sondern wie sie in unverschämter Dreistigkeit über das Leben der ‹Untertanen› verfügten; wie sie niemals, niemals zu einer Verantwortung gezogen worden sind, die sie ewig im Munde führten.

Ist das besser geworden? Das ist nicht besser geworden.

Man sehe sich an, wie dieser Krieg in den deutschen Schulbüchern auf die junge Generation kommt; wie da mit klaren und eindeutigen Lügen gearbeitet wird; wie auch nicht in einem die schwere Mitschuld Deutschlands zugegeben wird. Nun ist das Schulbuch zwar nicht mehr das, was es uns in unsrer Jugend gewesen ist — aber seine Wirkung ist noch schrecklich genug. So ist der vorige Krieg vorbereitet worden; so wird der nächste vorbereitet.

Und man betrachte diese verlogene Erklärung der deutschen Regierung, die da ächzt und jammert; die wieder das Volk betrügt, wenn sie sagt: der Vertrag von Versailles bürde den Deutschen die Alleinschuld auf. Das ist nicht wahr. Der Artikel 231 tut nur etwas, wovor unsre Staatsmänner mit offenem Munde dastehen, weil sie das leider nie am eigenen Leibe erfahren haben: hier muß einmal einer für seine

Taten einstehen. Leider trifft es die falschen. Ich halte den Vertrag von Versailles nicht für gerecht; habt ihr schon einmal einen gerechten Kriegsvertrag gesehen? Das ist das Risiko der Kriege, und die Deutschen sind immer schlechte Verlierer gewesen. Die Regierungserklärung ist gleichgültig; die Welt hat sich ihr Urteil gebildet. Es ist aus.

Das Buch Ludwigs aber verdient einen Sensationserfolg. Aus dem Wust der Kriegsdokumente, aus den lahmen Entschuldigungsmemoiren der Schuldigen, aus den Farbbüchern aller Regierungen, deren Fälschungen — mit Ausnahme Englands — nachgewiesen werden, Fälschungen, die das böse Gewissen der Kriegsverbrecher auf allen Seiten beweisen, ist hier die sonnenklare und wunderbar bewegte Darstellung eines Monats der Weltgeschichte erwachsen, der die «letzten Tage der Menschheit» einleitete. Es werden nicht die letzten sein. Daß aber solch «räudige Zeit», wie Polgar sie genannt hat, nicht wiederkomme —: dazu hilft dieses außerordentliche Buch. 1929

GEBRAUCHSLYRIK

Vater, ich rufe dich!
Brüllend umdräut mich der Dampf der Geschütze!
Theodor Körner

Rauh hat das Schwert den alten Traum zerschlagen.
So lang bewahrt auf tiefstem Herzensgrund:
Geeint in Freiheit sollte Deutschland ragen,
Ein Bund des Volkes, nicht ein Fürstenbund!
Albert Traeger

Ob sie sich hinter Tarifverträgen verstecken.
Ob sie in Arbeitsgemeinschaften
mit unsern eigenen Organisationen
im Produktionsprozesse den Profit retten.
Mit unsern Bonzen Arm in Arm.
Oskar Kanehl

Es hat zu allen Zeiten eine Sorte Lyrik gegeben, bei der die Frage nach dem Kunstwert eine falsch gestellte Frage ist: ich möchte diese Verse ‹Gebrauchs-Lyrik› nennen. Nur scheinbar hebt hier ein Begriff den andern auf.

Der politische, ethische oder religiöse Zweck benutzt, um auf die Massen zu wirken, die Formen der Kunst, deren nicht alltägliche Ausdrucksformen ihm sehr gelegen kommen. Die Wirkung soll sofort erfolgen, sie soll unmittelbar sein, ohne Umschweife — die These passiert also nicht die Kunst, sie wird nirgends sublimiert, sondern unmittelbar, in literarischer Maskerade, vorgeführt. Dergleichen hat nichts mit ‹Tendenzkunst› zu tun, die das grade Gegenteil der Gebrauchslyrik ist: ein tendenziöses Gedicht ist ein Gedicht; die Verse der Gebrauchslyrik sind gereimtes oder rhythmisches Parteimanifest.

Junge Kommunisten haben mir gesagt, daß auf die deutschen Arbeiter die Verse Oskar Kanehls am meisten von allen revolutionären Versen wirkten, und nach Lektüre des Bandes ‹*Straße frei*› (mit fünfzehn Zeichnungen von George Grosz, erschienen im Verlag Der Spartakusbund zu Berlin) kann ich mir das wohl denken. Alles, was Kanehl schreibt, ist glasklar in der Diktion, ohne weiteres verständlich, die Worte sind aus der Zeitung und dem täglichen Leben genommen, prägen sich leicht ein und kommen der Vorstellungswelt des Arbeiters weit entgegen.

Mit Kunst hat dergleichen etwa so viel zu tun wie die Verse Albert Traegers, jenes Vorkriegsliberalen, der, in der einen Hand ein Palladium, in der andern seinen im Winde wehenden Bart, jene Höhen erstürmte, auf denen Theodor Bäumer und Gertrud Heuss Flanell träumen, und tatsächlich hat Traeger genau so ‹gedichtet›, wie ein Oberbürgermeister redet, oder wie Külz denkt. Ich glaube nur, daß Kanehl und seine Zuhörer mit vollem Recht darauf pfeifen, ob diese Verse ästhetischen Ansprüchen genügen oder nicht. Eine literarische Prüfung solcher Gedichte liefe darauf hinaus, zu sagen: «Der Mann, der dort auf dem Marterbett angeschnallt ist, schreit eine Oktave zu hoch!» Man soll ihn losschnallen und seine Peiniger unschädlich machen — darauf kommt es an.

Um den Fall Kanehl zu beschließen:

Ich kann dieses Spiel nicht mitspielen, das darin besteht, jemandem Vorwürfe zu machen: er schreibe Verse für Proletarier und verdiene sich sein Geld als Regisseur an schlechten bürgerlichen Theatern. Auch die Kommunisten leben in einer kapitalistischen Welt; ein kommunistischer Steward ist sehr wohl denkbar und braucht keine lächerliche Figur zu sein. Ganz abgesehen davon, daß ja die meisten kommunistischen Arbeiter bei einem Kapitalisten arbeiten und durch einen Kapitalisten leben, wird man im allgemeinen diese Konstatierung der Diskrepanz zwischen Leben und Schaffen meist von verkrachten Literaten und nur sehr selten von Proletariern hören. «Er trägt einen Anzug nach Maß» — dieser Vorwurf ist auf keinem proletarischen Gehirn gewachsen, sondern bei schlechten Feuilletonredakteuren, die der kommunistischen Sache mehr schaden als alle Scheidemänner zusammen. Besser ein Anzug nach Maß als eine Gesinnung von der Stange.

Die Gesinnung Kanehls nun ist durch und durch rein; seine Verse durchaus und durchum auf den Gebrauch zugeschnitten, für den sie bestimmt sind. Manchmal rinnen die Zeilen ineinander, manchmal sind sie so einprägsam gearbeitet, daß sie fest haften bleiben.

Nur nicht in euern Kämpfen
fließt unser Blut.
Wir sind die
Bonzen, Bonzen, Bonzen.
Uns gehts gut.

Das sitzt. Oder:

Das Vaterland ist in Gefahr,
Was gehts uns an?

Er sagt, was ist, und er sagt denen, die darunter leiden, wie sie es ändern sollen. Zweierlei Fragen aber sind bei der Lektüre solch eines Bandes Gebrauchslyrik zu stellen.

Erhöht sich der propagandistische Wert dieser Arbeit, wenn ein Künstler sie tut?

Diese Frage ist nicht immer zu bejahen. Die ‹Bildung›, die der Klassenstaat dem Proletarier angedeihen läßt, sein Gesundheitszustand, die Zeit, die er überhaupt für Bücher übrig hat, setzen ihn nicht immer in die Lage, dem Künstler zu folgen. Es gibt Idealfälle, wo die stärkste künstlerische Formulierung zugleich die einfachste ist — das trifft nicht immer zu. Pathos ist für den Unverbildeten: Pathos, und er wirds immer verstehen und dumpf fühlen; Pathos liegt für den Ungebildeten sehr oft beim Gassenhauer mit umgekehrtem Vorzeichen; das ‹Volk› singt gar nicht seine schönsten Schöpfungen, es singt nichts aus des *‹Knaben Wunderhorn›*, sondern die opera operata wiener Operettenfabrikanten. Spricht aber einer direkt aus, was alle fühlen, indem er banale Worte rhythmisch da setzt, wo der Werkmeister etwa nur sagt: «Also, meine Ansicht ist ja nu — also ich stehe auf dem Standpunkt, daß dieser Streik nich dürf abjebrochen wern . . .» so jubelt ihm das Volk zu. Der mit dem Sonett wird, mit Recht, in diesem Fall überhaupt nicht gehört werden — und was dazwischen liegt, ist Glückssache und Sache des Talents.

Welche Rolle hat, zweitens, in der proletarischen Bewegung einer zu spielen, der solche Verse schreibt?

Antwort: keine andere als die eines Helfers.

Damit wir uns auch recht verstehen: Oskar Kanehl etwa vorzuwerfen, er schreibe diese Gedichte aus ‹Spekulation›, wäre eine klare Verleumdung; der Mann hat sicherlich weiter nichts davon als Spott und Unannehmlichkeiten im Erwerbsleben und einen anonymen Ruhm, den er vermutlich geringer einschätzt, als die ihm am Herzen liegende Wirkung seiner Arbeit. Die Proletarier sollen keine Verse beklatschen, sondern sich eine Sache einprägen.

Ein solcher Intellektueller aber spielt, besonders bei der Kommißhaftigkeit vieler deutscher Kommunisten, unter der auch Kanehl schon gelitten haben muß, eine traurige Rolle. Wie ich glaube, nicht ganz ohne Schuld. Er erwartet nämlich zuviel.

Die proletarische Bewegung hat keine Zeit und keine Kraft, uns zu hätscheln. Wer ihr dienen will, der soll ihr dienen — aber so wenig er davon große Einkünfte erwarten kann und darf, so wenig hat er für sich eine Stellung zu beanspruchen, die ihn über den Proletarier erhebt, dessen Kamerad er doch grade sein will. Insbesondere halte ich den helfenden Intellektuellen dieser Gattung nicht für geeignet und legitimiert, den Arbeitern politischer Führer zu sein.

Es ist mehr als billig, den deutschen Proletariern heute Vorwürfe zu machen, sie hätten in der Revolution versagt. Man kann das beklagen, wie wir es hier oft getan haben — aber wir haben kein Recht, zu schelten, da bei dieser Gelegenheit die delikate Frage gestellt werden darf, wo denn die scheltenden Intellektuellen in den Januartagen des Jahres 1919 gewesen sind. Auf den Barrikaden in Lichtenberg? An den Straßenecken mit dem Revolver in der Hosentasche? Im Ruhrgebiet? Und später im mitteldeutschen Aufstand? Also haben sie zu schweigen, also haben wir in diesem Punkt zu schweigen.

In einer Kampfbewegung kann man sich nur durch zwei Dinge als Führer legitimieren: durch politische Einsicht von überragendem Maß oder durch Opfer. Lenin hat beides getan. Wer aber nur besser schreiben kann als ein Proletarier; wer nur dessen Schmerzen so ausdrücken kann, daß jener sie nun doppelt und dreifach als aktivistisches Stimulans fühlt; wer ein Mann der Formulierung und weniger der Tat ist, der biete seine Hilfe an, tue sein Werk und schweige. Führer sollen andere sein.

Ob und wie allerdings diese Hilfe angenommen wird, das ist für Deutschland ein trauriges Kapitel.

Ich sehe noch den Damenschneider Breitscheid auf einem Klubabend stehen und etwas gegen die ‹Intellektuellen› in der Partei murmeln, der Stuhl, an dem er sich festhielt, bog sich vor Lachen. Um aber von ernsthaften Politikern zu sprechen:

Die deutschen Kommunisten sehen vielfach die gute Hilfe nicht, die ihnen von den Intellektuellen dargebracht werden kann, und sie haben eine seltsame Auswahl getroffen: sie sind durchsetzt mit schlechten, verkrachten, viertrangigen Intellektuellen, und die sind es, die gegen den Geistigen und das Geistige in der Partei wettern, die hartgebräunten Arbeitsmänner. Nun will ich mir ja gern von einem Grubenarbeiter, der sein Leben im mitteldeutschen Aufstand aufs Spiel gesetzt hat, sagen lassen, wofür ich tauge und nicht tauge —: aber jene Zwitter, die zwischen dem Volksschullehrer und dem entlaufenen Handwerksgesellen stehen, täten gut, fein stille zu sein. Wer zu schwächlich oder zu unfähig zur manuellen Arbeit ist, ist noch kein Intellektueller, und sehr viel mehr stellen viele unter ihnen nicht vor. Es sind gehemmte Maschinenschlosser. Das Motiv für ihr Verhalten ist in den meisten Fällen nichts als eine nur zu begründete Angst vor der Konkurrenz.

Die sozialdemokratische Partei hat in ihrer guten Zeit mit den Intellektuellen zusammengearbeitet, denn Eisner und Landauer und Jogiches und Liebknecht sind keine Metallarbeiter gewesen und haben sich auch niemals so kostümiert. Sie ist gut dabei gefahren, die Partei. In ihrer schlechten Zeit hat sie das getan, was heute so viele Kommunisten tun: sie hat die brauchbaren, anständigen und saubern Intellektuellen zurückgestoßen, sie wollte abstoßen, und sie tat es — und das Resultat war bei der SPD eine Versumpfung auf der ganzen Linie, die selbst den klaren Willen der großen Provinzopposition durch die geriebene Taktik ehrgeiziger verkrachter Studenten oder geölter Funktionäre glatt an die Wand spielt.

Sieht die KPD, die heute die Rolle der alten SPD in Deutschland spielt, nicht, was für Folgen die Verkafferung der ‹Sozialverräter› gezeitigt hat?

Beabsichtigt die KPD, denselben Weg zu gehen? Soweit ich informiert bin, will keiner aus unserm Kreise einen Führerposten in der Partei haben, und wer ihn haben will, ist auf dem Holzwege. Aber helfen wollen wir – wobei denn die Befolgung der notwendigen Parteidisziplin zu fordern und auch zu bekommen ist. So aber stehen wir tatenlos herum; selber eine Partei zu gründen, scheint mir ein Fehler, denn aus Brennholz kann man keinen Ofen bauen, und unsere Kraft verrinnt in sehr vielen Fällen ungenutzt.

Ich halte einen Zusammenschluß der radikalen Intellektuellen mit der KPD für einen Segen und für ein Glück. Dazu gehört: auf unserer Seite der Sinn für Disziplin, für das stetige Arbeiten im Alltag und für politische gesunde Vernunft; dazu gehören auf der Parteiseite guter Wille, Einsicht in die Struktur dieses Landes, das nun einmal nicht Rußland heißt, und die Entfernung von Funktionären, die den Bodensatz dessen darstellen, was wir sind. 1928

HAT MYNONA WIRKLICH GELEBT?

Ich klingelte.

– «Wohnt hier Herr Mynona?»

– «Wer?» sagte die Haushälterin, die mir geöffnet hatte.

– «Mynona», sagte ich; «Mynona, über den wir so viel und mit so viel Nachdenken gelacht haben – ein lachender Philosoph, denken Sie, was das in Deutschland heißt! Ein Mann, der auf dem Grunde seines Wissens bunt angemalte Gebäude errichtet hat: runde Würfel, siebenundzwanzigeckige Theater, Mädchenschulen aus durchsichtigem Gummi . . . Mynona! Der auf der Bank der Spötter saß! Mynona! Nein?»

– «Kommen Sie herein!» sagte die Haushälterin. Ich kam. Sie öffnete eine Tür –

Ein aufgeregter Greis mit flatternden Haaren begrüßte mich mit einem donnernden:

Enthülls! Enthülls!
Die Sache wills!
Ich heiße Külz!

– «Guten Tag, Herr . . .» sagte ich. «Herr Mynona?» – Der Greis fuchtelte mühselig mit Armen und Beinen. «Ha!» rief er. «Ich habs ihm besorgt!» – «Wem?» sagte ich. – «Remarquen», sagte er. «Hier: seine alten Feuilletons aus von vor dem Kriege – und hier: polizeiliche Meldeformulare! und hier: alte Zeitschriften! und hier: eine dolle Geschichte! ein Monokel, das er getragen hat, obgleich er keinen Monokel-

Erlaubnisschein gehabt hat – und hier ...» Erschöpft sank das glückliche Stück Unglück in sich zusammen. «Beruhigen Sie sich, Herr ...» sagte ich. «Herr Mynona?» – «Ich will auch einmal bei den Erfolgreichen sein!» sagte der Greis. «Ich habe ihn enthüllt! Ich enthülle ihn. Ich werde ihn enthüllen! Ich habe ein dickes Buch gegen ihn geschrieben! Und hier – hier habe ich einen Nachttopf; auf dem Grund dieses Nachttopfes habe ich sein Bild gezeichnet, und jedesmal, wenn ein neues Hunderttausend seines Buches herauskommt, dann setze ich mich auf diesen Topf und – –»

Ich ging. Mynona? Es scheint: unser Mynona hat nie gelebt.

Nachdem sich die Aufregung über Remarque etwas gelegt hat, sehen wir wohl klar:

Das Buch hat nicht als Kunstwerk die Millionen erregt sondern wegen seines Stoffes und wegen der Behandlung dieses Stoffes. Das Buch ist kein großes Kunstwerk, aber ein gutes Buch. Das Buch hat durch die unsagbare Dummheit der Rechtskreise einen pazifistischen Dunstkreis erhalten; diese Tendenz war von Remarque höchstwahrscheinlich nicht beabsichtigt. Die aktive pazifistische Wirkung des Buches ist sehr fraglich; die Einwände von Sclutius, die hier gestanden haben, scheinen mir höchst beachtenswert. Remarque kann und wird nie wieder einen solchen Erfolg haben; auf seinem nächsten Buch steht unsichtbar – wie das in früheren Jahrzehnten üblich war –: «Vom Verfasser von *‹Im Westen nichts Neues›*.»

Gegen das Buch läßt sich vielerlei sagen.

Man darf den Stilisten Remarque angreifen. (Ich tus nicht – aber so ein Angriff ist denkbar.) Man darf sagen: so ist der Krieg nicht gewesen; der Krieg war edel, hilfreich und gut – die Soldaten haben sich mit Schokoladenplätzchen beworfen und in den Pausen ihrem Kaiser gehuldigt. Man darf sagen: Der wahre Mann beginnt erst, wenn er seinem Gegner eine Handgranate in die Gedärme geworfen hat. Man darf vieles über, für und gegen das Buch sagen, fast alles.

Aber eines darf man nicht.

Man darf nicht den Kampf verschieben und sich die bürgerliche Person des Autors vornehmen, dessen Haltung nach einem in der Geschichte des deutschen Buchhandels beispiellosen Erfolg mustergültig ist. Der Mann erzählt uns keine dicken Töne, er hält sich zurück; er spielt nicht den Ehrenvorsitzenden und nicht den Edelsten der Nation – er läßt sich nicht mehr fotografieren als nötig ist, und man könnte manchem engeren Berufsgenossen soviel Takt und Reserve wünschen, wie jener Remarque sie zeigt. Was hat Mynona getan?

Mynona hat eine Unanständigkeit begangen.

‹Hat Remarque wirklich gelebt?› bei Paul Steegemann, Berlin.

Es ist eine Unanständigkeit, einem Schriftsteller, der sich sein Leben mit der Schreibmaschine verdient, vorzuwerfen, er habe einmal Reklameverse für die Pneumatikfirma Continental gemacht. Man hat neulich Shaw und einigen andern großen englischen Schriftstellern dergleichen angetragen; sie haben alle abgelehnt, und einer von ihnen — wenn ich nicht irre, war es Wells — hat geantwortet: «Ich täte es. Aber es ist bei uns nicht üblich — dergleichen wird falsch aufgefaßt; ich kann es nicht tun, weil es nicht üblich ist.» Nun war Remarque, als er diese Reklamearbeit machte, ein ganz unbekannter, junger Schriftsteller, und wenn es Herrn Mynona für sein nächstes Buch interessiert, so will ich ihm enthüllen, daß ich vor dem Kriege einmal einen solchen Antrag bekommen habe — die Sache kam nur darum nicht zustande, weil ich zu teuer gewesen bin. Ich halte es für keine Schande, wenn ein Schriftsteller seine stilistischen Fähigkeiten in den Dienst einer anständigen Firma stellt (was viel, viel schwerer ist, als die meisten ahnen); ich machte das heute auch nicht mehr — weil es nicht üblich ist. Aber täte es einer von uns: eine Schande ist das nicht.

Mynona hat des weiteren alte Romane Remarques ausgegraben. Zum Glück ist die Schrift des streitbaren Philosophen unlesbar und von einer altbacknen Langeweile mit Wasserstreifen: soweit ich aus dem Kram klug geworden bin, scheinen die Romane, die Remarque damals geschrieben hat, minderwertig gewesen zu sein. Vielleicht unterrichtet sich Mynona einmal über die Anfänge Zolas, der seinen jungen Leuten nicht nur gesagt hat: «Faites du reportage! — Machen Sie Reportage! Brandberichte, Rohrbrüche, Morde und Diebstähle — es übt!» — sondern der selbst mit unsäglichen, heute gar nicht mehr lesbaren Romanen begonnen hat — einer Arbeit, deren er sich niemals geschämt hat. Er tat das, pour se faire la main — um in Übung zu kommen.

Die spezifisch deutsche Widerwärtigkeit, die die Luft unserer Politik so verpestet, weht durch dieses Buch Mynonas. Hierzulande werden Einwände damit erwidert, daß man sagt: der Einwendende habe einen roten Bart und eine verstopfte Schwiegermutter. Statt Breitscheid und Hilferding als geistige Typen zu verhöhnen und zu bekämpfen, wird argumentiert: «Und dann hat sich Breitscheid im Jahre 1897 eine Goldplombe machen lassen, aber nur für Amalgam bezahlt!» Anathema sit. (Wobei übrigens die wirklichen Schieber meist ungestraft davonkommen.) Die deutsche Politik riecht nach Kommunalstunk.

Der entscheidende Einwand gegen das Kriegsbuch Remarques dürfte also der sein, daß sich Remarque in Wahrheit mit einem k schreibt und Remark heißt. Wenn das die Leser gewußt hätten, hätten sie das Buch nicht gekauft ... Und der Philosoph, der offenbar Jahre seines Lebens Kant studiert hat, um in seinen alten Tagen einem Anfall von Neid und Niederträchtigkeit zu erliegen, folgt dem kategorischen Imperativ der Pflicht, wärmt diesen alten Quarque auf und enthüllt.

Er enthüllt, daß der Urgroßvater Remarks 1793 geboren ist — arme Leser, was dachtet ihr? — Daß der Großvater in Kaiserswerth im Jahre 1840 geboren ist — betrogene Käufer, was dachtet ihr? Daß Remark selber geboren ist. Daß er eine Frau hat. Daß er nicht im Infanterie-Regiment 91 gedient hat. Und so fort. Und so fort.

Bleibt ein Punkt, ein einziger. Remarque soll — wie Mynona behauptet — bei Kriegsende und noch im Jahre 1919 unberechtigterweise eine Leutnantsuniform und Orden getragen haben, die ihm nicht verliehen worden sind. Ich habe keine Achtung vor dieser Uniform, und es ist mir unbegreiflich, wie man sie anziehen kann, wenn man das nicht muß. Hat Remarque das aber wirklich getan, so hat er nicht recht getan. Und zwar hat er an seinen Kameraden nicht recht gehandelt; dergleichen wirkte unter den damaligen Umständen außerordentlich aufreizend.

Ich kenne diese Geschichte nicht; ich weiß nicht, ob Remarque sich einen falschen Baronstitel zugelegt hat, die Uniform, die Orden ... Es ist billig, zu sagen: «Lassen Sie doch ... Ein Jugendstreich ...» Solche Streiche können sehr aufschlußreich sein. Ich glaube: dieser zählt nicht dazu. Für den Wert des Buches ist das etwa so gleichgültig, wie wenn erwiesen wäre, Remarque hätte einmal in seinem Leben gestohlen. Was besagt das für und gegen seine Kriegsschilderungen? Kann ein Dieb nicht die Wahrheit sagen? Hat Remarque sich jemals als Apostel und Märtyrer der Sittlichkeit aufgespielt? Es hat einen Sinn, einem wilden Abstinenzler vorzuwerfen, er saufe heimlich Moselwein; es hat einen Sinn, einem Sittlichkeitsschnüffler vorzuwerfen, daß er mit Huren schlafe — es hat aber gar keinen Sinn, einem Kriegsschilderer vorzuwerfen, er habe sich gedrückt, er sei ein schlechter, ein mittelmäßiger, gar kein Soldat gewesen, er habe eine falsche Uniform getragen, zwei nicht verliehene Orden und drei Monokel. In dem Buch ist keine Stelle, die, selbst wenn die Vorwürfe wahr wären, damit widerlegt ist. Was weiß Mynona vom Krieg?

Es hat keinen Wert, dem Gegner nur die bösesten Motive unterzuschieben. Aber es ist gar kein Zweifel, daß Mynona auch nicht die Feder gerührt hätte, wenn das Buch Remarques in der zwanzigsten Auflage stecken geblieben wäre. Neid ...? So einfach ist das nicht, obgleich es ein bißchen seltsam anmutet, wie sich der Verleger Paul Steegemann hier an die Konjunktur anhängt. Tatsächlich muß aber Remarque vor diesem wild gewordenen Philosophen den Erfolg entgelten.

Literarische Erfolge beweisen zunächst nicht viel für den Wert eines Werkes. Überschreiten sie aber ein gewisses Maß, so zeigen sie etwas an: nämlich nicht so sehr die Qualität des Buches als den Geisteszustand einer Masse. Und es gibt — von Thomas Mann bis herunter auf die Courths-Mahler — keine unverdienten Erfolge. Das hat es niemals gegeben. Wenn ‹*Gentlemen prefer Blonds*› die englisch-sprechende Welt im Lachen durcheinander schüttelt, so ist da zweierlei: eine zweifellos vorhandene Kraft der Verfasserin und eine Denkart der Massen, die dieser Kraft in diesem Augenblick entgegenkommt. Wer wird da kläffen? Ein Neidischer wird kläffen. Bei großen literarischen Erfolgen, die man für gefährlich hält, muß man die Leser angreifen — nicht den Autor.

Es ist auch nicht richtig, daß «Ullstein dieses Buch gemacht» hat.

Wer die Entstehungsgeschichte der Vorverhandlungen kennt, wird darüber lächeln. Wer nur einen Funken von Gefühl für Massenwirkung hat, wird nicht solchen Unsinn behaupten: mit Recht hat Monty Jacobs darauf hingewiesen, daß schon bei dem Vorabdruck des Romans in der *‹Vossischen Zeitung›* ein Raunen begann – es war damals bis nach Paris deutlich zu hören. Der Vorgang ähnelt sehr jenem, der sich begab, als man *‹Jettchen Gebert›* in Fortsetzungen las – der Erfolg war sofort da. Dieses Buch ist also von seinem Verlag nicht ‹gemacht› worden; der Verlag hat nur sehr berechtigterweise das vorhandene Echo aufgefangen, und er hat mit seinem Apparat den Erfolg geschickt unterstützt. Gemacht hat er nichts.

Gemacht hat nur Herr Mynona etwas: wohin, hat er uns ja oben selbst erzählt. Und zum Glück ist es keine Parodie geworden; sondern eine aufgeschwollene Literaturpolemik aus dem Jahre 1905.

Und wenn es etwas gibt, was noch unanständiger ist als dieses herzlich lederne Buch, dann ist es sein Verlagsprospekt. Darin ist so ziemlich alles, was gut und teuer ist fürs Geld. Daß Mynona mit Voltaire, Heine und Lichtenberg verglichen wird, nur nebenbei; billiger tun wir das heute nicht mehr. Da ist die Reverenz vor der Provinz und der Fußtritt gegen ‹Berlin› – Herr Steegemann hat lange in Hannover gelebt, und das muß ihm nicht gut bekommen sein. Da wird versprochen, die «ganze herrschende Mittelmäßigkeit höllisch zu demaskieren» – ach, täte das doch einer! Aber es ist nichts damit: die kindischen Vorwürfe gegen Remarque werden aufgezählt, aber von der Not der Soldaten und vom Schmutz, vom Leid und vom Jammer, von Tod und von Verwundung, von Roheit und Brutalität kein Wort. Remarque schreibt sich mit einem k! mit einem k! k! k! –

Unten vor dem Haus des Philosophen lag ein einsames Gebiß. Schaum haftete den Zähnen an, Zeichen von Ohnmacht und Wut. Mit dem Fuß stieß ich es beiseite. So haben wir uns den kategorischen Imperativ immer vorgestellt.

1929

AUF DEM NACHTTISCH

(Roland Dorgelès *‹Les Croix de Bois›*)

Nun sind also doch die Kriegsbücher dazwischengerutscht, eins, zwei ... Aber das eine ist, um die Wahrheit zu sagen, nicht gerutscht – ich habe es auf den Nachttisch gelegt: es ist das schönste von allen; nicht das größte, aber das schönste. Ich stelle es noch über Remarque. Es sind *‹Les Croix de Bois›*, von Roland Dorgelès (erschienen bei Albin Michel, 22 rue Huyghens, Paris). Helm ab zum Gebet.

Ich kenne das Buch, das drüben ein ungeheurer Erfolg gewesen ist, seit Jahren, und ich habe nie darüber berichten können – ich kann es auch heute noch nicht so, wie ich gern möchte. Das macht: es scheint mir unübertragbar zu sein. Wenn das nicht ein großer Künstler in die Finger bekommt; einer, der lange Soldat gewesen ist; einer, der Schützengraben-Französisch und Schützengraben-Deutsch versteht ... und beides wie geschmiert ... vielleicht ... dann vielleicht ... Es ist etwas ganz und gar Einzigartiges. Tausend Beispiele.

Es fängt erst einmal so an:

«In dieser Jahreszeit gab es nicht viel Blumen, aber einige hatte man doch gefunden und sie als Schmuck in die Gewehre des Nachschubs gesteckt, der da, zwischen zwei stummen Spalieren Neugieriger — mit Blumen geschmückt wie ein Kirchhof — in losen Trupps durch die Stadt zog.» So fängt es an. Und dann gehts los.

Dieses unbeirrbare Zivil im Franzosen; wie der Neuangekommene jemand in der Kompanie findet, mit dem er über Paris sprechen kann, er spricht nicht nur über Paris, er spricht auch nicht ‹von der Heimat› — jeder Satz, den er sagt ist gegen, gegen, gegen den Kommiß ... «Schon, daß ich die Namen aussprechen konnte: das war Wiedergeburt verlorenen Glücks.» Die Brutalität des französischen Militärs wird nicht verschwiegen — dies ist ein wahres Buch. Der Feldwebel (‹adjudant› entspricht dem nicht ganz), der jedem, der ihm in die Quere kommt, gleich zwölf Kugeln verspricht, «den Gnadenschuß nicht eingerechnet»; einmal von einem der zahlreichen standrechtlich Erschossenen: «Ja, der war aus Cotteville. Er hatte zwei Kinder.» Absatz. «Zwei Kinder, so groß wie die Pfosten, an den sie ihn gebunden haben ...»

Wie das Soldatengeschwätz eingefangen ist — pointenlos, so ... wie sie so dahergeredet haben. Die Marne! Was haben sie von der Schlacht an der Marne behalten? Immerhin: pour une bataille c'était une bataille, wie man drüben sagt. «Weißt du noch: die kleinen Melonen in Tilloy ...» und: «In Gueux haben wir vielleicht Wein bekommen — Mensch, ganze Eimer voll —!» und so. Es sind Züge darin, die nur ein Franzose finden konnte: so der vom Bauer, der von seinem Haus aus den französischen Sturmangriff sehen kann. «Komm rasch raus!» ruft er seiner Frau zu. «Schnell! Los!» — «Nö — ich kann nicht», ruft die Frau zurück; «die Milch kocht über ...» und das ganz pointenlos, so wie eben einer schreibt, der seine Bauern kennt, und weil jeder Franzose selbst ein Stück vom Bauern in sich trägt, unzerstörbar.

Woher er dies hier hat, weiß ich nicht; es muß ihm der selige Shakespeare nachts im Traum erschienen sein. Das Bauernmädchen ... «sie denkt oft an uns, wenn das Regiment im Graben ist. Und wenn die Kanonen besonders laut dröhnen, dann zählt sie leise jeden Schuß ...: ein wenig ... von Herzen ... mit Schmerzen ... wie wenn sie an einer Margerite zupfte.» Über diese Stelle kann ich niemals hinweglesen.

Und dann jene, die ich hier einmal veröffentlicht habe, wo er davon spricht, wie die Soldaten immer reden und reden und doch gehorchen. (Ich gebe es hier abgekürzt): «Ja, wie sie im Frieden gedient haben, da haben sie gesagt: ‹Laßt mich mal hier rauskommen, dann werde ichs ihnen aber besorgen!› Und dann sind sie herausgekommen, und dann war gar nichts. Und dann: ‹Laß mal Krieg sein, – da werden wir aber – –›» Und dann hat der Krieg angefangen: große Wiedersehensfreude mit dem Unteroffizier: «Na, geht gut, ja?» Und dann im Krieg: «Mensch, laß das hier aus sein ... aber dann – –» Und so in infinitum.

Aber wie soll man das übersetzen? Es ist dasselbe wie bei uns – aber es ist doch nicht dasselbe. Einer weiß, was ihm blüht, wenn er es mit dem Vorgesetzten anlegt. Aber er muß, er kann nicht anders. «Est-ce bête, hein, de jouer sa peau pour un mot ...» Oder dies hier: Ja, die englischen Tommys sind feiner als wir, die Franzosen, das ist wahr – – «Seulement, on a pour nous qu'on sait causer.» Das kann man nicht herüberbekommen; weil das eben bei uns keiner denkt und keiner fühlt.

Manchmal rutscht er auch aus; so, wenn er von den Deutschen spricht; sie streuen unter die Kinder Bonbons, «die sie in Reims gestohlen haben ...» also das ist ein Schwupper. Nicht etwa, weil sie sie genommen haben – natürlich haben sie das getan; sondern weil in diesem Zusammenhang die abrupte Betonung des bürgerlichen Rechts ein Wahnsinn ist. Wenn sie weiter nichts getan hätten ...!

Aber das ist es ja alles nicht. Die Schönheiten, die Einzelszenen, die Massenszenen, die Übersetzungsschwierigkeiten ... wie das geht und geht und weitergeht, der Regen rinnt, und dann besaufen sie sich, und dann ist Nachtangriff, und dann ist Tagangriff, und dann ist da die Sappe (eine der wildesten Episoden, die einen in den Traum verfolgt) – und dann regnet es, und dann sind sie dreckig, und es hört nicht auf und hört nicht auf ...

Ein Meisterwerk.

Vielleicht sollte eine Stelle – wenigstens als kleine Probe – in das schöne Volksbuch *‹Der Krieg›* aufgenommen werden, herausgegeben von Kurt Kläber (erschienen im Internationalen Arbeiter-Verlag zu Berlin). Wir sind alle drin; dazu sehr gut ausgewählte Proben neuer Autoren. Es sind rechtens auch Nationalisten vertreten. Hilft so ein Buch? Schreckt es ab? Das ist eine schwere Frage – was uns Sclutius damals erzählt hat, sind sehr ernsthafte Bedenken gewesen. Aber vier Millionen Holzkreuze –?

Weitermachen. 1929

LEBENSGESCHICHTE EINES REBELLEN

Habe des Süßen und Sauren viel genossen — aber des Sauren war mehr.
Der Alte Dessauer

Arthur Holitscher hat seine Erinnerungen geschrieben, und sechsundfünfzig Jahre Mitteleuropa ziehen an uns vorüber. (*‹Lebensgeschichte eines Rebellen›*. Im Verlag S. Fischer.) Ein Rebell —?

‹Schonungslose Lebenschronik› könnte das Buch heißen, nach dem Titel einer Autobiographie von Kurt Martens, eines zu gleicher Zeit dummen, vernünftigen, unappetitlichen, kleinlichen und eigentümlichen Buches. Holitschers Erinnerungen sind Abrechnung mit sich selbst, Zeitzeichnung, Kunstgeschichte und Rückblick.

Memoiren haben für den Unbeteiligten meist etwas Rührend-Komisches: mit welcher Wichtigkeit Ereignisse aufgeplustert werden, nur, weil der Erzählende zufällig oder schicksalsbestimmt an ihnen mitgewirkt hat, die Weltkarte sieht aus, wie sie Lichtenberg einmal skizziert hat: die umliegenden kleinen Dörfer riesig, exakt, durchbeobachtet bis in alle Einzelheiten, weiterhin wird es immer verschwommener, und ‹là-bas› liegen dann Asien, Afrika, Amerika, Australien. Holitscher sagt immer: Seht, dieses war meine Welt; nirgends: Es ist die Welt.

In Ungarn beginnts. In Ungarn, wo Deutsche, Juden, Ungarn zusammenwohnen, und wo das versprengte Deutschtum doch ein bißchen anders ausgesehen hat und aussieht, als es uns die germanischen Irredentisten erzählen wollen. Das Getto wird leidenschaftslos geschildert, mit seiner lächerlichen Unterschätzung der ‹Gojim›, wie sich ja überhaupt der deutsche Jude nur deshalb für klüger hält, weil die andern dümmer sind. Hier erlebt der Junge seine Jugend, die keine ist.

Bis zur Mitte ist dieses Leben in Schwermut getaucht, weil es eine solche Jugend gehabt hat; oder hat es eine solche Jugend gehabt, weil es in Schwermut beinah versinkt? Noch in den lustigen kleinen Erlebnissen wird gelächelt, so: Ja — recht heiter: aber es ist ja nur eine Unterbrechung, das Eigentliche wird gleich wieder einsetzen. Und dieses Eigentliche ist Trauer. Holitscher empfindet selbst, wie nahe er dem Schlemihl gewesen ist; schließlich ist man selbst schuld, wenn einem grade immer die letzte Bahn vor der Nase wegfährt. Es gibt Glückspilze und Unglücksraben — Unglück ist dauerhafter.

Nach der Schulzeit, dem Ritualmord von Tisza-Eszlar: Bankbeamter in Budapest, in Fiume und in Wien. Dies ist das schönste Kapitel des Buches: Die verlorenen Jahre. Wer kann sagen, ob sie verloren gewesen sind? Aber er empfand sie doch so, und das ist die Hauptsache. Sie werden eingeleitet mit einer ausgezeichneten Beschreibung der Bankbeamtenseele — wie wenig hat sich das geändert! —, und da sitzt er nun, eingeengt von Beruf und einer andern Elementarkraft des Judentums: der Familie.

In der Berufsschilderung steht an keiner einzigen Stelle: Nur ich hatte recht, und alle andern waren Trottel. Es ist auch schon jene leise Trauer darin, daß diese ‹verlorenen Jahre› für die meisten ein Leben bedeuten, und wie schrecklich ist es, daß sie dergleichen eben nicht als verloren empfinden! Eingefangen ist er – es geht nicht mehr weiter.

Die Familie umschließt ihn wie ein Käfig. Diese Brutwärme der Liebe, die das gehegte Wesen zu Tode drückt, aber keineswegs gestatten will, daß es in der Freiheit aufblüht, dieser Backofen des Egoismus mit dem falschen Vorzeichen . . . es geht auch hier nicht mehr weiter.

Ungemein bezeichnend, womit der junge Holitscher aufgeweckt wird. Hamsun ist es, dieser Ausländer des Daseins, Hamsun, der den großen Ruf ungekannt an einen Ungekannten ergehen läßt. Der vernimmt ihn, reibt sich die Augen und entflieht. Nach Paris.

Beneidenswert, wer so Paris erlebt hat. Da mag viel zusammengekommen sein: der Kontrast von Sklaverei und Freiheit, die Jugend, ein Paris, das der Welt damals mehr zu geben hatte als heute – die grünen Tage des Luxembourg-Gartens leuchten durch das ganze Buch, sie kommen immer wieder, weil sie unwiederbringlich dahin sind. Hier setzen die literarischen Erinnerungen ein, die höchst reizvoll sind, lehrreich und frisch. Hamsun erscheint, er wohnt in der langen rue de Vaugirard, ein kleiner Ausländer, um den sich niemand kümmert, Albert Langen wirtschaftet schon in Paris umher, und nun wird ein Literaturpanoptikum vorgeführt, worin jede Nummer ihre Meriten hat. Der hat wirklich halb Europa kennen gelernt und keine Bücherverfasser erlebt, sondern Menschen. Erzählt ist alles das sehr leise, still, niemals mit diesem unerträglichen Augenschlag: «Das ist nämlich der, von dem so viel in den Zeitungen stand, und ich, ich, ich habe ihn gekannt.» Er ist selbstverständlich und natürlich – und das will schon etwas heißen in Deutschland.

Auch die pariser Anarchisten hat Holitscher aufgesucht, mit ihnen gelebt, gehorcht, gesucht. Dem Schriftsteller ist in diesen Schilderungen einmal das Schwierigste geglückt: er erzählt von einem homosexuellen Freund, der ihn besitzen möchte, eine Szene, bei der sich einem der Magen umdrehen würde, stammte sie nicht eben von Holitscher. Bei dem zeigt einem diese Episode nichts weiter als: Auch dies gibt es – so sind die Menschen.

Sein Stil ist gepflegt, aber niemals literarisch. Der französische Einfluß ist unverkennbar. Einmal entwickelt ein pariser Graf recht bösartige Theorien über die Frauen, mit deren einer, einem finstern Exemplar, er zusammenlebt. Weiber! Weiber! Weiber . . .! «Die verheirateten Herren stimmten ihm zu hinter den Wolken der ziemlich mittelmäßigen Zigarren.» Und so zieht das vorüber, die pariser Plätze, der französisch-chinesische Literaturbetrieb, die Radaupremieren, wo einmal dem alten Sarcey, dem Rudolf v. Gottschall von Paris, ein Überzieher auf den Kopf fällt, aus tiefem Theaterschlaf fährt er auf . . . eine Welt wird lebendig.

Folgt München. Das ist uns nun auch den Jahren nach näher, der verstorbene Keyserling taucht noch einmal auf, der ein wertvoller Mensch war und so gar keine Ähnlichkeit mit seinem Namensvetter hatte; der ganze ‹*Simplicissimus*›-Verband, mit Wassermann, Wedekind, Dauthendey und Thomas Mann. Der spielt keine sehr angenehme Rolle in dem Buch, wahrscheinlich mit Recht. Holitscher hat einmal das Modell zu einer amüsanten Figur in Manns Novelle ‹*Tristan*› abgegeben, und wie es dazu kam, erzählt er, ohne Bitterkeit, aber enttäuscht von der Unzulänglichkeit einer so korrekten Erscheinung. «So waren wir, ich fühlte es, in diesen Nachmittagsstunden einander nahe gekommen, und ich ging mit dem frohen Bewußtsein die Straße entlang, daß ich einen Freund habe. Durch irgendeinen Umstand wurde ich beim Weitergehen gezwungen, stehen zu bleiben und mich umzudrehen. Da sah ich oben im Fenster der Wohnung, die ich soeben verlassen hatte, Mann, mit einem Opernglas bewaffnet, mir nachblicken. Es dauerte nur einen Augenblick, im nächsten verschwand der Kopf blitzschnell aus dem Fenster.» Dann erscheint die Novelle, durch die jene Figur geht, «mit den Schritten eines, der innerlich davonläuft» . . . Wer hat hier davonzulaufen? In eben jener Lebenschronik von Kurt Martens steht ein Brief, den Thomas Mann in seiner Militärzeit geschrieben hat. Darin heißt es: «Schreiben Sie einmal wieder – hierher. Aber besuchen Sie mich nicht. Das mag ich nicht. Hoffentlich bekommen Sie mich in Uniform überhaupt nicht zu sehen.» Aber die Ruhe und Ordnung mancher Staatsbürger beruht eben auf dieser Uniform. Betrachtet man alles das unpolitisch, so gefällts einem nicht.

Figuren kommen und gehen – man versteht zunächst nicht, wie sich dieses bunte Wirrsal zu einem Ganzen geeint haben kann; man versteht auch nach dieser braungetönten Traurigkeit nicht, wie einer sich so jung erhalten kann, mit sechsundfünfzig Jahren. Aber dieser erste Band der Alterserinnerungen eines jungen Mannes zeigt noch nicht die große Wandlung, nur ihre Vorbereitung. Diese Wandlung in Holitschers Leben ist der Kommunismus.

So, wie ein wahrhaft frommer Mensch ein Zentrum in sich hat, um das alles tendiert, so, wie ihm nichts geschehen kann, weil alles einen Sinn hat – so hat sich dieser gefunden. Ergreifend sind die letzten Seiten, auf denen das Bekenntnis zur Güte, zur Menschlichkeit, zum Menschen zu lesen ist. Das Dogma des Kommunismus ist ihm viel – der Mensch mehr und alles. Man hat ob seiner jugendlichen Begeisterung manchmal gelächelt, und ich weiß nicht, ob er seine Werke über Rußland und Palästina als statistische Werke gewertet haben will. Wahrscheinlich sind sie es nicht. Aber sie sind, wie dieses Buch, das Bekenntnis eines lautern Charakters, eines überzeugungsfesten Mannes, der als Dichter ersehnt und als politischer Bekenner gefunden hat, was in ihm ist: Treue zu einer großen Idee.

Ein Rebell –? Ein gequälter, sich quälender, erlöster und tapferer Mensch.

1925

FRATZEN VON GROSZ

Der Zusammenhang zwischen der bildenden Kunst und dem Leben ist nicht ganz aufgeklärt. Es ist noch nicht heraus, ob die Damen in England um 1830 so ausgesehen haben, weil Burne-Jones sie so hingehaucht hat, oder ob er so malte, weil sie so aussahen. Jedenfalls waren sich beide einig: der Maler und seine Zeit, und so war alles in bester Ordnung.

Der Karikaturist hats schon schwerer. Nach ihm richtet sich keiner. Im Gegenteil: der Getroffene – und grade der Getroffene – erkennt sich nicht einmal, und jeder Fleischermeister erklärt, solche Specknacken gäbe es überhaupt nicht. Und doch richtet sich einer nach dem Zeichner mit dem Zerrstift.

Der Sehende richtet sich nach ihm. Sicherlich hat Spitzweg viele veranlaßt, mit seinen Augen zu sehen – und was der (alte) *‹Simplicissimus›* auf diesem Gebiet geleistet hat, wißt ihr noch alle: sahen wir nicht Gulbranssons Spießer mit den Korkzieherhosen und dem Wellenbauch, Thönys feisten Agrarier und dann die Herren Leutnants . . .?

Lang, lang ists her. Der *‹Simplicissimus›* ist tot, Thoma lebt in der Nähe ländlicher Sauställe, und ein Witzblatt von Gesinnung haben wir nicht mehr. Aber einen Karikaturisten, der sie alle, die von damals, überragt, einen, der mit Monokel, Mikroskop und zwei gesunden Augen neu, neu und noch einmal neu sieht: George Grosz.

Fünfundfünfzig politische Zeichnungen sind von ihm unter dem Titel *‹Das Gesicht der herrschenden Klasse›* im Malik-Verlag erschienen. Neben der Mappe: *‹Gott mit uns›* das meisterlichste Bildwerk der Nachkriegszeit.

Die deutschen Gesichter haben sich verhärtet. Schärfer sind die Kinne geworden, verbissener die Lippen, brutaler die Unterkiefer. (‹Haifische› nennt der Italiener seine Blutgewinner.) Und ich weiß keinen, der das moderne Gesicht des Machthabenden so bis zum letzten Rotweinäderchen erfaßt hat wie dieser eine. Das Geheimnis: er lacht nicht nur – er haßt. Das andre Geheimnis: er zeichnet nicht nur, sondern zeigt die Figuren – welche patriotischen Hammelbeine! welche Bäuche! – mit ihrem Lebensdunst, ihrer gesamten Lebenssphäre in ihrer Welt. So, wie diese Offiziere, diese Unternehmer, diese uniformierten Nachtwächter der öffentlichen Ordnung in jeder einzelnen Situation bei Grosz aussehen: so sind sie immer, ihr ganzes Leben lang.

Sie sind alle da: die brutalen Mordoffiziere und Nachfahren eines Ludendorff, die allesamt nicht ertragen können, in Zivil zu arbeiten, und die vorziehen, in Uniform zu töten – so das Blatt: *‹Prost Noske! Die Revolution ist tot!›*, eines der stärksten politischen Pamphlete unsrer Zeit; früher machte das lächerlich, heute wird man, wenn man nur sonst ein guter Gustav ist, Oberpräsident –: die Kaufleute, die gar nichts andres sehen als Geschäft, und deren Kinne zeigen, wie man lebt, und deren Lippen, wie man leben läßt; die Viechskerle von Soldaten, Bulldoggen und Sergeanten des kaiserlichen Heeres: Herren und Generale; einen bezaubernden, immer wiederkehrenden Typus eines Waschlappen: Demokraten mit Pelerine, Umhängebart, Schlapphut, Regenschirm und der jeweils nötigen Überzeugung; Studentenschnösel und Klassenmediziner – und der Letzte, nicht der Beste: Erich Ludendorff-Lindström. (Grosz hat sich liebevoll in dieses Gesicht versenkt – es ist dem Gesicht nicht gut bekommen. Aber Vater Hindenburg ist auch nicht ohne.)

Und all das ist von neuer Formulierung. Ob Grosz der erste war, weiß ich nicht. Er muß Väter gehabt haben: Primitive, die ersten Expressionisten. Alle, die aus der Haut und aus der Samtjacke fuhren und die Malerei wieder den geistigen Künsten zuführen wollten. Aber er ist doch der erste von ihnen allen.

Und alle Blätter – die man bald bestellen möge, bevor sich eine deutsche Strafkammer mit einem Beschlagnahmebeschluß vor ihnen blamiert – rufen uns jene Zeit ins Gedächtnis, wo alles zusammenzubrechen schien und alles blieb; wo so viel verpaßt wurde und so viel geschont; die uns dreihundert oppositionelle Führer kostete und Mörder: Exekutive, Militär und Richter am Leben ließ. Guten Abend, deutsche Revolution!

Der Hakenkreuzgastwirt, der Wenn-und-aber-Demokrat, der verhetzte Student, der gefügige Staatsanwalt, der grauenhafte sture Kleinbauer – sie werden das Heft nie zu sehen bekommen, weil bei uns ja alle nebeneinander leben und zumal unbequeme geistige Regungen gern unbeachtet bleiben. Was nützt Groszens Pazifismus und all das? Ungestört singen die Kindergärtnerinnen ihr: «Ja, mit Herz und Hand . . .»; ungestört lehren wildgewordene Oberlehrer ehrwürdige Geschichtslügen; ungestört toben Justiz und Universität. Vom Kapital zu schweigen.

Und wohin du blickst: Fratzen von Grosz. All diese Gesichter kann man auch zum Sitzen benutzen.

Wir aber wollen in dies Bilderbuch sehen und jener Jungfrau Germania gedenken, die mit jedem Offizier – bis zum Feldwebel abwärts – gehurt hat. Und sprechen: «So siehst du aus!» 1921

DER RASENDE REPORTER

(Ja, du kriegst deine Besprechung –!)

Egon Erwin Kisch, der tschechische Journalist, hat (bei Erich Reiß in Berlin) ein bunt eingeschlagenes Buch herausgegeben: *‹Der rasende Reporter›*. «Na, rasend . . .» würde Christian Buddenbrook sagen . . . Kisch – von dem die entzückende Geschichte geht, daß Alfred Polgar ihm einst als Dedikation in ein Buch geschrieben habe: «Dem feinsinnigen Revolutionär und unerschrockenen Journalisten» – gibt hier eine mannigfaltige

Sammlung seiner Berichte aus aller Welt: Whitechapel und die Erschießung des wiener Einbrechers Breitwieser und etwas von den Heizern des Riesendampfers und Heringsfang und Taucher auf dem Meeresgrunde und der Golem und Fürst Bolkonski am Grabe Trencks. Das liest sich glatt und unterhaltsam, und dazu wäre nun weiter nichts zu bemerken.

Aber das Vorwort hat mich mehr gefesselt als das ganze Buch. «Die spärlichen Versuche», heißt es darin, «die gemacht werden, die Gegenwart festzustellen, die Zeit zu zeigen, die wir leben, leiden vielleicht daran, daß ihre Autoren nicht ganz gewöhnliche Menschen sind . . . Der Reporter hat keine Tendenz, hat nichts zu rechtfertigen und hat keinen Standpunkt.»

Das gibt es nicht. Es gibt keinen Menschen, der nicht einen Standpunkt hätte. Auch Kisch hat einen. Manchmal — leider — den des Schriftstellers, dann ist das, was er schreibt, nicht immer gut. Sehr oft den des Mannes, der einfach berichtet: dann ist er ganz ausgezeichnet, sauber, interessant — wenngleich nicht sehr exakt, nicht sachlich genug. Denn Schopenhauer, den er da im Vorwort heranholt, hat etwas andres gemeint. («Ganz gewöhnliche oder platte Menschen können vermöge des Stoffes sehr wichtige Bücher liefern, indem derselbe grade nur ihnen zugänglich war, zum Beispiel: Beschreibungen ferner Länder, seltener Naturerscheinungen, angestellter Versuche, Geschichte, deren Zeugen sie gewesen, oder deren Quellen aufzusuchen oder speziell zu studieren sie sich Mühe und Zeit genommen haben.») Man lese einmal die bescheidenen, demütigen, beinahe unpersönlichen ältern Berichte dieser Art, und man wird den Unterschied zwischen diesen Reisenden und einem modernen Reporter erkennen, der überall ein Quentchen ‹Geist›, ein Zitatchen, eine Schmeichelei über die Bildung seiner Leser — kurz: der ‹Zeitung› in seinen Bericht bringt. Nicht zu vergessen, wo diese angeblich unpersönlichen Berichte stehen: in einem Wust von Nachrichten, dummem Zeug, Telegrammen, Feuilletons und Inserenten.

Kisch hat recht: es ist töricht, in das Geschrei: «Das ist nur ein Reporter!» miteinzustimmen. Reportage ist eine sehr ernste, sehr schwierige, ungemein anstrengende Arbeit, die einen ganzen Kerl erfordert. Kisch ist so einer. Er hat Talent, was gleichgültig ist, und er hat Witterung, Energie, Menschenkenntnis und Findigkeit, die unerläßlich sind.

Vieles ist gut gesehen, fast alles ganz unbestochen. Aber wie ‹sachlich› man auch oder wie weit weg vom Thema man auch schreiben mag: es hilft alles nichts. Jeder Bericht, jeder noch so unpersönliche Bericht enthüllt immer zunächst den Schreiber, und in Tropennächten, Schiffskabinen, pariser Tandelmärkten und londoner Elendsquartieren, die man alle durch tausend Brillen sehen kann — auch wenn man keine aufhat —, schreibt man ja immer nur sich selbst. 1925

In dieser Ecke der Bibliothek pflegen zu stehen: der alte *‹Pitaval›* (recht langweilig und würdig von Paul Ernst bearbeitet); der *‹Neue Pitaval›* (Willibald Alexis, nie wieder erreicht); der *‹Moderne Pitaval›* (eine außerordentlich gut dokumentierte Zusammenstellung, soviel ich mich erinnere, bei Mohr in Tübingen erschienen); die zwölf Bände von Friedländer: *‹Moderne Prozesse›* (ganz schlecht, dumme und kitschige Zeitungsberichte, nur als unmaßgebliche Gedächtnisauffrischung zu benutzen) – und nun will eine neue Sammlung dazugestellt werden: *‹Außenseiter der Gesellschaft›*, herausgegeben von Rudolf Leonhard (Verlag Die Schmiede in Berlin). Ein Band liegt mir vor: *‹Der Fall des Generalstabschefs Redl›*, erzählt von Egon Erwin Kisch. Das ist ein Schlager ersten Ranges.

Im Vordergrund steht der Fall, jener große Spionagefall, der vor dem Kriege ein schnell ersticktes Aufsehen erregt hat, der Fall mit Daten, Personen, Dokumenten und einer Fotografie des Feschaks, die aus irgendeinem Bande der *‹Fackel›* entnommen zu sein scheint. (Wie sich überhaupt immer mehr herausstellt, daß Österreich eine Erfindung von Karl Kraus ist. Dieser Fall auch.)

Kisch hat die reine Erzählerfreude. Der schmale Band ist ein spannender Kriminalroman, brillant gesteigert, ausgezeichnet aufgebaut. Wieweit die Dokumentation in Ordnung ist, kann ich nicht beurteilen. Einer der beteiligten Offiziere wird als Quelle angegeben; daß er nicht alles, und daß er nicht alles so gesagt hat, wie es in Wahrheit gewesen, ist klar. Die Geschichte hat ein Loch: der Schuß eines Gastes im Hotel wird nachts gehört und bleibt nicht stundenlang unbemerkt ... Aber welche Geschichte –!

Der Oberst Redl bringt viele Menschen wegen Spionage ins Zuchthaus, betreibt von Amts wegen Spionage und Gegenspionage, lebt nur gegen die Spione – und ist selbst einer. (Die Erzählung der Entdeckung: ein Meisterstück.) Der österreichische Generalstab ist kompromittiert, die politischen Folgen sind nicht abzusehen, der Skandal muß erstickt werden, er wird erstickt. «Sie dürfen um einen Revolver bitten, Herr Redl!» – «Ich bitte gehorsamst ... um einen Revolver.» Die Kommission der Zwockl wartet unten auf der Straße, bis sich der oben eine Kugel in den Kopf geschossen hat – so erzählts wenigstens einer der Kameraden. Beschlagnahme, Pech bei der Durchsicht der hinterlassenen Sachen, Pressespektakel, Verscharrung ohne militärische Begleitung (was Strafverschärfung bedeuten soll), Aufdeckung aller Fäden – aus.

Aber hinter diesen dunkeln Geschichten, den kindischen und verbrecherischen Spionagefällen, den bespitzelten Spitzeln, den Leuten, die belauern, dafür bezahlt, zugleich bewacht und im Dienst der Gegenseite geklappt werden – da steht er: der Staat. Da leben diese Vereine, von denen jeder eine Fahne, aber keiner einen Funken Anstand hat, von metaphysischen Fiktionen, betrügen einander und werden betrogen, präparieren Mord und sühnen mit Totschlag, wenn sie einer daran hindern will, verkörpern die Sittlichkeit mit den gemeinsten Mitteln und hindern Europa, Europa zu sein. Denn was ist es jetzt? Ein Vaterlandskomplex mit Ladehemmungen, mit einer Fahne als Totem und Banken als Tabu, Urhorden, die ihre Kinder auffressen, Staaten, deren wahrhafter Ausdruck ihre Generale sind: bunt, dämlich, von den Kaufleuten dotiert und mit einer Verantwortungslosigkeit, die ihren Wunsch, zu töten, auf die andern transponiert, die getötet werden. Innenseiter der Gesellschaft.

1925

AUF DEM NACHTTISCH

(Egon Erwin Kisch *‹Paradies Amerika›*)

Schweizer Nachttische sind hoch und schmal — öffne ich jetzt noch das Fenster, dann bläst mir der Wind alle Bücher herunter ... ich öffne es aber nicht. Man sieht auch so weit hinaus ins Land ... Herr Luginsland sieht aus dem Fenster. Woher die Leute nur immer wissen, wie die vielen Berge heißen? Monte Brie und San Salvator und Monte Pschorr ... Und da ist ein o du himmelblauer See, und da ist etwas beschneite Bergkuppe, und oben, ja, grade da, oben auf diesen Bergen — wenn du ein Opernglas nimmst, kannst du es vielleicht sehen — da läuft die gezackelte, kleine, punktierte Grenze. Drüben liegt Italien.

Das? Das ist die italienische Enklave, wohin die Italiener immer ihre politischen Gegner locken ... (Chor der Faschisten: «Immer! Einmal!») — Einmal ist auch ganz schön. «Herr Rossi hat sich freiwillig auf italienisches Gebiet begeben ...» Ich habe in Paris die junge Dame gesehen, der er damals, wie der Zufall spielt, ahnungslos und freiwillig in sein Verderben folgte. Zwanzigjährig-freiwillig. Zwanzig Jahre Zuchthaus habt ihr ihm aufgebrummt, oder waren es dreißig? So genau kommt das in Italien nicht drauf an. Fällt in Rußland ein Schuß, dann steht Europa auf dem Kopf, womit nicht gesagt sein soll, daß diese Schüsse zu bejahen seien. Quält aber Mussolini seine Italiener zu Tode, so ist es still — still, von der Bank von England über die französische Börse bis zur Burgstraße. Es kommt eben immer darauf an, für wen man terrorisiert ... Amerika, du hast es besser als unser Kontinent, der alte —

Nein, doch nicht. Egon Erwin Kisch zeigt uns, daß es hohe Zeit ist, die deutsche Straßenmeinung über Amerika zu revidieren; das Land sieht doch anders aus, als es sich auf den Vergnügungsreisen beamteter Nichtstuer präsentiert. *‹Paradies Amerika›* heißt Kischs Buch (bei Erich Reiß in Berlin erschienen). Amerika ist ein Paradies. Der Unternehmer.

E. E. Kisch hat eine Eigentümlichkeit, die ich immer sehr bejaht habe: er sieht sich in fremden Ländern allemal die Gefängnisse an. Denn maßgebend für eine Kultur ist nicht ihre Spitzenleistung; maßgebend ist die unterste, die letzte Stufe, jene, die dort gerade noch möglich ist. Wir können Griechenland nicht so sehen, wie Jacob Burckhardt es uns geschildert hat: griechische Heloten sind wichtig, mindestens so wichtig wie Praxiteles und die ewig strahlende Sonne.

Kisch hat in Amerika viel gesehen, und er hat, was er gesehen, gut erzählt, lebendig erzählt, frisch erzählt. Man hat nicht den Eindruck, er sei nun hingegangen, um auf alle Fälle in Amerika alles schlecht zu finden – aber er ist marxistisch geschult und läßt sich nichts vormachen. Nur ein Amerikaner wird beurteilen können, ob er nun auch alles ganz so gesehen hat, wie es wirklich ist – aber wie ‹ist› ein Land? Der das Land beherrscht, wird ein andres Bild haben als der, der es erleidet; Kisch ist bei den Leidenden gewesen. Das Buch enthält eine Fülle von Material; ein Glanzstück bester Darstellungskunst ist das Kapitel von der Küstenschiffahrt nach Kalifornien. Es sind kleine Bilder aus einem großen Lande, Rohmaterial für jene gewichtigen Bücher, die die ‹geistigen Strömungen eines Landes› untersuchen, meist, ohne daß die Verfasser die Quellen kennten. Wer eine Arbeiterbibliothek verwaltet, sollte das Buch Kischs anschaffen. 1930

GRIMMS MÄRCHEN

Deutschland, die verfolgende Unschuld.
Karl Kraus

Zu den Bibeln des Deutschtums, wo es am knastrigsten ist, gehört auch ein dicker Wälzer, *‹Volk ohne Raum›* von Hans Grimm. Der Mann hat in Deutsch-Südwest gelebt und hat vor dem Kriege einige beachtliche Novellen veröffentlicht. (*‹Der Gang durch den Sand›*; alle seine Arbeiten sind bei Albert Langen in München erschienen.) Nach dem Kriege aber fuhr es in ihn; wie alle Deutschen ein schlechter Verlierer, kochte er die erlittene Niederlage metaphysisch auf und tat an der vorhandenen Überbevölkerung des deutschen Landes und vermittels eines mäßigen Romans dar, daß Deutschland wiederum Kolonien brauche. Stil und Poesie erinnern etwa an den Pastor Frenssen – die gleiche dilettantische Innigkeit, die da glaubt, wenn der Schreiber ergriffen sei, müsse es auch der Leser sein, die gleiche protestantische Provinziallyrik mit Hummelgesumm und Waldesrauschen, die zwar Naturverbundenheit aufweist, von der Seele der Natur aber nur so viel weiß, wie aus dem bäurischen Grundbuch hervorgeht. Es ist so recht ein prächtiges Ferienbuch für unsre Landgerichtsdirektoren.

Anzumerken, daß Hans Grimm ein im tiefsten Kern anständiger Mann ist; die üble Ausnutzung, die der Roman durch deutsch-nationale Annexions-Politiker erfahren hat, mag ihm selber nicht sehr behaglich sein, wir werden das gleich sehen.

‹Die dreizehn Briefe aus Deutsch-Südwest-Afrika› sind die Frucht eines Nachkriegs-Besuchs, den Grimm der ehemaligen deutschen Kolonie, die er immer noch, wie alle seine Freunde, mit ihrem falschen Namen benennt, gemacht hat. Was hat er uns zu vermelden?

Deutschland hat seine ehemaligen Kolonien durch den Vertrag von Versailles eingebüßt, darunter auch Deutsch-Südwest. Dieses Gebiet fiel an keine einzelne Nation unter den Siegern, sondern es wurde Mandatsgebiet des Völkerbundes. Der Völkerbund vertraute die Verwaltung des Landes der benachbarten Südafrikanischen Union an, die 1909 aus dem Burenkrieg hervorgegangen ist, die Union stellte den Landpfleger, der seinerseits dem Völkerbund für seine Verwaltung Rechenschaft ablegen muß. Der Mandatsverwalter hat auf Grund des Friedensvertrages das Recht, die deutschen ehemaligen Kolonisten des Landes zu verweisen; eine Entschädigung dieser Leute sollte durch Deutschland erfolgen. Im Jahre 1924 wurde durch das londoner Abkommen bestimmt, daß alle Deutschen, die vor einem bestimmten Stichtag im Lande waren, die Untertanenschaft der Union erhalten sollten, wenn sie nicht ausdrücklich darauf verzichteten. Nach dem Stichtag erhalten Zugewanderte die vollen politischen Rechte des Landes nur, wenn sie die Verleihung der britischen Untertanenschaft bei Verlust der deutschen beantragten, nach fünf Jahren können sie dann volle Bürger werden.

Grimm klagt nun, hier werde ein großer Betrug verübt. Das ehemalige Deutsch-Südwest sei in Wahrheit gar kein rechtes Mandatsland mehr, sondern durch die gesetzlichen Schiebungen der Union sei es im besten Zuge, von der Union verschluckt und damit englisch zu werden oder doch unter englischen Einfluß zu kommen. Im übrigen trete man die Rechte der dort ansässigen Deutschen mit Füßen und quäle sie durch Nichtanerkennung der deutschen Sprache und nicht sehr freundliche Behandlung. Die Deutschen, fügt Grimm hinzu, beugten sich diesem Regime, indem sie unterkröchen, von Hause aus hätten sie keine Unterstützung. Dies ist die Lage.

Unsre erste Frage: was geht das Grimm eigentlich an? Ist das Land noch deutsch?

Darauf antwortet er: Nein, deutsch sei es nicht, aber die Deutschen hätten es dem Handel erschlossen, was richtig ist, und es gebe, was noch richtiger ist, einen Eigentumsbegriff, der durch Arbeit und durch Verbesserung des Objekts entsteht. Liebe und Interesse der Deutschen, die so viel Schweiß und Blut für das Land aufgebracht hätten, seien also verständlich.

Weil hier aber kein Bierfilz-Kolonialpolitiker spricht, sondern ein sauberer, aufrechter Mann, verlohnt es, diese typisch deutsche Anschauung über das, was Kolonien eigentlich sind und sein sollen, zu betrachten.

Zunächst ist merkwürdig, zu sehn, wie schlecht diese Teutschen schreiben. Ich will gar nicht von dem wahrhaft Morgensternschen

Satz reden: «Der Vogel, der im Volksmunde Pfefferfresser und in Wirklichkeit nach seinem Rufe tok, tok, tok Tokan heißt» — dieses ‹in Wirklichkeit› hätte der alte Mauthner erleben sollen. Es sind auch nicht jene Schachtelsätze, die man nur mit allen zehn Fingern lesen kann, auf jeweils einen Nebensatz einen Finger haltend, um den Faden nicht zu verlieren; nicht allein solche Flüchtigkeiten wie: «aber die Begegnungen sind nicht fertig», was besagen will, daß der Autor sie noch nicht alle aufgezählt hat; ein Ort wird der «am meisten geschichtliche» genannt — das mag vielleicht in einer Tages-Broschüre hingehen, obgleich ein guter Schriftsteller immer gut schreiben sollte. Nein, das allein ist es nicht. Es ist jener seltsame und ekle Stil, den man etwa mit ‹Grammatik in Latschen› umschreiben könnte, ein Stil, der den Leser gewissermaßen in die Seiten pufft: du weißt schon, wie ichs mene, ich brauche mich nicht so exakt auszudrücken. Traulich duftet es nach süßem Tabak; wann sich Pappa zum letzten Mal die Füße gewaschen hat, steht noch sehr dahin, die Frauen haben viel Gemüt und wenig Bidet, und im Garten blühen Himbeern, Kirschbäume und die deutsche Seele. So ein Stil ist das.

Helmspitzen blitzen in dieser Wüste auf — um im Bilde zu bleiben, denn Bilder, Vergleiche und Terminologie dieser Schriftsteller haben weniger die deutschen Klassiker, als die Klassiker der Armee-Lügen, die Heeresberichte, zum Vorbild. Da stehen ununterbrochen Deutsche an vorderster «Frontstelle», da gibt es auch noch «Miesmacher» — kurz sie halten, wie die leeren Pferde-Droschken, die keiner mehr nehmen will, allesamt an der Ecke 1914.

Was an der Sache auffällt, ist eine unerträgliche Vermanschung von Lyrik und Geschäft, von Handelsinteressen und gehobenem Patriotismus, von höher klopfenden Herzen und Nationalwirtschaft. Das ist grausig. Im Grunde sind ja alle Menschen immer Marxisten und niemals etwas andres gewesen — es fragt sich nur, ob sie den Mut haben, es sich einzugestehen oder ob sie ihre Konten mit Gefühlen drapieren, die je nach der herrschenden Mode ein Kreuz oder die noch heiligeren Flaggen ihrer Länder tragen. Grimm drapiert nicht — er macht seine Rechnungen auf schwarz-weiß-rotem Papier auf. Denn wozu brauchen wir Kolonien?

Des Landwertes wegen? «Das Land ist immer noch ein armes Land; wären im Jahre 1908 in der Küstenwüste bei Lüderitzbucht nicht die Diamanten entdeckt worden, so vermöchte es bis auf diesen Tag die Kosten einer bürgerlichen Verwaltung und bürgerlichen Lebens aus eignen Mitteln nicht zu bestreiten ... Das Land ist arm wegen der Unsicherheit und Kärglichkeit der Regenfälle ...» Wir brauchen Kolonien.

Für die Ausfuhr? «Sie haben wahrscheinlich recht mit Ihrer Behauptung: Bekämen wir das alte Kolonialreich, wie es war, wieder, es wäre nur eine Nothilfe mit vielen andern Verwicklungen, und vor dem Kriege habe die Ausfuhr nach dem alten Kolonialreich nur etwa 1,5 Prozent betragen.» Wozu brauchen wir Kolonien?

Für die deutsche Überproduktion an Menschen, da doch Deutschland nicht ausreicht? Deutschland hat seine Bebauungsfläche noch niemals richtig ausgenutzt, weil erstens die deutsche Landwirtschaft von den Schutzzöllen so geschützt wird, daß an eine moderne Intensivierung der Bodenbewirtschaftung gar nicht gedacht wird, und zweitens wirft eben dieses arme, übervölkerte Land sein Geld zu den Fenstern des Reichswehrministeriums hinaus, anstatt sein Ödland den siedlungshungrigen Proletariern aus den Großstädten zu erschließen. Vor allem aber ist der deutsche Menschenüberschuß, nie, niemals in die deutschen Kolonien abgewandert, und wer das etwa behaupten wollte, der lügt.

Hans Grimm lügt nicht – hier nicht und nicht anderswo. Er erzählt nur holde Märchen. Ausnutzen läßt sich dieses arme Land Südwest nicht; exportieren kann es kaum etwas; zu importieren ist wenig; den Bevölkerungsüberschuß Deutschlands nimmt es tatsächlich nicht auf – wozu brauchen wir Kolonien?

Und hier geschieht nun etwas typisch Deutsches.

Der Deutsche beginnt, wie alle Welt, mit wirtschaftlichen Erwägungen, eine durchaus gesunde und rationale Methode. Greift die nicht durch – aber nur dann –: dann wird er moralisch. Vielleicht tun das alle Menschen, aber der Deutsche hat es in dieser Fähigkeit zu einer Meisterschaft gebracht, die ihresgleichen sucht. Wenn man auf den deutschen ‹Geist› dieser Sorte trifft, so kann man in neunundneunzig Fällen von hundert darauf schwören, daß dem Herrn Geist-Inhaber etwas fortgeschwommen ist, wofür er sich zu trösten sucht. Der Geist ist in Deutschland immer die letzte Rettung nach den Niederlagen – sie gehen auf den Geist, wie andre auf den Abort. Als Sieger brauchen sie ihn nicht.

Diese Art Deutscher hat nie unrecht, er geht nie in sich, kommt nie auf den Gedanken, daß auch er vielleicht jemandem Unrecht getan haben könne – er siegt, und wenn er nicht siegt, dann borgt er sich einen Sieg, und den findet er immer in dem, was er ‹Staatsräson› oder ‹Gesinnung› oder ‹Innenleben› oder ‹vaterländische Religiosität› oder sonst dergleichen nennt. Diese Linie läßt sich von Luther an verfolgen, der das Unglück Deutschlands gewesen ist, und wenn Sie heute Rathenau, Scheler oder dergleichen lesen, so finden Sie dasselbe, schön formuliert. Am besten aber können das die geschlagenen Nationalisten. So auch Grimm. Wozu brauchen wir Kolonien –?

Für die Wirtschaft? «Mir scheint, solche Auffassung stammt aus früherer westlerischer und vielleicht auch hamburger Betrachtungsweise.» Ah, das sind die ‹Krämer jenseits des Kanals›, jene Händler, die der Held Sombart in schönen feldgrauen Tagen den deutschen Edelkaufleuten gegenübergestellt hat; nun aber, nach dem schiefgegangenen Gasangriff, wird ein Geistangriff angesetzt. Zum Sturm, marsch-marsch . . .!

«Die höchste Bedeutung eignen Koloniallandes für ein übervölkertes, eingeengtes Land liegt auf der ‹moralischen› Seite.» Und die sieht so aus:

«Es wandern zur Zeit etwa elfhundert deutsche Menschen im Jahre in das Mandatsland Deutsch-Südwest ein, mit meistens verworrenen Erwartungen. Wenn hundert Jungens an einer Frontstelle ihren Drang erfüllen und selbständige, unabhängige deutsche Männer werden können, statt als Putschisten und Krawaller und Ewigunzufriedene über Deutschland verteilt und wartend zu sitzen, und weiter, wenn zehn Jungens an einer deutschen Frontstelle und entfernt von den viel mehr eingebildeten als wirklichen inneren Streitgegenständen der Heimat durch Sonne und Luft und Freiheit und Tat und ungehinderte Männlichkeit zu deutschen Führern werden, ist das wenig?»

Damit also zehn oder hundert deutsche Psychopathen ihren sadistischen Trieb nicht mehr in Lichtenberg an den Arbeitern, sondern in der Wüste an den Kaffern austoben können: darum brauchen wir Kolonien. Damit die degeneriertesten Zellen dieses Volkskörpers, deren ursprünglich einmal gesunde und gute Beschaffenheit durch den Krebs der national-tierischen Eigenschaften überwuchert ist, gedeihen und sich gar noch auf eine Führerschaft vorbereiten können, an der das Land bereits einmal Millionen von Menschen und Mark verloren hat: darum brauchen wir Kolonien. Weil junge Engländer, unter ganz andern Verhältnissen und in einem andern Jahrhundert, die Herrenhaftigkeit und Männlichkeit ihrer Rasse in wehrloser Welt entwickeln konnten, deshalb tun wir das ‹auch› (du deutschestes aller Wörter!) — und weil die Romantik freier und junger Menschen angesichts der Überbürokratisierung und grauen Nivellierungsarbeit dieses Parlamentarismus rechtens einen Weg ins Freie sucht, aber keinen findet, weil sie falsche Weltkarten haben —: darum brauchen wir Kolonien. Wir brauchen keine Kolonien.

Wir brauchen keine Kolonien, weil dieses Mandatsland durchaus kein «erster praktischer Versuch in die afrikanische und menschliche Zukunft hinein» ist. Diese Vereinigung von Kapitalisten und gefügigen Gewerkschaftsbürokraten, die sich Völkerbund nennt, ist ein Versuch, ein Gebilde, das sich vielleicht entwickeln kann, aber seine Aussichten nehmen mit jedem Tage ab. Unser Genf liegt in Moskau.

Ganz etwas andres, wenn Grimm sagt:

«Auf andre als auf übernationale Weise läßt sich die koloniale Frage des an Menschen überfüllten Mittel- und Westeuropa nicht lösen.» Aber man kann nicht zum Zwecke der Ausbeutung in Afrika ‹übernational› spielen und zu Hause den Nationalklimbim mit höchstem Ernst und den blutigsten Mitteln fortführen. Entweder — oder. Entweder ihr seht ein, daß der Gedanke der absoluten Souveränität ein Anachronismus ist, daß die zwischen den Staaten herrschende Anarchie nicht nur unsittlich, sondern im höchsten Grade unpraktisch ist, oder ihr seht es nicht ein. «In Afrika, da ging es nicht — in Tempelhof, da gehts», hat vom Parademarsch einmal Julius Freund gesungen.

Was da in Süd-Afrika geschieht, mag eine Schiebung sein — uns geht sie nichts an, und der deutsche Arbeiter, der deutsche Landarbeiter hat andre Sorgen, die ihm Süd-West nicht abnehmen kann. Haben wir denn ein Recht an diesem Lande?

Unter meinen Kindheitseindrücken an das deutsche Militär rangieren zwei an erster Stelle. Der früheste, also stärkste, ist eine nach Urin stinkende Latrine einer stettiner Kaserne; und jene, denen die Terminologie der Psychoanalyse das bißchen Verstand genommen hat, mögen deutend ergründen, wie schon der Knabe eine ganze Institution mit dem herben Geruch der Männerausscheidungen identifizierte, und tatsächlich habe ich das auch heute noch in der Nase, wenn ich einen General sehe. Der zweite Eindruck war ernster.

Im Jahre 1904 zogen sie aus der Alexander-Kaserne: hochgewachsene Männer in der damals ungewohnten grauen Kolonialuniform, Mann neben Mann, Trupp hinter Trupp, die Musik vorn und die weinenden Frauen hinterher. Diese Freiwilligen ahnten mehr, als daß sie wußten, wohin sie gingen. Immerhin: man hatte sie wenigstens nicht gezwungen. Sie verdursteten, verreckten und verbluteten dann auf dem heißen Sande, und Frenssen hat nachher einen schönen Roman daraus gemacht und die Schiffahrtslinien ein schönes Geschäft. Da marschierten sie hin... «Muß i denn — muß i denn» spielte die Musik; sie mußten ja wohl.

An vielen Stellen der Grimmschen Schrift ist davon die Rede, daß die Gräber dieser Gefallenen eine laute Sprache redeten, und das tun sie auch. Aber Grimm versteht das Deutsch der Toten nicht. Sie rufen: wofür? Sie rufen: wenn wir das gewußt hätten! Sie rufen: Herr, vergib uns, denn wir wußten nicht, was wir taten! Das rufen diese Gräber. Blut schafft kein Recht.

«Nach dem Kriege mit den Hereros versuchte die deutsche Schutzgebietsregierung, die Hererofrage als einen Teil der Eingeborenenfrage dadurch vorläufig zu lösen, daß sie den rückkehrenden Aufständischen das Halten von Großvieh verbot.» Diese hundsföttische Gemeinheit, über die der alte Herero Dernburg einiges auszusagen vermöchte, trieb die Leute in die Wüste, ließ sie zu Tausenden draufgehen und setzte die imperialistische Eroberungspolitik konsequent fort. Und wenn die Nationalhereros einen Schriftsteller Hans Grimm hätten, so würde der einen herrlichen Roman, in zwei Bänden, schreiben, wie unterdrückt, wie ausgebeutet, wie mißhandelt sein Volk sei...

Ob die Deutschen bei den Eingeborenen beliebter seien als die Engländer oder die Buren, kann ich nicht beurteilen. Grimm druckt den Bericht eines antideutschen Buren ab, in dem etwa zu lesen steht, die Kaffern hätten lieber vor den Deutschen stramm gestanden, als bei den Buren gearbeitet, ein nicht unalltäglicher Vorgang, den man in Deutschland auf vielen Kasernenhöfen beobachten kann.

Daß die Buren, für die sich einmal der sentimentale deutsche Spießer, Ludwig Thoma obenan, schwer begeistert hat, wie der Deutsche ja immer lieber die Freiheit der Griechen, der Buren und der Chinesen besingt, als sich die eigne zu erringen: daß die Buren nicht die besten Brüder sind, glauben wir gern. Aber was, in aller Welt, geht uns das an? Was haben wir dort zu suchen?

Grimm ist kein objektiver Mann; er hat ... er hat: «Rückgefühl». So bezeichnet dieser deutsche Schriftsteller den Begriff ‹ressentiment›, und es ist ungemein bezeichnend, wie diese Puristen deutsch schreiben wollen, ohne deutsch denken zu können. Denn ‹Rückgefühl› ist überhaupt nichts; daß Fremdwort ‹ressentiment›, mit dem wir eine durch alten Groll getrübte Empfindung bezeichnen, ist sehr schwer zu übertragen, mit einer plumpen Übersetzung am allerwenigsten. Ja, also Grimm hat ‹Rückgefühl› — aber nennen wir doch die Sache beim Namen. Er kann die Niederlage nicht verwinden.

Das gedemütigte Selbstbewußtsein muß irgendwo heraus — bei ihm entfliehts nach Süd-Afrika. Es ist unbeschreiblich, wie die geschlagenen Deutschen die Geschichte in Terminologie und Anschauung verfälschen. Hausse in Anführungsstrichen: der ‹sogenannte› Friedensvertrag; bei Grimm heißt es einmal: «ein leer gestohlener Ort», wenn aber die deutschen Truppen Belgien besetzten, dann nahmen sie kriegerische Operationen vor — so verschieden ist es im menschlichen Leben. Immer wieder wird angemerkt, daß das Reich ‹gezwungen› auf seine Kolonien verzichtet hat; ja, hat denn schon irgend jemand einen Friedensvertrag unter anarchisch lebenden kapitalistischen Staaten gesehen, in denen der Besiegte etwas ungezwungen aufgegeben hat? Natürlich ist der Vertrag von Versailles ein Friedensvertrag wie alle andern in der Weltgeschichte auch — von Recht und solch schönen Vokabeln kann gar keine Rede sein. Die Gewalt hat gesprochen. Paßt euch nicht? Dann müßt ihr keine Kriege anfangen. Wer riskiert, kann auch verlieren. Ihr aber seid schlechte Verlierer.

Sie haben die Neutralität Belgiens gebrochen; sie haben den Krieg vorbereitet wie alle andern Nationen und haben ihn zuletzt leichtsinnig heraufbeschworen, ihn gefördert, die Krisis nicht abgedämmt — jetzt beklagen sie sich. «Das wahnwitzigste, noch fortwährend zunehmende Unrecht vor Gott wie um der ganzen zukünftigen Menschheit willen», das man uns antut ... Wenn ihr kein Recht über den Völkern anerkennt, wenn ihr glaubt, daß es gegen die ‹Ehre›, diesen Fahnenpopanz, geht, einen übernationalen Schiedsspruch anzunehmen, und ihr habt das immer geglaubt, dann dürft ihr euch nicht wundern, wenn im Fall der Niederlage die Gegenseite über euch herfällt, wie ihr über sie habt herfallen wollen. Anarchie ist Anarchie — und einer liegt immer unten.

Dabei ist Grimm anständig genug, die ungeheuren Fehler, die Deutschland in Afrika gemacht hat, zu sehen und sie zu vermelden. Daß die englische Bürokratie höfliche Formen aufweist und nicht so lümmlig mit den Leuten umgeht, wie das ein deutscher Regierungsassessor gewohnt war und wohl noch oft ist, gibt er zu. Er sagt: «Eitelkeit, gehemmter Ehrgeiz und der klassenbeschränkte Wunsch zum

Voran haben bei uns, mehr als wirkliche Uneinigkeit getan hat, die vielen Vereine und Parteien mit ihren Posten und kleinen Wichtigkeiten hervorgerufen und haben mehr als wirkliche Stammesverschiedenheit die heimische Kleinstaaterei aufkommen lassen; aber durch das deutsche pedantische Gewissen gewannen die deutschen Trennungen, heißen sie Vereine, heißen sie Parteien, heißen sie Kleinstaaten, erst Dauer.» (Bei aller Verehrung: hören Sie das, Professor Foerster?)

Und daß die Deutschen den Druck und den Verlockungen da unten nicht standhalten... die Deutschen sind nun einmal unter den Nationen das, was die Juden unter den Deutschen; das ist schmerzlich zu hören, aber wahr, wenn auch lustigerweise beide Vergleichsobjekte dagegen, wild fauchend, also getroffen protestieren.

Nein, wir brauchen mitnichten Kolonien. Grimm versucht, ein Bedürfnis erst hervorzurufen, das jene ausfüllen sollen. «Der Nachmarsch nach Südwest aus Deutschland ist bitter nötig» — also nicht vorhanden. Wir brauchen keine Kolonien; eine erfreuliche und eindeutig klare Erklärung des deutschen Reichskanzlers, Hermann Müller, hat das rechtens betont. Kolonien sind ein Anachronismus.

Grimm aber spricht von dem «schwindelhaften Erwachen der Farbigen, jenem heißgeliebten Thema aller Berichterstatter», und davon, daß «Afrika mit Asien und seinen unterdrückten und erwachenden Völkern» nichts gemein hat. «Die mögliche Erhebung von Ganzafrika gegen die Unterdrückung der imperialistischen Mächte und besonders Englands gehört zum dicksten Schwindel, der gläubigen Deutschen je vorgedruckt wurde.» Nun, der dickste Schwindel ... die Banknoten, die die Herren Havenstein und Cuno der Nation vorgedruckt haben, waren auch ganz schön ... Aber immerhin genügt ja auch die partielle Erhebung eines neuen, schwarzen Proletariats, wie Grimm das richtig voraussieht; die Zeiten, wo man mit den schwarzen Arbeitern machen konnte, was man wollte, sind vorbei.

Vorbei die Zeit der Kolonien — es ist ein neuer Gedanke in die Welt gezogen, einer, der dumpfem Fühlen wachen Ausdruck verliehen hat: der Gedanke des neuen Rußlands. Dem und seinen Gegnern gehört die Zukunft. Der gerissene Neudeutsche wird sich wahrscheinlich sehr bald dahinterklemmen und, in Firma Saure Trauben & Co., bei den beginnenden Kolonialkämpfen weniger die neue Idee, als die Schwierigkeiten der Konkurrenten sehen; deutsche Außenpolitik besteht ja traditionell zum größten Teil aus Schadenfreude.

Altdeutsche Ideologie aber ist entweder eine bewußte Lüge oder, wie bei Grimm, sanfte Verträumtheit, die dem sonst so erfahrenen und real bewanderten Mann merkwürdig zu Gesicht steht. Vorbei, vorbei. Denn so beginnen die schönsten aller Grimmschen Märchen:

«Es war einmal.»

1928

AUF DEM NACHTTISCH

(René Fülöp-Miller *‹Macht und Geheimnis der Jesuiten›*)

Da hat es René Fülöp-Miller schon leichter gehabt. In seinem als dickes Buch verkleidete Werk *‹Macht und Geheimnis der Jesuiten›* (erschienen bei Grethlein & Co., Leipzig) hätte er alles über die Jesuiten sagen können, was er gewollt hätte. Was hat er gewollt –?

Das *‹Acht-Uhr-Abendblatt›* in Berlin hat eine Art Feuilleton für die späten Abendstunden erfunden; für jene Nervosität, die aus der Müdigkeit kommt, und der Typus dieses Feuilletons hieß etwa: *‹Aus den Geheimnissen der Fürstenhöfe›*. Es war gar nicht so doll mit den Geheimnissen, aber die Überschrift war gut, die kleinen fettgedruckten Sätze («. . . Prinzessin in den Keller stieg . . .») waren es auch, und alle Leute hatten für zwanzig Pfennig Spaß. So ungefähr ist dieses Buch über die Jesuiten.

Die laufenden Seitenüberschriften entsprechen genau jenen kleinen Fettdrucksätzen («Die Falltüren des Pater Oven» – «Ein Ballett der Willensfreiheit») und es bleibt:

Eine auf Konjunktur geschriebene Kompilierung sauber abgestaubten Bibliothekmaterials. «Objektivität», steht einmal in der gar nicht genug zu lobenden Lebensgeschichte Trotzkis, «besteht nicht in gekünstelter Gleichgültigkeit, mit der eine abgestandene Heuchelei über Freund und Feind spricht.» Es wäre sicherlich ganz verkehrt gewesen, eine Lobeshymne für oder eine Streitschrift gegen die Jesuiten zu verfassen – aber über eine so streitbare Gesellschaft scheinbar ‹neutral› zu schreiben, ist ein Unding. Diese Neutralität erinnert an die Zeit der deutschen Nachkriegs-Putsche, wo die Regierungstruppen, als es um Biegen oder Brechen ging, mitunter ‹neutral› Gewehr bei Fuß blieben. Sie wollten es nämlich mit keinem verderben, der ihnen später die Löhnung auszuzahlen hatte – sie warteten.

Die Darstellung bei Fülöp-Miller ist ungenügend: für jemand, der nicht weiß, was eine Meditation ist, bleiben die Seiten über Loyola fast unverständlich; die geistigen Kämpfe der späteren Jesuiten spielen sich wie auf einem Gobelin ab, man versteht nicht, wie sie sich um Worte so erhitzen konnten – aber es ging ja gar nicht um Worte. Die Methode der politischen Machtergreifung durch die Jesuiten wird nicht klar, und an keiner Stelle des Werkes wird von der ungeheuern Ziellosigkeit dieses Ordens gesprochen: was will er eigentlich? Die Macht für sich? Gut; aber das ist doch kein Programm. «Ganz Rußland muß badisch werden» stand im August 1914 auf einem Eisenbahnwaggon. Kurz, es ist jene Sorte von Biographie und Kulturgeschichte, der sich das Publikum aus Verzweiflung über das Versagen der Fachwissenschaft ergeben hat: ein bunt bewegtes Kasperletheater, an dem alle ihre Freude haben. Hinten, in einer Papierfalte, liegt eine vorzügliche Bibliographie über den Jesuitismus, die man mit Nutzen studiert. Die Buch-Anlage von 576 Seiten taugt nicht viel.

1930

Es ist mir eine Freude, ein kleines neues Buch Otto Flakes anzeigen zu dürfen, den ich neben Heinrich Mann für unsern bedeutendsten Essayisten halte. Dergleichen geht uns am meisten an.

‹*Das kleine Logbuch*› ist bei S. Fischer erschienen, und es paßt in jede Manteltasche. Ob es auch in jeden Kopf paßt, das ist eine andre Sache.

Unsre Fragen stehen darin mit neuen Antworten, unsre Sorgen, unsre Zweifel und unsre Verzweiflungen. Der Stil ist schön und geglättet — aber dies Denken ist wild und zerrissen, und man sieht, daß sich da einer gequält hat, dem sein Land zur Last ward. Welches ist sein Land?

Flake ist Elsässer. Als man einmal einen seiner Landsleute fragte, warum er, der im Frieden so auf die Preußen geschimpft habe, nun aber auch nicht mit der französischen Besatzung verkehre, und zu welchem Lager er denn nun eigentlich gehöre, da sagte er: «Wir stehe halt in der Opposition!» Flake steht in einer positiven, in einer höchst fruchtbaren Opposition.

Mich hat in den kleinen Aufsätzen, von denen besonders die ersten brennend aktuell sind, am meisten die Stelle ergriffen, wo von dem Ausweg die Rede ist, den man nun wählen könne. Da heißt es: «Nicht nachgeben, nicht sich auf den Individualismus zurückziehen, der Verbannung auf die Südsee-Insel ist, verlogene Robinsonade. Noch stärker um das Tier Mensch wissen, ihm nicht einreden, daß, je mehr Masse aus der Tiefe komme, Masse umso besser, menschlicher, unverantwortlicher sei. Die Bestie in ihm, in mir, in uns Bestie nennen, den Funken Güte hegen, das heilige Feuer erst entzünden, denn seine Altäre brennen noch nicht.» Das ist die Frage unsrer Zeit.

Und der dieses schrieb, weiß auch vom Apparat, der Selbstzweck wird, von der unmöglichen Diktatur der Güte, die der Teufel stets den Engeln wieder abluchst, von der Idee und vom Menschen ... «Er wird der Idee untertänig, von ihr bis zum Ende vorwärtsgepeitscht, nicht mehr er hat die Idee, die Idee hat ihn ...»

Und fern von allen scharfen Formulierungen des heimischen Jammers auch die Sehnsucht des Städters nach dem Land. Wie unsentimental! «Ein Hahn krähte — neu. Ein Brunnen rauschte — neu. Bäume wiegten sich, Wind kam vom Morgen, neu, neu, noch einmal jung das in ihm Erstorbene.» Manches solcher Diktion könnte bei Wassermann stehen.

Im ganzen eine erfreuliche Hilfe für alle guten Deutschen, die schlechte Preußen und schlechte Bayern sind. Flake scheint mir in der Kulturpolitik das zu sein, was Hellmut v. Gerlach in der praktischen ist: ein unbeeinflußter Outsider mit klaren Augen. Gleich weit entfernt von den Mathematikern des Gehirns, die sich, erdenweit, Reformen errechnen und nichts von den Lebensströmen wissen, die hier erbrausen, wie von den lyrischen Schreibern, die, erdenweit, die Welt mit einer Phrase zudecken wollen.

Wenn man bedenkt, wie groß der Haß dieser Teutschen (nicht aller Deutschen) auf das Neue ist, wenn man die verschobenen Komplexe kennt, die versetzten Angriffe, die an den doorner Deserteur denken und, zum Beispiel, den Künstler Jeßner treffen — wenn man all das weiß: dann ist eine Erscheinung wie Flake eine geistige Wohltat.

Dies Buch für eure Tasche. Und für euern Kopf. 1922

DER RECHTSSTAAT

> Vous êtes dans le rêve; moi, je suis dans la vie. Croyez-moi, mon ami, la Révolution ennuie: elle dure trop . . . Et mettez-vous dans la tête que personne ne s'intéresse plus à la Révolution et qu'on ne veut plus en entendre parler.
>
> Anatole France: *‹Les Dieux ont Soif›*

Während die demokratische Republik Deutschland den dunkeln Spießbürger Herrn Külz in den ‹Welt-Nothilfe-Verband› des Völkerbundes gegen Erdbeben und Überschwemmungen delegiert, wo der Maire von Zittau zusammen mit dem reaktionären Roten Kreuz gute Figur machen wird; während der Reichskanzler Luther, jeder Kubikfuß ein Kommunalbeamter, den aufhorchenden Journalisten fromme Märchen aus Südamerika erzählt, während auf allen Kongressen, Festessen, Ausstellungen und Fliegerempfängen deutsche Tüchtigkeit in den geduldigen Himmel gehoben wird — während Deutschland so in schön geschwungenem Bogen dem Jahr 1913 entgegentaumelt, sich wiederum einen Platz an der Sonne erobernd, den man mit viel Blut eines Tages wird aufwaschen müssen: währenddessen ist ein kleines gelbes Buch erschienen.

Ernst Toller. *‹Justizerlebnisse›*. (Laubsche Verlagsbuchhandlung, Berlin.)

Das Buch zerfällt in zwei Teile: in den ersten, der meist Vorkommnisse aus dem bayerischen Bürgerkrieg erzählt — und aus jenem andern, der Tollers und seiner Gefährten Erlebnisse in der Haft wiedergibt.

Der erste Teil ist historisch zu werten. Daß damals, in einem Agrarland, eine Revolution versucht worden ist, die das bayerische Volk in seiner Gesamtheit nicht hat haben wollen, daß diese Revolution mißglückt ist, und daß nun die weißen Sieger ihre Rache genommen haben, das sind geschichtliche Tatsachen, die heute kein Pathos, sondern nur noch sorgfältige Untersuchung durch solche Revolutionäre verdienen, die aus Mißerfolgen lernen wollen. Toller hat das Pathos fast ganz zugunsten einer glücklichen Sachlichkeit vermieden — er erzählt. Er gibt Tatsachen wieder; wenn er das Urteil gegen Leviné für einen Justizmord hält, so kann ich ihm da nicht folgen. Das Urteil war niemals juristisch zu werten, und es wäre von den bayerischen Richtern ehrlicher gewesen, sich nicht lange mit Paragraphen aufzuhalten, um ein Verdikt zu fällen, das vorher feststand. Der lächerliche Versuch, die Erschießung Levinés juristisch zu begründen, ist ein Nonsens. Seine Widerlegung scheint mir überflüssig.

Was folgt, verdient grade heute unsre Beachtung, weil sich kein Mensch mehr darum kümmert. Man soll diese Beamten stets mit der Nase in ihren eignen Unrat stoßen — sie werden zwar nicht stubenreiner davon, aber tut mans nicht, werden sie übermütig. Sie sind es schon.

Der zweite Teil des Buches ist die maßvoll ruhige Aufzeichnung eines Mannes, der wie ein Tier unter seinen bayerischen Peinigern — gegen Gesetz und Recht — gelitten hat. Die Verurteilung Tollers, der sich übrigens keinen Augenblick lang seiner Verantwortung entzogen hat, anders etwa als die geschlagenen und heute gefeierten Heerführer, — die Verurteilung seiner Genossen — die sinnlose Erschießung durch die Ordnungsbestien der damaligen Zeit — ja, selbst noch die viehische Ermordung Landauers sind Erscheinungen, die in einem Bürgerkrieg nicht wunder nehmen dürfen. Diese Justizuntaten sind zum Teil begangen, als die Täter in des Wortes wahrster Bedeutung rot sahen — die Urteile sind Rache- und Haßäußerungen, die mit Justiz gar nichts zu tun haben: bis dahin ist das alles begreiflich. Was aber dann vor sich gegangen ist, ist eine Schande. Eine Schande für die bayerischen Beamten und eine Schmach für die Reichsregierung, die es jahrlang mit angesehen hat.

Toller und seine Genossen sind zu Festung verurteilt worden. Das Gesetz versteht darunter eine Haft, deren Hauptschwergewicht in der Entziehung der Freiheit liegt. Die Festungsstrafe ist bisher fast überall sehr milde vollzogen worden — man hat den Gefangenen hundert Erleichterungen gestattet, ihnen kleine Ausgänge gewährt, Besuche in der freisten Form erlaubt ... Hier war nichts davon.

Hier wurde Rache genommen. Hier wurde durch ein ausgeklügeltes und rohes System von Brutalität, Feigheit und Herrscherwahnsinn mittlerer Spießbürger und kleiner Unteroffiziersnaturen gequält, gefoltert, gedrückt und gepeinigt.

Die Tabelle der ‹Disziplinarstrafen›, die während eines Jahres über die Wehrlosen verhängt worden sind, schreit zum Himmel. Es ist ganz ausgeschlossen, daß auf Seiten dieser Männer eine dreihundertundfünfundsechzig Tage währende Renitenz vorlag — hier muß ein System auf Seiten der Quäler vorgelegen haben, und es hat vorgelegen. Die Hälfte des Jahres saßen manche in Einzelhaft, die Hälfte des Jahres lag über vielen das Schreibverbot, das Verbot, Pakete zu empfangen, das Besuchsverbot, das Verbot, auf dem Hof spazieren zu gehen und schlimmeres. Bettentzug, Kostentzug, Bücherentzug — es wimmelt nur von solchen Quälereien. «Männlein wurde am 28. Juli 1921 mit Einzelhaft bestraft, weil er eine Bewegung mit dem linken Fuß beim Rapport machte, mit der er dem Vorstand seine Nichtachtung bezeugen wollte.» Es gibt keine Bewegung, mit der man diesem Vorstand seine Nichtachtung nicht bezeugen soll — aber man kann aus dem Beispiel ermessen, welch Ton in der bayerischen Hölle geherrscht hat. Leute, die Mut und Rückgrat hatten, kamen in die Zwangsjacke. Haben Sie einmal eine gesehen? Nein, Sie haben sie vielleicht nicht gesehen, wir leben achttausend Schritt von unsern Zuchthäusern, aber wir kennen sie nicht. Nun darf man bei Betrachtung dieser Dinge eines nicht vergessen, das ich stets anführe, wenn zum Beispiel von Hölz gesprochen wird.

Was dem Mann in der Freiheit als eine Lappalie erscheint, ist im Gefängnis von eminenter Wichtigkeit für die Seelenverfassung der Gefangenen. Wir dürfen nie außer acht lassen, daß das Gesichtsfeld und die Erlebnissphäre des Gefangenen auf ein Minimum zusammengeschrumpft ist, daß das Feld, in dem er körperlich und geistig lebt, sehr beschränkt ist. Nimmt man selbst an, daß jeder Gefangene während seiner Gefängniszeit abstumpft, so bleibt doch noch mindestens die Hälfte seiner gewöhnlichen Energie übrig, die nun statt auf Quadratkilometer auf Quadratmeter seelischer und körperlicher Erlebnisse angewiesen ist. Die Folge davon ist, daß jedes Erlebnis, jede Sinnenreaktion tausendmal stärker ist; daß jedes Vorkommnis tausendmal größern Eindruck hervorruft, als es das im freien Leben zu tun pflegt, wo es sofort wieder von andern verdrängt wird. Hier bleibt es haften, stockt, verstopft die innern Kanäle und ist dem, der so viel Zeit hat, zu denken, eine ständige Folter. Da wird eine vielleicht sachlich harmlose Beleidigung durch die stets zu schlecht bezahlten Gefängniswärter zur blutigen Schmach, die den nächsten Zwischenfall noch mehr und noch schärfer empfinden läßt — und dieses Moment muß man immer in die Rechnung einsetzen, wenn man von Gefangenen spricht. Kommt dazu die Quälerei, erwachsenen Männern auf Jahre hinaus die Frauen zu nehmen, so kann man sich die Atmosphäre vorstellen.

In Niederschönenfeld ging es zu wie in einem Tollhaus. Nur saßen die gefährlichen Irren nicht in den Zellen.

Die Briefzensur für ankommende und abgehende Briefe: ein einziger Willkürakt; unter keinen Umständen Urlaub, auch nicht, wenn alle Sicherheitsmaßregeln angeboten wurden und es sich etwa um den Tod einer alten Mutter handelte; sinnlose Verschärfung der Haft während des Kapp-Putsches, der ja immerhin nicht von linken Revolutionären ausgeführt wurde; lügnerische Denunziationen durch das Personal; Hunger; Peinigung, Qual ohne Ende. Das endete im Fall Hagemeister mit dem Tod.

Die Bayern haben sich durch ihre Richter, also durch eine Instanz, die für die Feststellung des Sachverhalts ohne Bedeutung ist, attestieren lassen, daß sie am Tode Hagemeisters nicht schuld seien – die Tatsachen im Buche Tollers sprechen lauter, reiner und wahr. Der Mann ist in seiner Zelle verreckt wie ein Hund; ohne ärztliche Hilfe, ohne Zuspruch, ohne Freund. Wer ihm helfen wollte, verfiel der politischen Rache des obersten Personals, das wahrhaft an dieser Schande schuld hat.

Da ist zunächst der damalige Justizminister Müller-Meiningen zu nennen, ein Bursche, der sich seinerzeit ‹Demokrat› nannte, und den die Demokratische Partei niemals wegen seiner Haltung zur Verantwortung gezogen hat. Also hat man das Recht, die Partei für mitschuldig zu erklären. An ihr wäre es gewesen, von einem solchen Menschen abzurücken. Einer der schlimmsten war ferner ein Herr Hoffmann, der inzwischen befördert worden ist – er leitet heute den gesamten Strafvollzug in München; man kann sich ungefähr vorstellen, wie der aussieht. Sie alle übertraf Herr Kraus.

Kraus, der heute, zur Belohnung, mehr Gehalt bekommt als damals, scheint auf die Gefangenen losgegangen zu sein wie ein Berserker. Toller hat ihn in diesem Buche bewußt und vorsätzlich beleidigt und ihn herausgefordert, ihn zu verklagen – er wird sich hüten. Denn der Wahrheitsbeweis sähe wahrscheinlich vernichtend für ihn aus, und er hat alle Ursache, zu schweigen. «Ich bin Festungsvorstand, Sie Gefangener! Ich befehle, Sie gehorchen. Ich weiß, warum ich hier bin. Ich bin hergekommen, um durchzugreifen, und ich greife durch, wenn es sein muß, mit Waffengewalt!» Das etwa ist die Tonart jenes Noske, der heute noch die SPD ziert – und genau so regierte Kraus. «Es ist selbstverständlich, daß die Angehörigen vom Strafvollzug betroffen werden müssen.» – «Wer seine Gesinnung nicht ändert, wird nicht entlassen.» – «Beschwerden sind Vielschreiberei und beweisen hetzerische Unzufriedenheit.» Soweit die Festung, auf der sonst Duellanten anders behandelt werden ...

Man kann sich danach ausmalen, wie es in den bayerischen Zuchthäusern ausgesehen hat und noch aussieht, in denen politische Gefangene sitzen – es ist natürlich völlig gleichgültig, was die bayerische Regierung als ‹politische Gefangene› ansieht – diese da sind sämtlich so politisch, wie es die Richter sind.

Alle Beschwerden Tollers an den Reichstag, den damaligen Präsidenten Ebert blieben erfolglos. Ebert war viel zu feige, um es mit Bayern, das kräftig zurückgeschlagen hätte, anzulegen – er tat das lieber mit Sachsen und Thüringen. Aber wo er euch doch vom Bolschewismus ‹gerettet› hat ...

Was lehrt aber nun das Buch Tollers –?

Die Tatsache, daß im Rechtsstaat Deutschland Hunderte und Hunderte von solchen Männern, wie es Hoffmann, Müller-Meiningen und jener Kraus sind, ungestraft, frei und in allen Ehren umherlaufen. Hier scheint mir das Gefährlichste, das Grausigste, das sittlich Depravierendste zu liegen.

Diese Leute sprechen natürlich von ihren Taten, sie erzählen sich die Einzelheiten dessen, was sie damals angerichtet haben, am Stammtisch, in ihrer Familie, sie erzählen es ihren Kindern — und loben es. Und die, denen sie es erzählen, lernen also daraus, daß es gottgefällig, ersprießlich und vorteilhaft ist, so zu handeln — und so erzieht jeder dieser Übeltäter zehn andre. Das gleiche gilt für die uniformierten Totschläger; für Polizeibeamte aller Farben — für alle jene, die «den lausigen Kommunisten mit dem Gesicht an der Wand mal erst acht Stunden haben stehen lassen», wozu sie meist mit bewunderungswürdigem Mut ein MG dahinter aufbauten . . . Diese alle sind frei.

Verschickt Mussolini seine Feinde in die Kolonien, lassen die Bolschewiki weiße Monarchisten in den Gefängnissen erschießen, geschieht etwas Gewalttätiges in China, dann können wir uns gar nicht lassen vor lauter Entrüstung. So etwas von moraltriefenden Leitartikeln war noch nicht da. Weil aber diese wackern Bürger gern etwas fordern, was sie ‹Staatsbejahung› nennen, so sei ihnen empfohlen, mit ihrer Entrüstung zu Hause anzufangen. Hic Rhodus.

Aber dazu sind sie zu feige. Dazu langts nicht. Kein Wort in der großen Presse über das, was da in Bayern geschehen ist, was heute noch, stündlich und täglich, mit mißliebigen Oppositionellen geschieht, kein Hahn kräht danach, wenn es sich um anonyme Proletarier handelt.

Und was am unangenehmsten an diesen Scheindemokraten wirkt, das ist ihre Verlogenheit. Sie wagen niemals, das zuzugeben, was sie täglich und stündlich tun. Sie knütteln jede Freiheit nieder — aber wenn man sie an ihren schrecklichen Festtagen reden hört, glaubt man, es seien lauter Freiheitshelden. Hätten sie doch den Mut, einmal, nur einmal das zu bejahen, was sie tun — man könnte sich mit ihnen unterhalten. So aber gibt es keine Verständigung. Menschen leiden lassen und dann nicht einmal den Mut aufbringen, es zuzugeben — Demokratie, du Phantom! Feiertagsgespenst! hohles Nichts! Kathederschmuck! Zierat am Gefängnisportal! Ornament der Kredit-Konten!

Das Buch Tollers hat eine Wirkung gehabt:

Die bayerische Regierung hat ihn nach Erscheinen des Werkes aufgefordert, die noch ausstehenden Verpflegungsgelder für seine Festungszeit zu bezahlen, und es ist zu hoffen, daß er den Brüdern eine ähnlich tapfere Erklärung abgegeben hat, wie er das bei seiner Zeugenvernehmung in Berlin durch einen bayerischen Beamten getan hat.

Toller ist den Sozialdemokraten, die an seinem Unglück mitschuldig sind, unangenehm, und den Kommunisten zu sehr ‹bürgerlicher Ideologe›, oder was sie sonst für einen falschverstandenen russischen Ausdruck kopieren. Schon deshalb ist es unsre Sache, für ihn zu sein. Dabei lasse ich das dichterische Phänomen Toller ganz außer Betracht — ich halte es für gleichgültig, ob der Mann ein großer Künstler ist oder nicht. In diesem Zusammenhang interessiert der Kämpfer Ernst Toller, dessen Mut, dessen Charakterstärke und dessen saubere Sachlichkeit über allem Zweifel erhaben sind.

Ehre seinem Werk.

Dieser Rechtsstaat aber hat jedes Anrecht verloren, uns durch den Mund seiner führenden Kleinbürger irgend eine Moral zu predigen. Er schweige, gehe in sich und fange mit seelischer Reinigung bei sich zu Hause an. 1927

GESUNDE UND KRANKE NERVEN

«Versuchen wir die drei großen Systeme: Freud–Adler–Jung möglichst kurz in ihrem innern Wesen (nicht in ihren ausgesprochenen Lehren) zu fassen, so könnte man vielleicht sagen:

In Freuds Forschungsarbeit spürt man überall den heißen Atem der Großstadt. Die Überhelle, die blendende Dialektik gehört dazu. Ein die andern nicht ruhenlassender, selbst nie ruhender Großstadt-Faust.

In der Adlerschen Schule ist überall Kleinstadt; jeder sieht dem Nachbar in die Fenster und kontrolliert eifersüchtig dessen Lebensstandard – wobei die Geltung bei dem andern das Entscheidende ist. Anheimelnde Düfte der Mittelstandsküche in allen Gassen.

Mit Jung ist man weder in der Großstadt noch in der Kleinstadt, da ist man in frischer, freier Alpenluft. Der Mensch als Bergwanderer nimmt zwar zeitweilig einen Führer, im übrigen aber ist er auf sich selbst und die eigne Kraft gestellt – neben ihm Fels und Erde, über ihm strahlender Himmel und kraftspendende Sonne.»

Diese brillante Charakteristik findet sich in einer kleinen Schrift: *‹Gesunde und kranke Nerven›* von Doktor L. Paneth (erschienen in Max Hesses Verlag, Berlin-Schöneberg). Solcher populärer Bücher über diesen Gegenstand gibt es viele – so eines wie dieses habe ich noch nie gesehn.

Man muß den abscheulichen Mißbrauch des psychiatrischen Vokabulariums wie übrigens den Mißbrauch jeder Fachterminologie in Betracht ziehen, um die Reife und Klarheit, die Sauberkeit und gelassene Überlegenheit zu würdigen, die in diesem Bändchen zu finden ist. Es ist ein ABC-Buch, aber nichts ist schwerer zu schreiben als ein Lehrbuch. Lehren heißt: vom innern Reichtum abgeben; man muß am Ende stehen, wenn man andern den Anfang zeigen will.

Paneth, ein berliner Nervenarzt, erklärt zunächst die zeitgegebenen Vorbedingungen der Nervosität und der Neurosen, Jahrgänge 1910 bis 1930. Da ist nichts außer acht gelassen, und alles ist gesagt: die wirtschaftlichen Umstände, die große Stadt, die Unrast und die Maschine. Es ergibt sich daraus, daß die landesüblichen Neurosen viel mehr schematisiert sind als ihre Besitzer glauben, die sich alle so einmalig vorkommen. Sicherlich sind ihre falschen seelischen Schaltungen untereinander ein wenig verschieden, aber sie lassen sich doch fast alle auf einen Generalnenner bringen. Paneth tut das, ohne zu schematisieren.

Man kann, sagt er, die gegebenen Zeitumstände zwar nicht ausradieren – man kann sie aber, soweit es sich nicht um unmittelbare Not handelt, teilweise überwinden. Herein ...? Ein Unentwegter.

«Guten Tag. Nervenkrankheiten? Bürgerliche Krankheiten. Kleinbürgerliche Vorurteile. Ihr Arzt ist ein Kleinbürger. Sie sind auch einer. Wenn der Fünfjahresplan durchgeführt wird, hört diese Schweinerei von selbst auf. Paneth läßt die gesamtwirtschaftliche Situation schon rein dialektisch außer acht; seine Folgerungen sind grobe, durch die Beschränktheit des bürgerlichen Gesichtskreises bedingte Fehler. Nur die materialistisch-dialektische Methode ... die soziale Psychologie ... die kapitalistische Produktion ...»

Legen Sie es bitte solange auf den Stuhl. Denn so sehr wir gegen jene üble Anschauung Front machen, die die Wirtschaft ignoriert und so tut oder so tun möchte, als gebe es nur die ‹reine Seele›, eine Anschauung, die nichts von der materiellen Not, nichts vom Leid der Proletarier, nichts von den Ursachen dieser Not weiß: so sehr ist es an der Zeit, den Unentwegten mitzuteilen, daß man den Marxismus nicht wie eine Käseglocke über die Welt stülpen kann. Er deckt sie nicht. Ihr habt aus ihm eine dogmatische Religion gemacht. Wir machen das nicht mit.

Denn die Frage, die einmal durch einen Diskussionsredner aufgeworfen wurde: «Psychoanalyse oder Marxismus?» ist etwa so intelligent gestellt wie die Antithese: Universität oder Krankenhaus? Kranke gehören in ein Krankenhaus, Studenten auf eine Universität. Die Kreise schneiden sich gar nicht.

Und hier steckt der ungeheure Fehler, der unsereinen veranlaßt, dauernd nach zwei Seiten sehen zu müssen.

Nach rechts, wo die Bürger stehen, die alles, was auf der Welt geschieht, nur an ihren wirtschaftlichen Interessen messen, Leute, die diese ungeheure Hetze gegen Rußland inszenieren, Menschen, denen noch die dümmste Nachricht über Rußland willkommen ist, weil der Bolschewismus ihr geronnenes schlechtes Gewissen darstellt, und die jedes von den unsäglichen deutschen Provinzzeitungen abgedruckte Schauertelegramm über Stalin mit einem Aufatmen lesen: «Gott sei Dank. Also brauchen wir die Löhne nicht zu erhöhen. Also ist unser Bankkonto richtig. Lasset uns beten.» Sie werden auch diese Vorbehalte so auffassen. Sie haben die Philosophie ihres Geldes.

Und nach links müssen wir sehn, wo unentwegte Marxisten mit einer sicherlich großen Theorie alles heilen wollen: die Krankheiten und die echten Seelennöte, an denen jeder von uns zu tragen hat, die Neurosen, die aus dem Wirtschaftlichen herrühren, und jene geistigen Betriebsstörungen, die ewig sind wie die Welt. Die fanatische Wut, womit jede Andeutung abgelehnt wird, daß es vielleicht auch noch außerhalb der marxistischen Gedankengänge etwas gebe, was für den Menschen von Wichtigkeit ist, läßt an die verzweifelten Versuche der katholischen Kirche denken, eine stets Neues gebärende Welt zu meistern. Es ist ihr, trotz allem, nicht gelungen. Die unentwegten Marxisten haben die Philosophie ihrer Gesinnung.

Ja, also Paneth. Die Heilmittel, die er für den Neurotiker dieser Epoche gibt, sind klein; er sagt das auch, denn es gibt nicht allzu viele solcher Medizinen. Es sind ganz einfache Dinge dabei, über die nur jemand spötteln kann, der nicht weiß, was Turnen und Atmen, was Meditation und was der Körper ist. Das hat die Arbeitersportbewegung längst erkannt; es gibt da bereits außerordentlich vernünftige Anweisungen und Belehrungen, wie man wenigstens der kleinern Übel Herr werden kann. In dem Augenblick, wo ein Unternehmer oder eine Gewerkschaft versuchen, solche Winke dazu zu mißbrauchen, sie unter der Marke ‹Dienst an der Gemeinschaft› an Stelle des Klassenkampfes zu setzen, ist die schärfste Abwehr am Platz. Lediglich als Hilfsmittel aber ist dergleichen erlaubt.

Paneth spricht dann über die Neurosen des Geschlechtslebens in musterhafter und vorbildlich ruhiger Weise; wie denn überhaupt dieses Buch eine Geisteshaltung aufweist, die in Deutschland so ungeheuer selten ist: es ist gelassen. Paneth sagt, wie es ist; er versucht, Anweisungen zu geben, aus seelischen Schwierigkeiten herauszukommen, und eine gute Diagnose ist ja oft eine halbe Heilung, besonders im Sexuellen. Herein ...? Ein Hitler-Mann.

«Heil! Ihr verdammten Syrier! In jüdischer Geilheit habt ihr die Psychoanalyse erfunden, um euern dreckigen Trieben freie Bahn zu schaffen! Nichts ist euch heilig, während wir uns sehr heilig sind. Ihr verseucht die Städte und das Land mit eurer niedrigen Auffassung vom Geschlechtlichen, dem ihr ohne Weihe frönt! Ihr denkt überhaupt nur an blonde Weiber! Wir denken an schwarzgelockte Männer. (Ihr stürzt euch auf die Weiber. Wir uns auf die Männer.) Ihr erkennt keine Zucht an und keine Sitte. Syrier. Asiaten. Eunuchen. Schmarotzer. November-Verbrecher. Demokraten. Bolschewisten. Man sollte euch schlagen, daß die rote Suppe spritzt. Im übrigen sind wir die deutsche Kultur! Heil!»

Na, es ist gut; hier haben Sie eine Zigarre. Nichts zeigt die erschreckende Geistlosigkeit dieser deutschen Bewegung, gehätschelt von den Richtern, geduldet von zahllosen Polizeiverwaltungen, bezahlt von den Unternehmern, die eine Garde gegen die Wut der Arbeitslosen brauchen und zwei Garden gegen ihre eignen Arbeiter, bejubelt von ratlosen, ausgepowerten Proletariern, besonders auf dem Lande ... nichts zeigt die traurige Geistesverfassung dieser Leute so an, wie die völlige Verständnislosigkeit gegenüber der Zeit, in der sie leben. Sie sehen nicht. Sie hören nicht. Und der irdische Kirdorf ernährt sie doch.

Nicht zu spüren, wie diese Heilmethoden dem Gefühl für die tiefe Not entsprungen sind, in der die Zeitgenossen stecken; niemals die Sprechstunde eines Seelenarztes in der Großstadt besucht zu haben; immer die eigne, sprungbereite Plumpheit auf die andern zu projizieren und nicht zu begreifen, daß in der Sexualität vom Grinsen bis zum

Lächeln alle Stadien möglich sind ... man muß schon ein Hitler-Mann sein, um das vollbringen zu können. Paneth steht selbstverständlich weit über diesem Sumpf. Er ist für die Sittlichkeit, nicht für das Muckertum.

Er ist vor allem kein Hohepriester, und das macht das Buch und den Mann so sympathisch. Er wirft manchen seiner Berufskollegen rechtens vor, wie jeder von ihnen auf sein ‹System› schwört, als ob man alle Kranken nach einer einzigen Methode behandeln könnte. Das betont auch Jung, grade bei ihm ist das doppelt beachtlich, weil er die psychoanalytischen Elemente noch in den fernen Kulturen Asiens erkennt, ohne sie nun kopierend zu übernehmen. Paneth sieht die Sache so an:

Der durchschnittliche städtische Mitteleuropäer befindet sich fast immer im Vorstadium der Neurose. Was kann man für ihn tun?

Man kann ihn analysieren. Damit ist die Sache jedoch nicht abgetan, wie die extremen Freudianer glauben. Man muß nicht nur analysieren nicht nur auflösen, man muß auch wieder zusammensetzen, also die von Jung geforderte Synthese suchen. Man muß den Menschen zu sich selber verhelfen — schon in der Soziologie Simmels findet sich die schöne Erkenntnis, daß es fast niemand zu sich selber gebracht hat. Und hier zu helfen: das ist keine Aufgabe des Marxismus und keine des Nationalismus — das ist eine Aufgabe der Seelenkunde.

Die Definitionen des Panethschen Buches sind für jeden, der unter sich und unter seiner Zeit leidet, eine kleine Erlösung. Paneth sagt allerdings, daß es dem Neurotiker in den meisten Fällen nicht möglich sein wird, sich selber zu heilen, weil er sich dazu in Arzt und Patienten spalten müßte, was nicht ungefährlich ist, und weil er dann sehr viel Kraft auf diesen Heilungsversuch in sich verwendet, also grade das tut, was er zu tun kaum fähig ist. Es muß schon einer da sein, der den Knaben an die Hand nimmt und ihn über den Damm führt. Und man kann nur wünschen, daß in den öffentlichen Beratungsstellen der Krankenhäuser viele solcher Männer säßen, wie Paneth einer ist. Was zu bezweifeln sein dürfte: der Durchschnittsarzt steckt noch tief im mechanistischen Darwinismus.

Und auch für den, der das Buch nicht aus egoistischen Interessen liest, springt viel Lehrreiches über die Zeit heraus, die ja von Neurotikern repräsentiert wird. (Hier sei Hitler ausgenommen; er ist nicht einmal ein Besessener. Oh, wäre er wenigstens verdreht!) Zu Ende formuliert ist bei Paneth die Definition der Zeit-Störungen; statt: Spannung — Entspannung finden wir: Erschlaffung — Krampf; Explosionen, die «nur heftig sind, aber nicht stark» ... lest das nach.

Und legt das Büchlein in die richtige Schublade. Es ist keine Bibel, sondern eine Fibel. Es ist der saubere Versuch, auf dem Gebiet der Seelenkunde, nicht losgelöst von allem andern, aber auch nicht fachlich überbetont, den Menschen zu helfen. Sie haben es nötig. 1930

Daß in Deutschland sich um die Probleme des Tages einer müht, der nicht befürchtet, sich mit seiner Opposition in aussichtslosen Widerspruch zu der Realität zu setzen, ist so selten, daß es gebucht werden will. Brauchen wir nicht eine Stärkung von außen? Macht es nicht Mühe, tagaus, tagein dasselbe zu sagen und zu schreiben, sich vorwerfen zu lassen: Ah, schon wieder! – und es dann doch wieder zu tun, nicht aus Armut, sondern aus dem Gefühl heraus, daß gewisse Anschauungen in die deutschen Köpfe gehämmert werden müssen? Es macht müde. Und es kommt wohl bei allen, die nachdenken, der Punkt, wo sie zögern, zaudern, zweifeln . . . Sollen wir noch?

Es tut doppelt wohl, wenn sich einer von Bedeutung hinzugesellt und sagt: Ja – ihr sollt nicht nur! Ihr müßt! Dafür ist ihm zu danken.

Otto Flake hat ein kleines Heft erscheinen lassen: ‹*Das Ende der Revolution*› (bei S. Fischer in Berlin). Ich halte die paar Bogen für eine der wertvollsten Revolutionsveröffentlichungen. (Wer mehr dergleichen von Flake lesen will, beschaffe sich die ausgezeichneten ‹*Fünf Hefte*› aus dem Roland-Verlag in München.) Es tut wohl, die eigne Not auch von andern gefühlt zu wissen. Und sie gemildert zu sehen. Zu wissen, daß Figuren wie Noske, Heine, Scheidemann und Geßler auf der Welt sind, ist bitter – aber solch ein Buch richtet einen auf.

Flake ist so gar kein Realpolitiker, also wert, daß ihn der gesamte Reichstag, von rechts bis links, spöttisch abtut. (Wenn er ihn jemals läse.) Aber für uns ist es wie eine Offenbarung, endlich einmal zu lesen, wie jede Kollektivität – selbstverständlich auch der Bolschewismus – den Geist abtötet, wie jede Macht den Geist tötet. «Es wird sich zeigen», steht da zu lesen, «daß Ideen aus Dienern Herren, aus Herren Dämonen werden.» Ausgezeichnet ist entwickelt, wie der Bolschewismus sich selbst abhaspelt, wie er leer läuft und leer laufen muß, weil er den fatalen Satz predigt: «Nieder mit der Gewalt! Darum nur noch ein Mal Gewalt!» Nur noch ein Mal –! Und wann hört das auf, dieses ein Mal . . .? Und wie klar und vorurteilsfrei sind französische Denkweise und französischer Geist und ihre Mängel gekennzeichnet – wie wohltuend, dergleichen einmal nicht von einem trüben Korrespondenzenschreiber zu hören, sondern von einem aus dem eignen Lager! Das beste aber an dem Heftchen, wie auch in den ‹*Fünf Heften*›, sind die Strecken über Deutschland.

Was den Deutschen im Guten wie im Bösen auszeichnet, ist seine Maschinerie. Nun, sie ist Herr über ihn geworden: er ist untertan jeder Organisation, nur, weil sie einmal da ist – und das ist das Gegenteil aller Kultur. Hierzulande kann ja keinem gekündigt werden: sie sind alle da und bleiben alle da – Ideen, Beamte und Vereine. (Worunter auch der Staat.) Und was sollte aus einem Volke werden, das so geartet ist – so, mit seiner theoretischen Freiheit und seiner praktischen Sklaverei? «Die Stationen des Möglichen werden überflogen, bis zum

Extrem dessen, was man erreichen könnte, wenn man allein in der Welt wäre: Mangel an echter Phantasie, die ja Anwendung ist.» Ist das nicht Ludendorff, wie er leibt und – im Gegensatz zu Landauer – lebt? Ist das nicht typisch deutsch, sich mit Moralgesetzen herumzuschlagen, solange sie nicht in Aktion treten – die protestantische Kirche ist groß auf diesem Gebiet –, und alles hintanzusetzen, wenns wirklich zum Klappen kommt? Und wenn man Skrupel hat, wenn diese Deutschen wirklich das Gewissen beißt? «Er flieht dahin», sagt Flake, «wo das Massengefühl die Sicherheit wiederherstellt.» Masse deckt zu. Was deckt sie bei uns nicht alles zu –!

Und wieviel Anständigkeit ist in der Betrachtungsweise Flakes – so himmelweit verschieden etwa von dem deutschen Professorentypus, der mit der jeweiligen Wirklichkeit allemal mitläuft. Ach, sie sind gar nicht mehr weltfremd, die Herren Professoren! Wer eine Feuerzange hat, der möge die alten Jahrgänge der ‹*Süddeutschen Monatshefte*› vornehmen, wie da Polyglott Kuntze-Hofmiller vor dem Kriege den Engländern ehrfürchtig die Kommata nachgezählt und sie im Kriege und nachher mit einem wollenen Regenschirm bedroht hat! Il faut être de son temps! Flake aber bringt den Mut auf, zu sagen: «Es gibt überhaupt nur eine anständige Taktik und Methode: die Dinge rein nach der Idee unter Ausschaltung ihrer menschlichen Träger zu beurteilen.» Und wo trifft man bei uns einen Philosophen, der immer wieder, in allen Stockwerken seines Denkgebäudes, nicht seinen Pazifismus, seine anständige Gesinnung, seine klare Ablehnung des schlechtesten Deutschtums vergißt? Wo trifft man ihn? Auf den Universitäten natürlich nicht. Und da wächst die deutsche Jugend auf ... Wenn junge Pflanzen gedüngt werden müssen, erfüllen diese deutschen Universitäten ihre Aufgabe vortrefflich.

Wir aber haben gezweifelt. Und zweifeln noch. Viele von uns rutschen langsam ab: in das ‹wirkliche Leben›, wo man Geld mit Trikotagen und Leitartikeln verdienen kann – und langsam, ganz langsam kommt die Wertschätzung dieser neuen Tätigkeit, schließlich nimmt man sie ernst, und zum Schluß verlacht man, was einstens Altar war und Flamme ... Viele warten. Wo ist die Lösung? Die Partei ist es nicht. Keine. Auch keine sozialistische Partei ist es. Und deshalb ist sie es nicht und kann sie es nicht sein, weil ihr das fehlt, was bei den lebenden Religionen – also zum Beispiel beim Katholizismus – der Funke ist, der die Herzen durchglüht. Das lest bei Flake.

Und lest bei ihm weiterhin, daß man nicht diese deutsche Folgerung ziehen und nun der Partei den Rücken kehren darf. Grade nicht. Denn *das*, was wir wollen, wird sich vielleicht niemals realisieren lassen, und das mag wohl gut sein ... Man soll doch bei der Stange bleiben und nicht nachlassen. Wenns auch noch so schwer fällt. Denn es ist ja nicht nur schwer, weil es Geld kostet – ganz richtig Geld in allen Formen –, sondern weil das Herz nicht immer will, wie der Verstand befiehlt. Dieses Heft von Flake macht Mut auf den weiten Weg.

Vor allem, weil er wirklich de son temps ist — ohne mit ihr zu laufen, wie jene Professoren. Er hat schon verstanden, welchen Ruck es bei uns allen gegeben hat. Noch mal? Wieder das Alte? Wieder so oder so gewendet — und was dann?

«Es ist eine falsche Rechnung, zu glauben, es sei nur Ruhe nötig, um wieder produzieren zu können; versucht es doch, ob die alten Ideen noch etwas hergeben; ihr werdet sehen, daß ihr euch nur nachahmen und wiederholen könnt. Wer heute nur Ruhe braucht, um geistig arbeiten zu können, ist verdächtig, denn den Guten und Wertvollen ist das Material ausgegangen.» Man sollte das auswendig lernen. Solche mutigen und offenen Worte über Kunst habe ich bisher nur noch bei Franz Jung, bei Wieland Herzfelde und bei George Grosz gefunden. So zweifeln aber heißt schon bejahen. Ein Nein ist stets ein Ja. Ich denke, wir haben eine Aufgabe.

«Während die Welt weiterschreitet, werden wir unsre Kraft damit verbrauchen, die ältesten Ladenhüter von Freiheit zu sichern. Aufgabe der Empörer ist nicht, ein Maximalprogramm durchzusetzen, sondern den deutschen Charakter um und um zu pflügen.»

Das ist es. Schon Heine hat einmal gesagt, Kant habe zwar den lieben Gott abgeschafft, aber in deutschen Landen herrsche der Polizeiknüttel. Es wird an uns sein, das Schwierigste auszuführen, was es in diesem Lande überhaupt gibt: allenfalls geduldeten platonischen Ideen zur Wirklichkeit zu verhelfen. Die Kommune ist groß, und die Verfassung ist weit. Reformen müssen in kleinem Kreise anfangen, wenn sie sich durchsetzen wollen.

Otto Flake ist ein deutscher Wegbereiter. 1921

AUF DEM NACHTTISCH

(Rudolf Borchardt ‹*Deutsche Literatur im Kampf um ihr Recht*›,
Ernst Ottwalt ‹*Denn sie wissen, was sie tun*›)

Jetzt wollen wir Rudolf Borchardt vom Nachttisch herunterwerfen — Fräulein Nelly kann das morgen aufsammeln. Da habe ich mir auf der Rückseite seiner Broschüre ‹*Deutsche Literatur im Kampfe um ihr Recht*› ein wimmelndes Nest von Notizen gemacht — damit kann ich aber keinem mehr kommen. Der Unsterbliche hat hier wieder einmal etwas geschrieben, das schon nach vierzehn Tagen verschimmelt ist. Die Vorwürfe stimmen gar nicht; einen Teil hat sein Verlag schon zurücknehmen müssen, und das Ganze ist lächerlich aufgepustet. Dieser Borchardt hat in geistigem Sinne etwas von einem Hochstapler — es ist mir unbegreiflich, wie man solchem Epigonen eines Nachahmers aus zweiter Hand auf seinen Kram hereinfallen kann. In diesem Heft will er nachweisen, daß der gesamte deutsche Verlagsbuchhandel — an der Spitze die Deutsche Verlags-Anstalt in Stuttgart — sich gegen den Erwerb der Verlage Albert Langen und Georg Müller durch den Deutschnationalen Handlungsgehilfenverband verschworen habe. Kein Wort wahr, oder wohl nur ein Achtel. Den beiden Verlagen ist kein Vorwurf zu machen, es ging ihnen nicht gut, und sie haben eine Transaktion gemacht, wie sie jedem erlaubt ist, um so mehr, als sie sie ja gar nicht verbergen. Der Verband, dem es finanziell bisher sehr gut ergangen ist, hat den Expansionsfimmel: «Wir haben eine eigne Licht- und Kraftversorgung und eine eigne Polizei und eine eigne Feuerwehr . . .» wir kennen diese Melodie. Die also legen sich einen Verlag zu, und sie werden sich wundern, daß das Geschäft zwar nicht ganz schlecht, aber bedeutend schlechter gehn wird, als sie sich das gedacht haben. Denn die nationale Gesinnungsliteratur ist nicht sehr repräsentativ (was die Klügeren unter den deutschen Nationalisten sehr genau wissen), und wer soll den Kram kaufen? Das vermiekerte Bürgertum, für das er geschrieben wird, hat kein Geld. Borchardt ist eine traurige Nummer: gegen die Philister von links eifert er, und die Philister von rechts faßt er mit Samthandschuhen, Vergebung, mit Stulpenhandschuhen an. Wir Ritter tragen Stulpenhandschuhe. Der Junge hat wahrscheinlich eine Rüstung als Nachthemd. So feierlich möchte ich mich auch mal nehmen. Und ich will ihn ja auch gern feierlich nehmen. Aber nicht ernst.

Inzwischen ist das Heft von dem loyalen Verlag Georg Müller aus dem Buchhandel zurückgezogen worden. Bei jedem andern Autor entfiele also die Kritik. Bei dem da muß man keine Rücksicht nehmen — wer das Maul so aufreißt, dem gehören ein paar Kartoffelklöße hineingeworfen.

Ernst Ottwalt *‹Denn sie wissen, was sie tun›* (erschienen im Malik-Verlag zu Berlin). Das ist eine recht beachtliche Sache — weniger als künstlerische Leistung denn als gute Hilfe im Kampf gegen diese Justiz.

Mit den Mitteln des frühnaturalistischen Romans wird die Laufbahn eines deutschen Durchschnittsjuristen geschildert. Was mir gefällt, ist: dieser Jurist ist kein schwarzes Schwein, kein wilder Berserker, kein besonders bösartiger Mensch — er ist das Produkt von Erziehung, Kaste und System. Es ist gut gesehn, wie die Rädchen des großen Unrechtgetriebes ineinandergreifen, Akte auf Akte, Paragraph auf Paragraph, die Verantwortung ist in unendlich winzige Teile zerteilt, und zum Schluß ist es keiner gewesen. Jakubowski? Wenn die Klage eines Landgerichtsrats gegen seinen Hauswirt mit derselben Sorgfalt geführt würde wie dieser mecklenburger Prozeß, der um Tod oder Leben eines ehemaligen russischen Kriegsgefangenen ging . . . den Landgerichtsrat möchte ich schimpfen hören. Aber schließlich ist ja eine Klage um 125,40 Reichsmark eine ernste Angelegenheit.

Das hat Ottwalt gut begriffen. Seine Schilderungen sind noch flächig, sie haben keine Tiefendimensionen, es geht alles, klipp-klapp, wie man es braucht; Typen sind da und Argumente und Diskussionen — so sind jene, ja, ja, so sind sie. Aber das wird nur mitgeteilt, und es genügt nicht. Ohne Bosheit darf allen diesen Autoren immer wieder die große französische Romanschule empfohlen werden: sie werden mir das hoffentlich nicht als Ästhetentum auslegen. Wie etwa ein Gesellschaftsroman Stendhals aufgebaut ist: solcher Technik soll man nacheifern. Dazu muß man freilich sehr viel wissen. Und es ist so eingeteilt: die Bescheid wissen, können nicht schreiben, wollen nicht schreiben, dürfen nicht schreiben. Und die schreiben, wissen bestenfalls etwas Bescheid. Ich bin für das Buch von Ottwalt und seine Verbreitung. Es geht uns alle an.

1932

DER RECHTE BRUDER

Wenn Sie sich noch besinnen, was eine Bierzeitung ist: da ist ein Buch erschienen, das ist im besten Sinne eine Weinzeitung, eine Sektzeitung, eine Whiskyzeitung. Es ist ungeheuer amüsant.

Es heißt: ‹*Der deutsche Maskenball*› (bei S. Fischer zu Berlin) und ist verfaßt von Schriftsteller Linke Poot (eines der wenigen Pseudonyme, auf die ich leider keinen Anspruch machen kann). Es ist ganz himmlisch.

Dieser Linke Poot kitzelt mit dem Florett, wo Heinrich Mann zugestoßen hat — und er hat mehr Witz als das ganze Preußen Brutalität, und das will etwas heißen. Er beschäftigt sich sanft, prägnant, spaßig, ‹ausverschämt› und inbrünstig mit dem neuen Deutschland. Es ist eine ganz neuartige Sorte Witz, die ich noch nie in deutscher Sprache gelesen habe.

«Die westlichen Juden», steht da so ganz harmlos, «sind beleidigt, aber darum noch keine Semiten.» (Der saß — sagt der Berliner.) Da ist eine kurze Historie des Kapp-Putsches, die ist noch komischer als die Hosenmacher vorm Reichsgericht; da stehen Sätze wie: «Wohl dem, der eine Mutter hat, denn zwei wären zu viel» — und da ist von dem pinselblonden Militärstiesel der feldgraue Rock heruntergerissen, daß die Haare in der Nachbarschaft herumfliegen. Da steht eine Schilderung jener lichtenberger Tage, wo man den Berlinern vorlog, siebenundsechzig Kriminalbeamte seien von den Spartakisten ermordet, und das stimmte auch, nur waren es nicht siebenundsechzig, und nicht Spartakisten ... Herrlich, wie der militärische Apparat angeulkt wird — ich sehe noch die beiden kupferroten Gesichter zweier junger Schnösels in Leutnantsuniform vor mir, wie sie in der Untergrundbahn fuhren, heimkehrend vom frisch-fromm-fröhlichen Streit: in den Augen jene trutzige Entschlossenheit, die man sein eigen nennt, wenn man auf Landsleute schießt . . . Da steht, die Schlappheit jener Murks-Demokraten höhnend, ein Stellchen über die immer noch schwarzweiß-roten Fahnen: «Man besänftigte mich: das Gold ist schwer zu beschaffen, woher soll man jetzt Gold bekommen, es sind Kinder, sie hängen an ihren Fahnen, lassen wir ihnen ihre Fahnen. Und als ich erklärte: ‹Ich bin auch ein Kind, ich will auch meine Fahne›, flüsterte man erschreckt und zog mich in die Ecke: ‹Machen Sie keine Witze, regen Sie die Leute nicht auf.›» Und höllisch-kluge Dinge stehen in dem Büchlein: vom Domestizierungsprozeß dieser Nation, der alle Leute in die Büros zieht, von der Sinnlosigkeit ihres Mordens und von der Sinnlosigkeit ihres Lebens. Manchmal wurde ich im leisen Gleiten des Stils an Mechtild Lichnowsky erinnert, an ihre feine, ironische Art, die Nicht-Menschen zu erledigen, manchmal an die Pistolenkugeln Rodas . . . und es ist doch Linke Poot.

Aber das Wort des Buches steht auf Seite 114. Nachdem vorher von der deutschen Republik (die leider nicht Lubitsch inszeniert hat) gesagt worden ist: «Da hatte man sie. Ein prächtiges Ding. Man überlegte, ob man ein Glasgehäuse darum bauen sollte, putzte es fleißig, zeigte es allen Nachbarn, hatte seine Freude daran. Einige ältere Männer und Frauen wurden damit betraut, das Ding in Ordnung zu halten und zu bewachen; denn es wird im Land furchtbar gestohlen» — nachdem das gesagt worden ist, steht zu lesen:

«Die Republik war von einem weisen Mann aus dem Auslande ins Heilige Römische Reich gebracht; was man mit ihr machen sollte, hatte er nicht gesagt: es war eine Republik ohne Gebrauchsanweisung.»

Drei Zeilen — und doch das Entscheidende über einen Laden, bei dem nicht einmal die angestellten Kommis so viel Interesse haben, ihren Job zu halten.

Ist das deine linke Hand, Linke Poot? Ein Glück, daß du nicht mit der andern zugeschlagen hast. Du Linkscher. Du bist der rechte Bruder.

1922

DER DARMSTÄDTER ARMLEUCHTER

I. Als Gottes Atem leiser ging

Als ich noch die Weisheit der Welt in aufgeplatzten Mappen aus der Berliner Staatsbibliothek nach Hause trug, war auch einmal ein kleines Büchlein darunter: ‹*Schopenhauer als Verbilder*› von einem Grafen Keyserling, dessen Name keinerlei andre Assoziationen erweckte, als daß er nicht der feine und große Dichter Eduard von Keyserling war. Ich stak damals bis an den Hals in Schopenhauer, las jede Zeile, die ich auftreiben konnte, jeden Brief, jedes aufgezeichnete Gespräch, und befand mich in jenem glückseligen Stadium, um das gläubige Katholiken so zu beneiden sind: es konnte mir nichts geschehen, denn ich war im Besitz des Schlüssels für sämtliche Rätsel des Lebens. Es war alles so schön einfach . . .

Da las ich jenen. Ich weiß noch genau, daß ich das kleine Buch am liebsten zerrissen hätte: ein solch fataler Dunst von Überheblichkeit, schludriger Philosophie, Unverständnis und Ignoranz schlug mir entgegen. Ich aß es, spuckte aus und vergaß. Sein Verfasser aber ist inzwischen bei denen, die nicht alle werden, ein berühmter Mann geworden, und der Verlag Niels Kampmann in Heidelberg beehrt sich, vorzuführen: «Graf Hermann Keyserling, Das Spektrum Europas, Ein hochkomischer Weltschlager mit dem Verfasser in der Titelrolle.» Wie sagten die Soldaten im Quartier? «Mensch, du bist doch Schriftsteller — steig mal uffn Tisch und mach mal eenen —!» Lasset uns lauschen, lieben Freunde.

Bei einem Mann, der sich als Philosoph ausgibt, ist der Stil die Visitenkarte. Er braucht nicht zu glitzern, er kann dunkel schreiben, schwerflüssig . . . alles sei ihm zugegeben; spricht er aber die Modesprache seiner Zeit, laufen ihm jene fatalen Wendungen glatt aus dem Maul, wie sie von schlechten Journalisten, Klugschnackern und schreibenden Damen gebraucht werden, dann ist ein Verdacht wohl am Platze. Wie schreibt das Spektrum Europas?

«Alle Völker sind natürlich scheußlich.» — Dieses Buch «ist, wie mir scheint, wesensverschieden von allen, die ich bisher schuf». (Er meint: geschaffen habe.) — «Doch da sich das Leben niemals wiederholt, so hat die wiederhergestellte Einstellung der Tagebuchzeit . . .» Das hat er von mir; wie es überhaupt von ‹irgendwie› und ‹zwangsläufig› und solchen Bonbons wimmelt: «Paris steht und fällt mit seiner rein qualitativen Einstellung»; «Alle Unterschiede erwiesen sich als letztlich auf Einstellungsunterschieden beruhend»; auch sagt der Mann niemals ‹ich›, sondern immer ‹ich persönlich›, wie ja denn niemand seine Persönlichkeit so betont, wie der, der keine hat. Diese Sorte Philosophen glaubt wirklich, sie sage etwas Neues, wenn sie statt ‹Grund›: ‹Seinsgrund› sagt — schade, daß der Verbilder der deutschen Sprache Schopenhauer das nicht noch erlebt hat . . . sein Kommentar zu so einem Satz: «Von solcher freien Sinngebung hängt ja alles Schicksal ab», wäre von Frankfurt bis Darmstadt deutlich zu hören gewesen. «Denn der Mensch als Mensch ist ja der Herr der Schöpfung», das sieht jeder Mensch schon rein menschlich wegen der damit zusammenhängenden Menschlichkeit ohne weiteres ein. Auch neue Wörter bildet der Weltreisende: «Aus Rußland stamme ich als emotionelles und temperamentelles Wesen her», eine Sprachmusik, die man mit den Klängen der Temperamentella begleiten sollte. Die übertönte dann wenigstens die falschen Noten Keyserlingscher Grammatik. «Man prophezeit den Niedergang Frankreichs von wegen seiner Rentnerpsychologie», nehm Sie doch einen Schürm, von wejen den Rejen, Herr! Mit dieser Grammatik und solchem Stil ausgerüstet begibt sich der Weise auf die philosophische Wanderschaft.

Die Völker Europas werden durchgesehen, ob sie den Keyserlingschen Forderungen genügen, und es muß gesagt werden, daß zahlreiche Schüler das Ziel der Klasse nicht erreichen werden. Wird auch hier und da ein Lob ausgeteilt: «Aber wie geht es im Innern voran!», so wird doch andrerseits streng gefragt: «Was soll aus den Griechen nun in Zukunft werden?» – die Griechen das hören, raus aus Athen und sich scheu in den Peloponnes verkriechen: das ist das Werk einer Sekunde.

Der Mann hat viele Reisen gemacht und viele Länder gesehen. Er ist nicht blind, er hat nur eine facettierte Brille auf der Nase, auch steht er sich selbst heftig im Wege, und das ist in diesem Fall kein schönes Hindernis. Sein Start ist nicht schlecht: Russe und nicht ganz Russe ... er wäre schon prädisponiert, Europa zu erkennen und es uns zu erklären. Aber mit welcher Leichtfertigkeit macht er das, wie oberflächlich, mit welch peinlicher Fixigkeit!

«Man erinnere sich der Szene, als beim Untergang der ‹Titanic› alle Frauen und Kinder in die Rettungsboote gesetzt wurden und die Männer gelassen beim Gesange des Chorals Nearer, my God, to Thee, in die Tiefe sanken.» Ist er dabei gewesen? Er sollte wenigstens fleißig Literatur lesen; es gibt andre Schilderungen dieses Vorganges, wo seltsam viele Reisende der Ersten Klasse gerettet wurden, die offenbar ihrem Gott noch näher gewesen sind. Fehler machen mißtrauisch, und er rechtfertigt dies Mißtrauen. Von Frankreich: «Der wunderbare französische Sinn für Maß und Einklang wird ihm früh oder spät auch seine heutige reaktionäre Phase überwinden helfen.» Nun ist das objektiv falsch: Frankreich befindet sich, an französischen Verhältnissen gemessen, in keiner reaktionären Phase; das Land ist eine plutokratische Republik, und der Sinn für Maß und Einklang bewährt sich hier alle Tage. Wie soll davon freilich einer etwas wissen, der folgenden Satz über die Schreibmaschine bekommt: «Nur Deutsche konnten vom Wunder der Rentenmark begnadet werden; es waren eben alle auf Grund der Idee des Goldwerts bereit, alles Vermögen auf einmal zu opfern.» Ich weiß nicht, auf welcher ausländischen Bank Hermann Keyserling im Jahre 1923 sein Geld deponiert hatte; seine Unwissenheit und seine Gemeinheit halten sich hier jedenfalls die Waage. Wer war denn damals bereit, sein Vermögen zu opfern? Es war ja gar keins da! die Leute in den Städten hatten ja nichts mehr, als die Deflation kam! und der verbrecherische Staatsbetrug, auf dem Rücken der getäuschten Steuerzahler die auswärtigen Gläubiger im Konkursverfahren zu schädigen, hat die tobsüchtigste und roheste Zeit der Selbsterhaltung heraufgeführt, an die wir voller Schrecken nur deshalb nicht zurückdenken, weil wir nicht mehr an sie denken wollen. Fehler, Seite für Seite: «Das klassische Weimar ... bedeutet heute schon für Deutschland ähnliches, was das klassische Athen der Menschheit bedeuten würde, wenn es erhalten wäre, und wird der ganzen Menschheit sehr bald ähnliches bedeuten.» In welchen Ländern hat der Philosoph Spuren für diese Entwicklung sehen können? Tatsächlich schwindet der Kern Weimar immer mehr aus dem deutschen Volkskörper, und an einer der wenigen vernünftigen Stellen dieses Geschwätzes findet sich die gescheite Bemerkung: «Der Urtypus des Deutschen ist schon lange nicht mehr Siegfried, sondern, in modernem

Bilde, Stresemann», ein Satz, den man durchaus ohne Ironie lesen sollte. Wo hat jener seine Augen?

Wahrscheinlich hinter einem unsichtbaren Monokel. Wir sind keine Adelfresser, aber über den Adel stehen geradezu alberne Dinge in diesem Buch. Weiß dieser Europäer nicht, was der Adel im Kriege getrieben hat? Er weiß über den Adel so wenig wie über den Bolschewismus, dem er, zur Abwechslung, vorwirft, seine Welt entbehre jeder Gefühlskomponente – ganz im Gegensatz zu den ‹tüchtigen Kaufleuten›, die uns erzählen, mit Sentimentalität und Pathos könne man keinen Staat aufbauen ... es ist nicht leicht im menschlichen Leben. «Während der Weltrevolution hat der Adel überall seinen Ruin weit besser überstanden als der Bürger.» Vor allem in Deutschland, das seinen Adel füttert, statt ihn vom Trog zu stoßen, und ich kann mir denken, wie die fein empfindenden Philosophen der Schule der Weisheit zusammenzucken, wenn ihnen jemand etwas derartiges einwendet. Ihr Mangel an sozialem Verstand ist vollkommen.

Dieser lebensferne Plauderer, der eine Handbreit über dem ordinären Boden schwebt, auf dem Menschen ackern, schwitzen, jammern, stöhnen und einander quälen, fällt schiefe Urteile und halbrichtige, die ja gefährlicher sind als falsche – der Mann hat unendlich viel gelesen, weiß sehr vieles und weiß nichts, weil er nichts ist. Welch ein Philosoph!

Nach dreißig Jahren Freud: «Das Primitive bestimmt, doch im Bewußtsein herrschen andere Motive vor. Dies ist die wirkliche Ordnung, und die meisten Mißbegriffe der Freudschen Psychoanalyse beruhen darauf, daß sie diese natürliche Ordnung umzukehren versucht.» Kann der Mann nicht lesen? Er kann nur schwätzen: sie müssen ihn mit einer Grammophonnadel geimpft haben. Dieser Plauderer, der sicherlich in seinem Leben noch nicht geschwiegen hat, macht den Eindruck eines unermüdlichen Redners, der auf jeden Einwand ein neues endloses Geschwafel losläßt, was, von ihm an dem «unaufhörlichen und uferlosen Strom von Geschwätz in den amerikanischen Zeitungen» exemplifiziert, ein Zeichen lebhaften Temperamentes darstellt.

Das lebhafte Temperament versteht alles, aber fast alles falsch. Er erzählt von der modernen Frau und wirft ihr «Zerstörung allen Liebreizes durch Wind, Wetter und Sonnenbrand» vor, und er hat vor allem die seit Spengler vielgetragene Unart angenommen, Dinge, die nichts miteinander zu tun haben, um einer Theorie willen gleichzuordnen. «Alles große Deutschtum war denn tatsächlich Bekennertum in irgendeinem Sinn ... Luthers ‹Hier stehe ich, ich kann nicht anders› war Bekennertum; so ist es aber auch der Exhibitionismus deutscher Hochzeitsreisender.» Abgesehen davon, daß die heute in dieser Witzblattform nicht mehr bestehenden schlechten Manieren deutscher Reisepärchen gar kein Bekennertum gewesen sind: Philosophie ist demnach die Lösung der Frage: «Wie kommt das zu dem –?» und er sagt es uns, und er weiß es immer. Vermanscht werden seine Irrtümer stets mit jener verblasenen Terminologie, die jede Ausrede gestattet. «Die eigentliche Geschichte des Ostens Westeuropas hat ungefähr um tausend Jahre später begonnen als die seines Westens.» Wollte jemand mit dem Finger aufzeigen, so würde der Klassenlehrer ein nimmer endendes Gerede über den Sinn des Wortes ‹Geschichte› loslassen; behalten wir also den Finger lieber unten. Nichts stimmt; alles ist halb; alles ist angelesen, schlecht angelesen, unsorgfältig angelesen. «Ist die Psychologie der Massen so viel primitiver als die jedes einzelnen, so ist das sehr einfach daraus zu erklären, daß in der Masse nur die empirisch-psychologischen Elemente, also die bloßen Ausdrucksmittel des Metaphysischen, das eigentlich Menschliche, zum Ausdruck kommen.» Sehr einfach. Nun sagt ‹das eigentlich Menschliche› überhaupt nichts, das Wort ist ebenso leer und nichtssagend wie ‹das Sein›, und Keyserling braucht nichts von der Reflexologie Bechterews zu wissen, der ich für meinen Teil nicht folgen kann ... ‹die Psychologie der Massen› gibt es in dieser Form überhaupt nicht, und der Klassenlehrer ist schlecht präpariert, weil er sich nicht die Mühe genommen hat, zu lernen, daß Massenpsychologie aus jenen noch ungeklärten und unerforschten Spannungen zwischen den Individuen besteht.

Statt dessen verknüpft der Inhaber der philosophischen Plato-Bar lose Einzelheiten, mixt ein paar vage Behauptungen in einem nicht sehr reinlichen Becher und serviert sie mit dem Wort «Also habe ich erklärt» ... Prost.

Der Bursche arbeitet vor allem mit einem Trick. Er will imponieren. Der Leser soll sich hinter einer bestimmten Art Sätze, die etwa alle zehn Seiten wiederkehren, sagen: «Donnerwetter, ist das ein Kerl!» (Herr Grünlich in den *‹Buddenbrooks›*: «Ja, ich bewohne im Hotel meine zwei Zimmer ...» – «Zwei Zimmer!» dachte die Konsulin, und das war es auch, was sie sich nach der Absicht des Herrn Grünlich denken sollte.) Da kriegt es zunächst der Untertan im deutschen Leser. «Manche werden vielleicht zu schwerfällig sein ...» Denn jener ist es nicht; er ist leicht, gefällig, und immer up to date. «Während der wilhelminischen Ära war ich für Deutschland extremer Demokrat. (Man beachte den Schluderstil!) Wie ich aber bei Ausbruch der deutschen Revolution in Berlin weilte, wie (er meint: als) ein bisher traditionalistischer Bekannter nach dem andern über Nacht Sozialist wurde, und ich gefragt ward, wie ichs jetzt zu halten gedächte, da erwiderte ich: ‹Von jetzt ab setze ich auf Aristokratie.›» Ein fauler Tip; sagen wir: 880:1. Man hat von Harden fälschlicherweise gesagt, er habe immer das Gegenteil von dem geschrieben, was alle gesagt hätten: dieser scheint sich nur durch solche Wippchen von der Masse abheben zu können. Eine Warenhauseleganz.

Der sorgfältig angeseilte Alpinist in der Tiefebene schwitzt vor Eifer, um nur ja dem Leser zu imponieren. «Doch nicht das Russische melancholischer Artung, das der grenzenlosen braunen Ebene oder der blauen Ferne entspricht mir, sondern eben das Dionysische, dessen berufene Kinder die Zigeuner sind. Es ist ein sehr Merkwürdiges um dieses Wandervolk. Seine Harmonik und Melodik sind indisch; so mancher heilige Gesang, den ich in Indien vernahm ...» Also das macht Ewers nun viel besser, aber schließlich müssen ja die Reisespesen herauskommen. Da ist auch jenes uralte Kartenkunststück, sich in eine historische Reihe zu stellen, denn Größe färbt unmerklich ab, tritt über die Ränder ... «Handele es sich um Harnack oder Patkul, Alexander von Oettingen (der müßte dich gekannt haben, Hermann!) oder Karl Ernst von Baer, den Chirurgen Werner Zoege von Manteuffel, den letzten Estländer des traditionellen großen Formats, Alexander Keyserling, meinen Großvater, den Mongolenhäuptling Ungern-Sternberg oder mich ...» Alles in Ordnung. Immer drängt er sich vor; immer deutet er an, was er für ein Stern erster Ordnung sei, stets erklärt er an sich herum, aber wir wollen das gar nicht hören, denn so interessant ist er nicht. Ich glaube aber, herausgefunden zu haben, wie er das macht — er macht es mit der unsichtbaren, vorher berechneten Klammer. Ich will das einmal zeigen.

«Wie ich kaum vom Vortragspult im festlich geschmückten Saal des stockholmer Grand-Hotels, den die erste Gesellschaft Schwedens, Hof, Regierung, Geburts- und Geistesadel füllte, abgetreten war —» (Donnerlittchen! Richtig im Hotel? Vor einem hohen Adel? Und vor der schwedischen Regierung? Vor dem ... vor dem König auch? Das macht Spaß, so einen vornehmen und berühmten Autor zu lesen. Weiter!) — «vernahm ich Lautenklänge.» (Interessant, so eine Reise.) «Als ich mich umwandte, sang schon ein Bänkelsänger ein lustig Lied. Ein deutscher Freund brauste auf: wir sollten fortgehen — (um Gottes willen, Herr Keyserling, Sie werden sich doch nicht hinreißen lassen!) — das sei doch unerhört nach einem so tiefernsten Vortrag. Ich erwiderte, wir kennten die Landessitten nicht: mißfielen sie uns, so hätten wir nicht kommen dürfen. (Sehr vernünftig.) ... Beim Souper fügte ich mich dann selbst in den mir neuen Rahmen ein. Ganz furchtbar ernste Reden waren auf mich gehalten (Direkt auf Ihnen? Ach, muß Ruhm schön sein!) — vielmehr bedächtig von Maschinenschriftvorlagen abgelesen worden. Da schlug ich eine andere Tonart an, indem ich zunächst die Schlußszene von Platos Gastmahl evozierte — (Ohne Maschinenschriftvorlage? Unmittelbar aus dem Kopf? Toll!) — wo Sokrates und Aristophanes als letzte unter den Zechern den Morgen wach erwarteten ... Damit war aller Bann gebrochen.» (Weiter, weiter! Und der König? Und die Königin? Waren die auch da? Nein, wie hinteressant —!) ... Ich entsinne mich phantastischer Szenen in einem alten Kellerlokal, wo, als wir bei Wachskerzenbeleuchtung (Famos. Wie bei Reinhardt) — zur Begleitung Bellmanscher Balladen zechten, (das Wasser läuft mir in der Luftröhre zusammen), ein Gast einmal, zerschlagenem Geschirre folgend, vom Obergeschoß köpflings über die Stiege vor unsere Füße stürzte — (In solchen Gefahren haben Sie geschwoben? Das ist ein feines Buch! weiter!) — ich weiß nicht mehr, ob lebend oder tot, Notiz nahm keiner von ihm.» Ein alter Wikinger, der sich oft mit Persern stach. Kasimir Keyserling ist der vollendete Handhaber der Imponierklammer.

In diesem Menü, wo es Zuckerrübenmarmelade und viele Bouletten auf Gänseleberart gibt, stehen, wie es denn nicht anders sein kann, auch kluge und richtige Sätze. Es sind nicht so viele, daß der Verleger sie in Leinen hätte binden können – aber ein paar sinds schon. So dieser: «Und ist es jüngst weniger der Unteroffizier als der Sparkassenbeamte, der zum Reichskanzlerposten für prädestiniert gilt, so ist das kaum ein Vorzug zu heißen.» Sowie: «Keine Sache ist wirklich ernst zu nehmen, nur der lebende Mensch ist es», und dann gibt es da eine wirklich echte, saubere und kluge Schilderung seiner Rückkehr nach Estland: «Ich war als Gespenst heimgekehrt», sagt er, es gehört für einen Balten sehr viel Mut dazu, dergleichen hinzuschreiben. An einer einzigen Stelle bringt er sogar so etwas wie Selbstironie für die Schule der Weisheit auf. Im ganzen aber schwimmt er wie Kork auf den Wogen des Geschmuses.

Was ist das nun –?

Es ist die weitverbreitete, es ist die typische Literatur des Singular: jene Weltbeschreibung, die sich der Lächerlichkeit solcher Urteile wie: «Die Einwohner dieser Stadt haben rote Haare und stottern» wohl bewußt ist, und die deshalb denselben Unfug im Singular sagt, Typen erfindend und Paradigmata bauend, Puppen leimend und mit bunten Bleisoldaten hantierend, und alles schief und krumm und falsch. ‹Der Reiche› und ‹Der Amerikaner› und ‹Der faustische Mensch› und ‹Der katholische Jüngling› und so in infinitum. Es stimmt alles nur halb; nichts ist ganz richtig, nichts sitzt, nichts ist wirklich gearbeitet. Oben auf dem Kuchen erglänzen die Superlative, die Nietzsche in die Literatur eingeführt hat ... der Papagei schnarrt und sagt schreiend seins auf. Lasset uns diesen Vogel zudecken.

Es wirkt aber. Die Deutschen und solche, die es werden wollen, lassen sich imponieren, der Mann hat Zulauf, die Konditenbäckerei ist schön voll, und alle schmatzen beim Essen. Welche kaum vorstellbaren Blasen eines mäßig fundierten Größenwahns der Erfolg bei Keyserling im tiefsten Seinsgrund zwangsläufig irgendwie ausgelöst hat, das wollen wir nunmehr rein menschlich betrachten.

II. Le comique voyageur

> Und daraus ergibt sich völlig unzweideutig zweierlei, was künftige Kritiker wohl berücksichtigen mögen: Erstens, daß Graf Keyserling bis heute trotz aller Wirkungskraft und sogar Popularität seiner Persönlichkeit nahezu ebenso unverstanden ist, wie es Nietzsche bei Lebzeiten war. Und zweitens, daß er nicht darunter leidet. Er ist wirklich ein Einsamer, wesentlich; sein Verhältnis zu den andern ist ein rein schenkerisches, er bedarf ihrer nicht. Es wäre gut, wenn in Deutschland endlich begriffen würde, daß es auch solche gibt.
> Mitteilungen der Schule der Weisheit, Darmstadt, Deutschsprachige Ausgabe

Auf den Tagungen der Schule der Weisheit sprechen neben dem Philosophen, dessen Verlag einen Armleuchter rechtens im Wappen führt, ebensolche Schwätzer wie er, sowie ernste und vernünftige Leute. Aus den gedruckten Berichten ist eine geistige Einheit dieser Vorträge nicht zu ermitteln. Sie muten den Außenstehenden wie ein überflüssiges Gesellschaftsspiel an; die Möglichkeit, daß die Lokalatmosphäre einen andern Eindruck hervorruft, soll offengelassen werden. Nun ist das aber in Deutschland so, daß auch nur etwas hervorragende Geister entweder allein bleiben oder ihre Anhänger zur Sektenbildung verführen. Das insulare Nebeneinander der zehntausend ‹Meister›, die Deutschland aufweist, ist grotesk; jeder in seinem Zeltlagerchen unfehlbar und ein kleiner Papst; jeder angebetet und sinnlos, weil beziehungslos verehrt, und jeder von dieser faden und fatalen Ausschließlichkeit erfüllt, die den falschen Fanatiker vom echten unterscheidet. Die Qualität der Gefolgschaft ist die beste Kritik des Führers.

Wenn über Keyserling nichts vorläge als die Hefte *‹Der Weg zur Vollendung›*, so genügte das zur Information reichlich. Ihr Eindruck ist vernichtend.

Die Aufsätze des Schriftgelehrten verdienen keinerlei Kritik. Aber was er da über sich und sein Werk zusammenschreiben läßt — im Sinne von: faire und laisser —, bewirkt in unsereinem das Gefühl, das entsteht, wenn einer auf dem Konzertpodium steckenbleibt. Man schämt sich für ihn.

Am lustigsten ist seine Mischung von belehrender Weisheit und ungezogener Dreistigkeit, die dem Mann nach allem, was wir über ihn zu hören bekommen haben, eigen sein muß. «Der Gegensatz ist für ihn nicht das letzte, ebensowenig wie der Kontrapunkt für einen Beethoven das letzte war.› Das ist bar jeden Sinnes — aber möge er. Daneben: «Und selbstverständlich ist es, daß Graf Keyserling sich hier jedes Dreinreden verbittet.» Der Philosoph Husserl! Nehmen Sie

Ihren phänomenalen Bauch zurück! Cassirer! Hat der Kerl wieder seinen Logos nicht geputzt! Verfluchte metapherdammte Himmelhunde! Vizefeldwebel der Weisheit, Untroffzier oder Schersant — das ist hier die Frage.

Über die Ausdrucksweise des Mannes, die wie jeder Stil Gedanken und Gedankenlosigkeit verrät, ist kaum noch zu reden. «. . . Keyserling habe ihm gesagt, er fände die Stimmung auf dieser Tagung um 1000 Prozent gehobener . . .» das gibts nur noch bei Roda Roda, wo ein Wendriner, von seiner Gattin auf die Schönheit des Sonnenunterganges am Meere aufmerksam gemacht, antwortet: «Na, und der Posten Möwen ist gar nichts —?»

Nichts komischer, als wenn ein Mittelmäßiger Genie posiert. «Es ist nicht zu glauben, was mir monataus, monatein zu lesen zugemutet wird.» Und uns erst —! Dabei hat er es noch gut: er braucht wenigstens nicht seine eignen Schriften zu lesen . . . Immer protzt er, und immer will er imponieren. Da hat er ein Buch aufgetrieben, das ihm die philosophischen Grundlagen des Faschismus zu enthalten scheint. Folgerung: «So war es denn wieder ein Philosoph, zu dem die spätere politische Wirklichkeit als zu ihrem geistigen Vater aufzublicken hat.» Dahinter die unsichtbare Imponierklammer? «Achtung! Ich bin auch ein Philosoph. Also . . .»

Für die Anhängerschaft ist offenbar nichts zu billig. Sie wird zensiert, angeschnauzt, geschurigelt und kommandiert — wahrscheinlich tut das den Leuten wohl. Der alte Trick, die eigne Kleinheit durch die Größe des Vorzimmers zu verdecken, wird auch hier angewandt. Er schreibt nicht alles ‹persönlich› — manches läßt er auch durch seine Leute machen. Von einem Buch des seligen Oscar A. H. Schmitz: «. . . enthält u. a. den folgenden Passus, welcher dem Grafen Keyserling besondere Freude bereitet hat, weil er seine von ihm persönlich gemeinte Stellung in der Schule der Weisheit sehr glücklich formuliert.» Schmitz, einen rauf! Kann er aber nicht — es sind lauter Primusse.

Von den dienenden Schreibern wird Keyserling behandelt wie der liebe Gott, Luxusausgabe. «Wir sehen uns gezwungen, jetzt auch schriftlich kundzugeben, was bisher in dieser Form nur mündlich verbreitet wurde: daß Graf Keyserling außerordentlich dadurch gestört wird, wenn er ohne Voranmeldung eine Woche vorher Besuch erhält.» Abgesehen davon, daß diese Schüler der Weisheit keinen Satz schreiben können, ohne einen schweren Fehler der Dummheit zu machen: das ist der typische Sektensatz. Genau so hat es um Rudolf Steiner geklungen; diese respektvolle Behutsamkeit auf Filzparisern — tritt nur einmal kräftig mit dem Stiefel auf, und Größe und Isoliertheit zerstäuben wie Mottenpulver.

Aber sage mir, wen du zu Gegnern hast, und ich will dir sagen, was du für ein Kerl bist. Dieser zum Beispiel hat Blühern.

Das ist der Philosoph der berliner westlichen Vororte, in denen die Kleinbürger wohnen, ein ewiger Steglitzer. Er hat sich bis ins

Mannesalter etwas durchaus Infantiles bewahrt — nicht etwa Jungenhaftes, sondern eine stehengebliebene Pennälerphantasie: alles, was er schreibt, trägt heute noch die Pickel einer mühevollen Zeit. Der also hat einen ‹offenen Brief› an Hermann Keyserling gerichtet: «in deutscher und christlicher Sache»: ein Buchhalter, der auf einen Maskenball als Martin Luther geht. *‹Die Elemente der deutschen Position›* heißt das Ding.

Was die beiden voneinander wollen, weiß ich nicht. Keyserling hat den andern für einen großen Magier erklärt, und Blüher buckelt vor jenem herum, ein ziemlich scheußlicher Anblick. Seite 41: «Deutschland weist von allen Ländern am markantesten und unfehlbarsten zwei solcher verpflichtenden Gestalten auf, die durch ihr Alter schon in die mythische Sphäre gerückt sind, und denen deshalb, ja nur deshalb, eine wahre historische Macht innewohnt.» Wer? — «Hindenburg und Stefan George.» Dies ist das schönste ‹und›, das je in deutscher Sprache geschrieben worden ist.

In Blüher tobt durchaus und durchum der Kampf der Tertia. «Von George noch zu reden erübrigt sich; aber es ist Ihnen vielleicht neu, zu erfahren, daß Hindenburg der angesehenste Mann der Welt ist.» Fragen Sie den Vorsteher des Weltpostamts in Steglitz, und er wird Ihnen das bestätigen.

Rührend die den Faschisten abgeborgten Versuche, die Exzesse eines wildgewordenen Volkstums als ‹modern› und die Demokratie (lies: Sozialismus, lies: Bolschewismus, lies: Judentum, lies: und überhaupt) als abgestandene Reaktion aufzuzeigen. Wenn Mussolini das in Italien donnert, so mag daran ein Gran Wahrheit sein; wenn diese wolkigen, schwammigen und des saubern und hellen Denkens unfähigen Gehirne, etwa um Stadler, das besorgen, so wirkt es rührend. Stellenweise ist das Heftchen sanft übergeschnappt — ist Blüher nie aus Deutschland herausgekommen? Deutschland, «das Land, gegen das alle Welt mit Recht Krieg führt (weltlich gesprochen), weil alle Welt das Zustandekommen der germanisch-christlichen Sakralunion verhindern will». Kann diesen Leuten denn niemand eine Schiffskarte nach London kaufen, damit sie sich einmal mit gebildeten Engländern unterhalten?

Dies ist unter anderm die Sorte Literatur, die Keyserling hervorruft, und wir wollen gewiß nicht stören; dergleichen geht ja wohl nur die Beteiligten an. Und Jungnickeln. Der schreibt über Blühers Buch: «Wir hatten im Felde einen Major, einen eisernen, spartanischen Kerl, der keine Etappe kannte, kein Hintensitzen, wenn alles vorging. Seine Losung war: Sieg oder Tod! Da las ich das obige Buch, und sofort war er wieder da, der große graue Schatten dieses Soldaten. Ein verwegener Kämpfer.» So, und nun geh wieder in dein Körbchen.

Das alles aber läßt den darmstädter Armleuchter nicht ruhn. Er reist.

Man hat uns erzählt, wie sich Keyserling in Amerika betragen hat.

Wie ers anderswo treibt, läßt er in seinen ‹*Wegen zur Vollendung*› verkünden. «Von Budapest ging es nach Rumänien, wo Graf Keyserling eine Woche lang geradezu großartig aufgenommen wurde. Die Seele der Interessierten war die Fürstin Alexandrine Cantacuzène ... Alles, was in Rumänien führt, wetteiferte darin, der Person und dem Werk des Grafen Keyserling sein Interesse zu bekunden, von der Königin über die Spitzen der Regierung ... (Imponierklammer: «Wat sachste nu —?») ... Besonderer Dank gebührt hier dem deutschen Botschafter Nadolny ...» Das ist ein weites Feld.

Der Typus des mittlern deutschen Diplomaten ist nach dem Kriege zweifellos um eine Winzigkeit besser geworden; es geht auf den Botschaften und Gesandtschaften allerdings noch etwas unsicher zu ... Macht diese Sorte meist reaktionärer Beamter das, was in jenen Kreisen ‹Kulturpropaganda› genannt wird, so hat man immer den Eindruck, daß ihnen der Kragen reichlich eng wird; sie fühlen sich nicht sehr wohl dabei. Erstens interessieren sie sich einen Schmarren für die deutsche Kultur, wenn es sich nicht um die zu nichts verpflichtende Musik handelt; zweitens kann man nie wissen, und drittens besteht durchweg und überall noch die Anschauung, daß der Eingeladene allemal der Geehrte sei. Darin werden diese Beamten des Auswärtigen Amts durch die Kriecherei der meisten Künstler und Journalisten stark unterstützt, aber jeder wird schließlich so behandelt, wie er es verdient. Die ‹Prominenz› ist von ihrer eignen Wichtigkeit begeistert, und was darunter ist, katzbuckelt. Denn die tiefe Unsicherheit dieses Bürgertums ist heute noch so groß, daß es hochgeehrt die Luft dieser Kreise einatmet, deren Qualifikationsvokabeln von: ‹höchst übel› bis: ‹ein sehr ordentlicher Mann› reichen, und niemand ist so hoffärtig und hoffertig wie der diplomatisch ‹akkreditierte› Journalist, vor dessen Verlag der Diplomat lange nicht so viel Angst hat wie der vor ihm.

Die Botschafter und Gesandten selbst können ihre wahre Natur nicht lange verleugnen. Es mag sein, daß an kleineren Plätzen wahrhaft demokratische und innerlich freie Männer sitzen; das Gros besteht aus den Korpsbrüdern des Herrn Domela, und weil jeder Deutsche zunächst gegen jeden Deutschen ist, so ist die Atmosphäre auf einer Durchschnittsbotschaft nicht gerade als sehr amüsant zu bezeichnen. Immer wieder erschreckend ist die tiefe Beziehungslosigkeit dieser reichlich überschätzten Funktionäre zu allem, was Deutschland wertvoll macht; wirklich wohl fühlen sie sich nur unter ihresgleichen, unter Beamten, Militärs, Adel, Gutsbesitzern und sehr reichen Industriellen. (Am besten wäre demnach ein ehemaliger Generalstabsoffizier vom Adel, mit Petroleumaktien.) Es ist nicht sehr erheiternd, zu sehen, wer noch immer Deutschland im Ausland repräsentiert.

Was diese Kulturzentren mit Keyserling anfangen könnten, ist leicht zu verstehen. Ein Philosoph, gemildert durch den Grafentitel, ein Graf mit einem leichten philosophischen Fleck auf dem Wappenschild — damit ließe sich auskommen. Aber selbst denen hat er Kummer und Elend gemacht; selbst denen ist er auf die reichlich dicken Nerven gefallen; selbst in diesem Milieu hat er keinen Erfolg gehabt: eine Schießbudenfigur, drei Schuß zu fünfundzwanzig.

Was er sonst im Auslande anrichtet, ist, ganz im Gegensatz zu seinen rosigen und donnernden Schilderungen, als Unfug anzusprechen. Ein schwedischer Diplomat sprach mir jüngst mit Ironie und Entrüstung von der Schilderung, die jener von den schwedischen Frauen entworfen hatte, und er tat es ohne Scheu, weil es ja weit über den lächerlichen Paß hinaus eine Internationale der vernünftigen Menschen gibt. «Niemand nimmt ihn bei uns ernst», erzählte der Schwede, «man hat über ihn gelacht.» Die Leute müssen auf schwedisch gelacht haben, denn Keyserling, der kein Schwedisch versteht, hat es für Beifall gehalten. Skal —!

Der Weg zur Vollendung? Bitte zweiten Gang, die erste Tür rechts.

Die pariser Chansonniers haben eine Reihe bekannter Größen, über die sie sich ständig und traditionell lustig machen: Citroën und Cécile Sorel und Mistinguett und Doumergue — ‹têtes de Turque› nennt man das. Dazu scheint mir jener gut genug. Im Ernst soll von ihm nicht mehr die Rede sein.

Im Ernst repräsentiert Hermann Keyserling nichts als eine gewisse schlechte und gleichgültige, wertlose und ephemere Schicht Deutschlands. Er ist ein gefährlicher Exportartikel, ein Kerl, der auf den verbogenen Stelzen seines Stils durch die Welt stakt, ganze Porzellanläden umwirft und bestimmt überall da aneckt, wo es den Inhabern der fremden Wohnung weh tut. Immerhin gibt es in Deutschland rechts und links wertvolle, vernünftige Menschen . . . Unsere Aushängeschilder aber heißen: Graf Luckner, Reichskanzler a. D. (außer das) Michaelis; Altreichskanzler Fürst Luther; Reichswehroffiziere aller Schattierungen, von so grün bis zum tiefsten Schwarz, Schnellschwimmer, Schnelläufer, Schnellboxer und ein Schnellredner: der darmstädter Armleuchter.

Tat twam asi, Deutschland —? 1928

RUDOLF HERZOG – EIN DEUTSCHER MANN

> Subordination ist das fortgesetzte und mit Erfolg gekrönte Bemühen eines Untergebenen, dümmer zu scheinen, als der Vorgesetzte ist.
>
> Deutscher Kriegsartikel

Das hat jeder erlebt —: wenn man das erstemal eine Eisenbahnstrecke fährt, paßt man auf jeden Baum am Wege auf. Beim dritten Mal legt sich das, und man weiß schon alles: die Zollplackereien, die Paßrevisionen, das unendliche Stuckern der Räder und die niedrigen Häuser links und rechts der Eisenbahn. Was tut man also in solchem Fall? Man liest. Der letzte Band von Conan Doyle war nicht vorrätig, Spannung ist aber im Coupé in jedem Fall vonnöten, ein bißchen lachen möchte man auch – was kann es da Schöneres geben als: «*‹Kameraden›*. Roman von Rudolf Herzog. 1.–50. Tausend. Stuttgart und Berlin. J. G. Cottasche Buchhandlung Nachfolger, 1922.» Cotta, das ist der, der einmal Goethe und Schiller ... aber das ist schon lange her.

Nun bin ich gar nicht so ungebildet, wie ein General aussieht. Ich kenne noch zwei Romane von Herzog, die *‹Wiskottens›*, und einen, dessen Titel ich zwar vergessen habe, aber den ich auswendig, Seite für Seite, nacherzählen kann. Es wird kein Wort stimmen, aber es wird schon stimmen. *‹Kameraden›* habe ich nun ganz sorgfältig durchlacht. Hier ist ein Schulfall des deutschen Gemüts.

Schlechte Romane hat es immer gegeben. Daß Frau Courths-Mahler kein Deutsch und Herr Herzog keine Romane schreiben kann, ist belanglos. Aber seit jeher war diese Gebrauchsliteratur für den Alltag ungemein bezeichnend, weil nämlich von ihnen aus zwar nicht auf den Verfasser, aber ganz genau auf das konsumierende Publikum geschlossen werden kann. Alle erfolgreichen Schmöker der letzten Jahrhunderte und aller Länder haben den Sieger über das Leben zum Thema – die Ritter, die wilden Räuber, die Seehelden, den Detektiv, den großen Verbrecher ... es sind alles Leute, die kühner, größer, ungebärdiger als die Leser sind, solche, die das tun, was er gern tun möchte, aber nicht tun darf. Wer wissen will, welches Ideal sich die kleinen Kaufleute des Biedermeier erträumten, braucht nur Clauren zu lesen und die Ritterromane der Zeit; wer das von heute kennen will, lese Arnolt Bronnen, jenen Rudolf Herzog II.; alle Spießer sind verhinderte Napoleons – wir haben ja im Kriege schaudernd erlebt, was herauskommt, wenn sie einmal dürfen ... Wie sieht nun das Idealbild des gebildeten norddeutschen Mittelstandes von heute aus –?

Wie ein Reserveoffizier.

Ein Lieblingswort des Herrn Herzog ist ‹knapp›. Es ist gar nicht zu sagen, wie knapp seine Helden alle sind. «... erwiderte er knapp»; «Nein, sagte sie kurz»; «Ein tiefer Ernst straffte seine Züge» – so oder ähnlich marschiert es durch alle Bände. Seine Helden sehen folgendermaßen aus, müssen also – nach den Auflageziffern zu schließen – von seinem Leserpublikum so gewünscht werden:

Knapp, kurz und kühl haben sie eine Beamtenstellung oder sind sehr rangierte Kaufleute. Mit der bestehenden Ordnung befinden sie sich auf bestem Fuß: sie bejahen sie (ohne sie genau zu kennen). Es sind tapfere Leute, solange sie in der Kollektivität handeln – erledigt, wenn sie allein stehen. Ihr Mut besteht zunächst einmal in grenzenloser Flapsigkeit gegen alle andern, die nicht ihrer Gruppe angehören. «Er schaffte mit einer kurzen Handbewegung für sich und seine Begleiterin Platz.» Die andern gibt es nicht. Denn niemand ist so aristokratisch wie Herr Regierungsrat Schulze, wenn er durch das gemeine Volk schreitet. Es sind Aristokraten der Weinabteilung. Trinken aber die andern auch Wein, sinken Schild und Wappen in nichts zusammen.

Terminologie und Jargon sind dem Kasino, dem Stall und der Jägerei entlehnt. Die feinen Unterschiede zwischen: «Der Mann hieb kräftig ein» und «Die Herren setzten sich zu Tisch» werden stets aufrechterhalten. Das Chinesentum des Kasernenhofs ist noch in den wildesten Situationen ausgedrückt; wenn einer ins Wasser fällt, ruft er sicherlich: «Ich bitte gehorsamst, mich herausholen zu wollen» oder so ähnlich. Das kann Herzog gut.

Im übrigen durchzieht das Buch jene dumme, süßliche Liebesgeschichte, die eine sehr weit ausgedehnte Frauenwelt nun einmal braucht, und die in allen Couleuren der Literatur vertreten ist: die jüdischen Hysterikerinnen kaufen bei Ewers, die christlichen bei Bonsels, und die normale deutsche Frau hat bei Herrn Herzog ihr Genüge. Wenn aber nicht geliebt wird, dann wird geprügelt.

«Aber vorher haben Sie der Zugbegleitung doch etwas ins Stammbuch geschrieben? Ich meine, die Zeitgenossen hatten doch einen Hintern, in den sie getreten werden konnten?» Die Zeitgenossen sind Deutsche. «‹Niklas, stellen Sie sich mal sofort auf den guten Ton ein.› — ‹Werd ich›, knurrte der Jäger, beugte sich weit zurück und zog dem Schimpfenden einen langen Striemen über das Fell.» Der Fellinhaber ist ein Deutscher. Dann ein zweiter, ein tausendster Fall des Gefreiten Lyck (der, wie aus Heinrich Manns *‹Untertan›* bekannt, auf Arbeiter schoß und dafür vom Kaiser belobt wurde), ein Reichswehrsoldat in gleicher Lage: «‹Geben Sie dem Wegelagerer die volle Ladung. Und wenn das Rudel nicht feige von dannen stiebt, so machen Sie doch die weite Reise nicht allein.› — ‹Zu Befehl›, murmelte der Mann, und seine Augen starrten in die Ferne . . . ‹Sie haben sich gehalten wie ein Held. Ich beglückwünsche das Vaterland zu solchen tapfern Jungen. Kommen Sie mit. Wir begleiten Sie.›» Kurz: die Ohrfeige, der Fußtritt, der Säbelhieb als Grundbedingung für den Wiederaufbau. Genau wie bei Bronnen.

Denn Herzog hats mit der Politik. Und was für einer —! Mit der, die seine Leser machen und sehen, begreifen und bejahen. Und die sieht so aus:

«Und was — was hätten Sie getan?» (Gemeint ist: im November 1918.) «An den Rhein, Dülkingen, den Kampf in der Rheinlinie aufnehmen! Jeder Tag furchtbarsten Widerstandes hätte den Feind ernüchtert, hätte uns bessere Friedensbedingungen gebracht. Nur jammernde Feigheit schlägt man ins Maul, daß sie kuscht. Keinen Mann, der Blut gegen Blut setzt.» — «Recht, Volker, recht. Und wenn die Rheinlinie nicht zu halten war —?» — «Hinter der Weser! Hinter der Elbe! Zähe, zähe; Schritt für Schritt.» Telegramm des Freiherrn von Lersner, Vertreter des Auswärtigen Amts im Großen Hauptquartier, vom 1. Oktober 1918, nachmittags 1 Uhr: «General Ludendorff bat soeben

Freiherr von Grünau und mich in Gegenwart von Oberst Heye, Eurer Exzellenz seine dringende Bitte zu übermitteln, daß unser Friedensangebot sofort hinausgehe. Heute halte die Truppe; was morgen geschehen könne, sei nicht vorauszusehen.» Telegramm des Wirklichen Legationsrats von Grünau am selben Tage um 2 Uhr: «General Ludendorff sagte mir eben, in Gegenwart von Oberst Heye und Lersner, Eurer Exzellenz seine dringende Bitte zu übermitteln, das Friedensangebot sofort hinausgehen zu lassen und damit nicht erst bis zur Bildung der neuen Regierung zu warten, die sich verzögern könne. Heute hielte die Truppe noch, und wir seien noch in einer würdigen Lage, es könne aber jeden Augenblick ein Durchbruch erfolgen, und dann käme unser Angebot im allerungünstigsten Moment. Er käme sich vor wie ein Hasardspieler, und es könne jederzeit irgendwo eine Division versagen. Ich habe den Eindruck, daß man hier völlig die Nerven verloren hat, und möchte glauben, daß wir schlimmstenfalls nach außen hin den Schritt mit der Haltung Bulgariens begründen können. Grünau.» Wie nennt man das, was Herr Herzog daraus macht? Das nennt man dichterische Freiheit. Man wird mich gewiß keiner zärtlichen Liebe für diese Republik zeihen – aber was da an dummem Zeug aufgereiht steht, das geht auf keine Herzogshaut. Was nicht hindert, daß einer der Heldenräsonneure die Torheiten, die Unfähigkeit, die Fehler der Vorkriegszeit offen zugibt: «Und geschlafen hat nun einmal die ganze liebe Vogelschar in Berlin, alle die Jahrzehnte, unsre ganze Entwicklungsgeschichte hindurch, die wir im Auslande durchlebten, durchkämpften, durchschufteten, ohne einen Zuruf, als wir in Leibes- und Seelenqual das Vaterland brauchten. Bis es – uns brauchte.» Das ist richtig: für die Deutschen im Ausland hat das Kaiserreich nie etwas übrig gehabt. Aber wer hat denn geschlafen? Doch die Leser des Herrn Herzog. Wer saß denn in allen, aber auch allen maßgebenden Stellen? Seine bonner Borussen, seine Gutsbesitzerssöhne, seine Offiziere, seine Edelmenschen, die mit der knappen Handbewegung die Mitgift einer reichen Heirat einkassierten. Nein, sie haben den Krieg nicht gewollt. Was hätten denn die auch gewollt, was über Hinterpommern oder das Weserland hinausgegangen wäre! Ich bitte gehorsamst: Stiesel. Die den Herrn Herzog lesenden bürgerlichen Aristokraten schauern vor Wonne (die Frauen besonders), wenn der Leihbibliotheksdichter ihnen attestiert, daß man Gott sei Dank etwas Besseres sei. «Halten Sie gute Nachbarschaft mit den Pfahlbürgern?» beharrte Volker. «Mein Gott, man geht ja auch sonntags mal in den Zoologischen Garten, wenn einer in der Nähe ist.» Der Inhalt des Zoologischen Gartens hat bei Verdun sein dreckiges Blut vergossen; er trug sein Fell zu Weltmarktpreisen in den Unterstand. Herr Volker trug den Pour le mérite.

Auf der gleichen Höhe stehen die Ausführungen über den polnischen Aufstand in Oberschlesien. Was da für ein objektiv falscher Kram steht, wie ‹Berlin› angegriffen wird . . .! Selbst dem Stammtischhorizont dieser Leser muß doch bekannt sein, wer die Freikorps, deren Taten hier so glorifiziert werden, bezahlt hat. Einmal steht die Wahrheit: «Die Männer, die mit Volkern zum engern Stabe zählten» (die herzoglichen Helden zählen immer zum engern Stabe — vom Leben und Sterben des gemeinen Mannes liest man weniger), «hatten Augen, Ohren und Hände allenthalben ... Und sie hatten ihre Hände in den Schützengilden der bayerischen Berge und in den Hochschulen der deutschen Gaue.» Das kann man wohl sagen. Und es soll sogar vorgekommen sein, daß sie diese Hände rot bis an das Gelenk wieder herausgezogen haben ... Das Nähere siehe unter Gustav Landauer.

Sehr feine Herren sinds nicht, die feinen Herren. Aber offenbar lebt man in diesen Kreisen so, denn sonst würden diese Bücher ja nicht so begehrt und gelesen werden. Ein Land ist in Not, in tiefster Not. «Ich sagte Ihnen doch, ich habe mein Geld in vollwertigen Dollars. Und wenn die Mark auf den Nullpunkt sinkt, kauf ich mir für einen Dollar einen Ochsen.» Aber einen unbeschnittenen. Und einmal, als der Oberheld dem Unterhelden einen Freundschaftsdienst erweist: «Meinen Kameraden hätte ich herausgehauen, dachte er, als er zufrieden mit dem Tagewerk dem Dülkinger Hof zuschritt. Da mich selber der Dollar keinen Cent mehr kostet, als ich ihn hergegeben habe, so ist das Geschäft ein erträgliches, und der Verlust besteht nur in der Einbildung.» Dieses Deutschtum ist ein unerträgliches, und sein Wert besteht nur in der Einbildung.

Im übrigen habe ich für mein Geld alles bekommen, was ich verlangen konnte: Liebe und Mondschein, Dielenbesitzer, die «von rheinauf und rheinab» zum Begräbnis eines «Stimmungssängers» kommen — sogar ein Notzuchtverbrechen mit garantiert schwarzer Schmach und ha! dem kräftig zupackenden Faustgriff des blonden Retters ... es ist alles da. Fremde Soldaten starren immer «frech» herüber; reisende Norddeutsche werden auf einem bayerischen Bahnhof geohrfeigt; «die Lautheit der französischen Gebärde, französischen Redeflusses auf allen Wegen». Man muß einmal hören, wie ein alter französischer Offizier, etwa Gaston Moch, über Deutschland spricht, um die Häßlichkeit dieser falschen Beobachtung zu ermessen. Und ein guter Beobachter Frankreichs, nämlich Arthur Eloesser, erzählte mir einmal, wie er sich in Paris in den Gesellschaften anfangs so fremd gefühlt habe; ihm fehlte etwas. Er kam dahinter, daß es unsre ziemlich lauten und lebhaften Gespräche waren — die französische Geselligkeit ist leiser. Aber es sind feine Herren. Und schlau! Als der Handelsmann, der Viehjude, mit dem ‹Herrn› die Ställe passiert, sagt er: «Was haben Sie für schöne Ochsen! Was haben der Herr Baron nur für schöne Ochsen!» Dülkingen hatte falsch gehört. «Ja, ja. Es ist Bier aus der Dortmunder Brauerei.» Und dann gingen sie zu den andern ... Da schmunzelt aber die Leserschaft! So ein ausgeruhter Kopf! Hört einfach nicht! Und mit dieser gutsherrlichen ‹Schlauheit› haben sie denn auch nachher die Welt regiert ... Fein sind sie, aber auch burschikos dabei. Dülkingen – möchten Sie Dülkingen heißen? – bemängelt an seiner Wirtschafterin, daß sie immer die Hände unter den Busen legt. Aber wie nennt er diesen Busen, der Schelm! «Das da» und «den Pudding» – zum Schießen! Und sie sind auch historisch – nur vom alten Kaiser wollen sie etwas wissen. «Mit dem Enkel verbindet mich nur ehrliche Teilnahme.» Da hast es. Und Lyrik? Lyrik auch. Preußische, natürlich. In einem Satz die ganze preußische Lyrik. «Sehnsüchtig rufend klangen die geschulten Männerstimmen durch den Raum.» Hör ich doch den Klang noch dieser Männerstimmen! «Aufstehen!» Und schließlich eine Perle, und da zeigt sich der Lebensinhalt einer ganzen Schicht, die diesen Krempel liest, in vollem Lichte:

«Vornehmheit –?» wiederholte Volker. «Kann Vornehmheit lässig sein? Lässig ist haltlos ...»

Kann Vornehmheit lässig sein –? Gewiß, Vornehmheit ist lässig und locker – der straffe und knappe Charakter dieser Menschen aber gleicht dem zu engen, hohen und steifen Kragen des Unteroffiziers, der sonntags ausgeht. Er braucht den Kragen. Es ist sein sittlicher Halt. Öffnet er ihn ... aber das ist eine landwirtschaftliche Frage. Millionen und Millionen lesen das. Stramme Helden hauen ein, daß es nur so knackt und knallt, unzählige Liebespaare wandeln in diesen Büchern bei Kapitelschluß über die mondbeglänzten Felder, jeder hebt die Nase und sieht gestrafft über das bunte Gewühl da unter sich. Und wer liest das –?

Es ist der Gehaltsempfänger, der den Burggrafen spielt, der Bibliotheksrat aus der Gehaltsstufe IV mit herunterklappbarem Visier, der Vorsitzende eines Polizeihundzüchtervereins als August der Starke. Es liest sich so wohlig, so glatt, man fühlt sich, es ist der Märchenwald unsrer Zeit. Eine ganze, breite Schicht ergötzt sich an diesen Leckerbissen. Das Verzeichnis hinten im Buch gibt eine Gesamtauflage von 2 485 000 Exemplaren an – das bedeutet, milde gerechnet, zehn Millionen Leser, denn jener ist der Herzog der Leihbibliotheken. So wollen diese zehn Millionen die Welt. Und da ist noch eine Kleinigkeit.

Wo war der Barde im Krieg? Diese Frage, an einen Pazifisten gerichtet, ist sinnlos; man kann ihm höchstens vorwerfen, nicht seine Dienstpflicht verweigert zu haben. Wo war Herr Herzog? Er hat sicherlich sämtliche Ausreden parat. Walter Bloem hatte sie nicht, und obgleich dessen Romane auch nicht grade sehr heiter sind, würde ich niemals etwas gegen den Mann sagen: der hat seine Vaterlandstreue mit seinem Blut besiegelt, er hat an die Sache geglaubt, und wenn er von seinen Verwundungen genesen war, ist er immer wieder hinausgegangen. Herr Höcker saß in Lille und verdiente Geld. Herr Herzog schrieb Romane. Gott segne seine Stammrolle.

Aus seinen Büchern aber sieht uns ein entsetzliches Gesicht an – mit starr nach oben gebürstetem Schnurrbärtchen, knappem Haar, kühler Hornbrille, kurzem Scheitel. Das Gesicht hebt sich von einem weißen

Kachelhintergrund ab: es ist die Herrentoilette eines Gasthauses am Rhein, fliesenbelegt, mit bunten Kirchenfenstern, auf denen der deutsche Rhein und das deutsche Mädel irgend etwas Deutsches machen, sauber, korrekt, straff. Herrn Herzog habe ich schon vergessen. Aber seine Leser, seine Millionen Leser, Kaufleute, Beamte, Studenten, Geometer, Priester, Ärzte, Familienväter und ihre Frauen — sie haben sich und ihrer Zeit in den Werken des allverehrten Dichters ein würdiges Denkmal gesetzt. 1924

SIGILLA VERI

Aus dem Antisemitismus kann erst etwas Richtiges werden, wenn ihn ein Jude in die Hand nimmt. Roda Roda

So um die zehnte Abendstunde, wenn die Luft in den Kneipen schon etwas dick geworden ist und der Alkohol die Gehirntätigkeit verlangsamt hat; um die zehnte Abendstunde, wenn die Stammtischrunden der alten Majore, der Tierärzte, Studienräte und Bergassessoren in mystischer Gelähmtheit dumpf hinter ihren Gläsern hocken —: da bringt der deutsche Mann das Gespräch gern auf die Juden.

Schwer setzt der aufrechte Trinker sein Glas vor sich hin, wischt sich den Bart, putzt den Kneifer und spricht: «Daran sind meines Erachtens nach nur die Juden schuld!» — «Wahr, wahr . . .» murmelt es um den Tisch, und auch Frieda, die Kellnerin, und Heinrich, der Herr Ober, nicken. Und der Oberbergrat fährt fort: «Meine Herren, schon im Jahre 1677 . . .» Woher weiß er das —?

Es gibt eine Stammtisch-Wissenschaft, die gilt nur von abends um halb neun bis um drei Viertel zwölf. Am Tage haben die Leute alles vergessen: Daten, Namen, Büchertitel und den Rest. Aber eines ist ihnen geblieben: das Bewußtsein, daß die Juden schuld sind.

Nun aber ist, um diesen Wissenslücken abzuhelfen, gegen die Radfahrer endlich das große und schöne Werk erschienen, dessen wir so lange entraten haben:

‹Sigilla Veri›
(Ph. Stauffs Semi-Kürschner)
Lexikon der Juden, -Genossen und -Gegner aller Zeiten und Zonen, insbesondere Deutschlands, der Lehren, Gebräuche, Kunstgriffe und Statistiken der Juden sowie ihrer Gaunersprache, Trugnamen, Geheimbünde etcetera.
Unter Mitwirkung gelehrter Männer und Frauen aller in Betracht kommenden Länder im Auftrage der «Weltliga gegen die Lüge» in Verbindung mit der «Alliance chrétienne arienne».
U. Bodung-Verlag.

Das hat mir schon lange gefehlt. Denken Sie doch nur —!

Was die Kunstgriffe der Juden angeht, so benötige ich deren Kenntnis wie das liebe Brot — das wilde Volk der Verleger und der Filmleute macht unsereinem das Leben nicht leicht. Und die Gaunersprache? ‹Requisition› statt Diebstahl? — Und die Trugnamen? ‹Lindström›? — Und die Geheimbünde? Es muß sehr interessant sein.

Doch ist es nicht ganz leicht, das Buch zu erhalten. Ich habe bisher nur den Prospekt mit den Probeseiten bekommen.

Bedingungen, gleichzeitig Bestellschein:

2. Ich bin nichtjüdischer Herkunft und mit Juden weder versippt noch verschwägert.
4. Ich erkläre ehrenwörtlich, daß ich nicht von dritter Seite aus als Käufer-Strohmann vorgeschoben bin.
5. Ich verpflichte mich
   c) alle Stellen, in denen eine Beleidigung gefunden oder gesucht werden könnte, dem Verlage zwecks Ausmerzung mitzuteilen. Der Verlag legt Wert darauf, sachliche wissenschaftliche Aufklärung zu bringen ...

Die sieht so aus:

Carbe, geb. Cohn, Dr., Gerichtsassessor, Neffe des Dr. h. c. Ru. Mosse, Erbe des *‹B. T.›* Berlin. Ihm wurde das populäre Gedicht *‹Haben Sie nicht den kleinen Cohn gesehn?›* auf den Leib geschrieben, er erhielt dann 1917 vom preuß. Min. des Innern durch den guten Freund des Hauses Mosse, Ministerialdirektor Freund, den neuen Namen: Carbe.

Wenn ich den Verlag darauf aufmerksam machen darf: in diesem Abschnitt sind zwei Unrichtigkeiten enthalten, aber die muß er sich schon allein heraussuchen. Gegen ein Freiexemplar des Werkes bin ich bereit, ihm zu sagen, wer in Wahrheit der kleine Cohn gewesen ist. Herr Carbe war es nicht. Goebbels auch nicht.

Ein Frei-Exemplar? Der Verlag wird sich hüten; so hoch bemißt er den Wert dieser Mitteilung nicht. Denn sein Werk ist teuer, so teuer, als wäre es echt jüdisches Produkt. Das sechsbändige Lexikon kostet im Buchhandel pro Band 70 RM.; der Subskriptionspreis ist, je nach der Zahlungsweise, 50 RM. pro Band, oder 46 RM., bis herunter zu 35 RM., heißt ein Geschäft.

Die Probeseiten des Prospekts haben es in sich.

Einstein zum Beispiel, dem ein eignes Kapitel gewidmet ist, hat ebenso wie Soldner den Faktor 2 vergessen; da staunen Sie. Was das heißt? Ich habe keine Ahnung, der Leser aber auch nicht; es ist die typische Stammtischwissenschaft, aus Zeitungsausschnitten zusammengesetzt, aus Büchern hervorgekramte Details, und auf alle Fälle — Ober, noch ein Halbes! — hat der Einstein mal Unrecht.

Über Magnus Hirschfeld: «Wenn man nun erwägt, daß das Laster in dem stark mischrassigen, von Abkömmlingen spanischer Juden förmlich wimmelnden Holland von jeher verbreitet war, und daß dort

Personen jeden Standes und Alters gewohnheitsmäßig die gemeinsten Ausdrücke im Munde führen, so ist dem Holländer durch die Propaganda des Wissenschaftlich-Humanitären Comités die Möglichkeit gegeben, das orientalische Laster in seinem Lande ‹wissenschaftlich gestützt› auf ‹deutsche› Einflüsse zur Schädigung des deutschen Ansehens zurückzuführen, um dadurch zugleich die Juden und Mischlinge, die es doch in den arischen Ländern verbreitet haben, zu entlasten.»

Über Knigge, der gesagt hat, daß es weder für den Denker noch für den Menschenfreund einen Unterschied zwischen Juden und Christen gibt, welches Diktum offenbar aus dem Zusammenhang gerissen ist: «Dieser Satz ist völlig frei aus dem Handgelenk geschüttelt».

Zwei volle Probeseiten über den ‹Kulturbolschewismus› – das ist bekanntlich alles, was einem nicht paßt, wie ja denn der Antisemitismus der Sozialismus der Dummen ist.

Schöne Probeseite über Kutisker, Iwan – die über den Pastor Craemer und den Devaheim-Skandal ist offenbar noch nicht fertig.

Kurz: Stammtisch.

Antisemitismus ... Herrschaften, warum engagiert ihr nicht mich! Für 67,50 Mark monatlich und freie Pension mit zweimaligem sonntäglichem Ausgang liefere ich euch über die Juden ein Material, das wenigstens echt ist – ihr kennt sie nicht einmal.

Immer wieder erschütternd ist die partielle Gehirnlähmung bei den Deutschen: überall da eine Verschwörung zu wittern, wo sie mit ihrem Wesen auf irgendeinen Widerstand stoßen. Willy Haas hat für den Fall Ludendorff das stark theologische Moment dieses Hergangs aufgezeigt; man lese das in seinen *‹Gestalten der Zeit›* nach. Sie stellen sich wirklich die Welt vor, wie sie in den Kinderfibeln gemalt wurde: unten im Keller sitzen spitzmützige Juden und kochen, finstere Gebete murmelnd, eine herrliche Dynamitsuppe gegen die Gojim. Ihr ahnungslosen Esel!

Warum packt ihr den Juden nicht da, wo er wirklich zu fassen ist! In seiner engen Ichbezogenheit; in seiner ewigen Empfindlichkeit, die ihn aufschreien läßt, wenn ihm einmal einer die Wahrheit sagt; in seinem Aberglauben, welcher annimmt, der, der schneller denke, sei klüger als der, der langsam denke; in seiner wahnwitzigen Eitelkeit, die besonders für Deutschlands Fluren die jüdische Klugheit nur aus einem Grunde hat statuieren können: weil die andern meist noch dümmer sind. An der Levante oder gegenüber den Schotten hat der Jude nichts zu melden – die stecken ihn alle Tage in den Sack des Handels. Ach, ihr ahnungslosen Esel! Welch ein jammervoller Antisemitismus ist das! Es gibt bei euch noch eine andre Sorte: das sind die Mischtiker aus den Bezirken um Hielscher, die im Nebel ihren Pfad suchen, ihn aber bis heute noch nicht gefunden haben. Denen kann man freilich nicht beikommen – sie überschütten dich mit Vokabeln, die sie zu diesem Behuf erfunden haben, und mit dem Judentum hat auch dies nichts zu tun. Die meisten Antisemiten sagen viel mehr über sich selber aus als über ihren Gegner, den sie nicht kennen.

Wäre ich Antisemit —: ich schämte mich solcher Bundesgenossen.

1931

AUF DEM NACHTTISCH

(Brecht, Kralik, Kindermann *‹Deutsche Literatur, Sammlung literarischer Kunst- und Kulturdenkmäler in Entwicklungsreihen›*)

‹Deutsche Literatur, Sammlung literarischer Kunst- und Kulturdenkmäler in Entwicklungsreihen› (bei Philipp Reclam jun. in Leipzig). Das Unternehmen scheint besser als sein schwerfälliger Titel. Walther Brecht, Dietrich Kralik und Heinz Kindermann haben sich da eine gewaltige Aufgabe gestellt: sie wollen aus ältern und neuern Epochen der deutschen und auch außerdeutschen Literatur auswählen und die Auswahl systematisch herausgeben: Heldendichtung. Geistliche Dichtung. Mystik. Drama des Mittelalters. Volks- und Schwankbücher. Reformation. Barock. Aufklärung. Und so fort. Und so fort. Das Unternehmen soll zweihundertundfünfzig Bände umfassen. Zwei Proben liegen mir vor.

Politische Dichtung: *‹Vor dem Untergang des alten Reichs›*. Und: *‹Die Dichtung der ersten deutschen Revolution›*.

Da ist vor allem ein Einwand zu erheben: die Bände sind viel zu teuer. Jeder kostet gebunden acht Mark und fünfzig. Gewiß haben die Herausgeber eine große Arbeit geleistet, aber Autorenhonorare sind hier nicht zu zahlen, denn die ausgewählten Dichter sind heute frei, und so rechtfertigt sich der Preis nicht. Und wenn mir die Verleger, die sich ja selber mit diesen unsinnigen Preisen schädigen, wer weiß was erzählen: hier stimmt etwas in der Berechnung nicht. Der Verleger überlege, was er seinen Buchhaltern zahlt — so viele Buchhalter-Arbeitsstunden ist das Buch nicht wert. Und nur danach geht es, und wenn der Verleger etwa so zynisch wäre, zu sagen: «Meine Buchhalter sollen es ja auch nicht kaufen», so befolgt er damit nur die dümmste aller Praktiken — die Konsumkraft des Volkes noch mehr herunterzusetzen und so zu tun, als zahlten die andern Arbeitgeber mehr. Das ist nicht wahr. Wer soll sich denn den Kauf der *‹Politischen Dichtung›* leisten? Ich bin kein Hungerleider. Aber ich kann sie mir nicht kaufen — so viel verdiene ich nicht. Und sie ist auch, siebenreihig, wie sie ist, ihre sechzig Mark nicht wert. Hier stimmt etwas nicht.

Die Arbeit ist, nach zwei Bänden zu urteilen, sauber gemacht. Bei einer von bürgerlichen Akademikern vorgenommenen Auswahl politischer Dichtung taucht natürlich die Frage nach einer etwaigen Tendenz und nach der Unparteilichkeit auf. Nun, innerhalb des Rahmens einer Universität und eines Seminars ist das musterhaft. Der

Rahmen ist abzulehnen: die Einleitungen sind brav nationalliberal; es fehlen auch die unterirdischen Erzeugnisse dieser Literatur fast gänzlich — es gibt da besonders aus den achtundvierziger Jahren viel, viel mehr (siehe beispielsweise die kleine Sammlung ‹*Gift und Galle*›, herausgegeben von Ernst Drahn; bei Hoffmann und Campe in Berlin erschienen). Das fehlt. Was aber da ist, ist sauber ediert, und man lernt eine ganze Menge.

Wie man sich erst wieder in die alten Zeiten hineinarbeiten muß! Wie der Funke nicht gleich überspringt, wenn es sich um Durchschnitts-Talente handelt! Wie dergleichen oft einer Bierzeitung gleicht, einer Klassenzeitung, deren Leser schmunzelnd jede winzige Andeutung verstehen, weil sie wissen, wer mit ‹Tyrann› und ‹Eunuchen› und mit dem ‹stolzen Neufranken› gemeint ist. Wir andern wissen es auf Anhieb nicht. Wir haben es gelernt; wir können auch in den Anmerkungen nachsehen — aber wir fühlen es nicht sofort und nur, was unmittelbar bekannt und vorhanden ist, eignet sich zur satirischen Wirkung. Kommt hinzu, daß besonders das Bürgertum, der Träger der damaligen Bildung, im achtzehnten und in der Mitte des neunzehnten Jahrhunderts den letzten Ausläufer des Humanismus darstellte, und nun also — für unsre Ohren — zopfig und später leicht staubig gedichtet wurde: alles ist behangen mit römischen und griechischen Allegorien, die einfache Empfindung fast immer übersetzt in einen Jargon der ‹Bildung›, weil man das häufig mit Dichtung gleichsetzte ... eine merkwürdige Lektüre! Aber eine lehrreiche. Und eine vergnügte Revolution war das, 1848! So viel guter Wille und so viel Zipfelmütze ...! Bei dieser Gelegenheit: lest Ernst Moritz Arndt. Ihr werdet wunderschöne Entdeckungen machen — denn deutsch schreiben, das konnte er. Diese Bücherreihe wird trotz ihres hohen Preises und trotz der braven Auswahl für den, der sein Gebiet exakt bearbeitet, unentbehrlich sein. Er wird sie sich nur nicht kaufen können.

Etwas kaltes Wasser wäre nicht schlecht. Aeh — der Hahn ist kaputt. Der Hahn vom kalten Wasser ist kaputt. Es gibt nur warmes. Wollen wir zu Vischer beten, dem mit der Tücke des Objekts? Ich will eine neue Tücke erfinden: die Tücke der Subjekte. Ach, muß ich mich ééérgern ... Ärgern wir uns gleich über das nächste Buch mit. Aber das lohnt nicht.

1930

EIN BESSERER HERR

Da laßt mich mal ran. Dieses Buch will besprochen sein.

Dieses Buch ist: ‹*O. S.*›, verfaßt von Arnolt Bronnen (erschienen bei Ernst Rowohlt zu Berlin); ‹O. S.› heißt: Oberschlesien. Ausgezeichneter

Einband: eine graue Generalstabskarte der Gegend, die Demarkationslinie zwischen Polen und Deutschland blutrot eingezeichnet, der Titel gleichfalls rot, das ist sehr gut gemacht. Die vierhundertzehn Seiten aber sind der Abschied eines Literaten von der Literatur.

Vor der Abstimmung in Oberschlesien versuchten beide Teile, die Entscheidung der Alliierten und die Haltung der Entente-Kommissionen mit Waffengewalt zu beeinflussen. In Polen taten das Patrioten und bezahltes Gesindel, in Deutschland waren es Patrioten und bezahltes Gesindel; die Atmosphäre dort unten roch nicht gut. Es spielten sehr gewichtige Interessen der Großindustrie mit, von denen die Freikorps, die mit unerhörter Brutalität eingriffen, nicht viel ahnten – in dem einzig lichten Augenblick seines Buches nennt Bronnen die Anfänge der Schwarzen Reichswehr rechtens ein «Gemisch aus Arbeitslosigkeit und Patriotismus». Der Erfolg dieses Bandenkrieges ist negativ gewesen – die endgültige Festsetzung der Grenzlinie ist kaum durch ihn beeinflußt worden. Wesentlich ist dann doch die Abstimmung gewesen. Von beiden Seiten wurden damals große Fonds in den korrumpierten Volkskörper hineingepumpt wie später in die Ruhr – ich selbst habe die Hände in diesem Bottich gehabt, ich hätte es nicht tun dürfen, und ich bereue, was ich getan habe. Auf beiden Seiten ist gemordet und spioniert worden, verraten und gekauft und verkauft; bestialische Untaten sind verübt worden und ungesühnt geblieben ... und schließlich hat es alles nichts genutzt.

Davon erzählt Bronnen. Kein Zweifel, daß es nicht nur das Recht, sondern beinah die Pflicht des Dichters ist, ein Zeitdichter zu sein – und hier ist sorgfältig zu untersuchen: wird ästhetisch berichtet, gleichmütig, unpolitisch, oder steht der Erzähler auf einer Seite der Linie? Bronnen steht auf einer Seite: nicht auf der polnischen. Auf der deutschen? Nein, er steht nicht auf der deutschen – er steht auf der Seite der Freikorps, und diese Freikorps verfochten zum großen Teil nur ihre Sache, nicht die der Deutschen, von denen sie nicht beauftragt waren, die sie nicht gefragt hatten ... aus Bayern zogen sie nach Oberschlesien, Landsknechte, die überall waren, wo es etwas zu prügeln gab. Hier gab es Krieg, Divisionsstab, Mord, Geld, Krach, ein freies Leben führen wir ...!

Das kann man bejahen.

Ich spiele dieses Spiel nicht mit, das darin besteht, jedem Schriftsteller der Gegenseite die Begabung abzusprechen. Unsereiner ist ja für die Rechten ein analphabetischer Botokude; wir aber wissen, wie groß Gottes Tiergarten ist – warum sollte es nicht einen guten, einen achtbaren, einen prägnant schreibenden nationalen Schriftsteller geben?

Jedoch hat jede heroische Bewegung ihre Affen; der Faschismus hat einen neuen Typus in Europa gezüchtet, den faschistischen Kellner. Bitte sehr, bitte gleich ... es ist eine Tragik dieser Gruppen, daß dort offenbar unsre alten Hosen aufgetragen werden; da gibt es falsche Hamsuns und nachgemachte Kerrs und Epigonen von Epigonen ...

Die Herren irren. Faschisten —? Ein dreckiges Hemd ist noch kein Schwarzhemd.

Echtheit der Gesinnung riecht man. Der verstorbene Friedrich Lienhard ist echt gewesen. Hans Grimm ist ein durchaus ehrlicher Mann. Bronnen ist nicht echt.

Sage mir, wie du schreibst ... da gibt es kein Versteckspiel. Wir alle sind mit unsern Stärken und unsern Unarten in unserm Stil; es ist wie mit dem Gesicht: hier gibt es keine Verstellung. Wie sieht der Stil des Freikorpsbarden aus?

Wenn ihr in den Ecken eurer Bibliothek nachstöbert, wo die alten, ganz alten Reclambändchen stehn, dann werdet ihr sicherlich auch so etwas wie ‹Militärhumoresken› finden (Theo von Torn ...), und da fischt euch einmal eine heraus. Ihr werdet sehen, wie der höchst zweifelhafte Humor dieser kindlichen Albernheiten darin besteht, daß gewöhnliche Hergänge bombastisch beschrieben werden. «Fritz, der treue Bursche, ergriff zu diesem Zwecke das keinem Vaterlandsverteidiger fehlende Schwert und ging mit dieser furchterregenden Waffe der Büchse zu Leibe, die der Aufbewahrung jener mit Recht so geschätzten Erbswurst diente ...», also dumm. Diese Technik geht durch alle Bändchen — sie feiert hier bei Bronnen ihre fröhliche Urständ. Dieses Deutsch ist eine Affenschande.

«Herr von Heydenbreck saß eben, es war halb drei Uhr, im Osten flimmerte schon der bekannte Silberstreif ...» Diesen Satz kann man sich unmöglich anders als genäselt gesprochen denken — «der bekannte Silberstreif» ... hähä — sehr jeistreich, hat doch der olle Pachulke, der Stresemann, mal jesacht ... Prösterchen! Und das ist nun nicht etwa eine Ausnahme; das soll keineswegs dazu dienen, eine Figur zu charakterisieren, sondern Bronnen findet das komisch, und in seinen Kreisen wird es das ja wohl auch sein. Wo es ganz besonders komisch hergeht, schreibt der hochgemute Dichter «Neese» statt ‹Nase›, ohne jeden ersichtlichen Zweck ... wenn da die Leute nicht lachen! Bevor ich berlinere, überlege ich es mir dreimal, und zweimal tue ichs nicht.

Es gibt in diesen deutschen Büchern ein Wort, das nie fehlt, weil es so recht zeigt, wie sich die Verfasser einen deutschen Mann vorstellen. Es ist das Wort ‹kurz›. «Herr Pfarrer Ulitzka gab ihm kurz zur Antwort ...» Die Fakultäten, die so schöne Preisaufgaben stellen, sollten einmal als Thema geben: «Kurz und Knapp in ihrer Beziehung zum patriotischen Schundroman des zwanzigsten Jahrhunderts.» Denn dies ist ein deutsches Ideal: jemand kurz anzufahren; nehmen Sie herrisch, dergleichen hebt immer. Bronnen spricht auch im ruhigen Prosatext genau so, wie seine uniformierten Jungen gesprochen haben — ich will den Putsch-Killinger, der eines der rohesten Bücher geschrieben hat, nicht beleidigen: aber beinah so schön kann es Bronnen auch. Dies ist sein Deutsch: «Nun stand da, allein in einer offenen, relativ behaglichen Wohnung ein einsames Mädchen ...» man fühle, wie gewöhnlich, wie aus dem Rinnstein geklaubt dieses ausgespuckte und törichte Fremdwort ‹relativ› hier ist; man höre so einen Satz, von einem Überfall auf Geschäftsleute durch die Freikorpsverbrecher: «Die ungeladenen Pistolen auf der schwitzenden Stirn gaben die Koofmichs mit Eifer ihr Geld», und man ermesse daran den Stil.

Die Freikorpsknaben, für die das Buch geschrieben ist, werden diesen Stil loben, es haltend wie Schalom Asch, der ‹Jiddisch› für die schönste Sprache der Welt erklärte. Und als er gefragt wurde, warum: «Man versteht jedes Wort.» Bei Bronnen versteht man jedes Wort — wissen Se, es is so natürlich jeschriehm — ehm so, wie man ehm spricht. Zum Wohle.

Bronnen beschuldigt ohne den Schimmer einer Ahnung die Reichs-Regierung, nichts für Oberschlesien getan zu haben. Die Regierung aber saß damals im Druck einer ungeheuern Zange: sie hatte, was der Verfasser übersieht, einen Krieg verloren, sie hatte ein halb verhungertes Volk im Lande, fremde Soldaten auf der heimischen Erde ... «Na, da hätte man eben ... man hätte eben ... also: einfach feste druff ...», so ungefähr geht, unausgesprochen, das politische ‹Programm› durch die hingesudelten Seiten. Die Roheit, die Dummheit, die Blindheit dieses Autors sind beispiellos.

Er schreibt das Eigenschaftswort ‹deutsch› allemal groß und ‹polnisch› allemal klein, auch dann, wenn er die Polen etwas von «den Deutschen Schweinen» sagen läßt — wohl, um anzudeuten: waren die Deutschen einmal Schweine, dann sind sie eben recht große gewesen. Und wenn es ganz groß hergeht, dann schreibt Bronnen alles groß — so am Schluß, wenn Banalitäten über einen nebulosen Sieg in den Wind geschmettert werden, wo die Fahnen sich bauschend im Winde ... wie gehabt. Das Minderwertige wird klein geschrieben? Dann aber wollen wir von arnolt bronnen sprechen, bei dem dieser Deutsche Rechtschreibungssieg nicht nur eine gesuchte Äußerlichkeit ist wie die, alle zusammengesetzten Wörter auseinanderzureißen und die Teile ohne Bindestrich hinzusetzen: welch ein Bock Mist. Nein, seine nationale Orthographie hat ihre tiefere Bedeutung.

Denn tatsächlich gibt es in diesem Buch keinen anständigen Polen. Es sind kleine, verschmierte, tückische, bezahlte Leute; auf der Deutschen Seite aber ragen die trutzigen Helden rank und hehr und sonst noch was in den falben Morgenhimmel. Wo sind die polnischen Schlageters? Wenn die Polen einen Nationalfehler haben, so ist es ihr übergroßer Nationalismus, der sich aus der Geschichte ihres Staates und aus der hundsgemeinen Behandlung herleiten läßt, die sie jahrhundertelang von den Deutschen zu erdulden gehabt haben — glaubt Bronnen, daß nicht auch die Polen aus echter Liebe zu ihrem Vaterland in diesen oberschlesischen Kampf gegangen sind? Er verschweigt es. Bei ihm sind die Polen, was in den Indianerbüchern ‹der schurkische Mestize›. Er delektiert sich an den Gewalttaten, die erzählt werden, in einer beinah peinlichen Weise. Es ist da beim Sturm auf den Annaberg von einem bayerischen Raufbold die Rede, der in fliehende polnische Soldaten hineinschießt, Männer, die genau so viel und so wenig Soldaten sind wie er selber – und das ist mit einem solch viehischen Behagen erzählt, so feige-grinsend ... Was dem einen seine Anna, ist dem andern sein Annaberg.

Und man wird das Gefühl nicht los: Warum arbeiten denn alle diese feinen Herren nicht? Es gab nichts zu arbeiten? In Deutschland ist ein Ödland, so groß wie der Freistaat Oldenburg – warum betätigen sie an dem nicht ihre brennend heiße Vaterlandsliebe? Mit Ausnahme der Artamanen tut das keiner von denen. Aber das ist freilich nicht so romantisch, auch verschafft es weitaus weniger Lustgefühle. Für die hat der feinsinnige Verfasser drei Elemente parat, die immer ziehen.

«Eine gute Nachricht», heißt es in einem unsterblichen Wort des Lord Northcliffe, «enthält dreierlei: Blut, Vagina und Nationalflagge.» Zur Stelle, sagt Bronnen.

Blut hat er. Es wird gedroschen und geschossen und gemordet, daß es einem nur so warm über den Rücken säuselt.

Nationalflagge hat er auch. Man entsinnt sich jenes famosen ersten Aktschlusses im ‹*Cyrano de Bergerac*› – wenn da die Szene zu verlaufen droht, setzt sich der Zug der Schauspieler in Bewegung, der Hintergrund öffnet sich ... «und vor uns liegt Paris!» Es gibt kein Publikum der Welt, auf das dergleichen nicht wirkte. Bei Bronnen wird, wenn er Pathos braucht, der Hintergrund aufgezogen, und da liegt: Deutschland.

Und nun muß einmal gesagt werden, daß es nur ganz seltene Fälle gibt, wo diese Zusammenfassung der sechzig Millionen überhaupt noch einen Sinn und eine künstlerische Berechtigung hat. Über den Begriff Rasse wollen wir gar nicht erst reden. Da steht zum Beispiel gegen die englische Politik: «Und so ereignete es sich, daß in diesen schweren Stunden des germanischen Stammlandes plötzlich eine Welle teutonischer Solidarität gegen die Kreide Felsen der Insel schlug ...» Was! Diese Promenadenmischung wild gewordener Kaschuben wird uns als Block teutonischer Solidarität geschildert. Aber es ist ja nicht wahr, daß die sechzig Millionen immer ein einziges Ding sind; gespalten sind sie, durch den Klassenkampf zerrissen, in ihren Anschauungen, ihrem Herkommen, ihrer Abstammung so weit voneinander unterschieden, daß man schon auf das Heimatgefühl, das ganz und gar unpolitisch ist, zurückgreifen muß, um wirklich sagen zu dürfen: Deutschland. Aber wenn es doch einen so schönen Aktschluß ergibt!

«Wir haben da einige Leute», sagt einer der Raufbolde, «verstreut, privat, in läppischer Beschäftigung; und plötzlich überfiel uns dies, Nation, wie eine Krankheit. Wir wurden, rätselhaft und beglückend zugleich, Instrumente der Nation ...» Hier ist der Fehlschluß in nuce: Instrumente der Nation? Gegen den Willen dieser Nation, ja ohne ihr Wissen, unter ihrer gänzlichen Gleichgültigkeit Instrumente der Nation? Das hat man immer gesagt, wenn «ganz große Schweinereien exerziert» wurden, um im Stil des Buches zu bleiben — denn nichts ist so verantwortungslos wie die staatliche Kollektivität.

Einmal, ein einziges Mal, drückt sich der faschistische Pikkolo deutlicher aus, und da ist er zu schlagen. «Die meisten sagen, Vaterland ist Blödsinn. Ich meine, das kann ernsthaft nur jemand glauben, der von seinem eignen, jämmerlichen Leben keine Ahnung hat. Das Leben eines Menschen ist nicht besser, nicht schlechter, nicht tiefer, nicht gescheiter als das Leben eines Hundes, eines Grases. Das Volk kann es besser, schlechter, tiefer, gescheiter machen. Das war in mir, als ich nach Wyssoka ging.» Jeder muß sein eignes Leben am besten kennen. Aber hier ist klar und eindeutig gezeigt, wie an die Stelle des alten Religionsbegriffes, der angeblich den Menschen erst über das Tier hinaushebt, dieser Vaterlandsbegriff getreten ist, der mit seinem falschen Mystizismus auch bessere Gehirne vernebelt hat als das des Herrn Bronnen. Ohne Heroismus ist noch keine Sache auf dieser Erde zu gutem Ende geführt worden — aber dann ist mir die Terminologie des Klassenkampfes lieber. Sie ist ehrlicher.

Soweit das Blut und die Nationalflagge. Was das dritte der Northcliffeschen Postulate, die Frau, anlangt, so werden wir reichlich bedient. Ich muß gestehn, seit langem nichts so Unappetitliches gelesen zu haben wie dies Kapitel, das in gar keiner Beziehung zum sonstigen Inhalt steht — man fühlt förmlich, wie sich der Dichter gesagt hat: Ja, und nun mußt du den Freikorpslesern doch noch was fürs Herz bieten. Fürs Herz ...? so hoch gehen seine Aspirationen gar nicht. Es wird da ein trübes Feuerwerk der Schmutzerei abgebrannt, aber was dieser von allen guten Geistern verlassene Patriotenclown nicht weiß: es gehört Kraft dazu, so etwas zu schreiben. Um eine erotische Situation bis in die medizinischen Einzelheiten zu gestalten, muß man die Stärke etwa von James Joyce besitzen, was aber Bronnen gemacht hat, ist blanke Pornographie. Wenn dies Literatur ist, dann ist das ‹*Tagebuch der Josefine Mutzenbacher*› ganz ausgezeichnete Literatur.

Aber alles das: die Sauerei, der ungeistige Patriotismus, der schlechte Stil könnten mich nicht bewegen, diese Sorte so leidenschaftlich abzulehnen, wie ich es tue. Da ist noch etwas andres.

Bronnen weiß nichts über die deutsche Wirtschaft — gut, mag hingehn. Drei Sätze von Morus geben uns mehr Aufklärung über Oberschlesien als dieses nationalistische Gerümpel. Bronnens Material ist mehr als kümmerlich; im Vorwort werden einmal die berüchtigten Cossmannschen Monatshefte angeführt, deren Materialforschung und Dokumentenzusammenstellung bekannt sind, und auch die hat der Verfasser noch «aus dem Gedächtnis» zitiert: so, mit der linken Hand, wer hat denn Zeit, alles zu lesen! Dabei spielt Bronnen ‹neue Sachlichkeit› — der Innenumschlag des Buches enthält die Generalstabskarte noch einmal, mit allen Zeichenerklärungen ... wir sind ja so nüchtern! und so kalt! und wirklichkeitsnah! und haben auch noch nicht die allereinfachste Statistik über dieses sehr verwickelte Oberschlesien gelesen, wo die größten Industrie- und Ackerbarone leben und wo das Elend der Landarbeiter zum Himmel schreit. Mag alles noch hingehn.

Daß Bronnen von der getarnten Reichswehr sagt: «Unter den Augen und Nasen zahlloser Spitzel, neben den Ohren von hundert Entente Kommissionen gelang es, in den schwierigsten und gefährlichsten Zeiten diese Geheimsoldaten wirklich geheim zu halten» und mit keinem Wort auch nur andeutet, daß noch heute Leute in den Kerkern sitzen, weil sie diese zweite Reichswehr ans Licht zerrten, die Geßler wider besseres Wissen abgeleugnet hat — das ist schon schlimmer.

Daß er aber solche Sätze schreibt wie: «. . . durch soviel Abenteuer gegangen, er hatte unverwundet drei Offensiven und den großen Argonnen Rückzug überstanden, die Revolution hatte ihn auf den Barrikaden vieler großer Städte gesehen, er hatte in München Herrn Toller pensionieren geholfen und in Pest Herrn Khun» — daß in dieser mit einem Syntax-Fehler gezierten Stelle wiederum nichts von den sinnlosen und empörenden Grausamkeiten dieser Ordnungsgardisten und nichts von den Leiden der Revolutionäre ausgesagt ist; daß Arnolt Bronnen sich über die Millionen Deutscher, die keine Arbeit haben, lustig macht: «Krenek konnte Holz und Dachpappe fressen, was sein Magen, durch Arbeitslosen Kost verweichlicht, vorderhand noch ablehnte»; daß Arnolt Bronnen diese Stelle hier (von der als geil und verdorben geschilderten Pornographie-Figur) hinsetzt:

«Ihr Vater hatte ein Album von George Grosz. Sie zeigte es dem Franzosen, sie lachten gemeinsam über diese Gesichter der Deutschen Bürger und der Deutschen Huren. ‹Ein schönes Volk, Tinet›, sagte sie, ‹und das ist meine Mutter›, zeigte sie, Bertin schüttelte den Kopf. ‹Ich habe kein Gefühl für sie›, meinte Toinette, ‹für meine Mutter nicht, und nicht für ihr ganzes Volk. Sie sind so ordinär, dumm, gierig, außer fressen und flicken kennen sie nichts, und das kennen sie nur in der gemeinsten und niedrigsten Weise›» — daß er das geschrieben hat:

das darf denn doch wohl eine Perfidie genannt werden.

Bronnen muß wissen, daß diese Bilder aus tiefstem Schmerz geboren sind; daß Grosz, wie wir alle, unter seinem eignen Volk gelitten hat; daß die Gefahr, solche Bilder könnten derart sinnlos und idiotisch mißbraucht werden, unendlich geringer ist als der moralische Nutzen, den sie gestiftet haben — und Bronnen weiß das. Er hat mit *‹Vatermord›* eine Konjunktur benutzt, wie er das immer getan hat; er weiß, wer George Grosz ist.

Aber George Grosz hat aufs Haar genau das dargestellt, was dieser hier geschrieben hat, nur von der anderen Seite:

Ein Freiwilliger bei Bronnen hockt allein unter den gefallenen Kameraden, er sieht auf die Leichen von polnischen Gefangenen, die die deutschen Helden mit dem Maschinengewehr zusammengeschossen haben, weil sie sie nicht mehr mitführen konnten. «Sie waren bewundernswert getroffen, präzis, wie Ochsen im Schlachthaus. Er betrachtete sie gefühllos, ohne Bedauern; ohne Bedacht auf die Gerechtigkeit, die er nicht anerkannte; es war mehr eine Erwägung, ob dies vereinbar mit den Spielregeln war. Abei konnte diese Frage entschieden werden, hier und von ihm?»

Das hat Grosz gezeichnet. Das Blatt heißt *‹Angelus›*: der Klotz einer zerhackten Leiche ist an das Isarufer angeschwemmt, davor steht ein Ordnungssoldat, ein sturer, stumpfer Unteroffizier mit einem Bullenkopf, einem gemeinen Nacken, mit versoffenen Augen. Wie ein Tier sieht er auf den Kadaver. Auch dieser erkennt die Gerechtigkeit nicht an. In der Ferne verschwimmen die Türme der Frauenkirche ...

So sind sie gewesen. Schmach ihrem Andenken. Fluch ihren Auftraggebern.

Daß aber dieser Friseur, von dem sich Mussolini nicht rasieren ließe, eine falsche Grausamkeit plakatiert, zu der er wahrscheinlich nicht einmal fähig ist; eine Tapferkeit, die sich nur bestätigt, wenn die Partie zehn zu eins steht oder der Täter hinter dem Opfer, das zeigt die Verlogenheit dieses Salonfaschismus, des Bruders der amerikanischen und der russischen Snobs, kurz, aller jener, die, zu klein und zu faul, sich ein Weltbild zu machen, in die Garderobe gehen, wo die Großen abgelegt haben. Dieser hat ein schwarzes Hemd erwischt, das ihm vier Nummern zu groß ist: oben guckt der Kopf heraus, und vom Rest wollen wir gar nicht reden. Wenn dieses Buch einen der unsern zum Verfasser hätte —: ich schwiege es tot und schämte mich, daß so einer meiner Meinung wäre.

Ernst Rowohlt glaubt an Bronnen, und Verlegertreue ist selten. Er hat ihm die Treue durch alle Konjunkturmißerfolge gehalten: *‹Reparationen›* und *‹Rheinische Rebellen›* und wie dieses Zeug heißt, wo sich einer atemlos an die Zeit anbiedert, die nichts von ihm wissen will. Aber Ernst Rowohlt hat durch seine Publikationen Verpflichtungen; er ist kein politischer Verlag mit einem Dogma, aber er ist ein anständiger Verlag. Dieses Buch ist eine im Tiefsten gesinnungslose Pfuscherei, und man darf sagen, daß es für alles Grenzen nach unten gibt. Der da hat sie überschritten, mit seinem angelaufenen Monokel.

Was aber die Buchpropaganda angeht, so ist es üblich, auch die ungünstigsten Urteile in sie aufzunehmen, und dafür gibt es ein feststehendes Klischeewort: umstritten. Nun, wenn ein Hundewürstchen auf der Straße umstritten ist, weil es die Hunde zwar fröhlich beriechen, die Menschen aber dem Ding aus dem Wege gehen —: dann ist dies ein umstrittenes Buch. 1929

EUROPÄISCHE KINDERSTUBE

«rapprochement (raproschmá) m. 1. Zusammenrücken n, Wiederannäherung f; (réunion) Vereinigung f. 2. fig. (réconciliation) Annäherung f, Versöhnung f» Sachs-Villatte

Die pariser ‹*Comoedia*› vom 19. Juli enthält auf der ersten Seite folgenden Artikel:

Das merkwürdige Schamgefühl Thomas Manns wird Paris mit einem skandalösen Buch beschenken.

Nächstens wird bei Bernard Grasset ein neues Werk Thomas Manns ‹*Sang réservé*› erscheinen.

Der Inhalt ist allem Anschein nach äußerst anstößig.

So anstößig, daß Thomas Mann unmittelbar nach Erscheinen der deutschen Ausgabe alle bereits ausgedruckten Exemplare aus dem Handel zurückgezogen hat. Das Romanthema ist: Blutschande.

Dieses Werk ist auch nicht in den Gesammelten Werken Thomas Manns, die zur Zeit erscheinen, aufgenommen.

Man nimmt wohl in Deutschland an, daß Frankreich weniger Schamgefühl hat. Herr Thomas Mann, der befürchtet, seine Landsleute vor den Kopf zu stoßen, hat keinerlei Bedenken, dergleichen mit Frankreich zu tun.

Ist das nun seinerseits ein Zeichen von Hochachtung für unsre Fähigkeit, uns von allem das Beste auszuwählen?

Oder muß man in seinem Verhalten nicht im Gegenteil eine für uns sehr unfreundliche Unverfrorenheit sehen? Dies Buch ist für Deutschland nicht gut. Aber für Frankreich, nicht wahr, ist es noch alle Tage gut! Schließlich ist ja für ein so verdorbenes Volk wie das französische nichts zu gewagt . . .

Immerhin hat aber dieses verdorbene Volk in seinen Cafés, in seinen Restaurants, in seinen Theatern und auch nicht in der Gesellschaft jenen Geschlechterwechsel organisiert, wie er in Berlin üblich ist.

Dieses verdorbene Volk hat die Lehre Freuds weder erfunden noch hat es sie und ihre zahlreichen Abarten theoretisch oder praktisch angewendet.

Dieses verdorbene Volk hält keine Kongresse über sexuelle Seltsamkeiten ab, wie wir noch im vorigen Jahr so einen Kongreß im Rheinland erlebt haben. Dieses Volk hat keine Koedukation, weder solche, bei der die Kinder angezogen sind, noch solche mit Nacktkultur, wie das in den großen deutschen Städten gang und gäbe ist, und so wundern wir uns über die plötzliche Schamhaftigkeit eines deutschen Autors, in demselben Lande, wo man dauernd Stücke spielt, die sich auch nicht eine Viertelstunde auf einer pariser Bühne halten könnten.

Wir wollen immerhin einem andern Deutschen, dem Fürsten Bülow, Gerechtigkeit widerfahren lassen. Der wendet sich im letzten Bande seiner Memoiren energisch gegen die üble Gewohnheit seiner Landsleute, Paris das moderne Babylon zu nennen.

P. L.

Es erscheint merkwürdig, daß ein großes Blatt wie ‹*Comoedia*› offenbar nicht die Mittel besitzt, sich Redakteure zu halten, die lesen und schreiben können und die über Europa soviel Bescheid wissen, wie nötig ist, um sich eine Meinung über fremde Länder zu bilden. Wo in aller Welt hat die Redaktion diesen Analphabeten aufgegabelt? Das muß nicht leicht gewesen sein — Frankreich hat so gute Schulen.

Was zunächst die Meinung angeht, Frankreich sei kein unmoralisches Land, so ist das der einzige Lichtblick in diesem traurigen Artikel. Ich habe mich seit Jahren bemüht, diese wirklich kindische Vorstellung aus den deutschen Köpfen herauszutrommeln; da aber die heimischen Schriftgelehrten immer viel besser über das Ausland orientiert zu sein glauben als die Leute, die dort leben, so ist das keine einfache Aufgabe. Der Rest des Artikels aber ...

Da bemühen sich nun auf beiden Seiten wohlmeinende und gebildete Männer, ihre Völker über einander zu informieren. Die Deutschen sind über die Franzosen meist falsch, die Franzosen über die Deutschen meist gar nicht unterrichtet. Da erscheinen nun Übersetzungen: da geben sich französische Wochen- und Monatsschriften solche Mühe — und dann kommt einer und trampelt im Porzellanladen herum, daß es nur so kracht.

Zunächst ist das Buch ‹*Wälsungenblut*›, um das es sich hier handelt, nicht unsittlich. Thomas Mann hat das Werk meines Wissens nicht etwa aus sittlichen Bedenken aus dem Handel zurückgezogen, sondern aus Gründen, die nur ihn allein angehn. Diesem Schriftsteller vorzuwerfen, er schriebe unsittliche Bücher, ist nicht nur eine Niedrigkeit — es ist eine Dummheit, die einen gradezu katastrophalen Mangel an Bildung enthüllt. Eine solche Blamage hätte ‹*Comoedia*› nicht nötig gehabt.

Es ist unrichtig, zu behaupten, Thomas Mann halte Frankreich für gut genug, dort Bücher abzusetzen, die man in Deutschland aus Gründen der Moral nicht veröffentlichen könne. Ganz abgesehen davon, daß es von diesem Werk eine begrenzte deutsche Ausgabe gibt: Thomas Mann spricht und schreibt französisch, weiß von Frankreich viel und hat sich während seines pariser Besuchs seiner Aufgabe mit Takt entledigt. Ich sehe die Wirkungen dieses Besuchs ganz anders an als er, aber der Artikel der ‹*Comoedia*› ist ein Anwurf, der zurückgewiesen werden muß. Nicht der Wert der literarischen Leistung Manns steht hier zur Diskussion — die literarische Sauberkeit steht zur Diskussion. ‹*Comoedia*› hat die Grundgesetze jeder geistigen Debatte verletzt.

Wenn die Homosexualität sich in Deutschland mitunter in den Vordergrund drängt, so hat das mancherlei Gründe. Germanische Rassen neigen mehr zur Gleichgeschlechtigkeit als lateinische (brüllt nicht, es ist so), und außerdem hat der Deutsche die fatale Neigung, aus allem eine ‹Weltanschauung› zu machen, als welches Wort sich nicht ins französische übersetzen läßt. Mit Moral hat dergleichen nichts zu tun.

Koedukation ist keine Spezialität von Bordellen. Nacktkultur auch nicht. Der gesunde Versuch der Bevölkerung, die entsetzliche Wohnungsnot durch sportliche Betätigung in frischer Luft auszugleichen, hat Auswüchse; es gibt auch törichte Vereine, wo Postsekretäre vor entsprechenden Frauenleibern ihre sicherlich sündige Lust zu bekämpfen vorgeben ... was aber Körperpflege angeht, so fasse sich Paris an die eigne Nase: es hat wenig brauchbare Hallenschwimmbäder für das Volk, und was sich an Prüderie und Albernheit in französischen Seebädern begibt, reicht an das finsterste Bayern heran.

Auf deutschen Theatern werden Stücke gespielt, die nicht etwa unanständig sind, sondern die man in Paris deshalb auslachte und mit Recht auslachte, weil diese schwerfällige Art, sich dem Bett zu nähern, in Frankreich auf kein Verständnis trifft. Dort gleitet man in sanfter Kurve auf die Lagerstatt: der Deutsche sieht es vorher im Lexikon nach, obs auch stimmt. Unmoral? Nein: Privatdozenten der Sünde.

Was hingegen den Angriff gegen die Lehre Freuds angeht, so darf gefragt werden, ob der Verfasser jener Glosse auch nur ein einziges Mal ein Buch Freuds in der Hand gehabt hat. Ich möchte das bezweifeln. Er hält diese Lehre wahrscheinlich für einen Freibrief, Embryos zu vergewaltigen, was ja die Deutschen bekanntlich zum Frühstück zu tun pflegen.

Kurz: Rapprochement.

Auf welchem Erdteil leben wir!

Man kann sich an den Fingern abzählen, was nun für ein Spiel anhebt.

Die völkischen Esel werden begeistert I-A schreien, weil der Erbfeind den Juden Thomas Mann verunschimpfiert hat. Und sie werden hinzufügen: «Da sieht man, wie diese Pornographen den Ruf des braven deutschen Volkes im Ausland schädigen! Da hat mans wieder!» Das Spiel hat schon angehoben. Die *‹Deutsche Zeitung›* ist schwer begeistert, schäumt vor Schadenfreude und wirft mit Bourdet zurück, dessen leichtes Spiel vom *‹Sexe Faible›* sie für «französische Selbstentlarvung eines verendeten Zeitalters» hält. So wenig weiß sie von Frankreich.

Und dann werden wieder die Franzosen antworten, die Deutschen seien Heuchler und Ferkel. Wenn sie überhaupt antworten – denn die meisten von ihnen können ja nicht deutsch lesen. Und dann werden die völkischen Esel ihr Gebrüll wieder aufnehmen und über den Rhein rufen, Paris sei viel schlimmer als Babylon, schlimmer schon deshalb, weil es so teuer sei. Und alle Franzosen tränken immerzu Champagner, und woraus, das könne man nur in Herrengesellschaft erzählen. Und so vergnügen wir uns alle Tage.

Narren. Ein Haufe von Narren, denen das eigne Land zum religiösen Begriff geworden ist. Und da jede Religion ihren Teufel nötig hat: der Teufel, das ist allemal der Ausländer.

Wir brauchen Thomas Mann nicht in Schutz zu nehmen. Die Sauberkeit des literarischen Betriebes gegen Schmierfinken aber wollen wir doch wahren.

So zum Beispiel werden Kriege vorbereitet. 1931

VERZEICHNIS DER VON TUCHOLSKY BESPROCHENEN BÜCHER

Die hier folgende Liste enthält, alphabetisch nach Verfassern geordnet, eine vollständige Aufzählung sämtlicher von Kurt Tucholsky besprochener Bücher.

Diese Aufstellung berücksichtigt nur solche Bücher, über die Tucholsky eine Buchkritik schrieb. In anderen Zusammenhängen lediglich genannte Bücher sind hier nicht verzeichnet. Außerdem wurden keine Essays über Schriftsteller aufgenommen, also etwa die Arbeiten über Panizza, Harden, Fontane, Ossietzky, Wassermann u. a. m.

Dramen werden nur dann genannt, wenn eine ausführliche Besprechung des Stückes oder der Aufführung vorliegt. Bei summarischen Berichten (z. B. für die *‹Vossische Zeitung›* aus Paris) erwähnte oder mit wenigen Zeilen skizzierte Dramen wurden nicht aufgenommen.

Als Ausnahmen gelten die beiden Chaplin-Filme *‹The Goldrush›* und *‹The Kid›*.

Ebenfalls als Ausnahme gilt die Aufnahme von zwei grundsätzlichen Zeitschriften-Kritiken, nämlich der Einschätzung der französischen Zeitschrift *‹L'Esprit›* und des großen Rückblicks auf das 25jährige Bestehen der *‹Weltbühne›*.

Autor	Titel
Achard, Marcel	Malborough s'en va-t-en guerre
Abegg	Polizei in Einzeldarstellungen (Bd. I: Polizei und Politik. Bd. II: Polizei und Sitte. Bd. III: Polizei und Verbrechen)
Alexander, Franz und Staub, Hugo	Der Verbrecher und seine Richter
Amiel, Denys und Obey, André	La Carcasse
	Andreescher Handatlas
Anet, Claude	Mademoiselle Bourrat
Angel, Ernst	Edison, sein Leben und Erfinden
Appens, Wilhelm	Charleville
Arnac, Marcel	Le Brelan de Joie
Arnheim, Rudolf und Schiffer, Edith L.	Jugend und Welt
Arnheim, Rudolf und Schiffer, Edith L.	Jugend und Welt
Arnheim, Rudolf	Stimmen von der Galerie
Auburtin, Victor	Die goldene Kette
Auburtin, Victor	Die Onyxschale
Auburtin, Victor	Stirbt die Kunst?
Auburtin, Victor	Was ich in Frankreich erlebte
Avenarius, Ferdinand	Das Bild als Narr
Babel, Isaak	Budjonnys Reiterarmee
Bahr, Hermann und Anna	Bayreuth
Baillon, André	Par Fil Special
Balabanoff, Angelica	Wesen und Werdegang des italienischen Faschismus
Ball, Hugo	Hermann Hesse
Barbusse, Henri	Tatsachen
Bartels, Adolf	Die deutsche Dichtung der Gegenwart. Die Jüngsten
Battaglia, Otto Forst de	Der Kampf mit dem Drachen. Zehn Kapitel von der Gegenwart des deutschen Schrifttums und von der Krise des deutschen Geisteslebens
Bauer, Ludwig	Morgen wieder Krieg
Becques, Henri	Raben
Bedel, Maurice	Molinoff, Indre-et-Loire
Belvianes, Marcel	Das alte Mädchen

Quelle	Titel des Tucholsky-Beitrags	Original-Buch-veröffentl.	Bd. u. Seite «Gesammelte Werke»
WB 6/1925	Malborough s'en va-t-en guerre	–	II/43
WB 13/1929	«Polizei und – – –»	–	–
WB 25/1929	Auf dem Nachttisch	–	III/95
WB 18/1926	Der General in der Comédie	–	II/430
WB 2/1927	Velhagen & Klasing	–	II/711
Voss. 14. 12. 1926	Mademoiselle Bourrat	–	–
WB 47/1926	Ein Indianerbuch der Technik	–	–
WB 4/1920	Militaria	–	I/583
WB 8/1925	Le Brelan de Joie	–	–
Voss. 6. 12. 1927	Und für Hänschen ein Buch ... aber welches?	–	–
Voss. 14. 12. 1928	Jugend und Welt	–	–
Voss. 8. 12. 1928	Stimmen von der Galerie	–	–
SB 7/1914	Der beleidigte Korrespondent	–	I/152
SB 7/1914	Der beleidigte Korrespondent	–	I/152
Vorw. 1911	Stirbt die Kunst?	–	I/14
WB 25/1918	Briefbeilagen: Auburtin	–	I/278
WB 19/1919	Das Bild als Narr	–	I/402
WB 13/1927	Budjonnys Reiterarmee	–	II/759
SB 13/1913	Bayreuth	–	I/63
Bl. Heft 1. 12. 1924	Von unserem Spezialkorrespondenten: Dem Andenken Siegfried Brycks	–	–
WB 22/1931	Auf dem Nachttisch	–	–
WB 35/1927	Der deutsche Mensch	–	II/863
WB 47/1929	Henri Barbusse und die Platte ‹Lord help me –!›	–	III/250
WB 12/1922	Herr Adolf Bartels	–	I/918
WB 41/1931	Einer, der es genau weiß	–	–
WB 49/1931	Auf dem Nachttisch	–	–
Voss. 19. 11. 1926	Pariser Theater	–	–
Voss. 12. 9. 1929	Herr Bedel liebt auf dem 48. Grad	–	–
WB 37/1925	Pariser Kammerspiel	–	–

Autor	Titel
Benjamin, René	Clemenceau dans la retraite
Benjamin, René	Les Justices de Paix
Benoist, Charles	Les Lois de la Politique Française
Benoit, Pierre	Königsmark
Béraud, Henri	Ce que j'ai vu à Moscou
Beradt, Martin	List und Leidenschaft
Berend, Alice	Kleine Leute
Berendsohn, Walter A.	Knut Hamsun. Das unbändige Ich und die menschliche Gemeinschaft
Bermann, Richard A.	Der Hofmeister
Bernard, Tristan	Triplepate
Berndorff, H. R.	Spionage
Bernhart, Joseph	Der Vatikan als Thron der Welt
Bernstein, Henry	Galerie des Glaces
Berr, Émile	Les Petites Choses
Bienstock und Curnonsky	Le Wagon des Fumeurs
Bienstock und Curnonsky	T. S. V. P.
Blei, Franz	Landfahrer und Abenteurer
Blum, Oscar	Trümmerfeld Europa
Boehm, G. A. (Arthur Georg Boehm-Tettelbach)	Die Offiziershetze als politisches Kampfmittel und Kulturerscheinung
Bonn, Ferdinand	Gesammelte Werke
Borchardt, Rudolf	Deutsche Literatur im Kampfe um ihr Recht
Boris	Theater (Einl. K. T.)
Bossert, Helmuth Th. und Guttmann, Heinrich	Aus der Frühzeit der Fotografie 1840–1870
Böttícher, Hans (Joachim Ringelnatz)	Ein jeder lebts
Bottom	Die Bemerkungen Jerobeams oder das Geschäft in Aktien
Bourdet, Edouard	Vient de paraître
Brecht, Bert	Hauspostille
Brecht, Walther und Kralik, Dietrich und Kindermann, Heinz	Deutsche Literatur. Sammlung lit. Kunst- und Kulturdenkmäler in Entwicklungsreihen
Brod, Max	Die Schönheit der häßlichen Bilder
Bronnen, Arnolt	O. S.
Brousson, Jean-Jacques	Anatole France en pantoufles
Brousson, Jean-Jacques	Anatole France en pantoufles
Brück, Christa Anita	Schicksale hinter Schreibmaschinen
Brupbacher, Fritz	Liebe, Geschlechtsbeziehungen und Geschlechtspolitik
Buchner, Eberhard	Kriegsdokumente
Buchner, Eberhard	Kriegsdokumente

Quelle	Titel des Tucholsky-Beitrags	Original-Buch-veröffentl.	Bd. u. Seite «Gesammelte Werke»
ML	Geheimnisse des Harems	ML	III/290
WB 49/1927	Auf dem Nachttisch	–	II/969
WB 8/1928	Auf dem Nachttisch	–	II/1054
WB 15/1927	Bekritzelte Programmhefte	–	–
SB 20/1914	Blaise, der Gymnasiast	–	I/195
WB 34/1925	Der neue Morand	–	II/196
WB 38/1919	Der Gingganz	–	I/479
SB 37/1913	Palmström der Vermehrte	–	I/87
WB 15/1919	Stufen	–	I/391
WB 9/1929	Auf dem Nachttisch	–	III/43
SB 32/33/1913	Das Recht in Goethes Faust	–	I/76
WB 34/1929	Das Nachschlagewerk als politische Waffe	–	III/166
WB 1/1930	Hat Mynona wirklich gelebt?	–	III/282
SB 52/1913	Die schöne Schutzmannsfrau	–	I/112
SB 1/1917	Die Sekt-Eule	–	I/237
WB 7/1930	Auf dem Nachttisch	–	III/356
WB 18/1919	Tänzerinnen	–	–
WB 37/1919	Henny Noske	–	III/1323
WB 45/1929	Auf dem Nachttisch	–	III/232
WB 49/1931	Auf dem Nachttisch	–	–
SB 22/23/1913	Unterhaltungsliteratur	–	–
SB 22/23/1913	Unterhaltungsliteratur	–	–
WB 9/1932	Auf dem Nachttisch	–	III/1020
WB 2/1925	Lieber Arthur Eloesser!	–	–
WB 7/1930	Auf dem Nachttisch	–	III/356
WB 5/1932	Auf dem Nachttisch	–	III/1004
WB 13/1930	Auf dem Nachttisch	–	III/386
SB 31/32/1914	Gottes Blasbalg	–	I/216

Autor	Titel
Owlglaß, Dr. (Blaich, Hans Erich)	Gottes Blasbalg
Paasche, Hans	Das verlorene Afrika
Pagnol, Marcel und Nivoix	Les Marchands de Gloire
Paneth, Ludwig	Gesunde und kranke Nerven
Panizza, Oskar	Christus in psicho-patologischer Beleuchtung (Nr. 5 d. Zürcher Diskussionen)
Panizza, Oskar	Liebeskonzil
Panizza, Oskar	Parisiana
Persius, Lothar	Der Seekrieg
Perutz, Leo	Der Marques de Bolibar
Perutz, Leo	Die dritte Kugel
Perutz, Leo	Die Geburt des Antichrist
Petzet, Erich (Hrsg.)	Briefwechsel von Theodor Fontane und Paul Heyse 1850–1897
Pitigrilli	Der Keuschheitsgürtel
Plättner, Karl	Eros im Zuchthaus
Podach, E. F.	Gestalten um Nietzsche
Podach, E. F.	Nietzsches Zusammenbruch
Poiret, Paul	En habillant l'Époque
Polgar, Alfred	Hinterland
Polgar, Alfred	Ich bin Zeuge
Polgar, Alfred	Max Pallenberg
Polgar, Alfred	Schwarz auf Weiß
Porten, Henny	Wie ich wurde
Propper, S. M. von	Was nicht in die Zeitung kam
Queiroz, Eça de J. M.	Die Reliquie
Queiroz, Eça de J. M.	Stadt und Gebirg
Radiguet, Raymond	Le Bal du Comte d'Orgel
Ramond, Edouard	Histoires de Filles et d'Affranchis
Ramond, Edouard	Histoires Marseillaises
Rathenau, Walther	Der Kaiser
Raucat, Thomas	L'Honorable Partie de Campagne
Reck-Malleczewen, Fritz	Frau Übersee
Reimann, Hans	Ewers
Reimann, Hans	Kabarettbuch
Reimann, Hans	Sächsisch
Reimann, Hans	Sächsische Miniaturen
Reimann, Hans	Sächsische Miniaturen
Reimann, Hans	Vergnügliches Handbuch der deutschen Sprache
Reimann, Hans	Von Karl May bis Max Pallenberg in 60 Minuten

Quelle	Titel des Tucholsky-Beitrags	Original-Buch-veröffentl.	Bd. u. Seite «Gesammelte Werke»
SB 31/32/1914	Gottes Blasbalg	–	I/216
WB 50/1919	Ein weißer Rabe	–	I/539
WB 19/1925	Hausse in Ruhm	–	–
WB 42/1930	Gesunde und kranke Nerven	LL	III/556
WB 50/1928	Sprechstunde am Kreuz	LL	II/1338
WB 38/1919	Panizza	–	I/474
WB 38/1919	Panizza	–	I/474
WB 18/1920	Persius	–	–
WB 46/1920	Der Marques de Bolibar	–	–
WB 24/1919	Die dritte Kugel	–	I/431
WB 33/1922	Die Geburt des Antichrist	–	–
WB 45/1929	Auf dem Nachttisch	–	III/232
WB 13/1930	Die Keuschheitsgürteltiere	–	–
WB 42/1929	Auf dem Nachttisch	–	III/211
WB 2/1932	Fräulein Nietzsche	–	III/989
WB 2/1932	Fräulein Nietzsche	–	III/989
WB 20/1931	Der patriotische Schneider	–	–
WB 21/1930	Auf dem Nachttisch	–	III/446
WB 3/1928	Auf dem Nachttisch	–	II/1026
WB 51/1921	Pallenberg und Polgar	–	I/878
Lose Bl. 13/1929	Schwarz auf Weiß	–	III/49
WB 37/1919	Henny Noske	–	III/1323
WB 52/1930	Auf dem Nachttisch	–	III/637
WB 20/1925	Die Reliquie	–	II/126
WB 26/1924	Das Gleichgewicht des Lebens	–	I/1175
Voss. 30. 6. 1925	Pariser Tage	–	–
WB 5/1926	Durchaus unpassende Geschichten	ML	II/338
Voss. 23. 8. 1925	Französischer Witz	LL	II/191
WB 23/1919	Der Schnellmaler	–	I/423
Voss. 20. 9. 1925	Fremde Völker in Frankreich	–	–
WB 1/1919	Frau Übersee	–	–
WB 46/1921	Hanns Heinz Vampir	–	–
WB 14/1924	König contra Reimann	–	I/1150
WB 35/1931	Zwei Sprachbücher	–	–
WB 49/1927	Auf dem Nachttisch	–	II/969
WB 31/1921	Sächsische Miniaturen	–	I/813
WB 35/1931	Zwei Sprachbücher	–	–
WB 29/1923	Allotria	–	I/1118

Autor	Titel
Reissner, Larissa	Oktober
Reissner, Larissa	Oktober
Reitzenstein, Hans-Joachim Frh. von	Vergitterte Jugend
Remarque, Erich Maria	Der Weg zurück
Renard, Jules	Histoires Naturelles
Renger-Patzsch, Albert	Die Welt ist schön
Rice, Elmer L.	Die Rechenmaschine
Rieder, Karl	Brautunterricht. Eine praktische Einleitung für den Seelsorgsklerus
Riege, R.	Die Hochzeitsreise
Riege, R.	Kord Dönebön
Ringelnatz, Joachim (s. a. u. Bötticher)	Reisebriefe eines Artisten
Rip	P. L. M. (Operette)
Robert-Robert	Le Guide de Gourmand à Paris
Roda Roda, Alexander	Der Schnaps, der Rauchtabak und die verfluchte Liebe
Roda Roda, Alexander	Ein Frühling in Amerika
Roda Roda, Alexander	Irrfahrten eines Humoristen
Roda Roda, Alexander	Roda Rodas Roman
Roda Roda, Alexander	Sieben Leidenschaften
Roda Roda, Alexander	Von Bienen, Drohnen und Baronen
Roda Roda, Alexander und Etzel, Theodor (Hrsg.)	Welthumor in sechs Bänden
Rode, Walther	Justiz
Roeld, Otto	Malenski auf der Tour
Rohan, Karl Anton Prinz	Moskau
Rosner, Karl	Erinnerungen des Kronprinzen Wilhelm
Rostand, Jean	Les Familiotes
Rostand, Maurice	Napoléon IV
Romains, Jules	Demetrios
Romains, Jules	Der Diktator
Romains, Jules	Der Diktator
Romains, Jules	La Scintillante
Romains, Jules	Le Mariage de M. Le Trouhadec
Sackarnt, Pol	Katzen
Sander, August	Antlitz der Zeit
Savoir, Alfred	Le dompteur ou L'Anglais tel qu'on le mange
Schäfer, Wilhelm	Die begrabene Hand
Schäfer, Wilhelm	Die unterbrochene Rheinfahrt
Schairer, Erich	Sozialisierung der Presse
Schaumlöffel, Karl	

Quelle	Titel des Tucholsky-Beitrags	Original-Buch-veröffentl.	Bd. u. Seite «Gesammelte Werke»
WB 7/1930	Auf dem Nachttisch	–	III/356
WB 8/1927	Larissa Reissner	–	II/725
WB 35/1920	Kadettenliteratur	–	I/724
WB 20/1931	Der neue Remarque	–	III/860
Voss. 18. 9. 1927	Buch voller Tiere	–	II/881
WB 51/1928	Das schönste Geschenk	–	–
Voss. 1. 1. 1928	Rechenmaschine aus USA	–	II/1011
WB 15/1930	Braut- und Sport-Unterricht	–	III/409
WB 7/1922	Rieges Holzschnitte	–	I/905
WB 7/1922	Rieges Holzschnitte	–	I/905
WB 43/1927	Joachim der Erste (genannt Ringel)	–	II/923
WB 24/1925	P. L. M.	–	–
Voss. 7. 8. 1925	Wo ißt man in Paris?	–	–
SB 10/1914	Roda Roda	–	I/158
WB 11/1924	Ein Frühling in Amerika	–	I/1149
WB 43/1920	Gute Witze aus großer Zeit	–	I/748
WB 52/1930	Auf dem Nachttisch	–	III/637
WB 15/1922	Roda Roda	–	I/944
SB 10/1914	Roda Roda	–	I/158
WB 48/1925	Welthumor	–	–
WB 25/1929	Auf dem Nachttisch	–	III/95
WB 50/1930	Auf dem Nachttisch	–	III/619
WB 49/1927	Auf dem Nachttisch	–	II/969
WaM 22. 5. 1922	Wenn der Vater mit dem Sohne . . .!	–	I/957
Voss. 28. 3. 1925	Die Verwandtschaft	–	II/74
Voss. 1. 11. 1928	Rostands «Napoléon IV»	–	–
WB 50/1925	Demetrios	ML	II/289
Voss. 13. 10. 1926	«Der Diktator» in Paris	–	–
WB 42/1926	Ein Diktator und sein Publikum	–	II/525
Voss. 21. 9. 1927	«La Scintillante»	–	–
Voss. 22. 2. 1925	Dickes und dünnes Theater	–	–
WB 17/1930	Auf dem Nachttisch	–	III/426
WB 13/1930	Auf dem Nachttisch	–	III/386
Voss. 27. 1. 1926	«Der Dompteur»	–	–
WB 42/1919	Sieben Anekdoten	–	–
SB 4/1914	Die unterbrochene Rheinfahrt	–	I/140
WB 51/1919	Sozialisierung der Presse	–	I/539
Frei. 11. 8. 1920	Schaumlöffelei	–	I/715

Autor	Titel
Schebesta, Paul	Die religiösen Anschauungen der Semang-Zwerge von Malaya
Scheffler, Karl	Berlin, Wandlungen einer Stadt
Schickele, René	Schreie auf dem Boulevard
Schiffer, Edith L. s. u. Arnheim, Rudolf	
Schleiermacher, Friedrich E.D.	Idee zu einem Katechismus der Vernunft für edle Frauen
Schlözer, Kurd von	Römische Briefe
Schottky, Jul. Max	Paganini
Schulze-Maizier, F.	Die Osterinsel
Sennep	Cartel u. Co.
Shaw, George Bernard	Johanna
Sheridan, Clare	Ich, meine Kinder und die Großmächte der Welt
Siemsen, Anna	Daheim in Europa
Siemsen, Hans	Wo hast du dich denn herumgetrieben?
Sinclair, Upton	Das Geld schreibt
Singer, Erich (Hrsg.)	Das Bänkelbuch
Sinowjew, Grigori Jewsejewitsch s. u. Lenin, N.	
Smith, E. D.	Psychologie für Vorgesetzte
Smith, Helen Zenna	Mrs. Biest pfeift
Soergel, Albert	Dichtung und Dichter der Zeit
Soldan-Heppe (Hrsg. M. Bauer)	Geschichte der Hexenprozesse
Sorge, Susanne M.	Unser Weg. Erinnerungen an Reinhold Sorge
Springer, Brunold	Die genialen Syphilitiker
Stapel, Wilhelm	Literatenwäsche
Staub, Hugo s. u. Alexander, Franz	
Stenbock-Fermor, Alexander Graf	Deutschland von unten
Stendhal	Lucien Leuwen
Sternheim, Carl	Lutetia, Berichte über europäische Politik, Kunst und Volkswesen 1926
Stoffregen, Goetz Otto (Hrsg.)	Aufstand, Querschnitt durch den revolutionären Nationalismus
Stössinger, Felix und Holtz, Karl	Das System Noske
Strindberg, August	Totentanz
Strobl, Karl Hans	K. P. Q. Geschichten und Bilder aus dem österreichischen Kriegspressequartier

Quelle	Titel des Tucholsky-Beitrags	Original-Buch-veröffentl.	Bd. u. Seite «Gesammelte Werke»
WB 17/1930	Auf dem Nachttisch	–	III/426
WB 49/1931	Auf dem Nachttisch	–	–
SB 30/31/1913	Schreie auf dem Boulevard	–	I/76
BT 10. 7. 1919	Zehn Gebote	–	I/443
Voss. 31. 5. 1929	Kleine Erinnerungen	–	–
März 27/1914	Paganini oder Der Teufel auf der Tournee	–	I/206
WB 32/1929	Auf dem Nachttisch	–	–
Voss. 28. 12. 1926	Die Satire der feinen Leute	–	–
Voss. 12. 5. 1925	Shaws «Johanna» in Paris	–	–
WB 2/1929	Herr und Frau Wichtig lassen zu Tisch bitten!	–	III/25
WB 9/1929	Auf dem Nachttisch	–	III/43
WB 52/1920	Wo hast du dich denn ...?	–	–
WB 10/1931	Sein spannendster Roman	–	III/799
WB 28/1929	Bänkelbuch	–	III/127
WB 7/1930	Auf dem Nachttisch	–	III/356
WB 44/1930	Auf dem Nachttisch	–	III/571
WB 18/1926	Bilderbuch	–	–
Frei. 12. 9. 1920	Hexenprozesse in alter und neuer Zeit	–	I/732
WB 10/1932	111	–	III/1030
WB 6/1927	Die genialen Syphilitiker	–	II/718
Voss. 29. 6. 1930	Kabarett zum Hakenkreuz	–	–
WB 9/1932	Auf dem Nachttisch	–	III/1020
WB 9/1931	Auf dem Nachttisch	–	III/791
Voss. 27. 5. 1926	Der rasende Kommis	–	II/451
WB 9/1932	Auf dem Nachttisch	–	III/1020
WB 32/1920	Der Bürgergeneral	–	–
Dres. 1913	Strindbergs «Totentanz»	–	–
Voss. 10. 1. 1929	Remember! Remember!	–	–

Autor	Titel
Struben, David Georg	Rechtliche Bedenken
Sturzenegger, Catharine	Die Wiederauferstehung Serbiens
Szittya, Emil	Kuriositäten-Kabinett
Tau, Max und Einsiedel, Wolfgang von	Es glüht wieder unter harter Kruste
Théry, Jacques s. u. Gignoux, Régis	
Thierfelder, Franz	Suomi-Finnland. Das Land der tausend Seen
Thoma, Ludwig	Erinnerungen
Thrasolt, Ernst	Dr. Carl Sonnenschein
Toller, Ernst	Justizerlebnisse
Toller, Ernst	Quer durch
Torberg, Friedrich	Der Schüler Gerber hat absolviert
Transfeld	Dienstunterricht für den Infanteristen des Deutschen Heeres
Traven, B.	Die weiße Rose
Treich, Léon	Histoires de Vacances
Treich, Léon	L'Esprit de Clemenceau
Tucholsky, Kurt	Fromme Gesänge
Tucholsky, Kurt	Rheinsberg
Tucholsky, Kurt	Rheinsberg
Tucholsky, Kurt	Mit 5 PS
Twardowski, Hans Heinrich von	Der rasende Pegasus
Twardowski, Hans Heinrich von	Der rasende Pegasus
Valentin, Karl	Das Karl Valentin-Buch
Vautel, Clément	Mon Curé chez les Riches
Vergin, Fedor	Das unbewußte Europa
Veri, Sigilla (Ph. Stauff's Semi-Kürschner) Unter Mitwirkung gelehrter Männer und Frauen aller in Betracht kommenden Länder im Auftrage der «Weltliga gegen die Lüge» in Verbindung mit der ‹Alliance chrétienne arienne›. Hrsg. E. Ekkehard	Lexikon der Juden, -Genossen und -Gegner aller Zeiten und Zonen, insbesondere Deutschlands, der Lehren, Gebräuche, Kunstgriffe und Statistiken der Juden sowie ihrer Gaunersprache, Trugnamen, Geheimbünde etc.
Verlaine, Paul	Frauen
Verneuil, Louis	La Joie d'aimer
Verneuil, Louis	Pile ou Face
Villon, François	Die Balladen und lasterhaften Lieder des Herrn François Villon

Quelle	Titel des Tucholsky-Beitrags	Original-Buch-veröffentl.	Bd. u. Seite «Gesammelte Werke»
Kunst. 1914	Rechtliche Bedenken	–	–
WB 39/1920	Schwarz-gelbe Henker	–	–
WB 27/1925	Suomi-Finnland	–	II/160
WB 8/1920	Ludwig Thoma	–	I/604
WB 1/1931	Carl Sonnenschein	–	III/755
WB 28/1927	Der Rechtsstaat	–	II/823
WB 9/1931	Auf dem Nachttisch	–	III/791
WB 17/1930	Auf dem Nachttisch	–	III/426
WB 26/1927	Dienstunterricht für den Infanteristen	ML	II/807
WB 48/1930	B. Traven	–	III/606
Voss. 23. 8. 1925	Französischer Witz	LL	II/191
Voss. 20. 11. 1925	Der Gallenbittre	LL	II/263
WB 49/1919	Selbstanzeige	–	I/534
WB 49/1921	Rheinsberg	5 PS	I/871
	Vorrede zum 50. Tausend	–	I/870
WB 51/1927	Mit 5 PS	–	II/994
WB 5/1920	Der rasende Twardowski	–	I/593
BT 15. 2. 1920	«Der rasende Pegasus»	–	–
WB 18/1932	Zwecks Lachung	–	–
Voss. 30. 9. 1925	Clément Vautel	ML	II/232
WB 9/1932	Auf dem Nachttisch	–	III/1020
WB 39/1931	Sigilla Veri	–	III/949
WB 33/1920	Die Sittlichen	–	I/718
Voss. 29. 11. 1925	Pariser Tage	–	II/273
Voss. 22. 2. 1925	Dickes und dünnes Theater	–	–
WB 50/1930	Auf dem Nachttisch	–	III/619

Autor	Titel
Voigt, Arno	Der deutsche Offizier der Zukunft. Gedanken eines Unmilitärischen
Voltaire (Hrsg. Hans Jacob)	Mein Aufenthalt in Berlin
Volto, Franz von	Paul Scheurich, Porzellane
Vorst, Hans	Baltische Bilder
Dr. H. W. Nach dem hinterlassenen Originalmanuskript, hrsg. von A. König	Über die Cacteen
Wagner, Christian (Hrsg. Hermann Hesse)	Gedichte
Walser, Robert	Aufsätze
Walser, Robert	Das Theater
Wassermann-Speyer, Julie	Jakob Wassermann und sein Werk
Wassiljew, A. T.	Ochrana
Wedekind, Frank	Erdgeist
Wegeleben, Siegfried	Das Felderlebnis
Weiskopf, Franz Carl (Hrsg.)	Tschechische Lieder
Wells, Herbert George	Menschen, Göttern gleich
Widerhold, Konrad s. u. Mertens, Carl und Lehmann-Russbüldt, Otto	
Wieland, Wolfgang	Der Flirt
Wiese, Leopold von	Kindheit
Wilde, Oscar	Bunbury
Windisch, H.	Das deutsche Lichtbild
Wrochem, A. von	Offiziersehre
Wüsten, Johannes	Blutproben. Zehn Stiche
Wustmann, Gustav	Als der Großvater die Großmutter nahm
Zichy, Graf	Liebe
Zickler, Artur	Im Tollhause
Zille, Heinrich	Berliner Geschichten und Bilder
Zille, Heinrich	Bilder vom alten und neuen Berlin
Zimmer, Bernard	Le Coup du 2 Décembre
Zorn, Franz	Stempellieder
Zweig, Arnold	Benarône
Zweig, Arnold	Der Streit um den Sergeanten Grischa
Anonyma	
Scherl-Verlag	An alle Frontsoldaten
—	Briefe an einen Fuchsmajor von einem alten Herrn

Quelle	Titel des Tucholsky-Beitrags	Original-Buch-veröffentl.	Bd. u. Seite «Gesammelte Werke»
WB 24/1919	Der Offizier der Zukunft	–	I/429
WB 3/1921	Friedrich von unten	–	–
WB 43/1928	Geschenkbuch	–	–
WB 28/1919	Ein untergehendes Land	–	I/435
WB 32/1919	Über die Cacteen	–	–
WB 7/8/1919	Christian Wagner	–	I/366
SB 17/1913	Der Dreischichtedichter	–	I/68
SB 36/1913	Der Bühnenmaler	–	–
WB 38/1924	Jakob Wassermann und sein Werk	–	I/1233
WB 21/1930	Auf dem Nachttisch	–	III/446
Dres. 18. 6. 1912	Wedekind in Berlin	–	–
WB 33/1922	Das Felderlebnis	–	I/1035
WB 33/1926	Tschechen und Russen	–	II/479
WB 3/1928	Auf dem Nachttisch	–	II/1026
WB 17/1928	Der Bär tanzt	ML	II/1111
WB 46/1924	Eine deutsche Kindheit	–	I/1274
WB 30/1920	Feuerwerk	–	–
Voss. 4. 3. 1928	Neues Licht	–	–
BVZ 21. 4. 1920	Eine Ausnahme	–	I/625
WB 9/1932	Auf dem Nachttisch	–	III/1020
WB 22/1922	Alte Schlager	–	I/961
WB 51/1926	Wo bist du –?	5 PS	II/566
WB 9/1920	Im Tollhause	–	I/605
WB 3/1925	Berlins Bester	–	II/20
WB 19/1928	Auf dem Nachttisch	–	II/1126
Voss. 27. 7. 1928	Pariser Abend	–	–
WB 18/1931	Auf dem Nachttisch	–	III/847
WB 25/1920	Kritik mit Nachsatz	–	I/683
WB 50/1927	Der Streit um den Sergeanten Grischa	–	II/975
WB 45/1919	Präsentiert das ... Gwä!	–	–
WB 5/1928	Briefe an einen Fuchsmajor	ML	II/1037

Autor	Titel
Dt. Liga f. Menschenrechte (Hrsg.)	8 Jahre politischer Justiz
Dt. Liga f. Menschenrechte (Hrsg.)	Deutschlands geheime Rüstungen
–	Die ersten Tage der Roten Armee
Almanach d. Verlags G. Kiepenheuer	Europa
KT-Artikel über 25 Jahre WB	Fünfundzwanzig Jahre
Bibliogr. Inst. Leipzig	Gesellschaft und Wirtschaft
–	Jahrbuch des Verlages Paul Zsolnay
–	Das Käthe Kollwitz-Werk
Rowohlt Verlag	Der Kampf um den Reigen
–	L'Illustration
–	Nachrichtendienst zur Bekämpfung von Schund- und Schmutzschriften, hrsg. vom Preuß. Ministerium f. Volkswohlfahrt, Nr. 1
Vorrede K. T.s zu dem Bildband, abgedruckt in WB	Neues Licht
–	Plötzensee
–	Das politische Plakat
–	‹Redner der Revolution›
–	Das Reimlexikon
–	Otto Reutter. Ein Gedenkbuch über sein Leben und Schaffen
Auswahl und Einleitung von Lilly Korpus	Rote Signale (Anthologie). Gedichte und Lieder
–	Sittlichkeitsvergehen an höheren Schulen und ihre disziplinare Behandlung. Hrsg. v. Preuß. Kultusministerium
Protokolle der «Sozialistischen Tagung» in Heppenheim 1928	Sozialismus aus dem Glauben
–	Tagebuch eines halbwüchsigen Mädchens
–	Unsittliche Literatur und die deutsche Republik
Hrsg. Otto Katz	Volksbuch 1930
–	Vom alten Stamm (Anthologie jüdischer Geschichten)
Hrsg. Reichskanzlei im Auftrage des Reichsministeriums	Vorgeschichte des Waffenstillstands
–	Weil wir nicht kriegsbereit sind!
–	Weltkriegsspionage
–	Reparationsfibel

Quelle	Titel des Tucholsky-Beitrags	Original-Buch-veröffentl.	Bd. u. Seite «Gesammelte Werke»
WB 40/1927	Acht Jahre politischer Justiz	—	II/906
WB 28/1925	Die Denkschrift	—	—
WB 19/1928	Dank vom Hause Stalin	—	II/1132
WB 15/1925	Europa mit dem Ausrufungszeichen	—	—
WB 37/1930	Fünfundzwanzig Jahre	—	III/510
WB 9/1931	Auf dem Nachttisch	—	III/791
WB 8/1928	Auf dem Nachttisch	—	II/1054
WB 22/1931	Auf dem Nachttisch	—	—
WB 36/1922	Brunner im Amt	—	I/1055
DAD 28. 11. 1925	Eine Schreckenskammer	—	II/269
WB 37/1929	Nr. 1	—	III/179
WB 35/1929	Neues Licht	—	—
WB 18/1920	Plötzensee	5 PS	I/638
WB 35/1919	Das politische Plakat	—	—
WB 9/1929	Auf dem Nachttisch	—	III/43
SB 27/28/1914	Das Reimlexikon	—	I/213
WB 7/1932	Otto Reutter	—	III/1012
WB 52/1931	Rote Signale	—	III/979
WB 13/1930	Auf dem Nachttisch	—	III/386
WB 42/1929	Auf dem Nachttisch	—	III/211
WB 16/1920	Ein Mädchentagebuch	—	I/623
WB 44/1921	Der Venuswagen	—	I/851
WB 21/1930	Auf dem Nachttisch	—	III/446
SB 19/1914	Vom alten Stamm	—	—
WB 36/1919	Schuldbuch	—	I/465
Vorw. 6. 7. 1914	Der Sadist der Landwehr	ML LL	I/211
WB 18/1931	Auf dem Nachttisch	—	III/847
WB 35/1931	Reparationsfibel	—	III/926

EDITORISCHE NOTIZ

Kurt Tucholsky hat insgesamt über 500 Buchkritiken veröffentlicht. In diesem Band sind 66 abgedruckt. Die – ungerechte – Auswahl, die Rücksicht zu nehmen hatte auf Umfang und Preis eines Taschenbuches, präsentiert keineswegs alle Spektren von Tucholskys Beschäftigung mit Büchern. Sein Begriff von «Literatur» war weiter: nicht nur Joyce, Kafka und Brecht, sondern auch französische Witzsammlungen, Lebenserinnerungen oder die anklägerische politische Publizistik Gumbels. Für diesen Band hat der Herausgeber sich entschieden, das Schwergewicht auf «große» Literatur im landläufigen Sinne zu legen. Statt Paganini Heinrich Mann, statt Chesterton Arnold Zweig.

Im Unterschied zu jüngeren Taschenbuchausgaben wurde hier auf Anmerkungen verzichtet. Fast alle im Text vorkommenden Namen werden in eben diesem Text erläutert, oder die Bedeutung eines Namens oder Zusammenhangs geht aus anderen Kontexten hervor. Vor die Wahl gestellt, Zwei-Zeilen-Biographien etwa von Hugo Ball oder Isaak Babel zu geben oder ein Verzeichnis sämtlicher von Kurt Tucholsky rezensierter Bücher aufzunehmen, wurde für letzteres optiert; das Verzeichnis gibt den Standort des betreffenden Textes in den «Gesammelten Werken» an sowie Erstveröffentlichungsdaten.

Erstmals wurden für eine Kurt Tucholsky-Ausgabe Texte auseinandergerissen: Tucholsky veröffentlichte ab 1927 in der «Weltbühne» eine Kolumne «Auf dem Nachttisch», in der er Kritiken, kritische Glossen und Randbemerkungen zu Büchern zusammenfaßte. Aus dieser Kolumne wurden nur die wichtigeren Rezensionen übernommen; unter dem Haupttitel «Auf dem Nachttisch» wird Autor und Titel des Exzerpts genannt.

KURT TUCHOLSKY

IN SELBSTZEUGNISSEN UND 70 BILDDOKUMENTEN DARGESTELLT VON KLAUS-PETER SCHULZ

bildmono rororo graphien

Mit Zeittafel, Bibliographie und Namenregister
«rowohlts monographien» Band 31

«Schulz' textlich umfangreiches, mit Photos und Faksimiles versehenes Taschenbuch beschäftigt sich ausführlicher mit dem Literaten – das Wort im hohen Begriff verstanden –, dem Lyriker, Erzähler, Literaturkritiker, Feuilletonisten, Aphoristiker Tucholsky – und dem Menschen hinter dem Werk. Das Biographische kommt zu seinem Recht. Ein wohldokumentierter, materialreicher, das Wesentliche begreiflich machender Leitfaden.»

ALFRED KANTOROWICZ/
JAHRBUCH FÜR DIE GESCHICHTE MITTEL- UND OSTDEUTSCHLANDS

«Man betrachtet mit großer Freude das Büchlein, das eine wundervolle Ergänzung der neuaufgelegten Schriften Tucholskys darstellt. Da werden Leben, Werk und Zeit Tucholskys in knapper Form, aber so tiefforschend eingefangen, daß es funkelt und blitzt: von Geist, von Freude, von Empörung. Tucholsky ist heute wiederauferstanden.» VOLKSSTIMME, ST. GALLEN

144/6